Michael Green

DER JÜNGSTE TAG

Thriller

Aus dem neuseeländischen Englisch von
Karin Meddekis

BASTEI LÜBBE
TASCHENBUCH

BASTEI LÜBBE TASCHENBUCH
Band 16 697

1. Auflage: Oktober 2012

Dieser Titel ist auch als E-Book erschienen.

MIX
Papier aus verantwortungsvollen Quellen
FSC® C014496

Vollständige Taschenbuchausgabe

Bastei Lübbe Taschenbuch in der Bastei Lübbe GmbH & Co. KG

Deutsche Erstausgabe

Titel der neuseeländischen Originalausgabe: »Blood Bond«
Originalverlag: Arrow Book published by
Random House New Zealand

Textredaktion: Marion Hertle, München
Titelillustration: © getty-images/Julio Lopez Saguar;
© shutterstock/Cameron Watson
Umschlaggestaltung: Kirstin Osenau
Satz: Urban SatzKonzept, Düsseldorf
Gesetzt aus der Caslon
Druck und Verarbeitung: GGP Media GmbH, Pößneck
Printed in Germany
ISBN 978-3-404-16697-8

Gewidmet meiner Frau Hazel
in Liebe und Dankbarkeit
für ihre Unterstützung in allen Dingen
(auch während des Schreibens dieses Romans).

Mein Dank geht an Shirley Henwood
für ihre Hilfe bei der Bearbeitung des
Manuskriptes und an Dr. Graeme Whittaker
für sein medizinisches Wissen.

Erster Teil

1

»Wohin fahren wir?« Der kleine Lee war zu seinem Großonkel Mark Chatfield aufs Deck zum Ruder der *Archangel* geklettert. Die Gischt spritzte ihnen ins Gesicht, und Mark konzentrierte sich darauf, das Schiff bei dem hohen Wellengang auf Kurs zu halten.

Der arme Junge, dachte Mark. Er war in aller Eile auf die Jacht gebracht worden und hatte das einzige Zuhause verloren, das er je gekannt hatte, ohne dass ihm jemand hätte erklären können, was vor sich ging.

»Wir segeln um die halbe Welt«, sagte Mark. »Nach Neuseeland. Wo mein Sohn Steven und ich herkommen.«

»Sind in Neuseeland auch alle an der Pandemie gestorben?«, fragte der Fünfjährige mit gerunzelter Stirn. »Wie in England?«

»Ja, ich fürchte, diese Krankheit hat sich in der ganzen Welt ausgebreitet und scheint bis auf die Mitglieder unserer Familie alle Menschen getötet zu haben. Steven und ich sind den weiten Weg nach England gereist, um herauszufinden, ob aus der Chatfield-Familie noch jemand überlebt hat. Und tatsächlich warst du da und deine Mama und deine Urgroßtante Margaret und alle unsere anderen Verwandten. Alle zusammen in Haver House.«

»Und in Neuseeland wohnen noch mehr Verwandte von uns?«, fragte Lee.

»Ja, mein Bruder Christopher und seine beiden Töchter Sarah

und Katie und ihre Kinder. Und dann noch meine Tochter Jane – Stevens Schwester – und ihre drei Kinder. Sie warten alle auf unsere Rückkehr. Du wirst unter deinen Cousins viele neue Freunde finden.«

»Werden wir auch geschlagen und müssen die ganze Zeit arbeiten wie in Haver?«, flüsterte Lee ängstlich.

»Nein, nein, natürlich nicht«, versicherte Mark ihm. »Es fahren so viele deiner Verwandten mit uns nach Neuseeland, weil sie Nigel und seinen Söhnen und seinen tyrannischen Gesetzen entkommen wollen. In unserer Gemeinschaft in Gulf Harbour geht es ganz anders zu. Wir sind auch nicht so viele wie in England, aber wir bilden gemeinsam eine große Familie. Du wirst dort glücklich sein, Lee. Du wirst sehen.« Mark konnte dem Jungen ja nicht erklären, dass er unbedingt männliche Verwandte mit zurückbringen wollte, weil ihre Gruppe in Neuseeland vorwiegend aus Frauen bestand und der Weiterbestand der Familie gewährleistet werden musste.

Lee sah noch immer beunruhigt aus. »Was geschieht mit den Menschen, die in Haver geblieben sind?«, fragte er und starrte zum leeren Horizont.

»Es wird ihnen nichts zustoßen. Mach dir keine Sorgen. Vor dir liegt ein neues Leben mit Steven, der jetzt dein Vater ist, mit neuen Verwandten, die auf dich warten, und einem wunderschönen neuen Land.«

»Wird Nigel sie denn nicht unseretwegen bestrafen?« Offenbar ließen sich Lees Sorgen nicht so schnell zerstreuen.

»Nun, Nigel wird wütend und außer sich sein, dass Miles bei unserer Flucht getötet wurde. Aber vielleicht begreifen Nigel und seine anderen Söhne nun, dass sie ihre Verwandten nicht weiterhin so schlecht behandeln dürfen. Ich habe Nigel eine Nachricht hinterlassen, mit der ich ihm ankündige, dass wir eines Tages zurückkehren, um uns zu überzeugen, dass er sich anständig benimmt. Wir können nur hoffen, dass er das auch tut.«

2

Durch den Torbogen unter dem Cromwell Tower im Innenhof von Haver House sah Nigel Chatfield seine Verwandten ringsum das frisch ausgehobene Grab seiner Tante versammelt und Kirchenlieder singen. Er war unglaublich wütend. Die Hinrichtung von Tante Margaret hätte den Rest der Gemeinschaft wieder auf Kurs bringen sollen, nachdem Mark und seine Anhänger geflohen waren. Doch seine Untertanen hatten nicht nur zwei seiner Erlasse nicht befolgt – die Religion aus ihrem Leben zu verbannen und nicht über den Rasen auf dem Lawn Court zu laufen –, sie hatten das Grab auch noch mitten auf seinem wertvollen Bowlingrasen ausgehoben. Und Mark hatte ihm diese unverschämte Mitteilung hinterlassen, um ihn zu warnen, dass er eines Tages zurückkehren und ihn für sein diktatorisches Regime zur Rechenschaft ziehen werde.

Nigel hasste diese Verwandten, doch die Chatfield-Sippe schien die Einzige zu sein, die die Pandemie überlebt hatte, die den gesamten Erdball vor dreieinhalb Jahren heimgesucht hatte. Darum blieb ihm keine andere Wahl, als das Beste daraus zu machen. Solange sie Angst vor ihm hatten, waren sie brauchbare Diener.

Die fünfzehn Erwachsenen und zwölf Kinder, die sich um das Grab versammelt hatten, waren in ihre Trauer versunken. Ihre Gesichter waren angespannt und bleich. Die meisten Frauen und Kinder weinten. Auch die vier Männer – die Brüder Duncan und Cameron Steed und ihre Cousins Paul Grey und Warren Dalton – hatten Mühe, die Tränen zurückzuhalten. Die Wut über die Hinrichtung ihrer Tante vor einer Stunde hatte sie gestärkt. Sie hatten Nigels Befehl ignoriert, mit dem Singen der Kirchenlieder aufzuhören. Darauf war dieser mit seinen Söhnen Jasper und Damian auf den Fersen vom Hof gerannt. Auch die Drohung seines anderen Sohnes Greg hatten sie ignoriert, der mit einer Maschinenpistole im Anschlag auf der Brustwehr über ihnen stand. Sie sangen weiter ihre Lieder, als sie den Karren mit Tante Margarets enthauptetem Körper durch den Torbogen unter dem Cromwell Tower auf den Lawn Court schoben, wo sie ein Grab aushoben und den Leichnam mit gebührender Ehrerbietung in die Erde senkten.

Der Gesang verstummte allmählich, als die Trauernden sahen, dass Nigel und seine Söhne sich näherten.

»Was soll das?«, brüllte Nigel. Sein kahler Schädel auf dem kräftigen Nacken war aggressiv nach vorn gereckt. Die Daumen steckten unter dem Gürtel um seinen dicken Bauch.

Niemand antwortete ihm. Nigels drei Söhne, deren langes blondes Haar bis auf die Schultern fiel, standen bedrohlich neben ihm. Jasper, der Älteste, hatte einen gepflegten Schnurrbart und eine sportliche Figur. Er rechtfertigte noch am ehesten den Titel des Ritters und die Anrede »Sir«, die Nigel den Verwandten gegenüber seinen Söhnen befohlen hatte. Der weniger beeindruckende Damian zupfte an seinem Spitzbart, und der Jüngste, der dicke Greg, kratzte den Flaum an seinem Kinn.

»Ich habe gefragt, was das soll?«, brüllte Nigel noch einmal.

Die ehemalige Rechtsanwältin Diana Morgan war die Mutigste unter den Trauernden und öffnete den Mund, um etwas zu erwidern. Sie war allerdings auch die Cleverste von ihnen. Offenbar änderte sie ihre Meinung wieder und schwieg.

Alle Blicke wandten sich dem rothaarigen Duncan Steed zu. Doch Duncan sah verängstigt aus, aber nicht so verängstigt wie

Paul Grey. Seit Paul in Haver wohnte, war sein nervöses Gesichtszucken so ausgeprägt, dass es wirkte, als brächte er kein vernünftiges Wort heraus, selbst wenn er den Mut dazu gehabt hätte.

»Wir verabschieden uns von unserer Mutter«, sagte Warren Dalton leise. Nigel war erstaunt. Warren war immer eine bedeutungslose Gestalt in der Gemeinschaft gewesen, ein Mann, der im Schatten seiner Cousins lebte und sich im Hintergrund hielt, um sich Ärger zu ersparen. Irgendwie hatte er die Kraft gefunden zu sprechen, als wäre der Geist seiner Mutter mit ihrem Tod auf ihn übergesprungen.

Warrens Courage ermutigte auch seinen Cousin, die Brillenschlange Cameron Steed, zu sprechen. »Die Ihr ermordet habt«, klagte er Nigel an.

»Die *Damian* ermordet hat«, berichtigte Warren ihn.

Damian zog die Pistole aus dem Holster und richtete sie wütend auf Warrens Kopf.

»Die Ihr ermordet habt«, wiederholte Warren.

Sein Mut wirkte ansteckend. »Sir Damian hat Großtante Margaret ermordet«, rief die kleine Großnichte Mary-Claire Grey von hinten aus der Menge. Das siebenjährige Mädchen, ein kräftiges Kind mit dunklem, kurz geschnittenem Haar und einem frechen Gesicht, war mit dem wachen Verstand der alten Dame gesegnet.

Ermutigt durch den Ausruf seiner Enkeltochter versuchte Paul, zustimmend zu nicken, doch sein Kopf wackelte so stark, dass Nigel und seine Söhne es nicht bemerkten.

»Geht alle zurück in eure Quartiere«, befahl Nigel.

Duncan setzte sich als Erster in Bewegung.

»Nein«, widersprach Warren entschlossen. »Das ist die Beerdigung meiner Mutter.«

»Das ist richtig«, pflichtete Cameron ihm bei.

Camerons Töchter Rebecca und Kimberly, die direkt hinter

ihm standen, murmelten kaum hörbar ihre Zustimmung. Jasper und Greg, die befürchteten, dass ihr Vater die Kontrolle verlor, zogen die Pistolen.

»Macht, was wir gesagt haben, und geht in eure Quartiere!«, brüllte Damian.

Die gefangenen Mitglieder der Chatfield-Familie wussten, dass Damian unberechenbar war. Sie verabscheuten ihn alle und hatten Angst vor ihm. Außer Warren, Cameron und der kleinen Mary-Claire schlurften alle davon.

»Es kann nicht mehr so weitergehen«, sagte Warren trotzig. »Es ist Zeit für einen Neubeginn. Wie Mark vor seiner Flucht gesagt hat – wir haben verdient, dass hier demokratische Verhältnisse herrschen.«

Die anderen Familienmitglieder drehten sich um und kamen langsam zurück.

»Verdienen? Ihr *verdient* irgendwas?«, brüllte Nigel.

»Das ist richtig«, beharrte Cameron. »Wir möchten bestimmen, wie unser Leben verläuft. Wir wollen nicht, dass Ihr und Eure Söhne noch länger die Herrschaft über unser Leben habt.«

Die Anwesenden murmelten zustimmend.

Fast gleichzeitig hallten zwei Schüsse durch die Luft. Warren, dem Jaspers Kugel durch die Brust gedrungen war, sank auf die Knie. Camerons Hirn und seine Brille zerbarsten, als Greg aus nächster Nähe einen Schuss auf ihn abfeuerte. Die Brillen der Töchter schützten ihre Augen vor den umherfliegenden Glassplittern.

Als die restlichen Mitglieder der Gemeinschaft schreiend davonrannten, schoss Damian weiter. Sein letzter Schuss war auf Mary-Claire gerichtet. Er verfehlte sie, und als er die Pistole durchlud, war sie aus seinem Blickfeld verschwunden.

Ehe die fliehenden Männer, Frauen und Kinder ihre sicheren Quartiere rings um den Lawn Court erreichten, waren Warrens

Nichte Charlene und Dianas Tochter Melanie ebenfalls getötet worden. Pauls Tochter Bridget lag im Gras und krümmte sich schreiend. Paul versuchte verzweifelt, zu ihr durchzudringen, doch eine Salve aus Damians Pistole zwang ihn zum Rückzug.

»Morgen früh findet ihr euch alle zur üblichen Zeit zum Frühstück ein«, brüllte Nigel den eingeschüchterten Gestalten zu, die unter den Fensterbänken in den Gebäuden um den Lawn Court kauerten.

»Kommt nicht zu spät«, schrie Damian.

Die Revolte war vorüber.

3

»Ich glaube, wir sollten auf direktem Wege nach Gulf Harbour fahren«, beharrte Steven Chatfield. Er stand mit dem Rücken zu seinem Vater und starrte auf den Horizont. Seine breitschultrige, muskulöse Gestalt schwankte mit dem Schiff in der Dünung.

Mark Chatfield stand am Ruder der *Archangel* und steuerte die zweimastige Segeljacht durch den Golf von Biskaya. Wie bei seinem Cousin Nigel in England wurde nun auch seine Autorität auf die Probe gestellt.

Am Tag zuvor hatte die kleine Gruppe, die sich entschlossen hatte, Haver zu verlassen und nach Neuseeland zurückzukehren, zwei schockierende Tatsachen über ihre Familien erfahren. Erstens enthüllte Allison Dalton, Marks Cousine, die während des Aufenthalts in England seine Geliebte geworden war, dass ihre gemeinsamen Großeltern geheiratet und eine Familie gegründet hatten, ohne zu wissen, dass sie Zwillinge waren. Es könnte diese Verbindung ihrer DNA gewesen sein, die das entscheidende Gen hervorgebracht hatte, das die Chatfield-Familie vor der Pandemie geschützt hatte.

Zweitens erzählte Mark ihnen von einem »heimlichen Onkel«. Vor seiner Flucht aus Haver erfuhr er von Tante Margaret, dass ihre Mutter, Marks Großmutter, noch einen Sohn geboren hatte, von dem die Familie nichts wusste. William Chatfield war mit dreizehn Jahren zur See gegangen. Während eines Besuches zu

Hause schwängerte er das Nachbarmädchen und ließ es dann sitzen, was zu ihrem Selbstmord führte. Daraufhin war William von der Familie verstoßen und sein Name niemals wieder erwähnt worden.

Mark und seine Cousins hatten nie von diesem Onkel William gehört. Dank Tante Margarets Enthüllungen wussten sie nun auch, dass ihr geheimer Onkel mindestens zwei Kinder gezeugt hatte: eins in Brisbane in Australien und eins in Amerika – vermutlich in San Francisco oder San Diego. Sehr darauf bedacht, den Genpool der wenigen Überlebenden auf Erden zu vergrößern, verkündete Mark seine Absicht, auf dem Weg nach Neuseeland Brisbane anzusteuern, um zu sehen, ob sie dort Überlebende finden würden.

Aber ganz im Gegensatz zu Nigel war Mark bereit, über seinen Entschluss zu diskutieren. Denn ihm lag daran, seinen Angehörigen zu beweisen, dass sie ein viel glücklicheres Leben führen würden, wenn sie Haver verließen, um in der Gemeinschaft in Neuseeland zu leben.

»Wenn wir unsere Route clever wählen, dauert die Reise nur ein paar Tage länger«, argumentierte Mark. Er erholte sich noch von einer Wunde, die er sich bei der Flucht aus Haver zugezogen hatte. Sein Haar und der kurz geschorene Bart waren zum Teil schon ergraut, und plötzlich sah man ihm seine einundsechzig Jahre an.

»Es ist eine große Stadt. Selbst wenn dort noch jemand lebt, kann es Wochen dauern, bis wir sie finden«, erwiderte Steven.

Die anderen hörten mit großem Interesse zu. Alle hatten ihre eigenen Gedanken und Pläne dazu.

Adam Dalton lag auf dem Dach der Kabine und versuchte, die Schmerzen in seinem lahmen Bein zu lindern. Das Schaukeln des Schiffes schien es noch schlimmer zu machen. Adam war nur knapp einen Meter fünfzig groß und ein paar Jahre jünger als sein Cousin Mark, sah aber älter aus. Die unaufhörlichen

Schmerzen in seinem Bein, das er sich als Jugendlicher bei einem Motorradunfall verletzt hatte, forderten ihren Tribut. Haar und Bart waren vollständig ergraut. Seine jugendlichen Söhne, Luke mit dem kindlichen Gesicht und Robert, der ständig finster dreinblickte, saßen neben ihm.

»Wir könnten ein großes Feuer anzünden. Alle Überlebenden, die den Rauch sehen, werden zu uns kommen«, sagte Marks Neffe Fergus Steed. Er lag mit Allisons Tochter Jessica, seiner Cousine und Freundin, in der Koje unter dem Cockpit und lauschte dem Gespräch, das durch die geöffnete Tür drang.

»Wir müssen so schnell wie möglich nach Gulf Harbour zurückkehren. Ich weiß es einfach«, beharrte Steven.

»Ich finde, Steven hat recht«, sagte Stevens Freundin Penny Morgan und wandte sich Mark zu. »Du möchtest doch auch Jane und deine Enkel wiedersehen, nicht wahr?« Penny war nachts, wenn sie neben Steven schlief, schon oft durch seine Schreie im Schlaf geweckt worden. Ihn quälte immer derselbe Albtraum – seine Schwester Jane, die er in Neuseeland zurückgelassen hatte, war in einen Strudel geraten, streckte die Hand aus und rief nach ihm, doch er konnte sie nicht erreichen.

Mark entging der Vorwurf nicht. Natürlich wollte er Jane unbedingt wiedersehen ebenso wie seine drei Enkel, seinen Bruder Christopher und dessen Familie. Doch fand er es trotzdem sinnvoll, auf dem Heimweg in Brisbane anzulegen. »Natürlich will ich sie sehen, doch es dauert sowieso ein paar Wochen, ehe wir zu Hause ankommen. Auf ein paar Tage mehr oder weniger kommt es nicht an. Wenn irgendwelche Nachkommen von Onkel William überlebt haben, müssen wir es wissen. Wir brauchen alle Menschen, die wir auftreiben können, wenn wir überleben wollen.«

»Wir können auch später nach Brisbane segeln«, beharrte Steven.

»Das würde bedeuten, dass wir unsere Kräfte aufteilen müssten, und das wäre ein zusätzliches Risiko.«

»Wir sollten abstimmen«, schlug Allison leise vor. Mark schaute zu ihr hinunter. Obwohl sie eines von Marks T-Shirts und eine zerrissene Shorts trug, verstrahlte sie eine gewisse Eleganz. Mark liebte sie zwar sehr, doch ihr Vorschlag gefiel ihm nicht. Er glaubte fest daran, dass es nur eine Frage der Zeit war, bis er Steven auf seine Seite ziehen konnte. Normalerweise gelang ihm das immer.

»Gute Idee«, meinte Fergus. »Ich stimme für Brisbane.« Mark war erleichtert. Fergus hatte diese Reise als seine und Jessicas »Hochzeitsreise« deklariert, nachdem nun alle von der Beziehung wussten. Zweifellos stellte er sich vor, dass eine Reise nach Brisbane Gelegenheit zu romantischen Spaziergängen Hand in Hand und zärtlichem Sex am Sandstrand bot.

»Ich schließe mich Steven an. Wir sollten auf direktem Wege nach Gulf Harbour fahren«, warf Penny schnell ein.

»Ich auch«, sagte Adam. Die schlingernden Bewegungen der Jacht verschlimmerten die Schmerzen in seinem Bein, wie Mark wusste, und ihm war es sicher lieber, wenn die Reise so schnell wie möglich zu Ende war. Mark spürte, dass ihm die Situation entglitt. »Was ist mit dir?«, fragte er Allison in der Hoffnung, das Gleichgewicht wieder herzustellen.

Sie schaute auf den Boden des Cockpits. »Ich enthalte mich. Ich möchte weder nach Brisbane noch nach Gulf Harbour«, sagte sie und brach in Tränen aus. »Ich möchte zurück nach England. Ich mache mir Sorgen um meine Mutter.«

Mark sah sie ungläubig an. Wie konnte sie den Wunsch haben, zurück nach England zu fahren und sich erneut Nigels Tyrannei auszusetzen, der sie gezwungen hatte, ihm als Ehefrau zu dienen? Wo doch in Neuseeland mit ihm an ihrer Seite ein neues Leben auf sie wartete! Erst heute Morgen hatten Fergus und Jessica, Steven und Penny sowie er und Allison bei

Sonnenaufgang im Cockpit beieinandergestanden und einander in einer einfachen Ehezeremonie die Treue geschworen.

Für den Bruchteil einer Sekunde verspürte er Groll. Liebte sie ihn wirklich? Waren Blutbande stärker als der Ehebund?, fragte er sich, doch sofort bekam er Gewissensbisse. »Deiner Mutter geht es gut«, sagte er leise. »Warren und Charlene kümmern sich um sie.«

»Ich bin für Brisbane«, sagte Robert.

»Ich auch«, fügte sein Bruder Luke hinzu. Die beiden jüngeren Daltons hatten Mark über die Überlebenden in Neuseeland ausgefragt. Daher wussten sie, dass sie in Gulf Harbour nur kleine Kinder und Tanten, die in ihren Augen uralt waren – mindestens fünfunddreißig! – erwarteten. Alle Frauen an Bord der *Archangel* waren vergeben. Kein Wunder, dass die Jugendlichen nach Brisbane fahren wollten, um zu sehen, ob dort weitere Chatfields lebten.

Es gab also drei Stimmen für Brisbane wie auch für Gulf Harbour – und damit noch keine Entscheidung.

»Dann fahren wir nach Brisbane«, rief Jessica aus der Koje. »Ich schließe mich Fergus an.«

Mark seufzte erleichtert auf. Jetzt gab es eine Mehrheit für Brisbane, ohne dass er sich selbst an der Abstimmung beteiligen musste. Vielleicht würde Steven die Situation nun akzeptieren, ohne ihm Vorwürfe zu machen. Der Tag war gerettet. Die Logik hatte gesiegt.

Sie mussten unbedingt frisches Blut finden. Von den zehn Familienmitgliedern, die Mark und Steven in Neuseeland zurückgelassen hatten, als sie auf der Suche nach Überlebenden nach England gesegelt waren, waren nur zwei männlich. Christopher hatte sich sterilisieren lassen, und Marks Enkel Zach war erst elf. In der Gemeinschaft in Neuseeland gab es also keinen einzigen zeugungsfähigen Mann. Und von den Verwandten in England waren weniger als ein Drittel Männer. Auf der

Archangel befanden sich elf Personen, und unter den acht männlichen Nachfahren der Chatfields waren vier Erwachsene und zwei Jugendliche.

Mark war sich seiner Verantwortung bewusst. Der Fortbestand der Familie hing von ihm ab. Er musste sie sicher zurück nach Neuseeland bringen. Und wenn er weitere Verwandte fand, die die Pandemie überlebt hatten, musste er sie in seine Gemeinschaft integrieren.

4

Mark hätte sich noch viel größere Sorgen um das Überleben der Chatfield-Familie gemacht, wenn er geahnt hätte, was sich nach seiner Flucht in Haver abspielte.

Die Überlebenden der Steeds, Morgans, Daltons und Greys kauerten in ihren Quartieren um den Lawn Court und warteten, bis sie sicher sein konnten, dass Nigel und seine Söhne nicht wieder auftauchten. Erst dann wagten sie sich hinaus. Paul Grey und seine Tochter Cheryl rannten über den Rasen zu der Stelle, wo Bridget lag. Sie war bei Bewusstsein und hatte fürchterliche Schmerzen. Die praktisch veranlagte Frau hatte nach der Pandemie beschlossen, sich den Kopf zu rasieren, und unter dem kahlen Schädel trat das schmerzverzerrte Gesicht noch deutlicher hervor. Die Blutflecken auf ihrem Kittel zeigten, dass sie rechts in den Rücken geschossen worden war – ein glatter Durchschuss. Eine zweite Kugel war hinter dem Knie ins Bein eingedrungen. Sie hatte eine Menge Blut verloren. Als sie über den Lawn Court zum Quartier der Greys getragen wurde, blutete sie noch immer. Ihr Vater und ihre Schwester konnten nicht mehr tun, als Tücher auf die Wunden zu pressen und zu versuchen, die Blutungen zu stillen. Allison, die Einzige der Gemeinschaft, die Erfahrungen in der Krankenpflege hatte, war mit Mark geflohen.

Diana Morgan rannte über den Lawn Court zum Körper ihrer Tochter. Sie sank auf die Knie und starrte in Melanies weißes, lebloses Gesicht. In ihrem durchdringenden Blick spiegelten sich Hass und Rachegedanken, doch ihre Augen blieben trocken. Ihre weinende Tochter Theresa trat zu ihr und legte die Arme um ihre Mutter. Diana schob sie grob zur Seite.

Schluchzend hoben Duncan und Jennifer Steed den leblosen Körper ihres Bruders Cameron hoch und trugen ihn zum Rosengarten auf der Westseite des Hofes. Camerons jammernde Töchter folgten ihnen. Dann holten sie die Leichname von Warren und Charlene Dalton und legten sie neben den von Cameron. Mit Ausnahme von Charlenes beiden jungen Töchtern, die immerzu fragten, was mit ihrer Mutter geschehen sei, war die Dalton-Familie in Haver ausgelöscht.

Duncan und Jennifer gruben mit Hilfe der älteren Kinder vorsichtig die Büsche aus dem Rosengarten aus und schaufelten ein großes Grab. Sie hätten die Toten gerne an der Seite von Tante Margaret begraben, doch ihre Angst, Nigels Bowlingrasen noch einmal zu betreten, war zu groß.

Als sie das Grab ausgehoben und Dianas Einverständnis erhalten hatten, Melanies Leichnam zu den anderen zu legen, war es dunkel geworden. Im Licht einer einzigen Kerze senkten sie die vier Leichname in ein Grab. Theresa hielt die Beerdigungsrede, so gut sie sich daran erinnern konnte, und mit Ausnahme von Diana sprachen alle das Vaterunser. Auch Kirchenlieder zu singen trauten sie sich nicht mehr.

Duncan und Jennifer schaufelten Erde in das Grab und pflanzten die Rosenstöcke sorgfältig wieder in die Erde, die nun auf dem Rasen in die Höhe ragten. Langsam gingen die Familien davon, um die traumatisierten Kinder zu Bett zu bringen. Nur Diana blieb zurück und starrte gedankenverloren auf das Grab.

Nach diesem Massaker blieben Nigel nur noch dreiundzwanzig Untertanen. Seine Söhne hatten nicht nur vier ihrer Verwandten getötet, sondern auch zwei zeugungsfähige Männer beseitigt. Der so wichtige Genpool war dezimiert.

Nigel, der mit seinen Söhnen im Ballsaal von Haver saß, kümmerte sich nicht um künftige Generationen. Seine Hauptsorge galt der Frage, ob Mark und Steven Chatfield zurückkehren würden und wie er seinen Lebensstandard mit so wenigen Untertanen aufrechterhalten konnte.

»Wagt ja nicht, noch einmal jemanden zu erschießen«, drohte er seinen Söhnen und funkelte sie über den Tisch von Boulle hinweg wütend an. Greg und Jasper wichen dem Blick ihres Vaters aus und starrten auf den Boden.

Damian versuchte, sich zu verteidigen. »Ich dachte, du bist in Gefahr.«

»Was? Wer sollte mir denn etwas tun? Wegrennende Frauen und Kinder? Ihr könnt froh sein, wenn Mark und Steven nicht zurückkehren und Rache üben.« Diese Vorstellung erschreckte die jungen Männer sehr. Er reichte ihnen Marks Nachricht.

»Dieser arrogante Scheißkerl«, zischte Damian. »Was glaubt er eigentlich, wer er ist?«

»Denkst du, sie kommen wieder?«, fragte Greg, dessen Stimme seine Angst verriet. Bei Marks waghalsiger Flucht war sein Zwillingsbruder Miles ums Leben gekommen, und er stand noch immer unter Schock. »Warum sollte Mark das Risiko eingehen und zurückkommen?«, zischte Jasper verächtlich. »Er hat doch, was er wollte: Allison.«

Bei der Erwähnung seiner ehemaligen Geliebten stieg Nigel Zornesröte ins Gesicht. »Wenn sie sich hier noch einmal blicken lassen, vernichte ich sie alle, und vor allem diese Schlampe«, drohte er. Offenbar galt der Befehl, niemandem mehr Schaden zuzufügen, nicht für ihn selbst.

»Ich bin sicher, sie kommen nicht zurück – jedenfalls nicht in nächster Zeit«, beharrte Jasper.

»Mark blufft«, stimmte Damian ihm zu, doch es hörte sich an, als versuchte er lediglich, sich und seinen Vater davon zu überzeugen.

»Vielleicht, aber wir müssen für den Fall der Fälle Sicherheitsvorkehrungen treffen«, sagte Nigel.

Diana hielt noch immer Totenwache am Grab im Rosengarten, als Damian und Greg wieder den Lawn Court betraten.

»Was machst du hier draußen?«, fuhr Damian sie an. »Du weißt, dass nach Einbruch der Dunkelheit Ausgehverbot herrscht.«

Diana antwortete nicht. Greg bemerkte den Spaten und die feuchte, aufgewühlte Erde, die dunkel im Mondschein schimmerte, und nahm an, dass Diana vor einem Grab stand. Zumindest hatten die Bauern so viel Verstand, nicht noch mehr Gräber auf dem Bowlingrasen seines Vaters zu graben.

»Du sorgst dafür, dass das Frühstück pünktlich serviert wird. Alle sollen sich im Großen Saal an die Tische setzen. Jetzt geh ins Haus«, befahl Damian.

Diana antwortete weder, noch bewegte sie sich.

»Willst du dich zu denen da unten gesellen?«, fragte Greg. Er zog die Pistole und zeigte damit aufs Grab. Diana bewegte sich noch immer nicht.

Erst als sie sah, dass Damian ebenfalls eine Waffe zog, drehte sie sich um und ging langsam auf die Quartiere zu. Die Brüder hörten sie schluchzen. Es waren die ersten Tränen, die sie vergoss, seit ihre Tochter ermordet worden war.

Als Diana sich ein Stück entfernt hatte, gab Damian Greg ein Zeichen, ihm zu folgen. Mit den Pistolen in den Händen überquerten sie den Lawn Court und gingen auf die Familienquartiere der Grey-Familie zu. Als sie sich dem Haus näherten, sahen sie Paul, Cheryl und die Kinder durch das Fenster. Sie drängten sich im Kerzenlicht um Bridget.

Paul hörte knirschende Schritte auf dem Kiesweg vor dem Fenster und hob den Blick, als plötzlich die Tür aufflog. Greg und Damian stürmten mit gezückten Pistolen herein.

»Was wollt Ihr?«, fragte er und sprang auf. Sein Kopf wippte nervös von einer Seite zur anderen.

Die Brüder antworteten nicht. Greg durchquerte den Raum und ergriff Cheryls Tochter Mary-Claire.

»Nein!«, schrie Cheryl und stürzte sich auf ihn. Damian feuerte eine Kugel ab, die über ihren Kopf hinwegzischte. Cheryl duckte sich, und Paul schirmte instinktiv die anderen Kinder mit den Armen ab, um sie zu schützen.

Sekunden später waren die Chatfield-Brüder wieder verschwunden. Verängstigte Gesichter spähten durch die dunklen Fensterscheiben und blickten den vom Mondlicht erhellten Gestalten hinterher. Sie hielten noch immer die Pistolen in den Händen und zerrten die schreiende Mary-Claire über den Lawn Court und durch den Torbogen unter dem Cromwell Tower.

Nigels Sicherheitsvorkehrungen waren getroffen.

Das Gerücht, dass Mary-Claire entführt worden war, breitete sich wie ein Lauffeuer in den winzigen Räumen auf der Südseite des Lawn Court aus. Kurz nachdem Cheryl die anderen Kinder beruhigt und oben ins Bett gelegt hatte, gingen die älteren Mitglieder der Gemeinschaft durch die gewundenen Gänge, die sich wie ein Labyrinth durch die alten Gebäude schlängelten, um sich in Pauls Quartier zu versammeln.

»Was sollen wir jetzt tun?«, stotterte der niedergeschlagene Paul, nachdem er seinen Verwandten erzählt hatte, was passiert war. Seine Augen schienen nun noch tiefer in den Höhlen seines schmalen, abgespannten Gesichtes zu liegen.

Duncan Steed ließ sich auf einen Stuhl sinken. »Das weiß nur Gott allein«, sagte er und strich mit den Fingern durch seine zerzauste rote Mähne.

»Irgendjemand muss mit Nigel sprechen«, sagte Jennifer entschieden. »So kann es nicht weitergehen.«

»Wir müssen einen Sprecher bestimmen«, schlug Susan Morgan vor. Im Gegensatz zu ihrer Cousine Jennifer hatte Susan ihr Lächeln sowie ihre Körperfülle während der Gefangenschaft in Haver verloren.

»Ich finde, Diana sollte unsere Sprecherin sein«, schlug Jennifer vor.

Diana Morgan war zweifellos die beste Wahl, denn sie verfügte noch immer über das selbstsichere Auftreten der Top-Anwältin, dic sie einst gewesen war. Sie hatte markante Gesichtszüge und einen scharfen Verstand und besaß als Einzige die notwendige Intelligenz, um es gegen Nigel und seine Söhne aufzunehmen.

Doch Diana schüttelte den Kopf.

»Komm«, drängte Duncan sie.

Diana nahm an, dass es Duncan in erster Linie darum ging, die Aufgabe nicht selbst übernehmen zu müssen. Sie schüttelte erneut den Kopf. »Nigel ist ein chauvinistisches Schwein. Er wird wohl kaum mit einer Frau verhandeln.«

Susan nickte. »Leider muss ich ihr zustimmen. Duncan oder Paul müssen es machen.«

Pauls nervöses Zucken verstärkte sich. Jeder wusste, dass er es nicht gegen Nigel aufnehmen konnte. Die Blicke der Frauen richteten sich auf Duncan.

Es herrschte eine Weile Schweigen. »Okay, ich mache es«, sagte er schließlich. »Aber ihr wisst, wie Nigel ist. Auf mich wird er auch nicht hören.«

Aus Angst, die Chatfield-Brüder könnten zurückkehren, löschten sie die einzige Kerze und planten noch zwei Stunden im Dunkeln flüsternd ihre Strategie. Diana hatte die Aufgabe der Sprecherin der Gruppe abgelehnt und war noch in tiefer Trauer über den Tod ihrer Tochter, doch sie bemühte sich sehr, Duncans Selbstvertrauen zu stärken, und machte ihm viele Vorschläge, wie er Nigel gegenübertreten sollte. Zwar kochte sie innerlich vor Wut und sann auf Rache, aber dennoch warnte sie ihn davor, das Massaker überhaupt zu erwähnen. Ihre Jahre als Rechtsanwältin hatten sie gelehrt, dass es sich mitunter auszahlte, seine Zunge im Zaum zu halten und auf den richtigen Augenblick zu warten.

Am nächsten Morgen um zehn vor sechs traten aus den Häusern rings um den Lawn Court mehrere düstere, schweigende Gestalten. Die wenigsten hatten schlafen können. Alle trugen dieselben tristen, grauen Jacken. Der einzige Unterschied zwischen den verschiedenen Familiengruppen waren die Hüte. Rote Augen und blasse, abgespannte Gesichter, wohin man sah. Als sie den Rosengarten passierten, begannen viele zu weinen und weinten weiter, als sie an der Venusstatue vorbeikamen nahe bei Tante Margarets Grab.

Sie durchquerten den mittleren Torbogen unter dem prächtigen Cromwell Tower und betraten den Flag Court dahinter. Vorsichtig wichen sie den Blutflecken auf den Steinplatten aus, wo Damians Axt am Tag zuvor auf Tante Margarets Nacken niedergesaust war. Dann betraten sie durch den Eingang auf der anderen Seite des Hofes den großen mit Eichenholz getäfelten Saal.

Bisher waren zwei fünfzehn Meter lange Holztische erforderlich gewesen, damit Nigels Untertanen zu den Mahlzeiten Platz fanden. Nach Marks Flucht mit zehn Verwandten und dem Massaker der Chatfield-Brüder sollten die verbleibenden Mitglieder der Gemeinschaft an einem einzigen Tisch in der

Nähe des gemauerten Kamins sitzen, wie es Damian befohlen hatte.

Als die Familien den Raum betraten, führte Diana sie zu ihren neuen Plätzen. Wie immer bewegte sie sich ruckartig und kraftvoll, als wäre sie in großer Eile. An das Ende des Tisches, das am weitesten von der Minstrel Gallery entfernt und in der Nähe des erhöhten Podiums stand, wo Nigel und seine Söhne an ihrem aufwendig gedeckten Tisch sitzen würden, platzierte sie die Steed-Familie. Duncan und Jennifer nahmen am anderen Ende des Tisches Platz und schoben ihn ein Stück zurück, als wollten sie die Entfernung zum Podium vergrößern. Neben Duncan setzte Diana seine Tochter Virginia, deren dreizehnjährige Töchter Amy und Beatrice und ihre jüngere Schwester Hazel. Virginia war eine wahre Schönheit, die attraktivste Frau in Haver. Die hoch aufgeschossenen eineiigen Zwillinge bekamen allmählich weibliche Rundungen und ließen ahnen, dass sie ihrer Mutter eines Tages Konkurrenz machen würden. Doch die dreijährige Hazel mit den dicken roten Locken würde sie später vielleicht alle in den Schatten stellen. Neben Jennifer setzte Diana Camerons Töchter Rebecca und Kimberly, die beide Brillen trugen.

Anschließend zeigte sie den Greys ihre Plätze.

»Hast du Mary-Claire gesehen?«, fragte Cheryl Diana ängstlich, als ihr der Platz gegenüber ihrem Vater zugewiesen wurde.

Diana schüttelte den Kopf. »Wir haben niemanden gesehen.«

Paul hielt neben sich einen Platz für Mary-Claire frei, und Cheryl setzte sich mit ihren Söhnen auf die Plätze daneben. Bridget lag mit ihren Schusswunden darnieder, deshalb musste sich Cheryl um ihre zwei Nichten, ihre eigenen Söhne und Charlene Daltons verwaiste Zwillinge kümmern.

Die letzten Plätze am Tisch nahe bei der Minstrel Gallery und beim Eingang zur Küche waren für Dianas eigene Familie, die Morgans, reserviert. Langsam schlurfte Susan, die ihre arthritischen Knie quälten, aus der Küche in den Großen Saal. Dianas überlebende Tochter Theresa folgte ihr. Auch sie hatte seit fünf Uhr früh in der Küche geschuftet. Wie all ihre Verwandten hatte die Morgan-Familie die hohen Wangenknochen der Chatfields. Dennoch waren ihre Gesichtszüge viel markanter als die der anderen. Die jüngeren Frauen waren zwar attraktiv, besonders Theresa, doch Susan und Diana sahen mittlerweile zänkisch und verhärmt aus.

Diana stand am Ende des Tisches und betrachtete sich das Ganze. Der riesige Raum wirkte beinahe leer. Das ständige Gejammer ihres Cousins Mark über die Notwendigkeit, die Gemeinschaft zu vergrößern, schien auf einmal von größter Bedeutung zu sein.

Von der älteren Generation am Tisch konnte nur Duncan für Zuwachs in der Familie sorgen. Die Frauen waren alle zu alt, um noch Kinder zu gebären, und Paul hatte sich sterilisieren lassen.

Zur nächsten Generation gehörten Virginia, Kimberley und Rebecca Steed, Cheryl und Bridget Grey und Dianas eigene Tochter Theresa. Sie waren alle Ende zwanzig oder Anfang dreißig. Aus dieser Generation war kein einziger Mann mehr in Haver.

Zu der jüngsten Generation gehörten zwölf Kinder, darunter nur zwei Jungen, nämlich Cherlys Söhne Ruben und Harry.

Das bedeutete, dass in Haver nur fünf zeugungsfähige männliche Erwachsene lebten. Diana nahm ihr graues Kopftuch ab und setzte sich ans Ende des Tisches. Sie starrte auf die Tür hinter dem Podium und wartete angsterfüllt auf die Ankunft der restlichen vier.

5

Fünfzehn Minuten später betrat Greg Chatfield den Großen Saal durch die Tür hinter dem Podium. Diana schwante Böses, als sie sah, dass er eine seiner feinsten Tudor-Jacken trug, aus einem Kostümgeschäft in Haver, wo vor Ausbruch der Pandemie ein historischer Film gedreht worden war. Wenn etwas Wichtiges verkündet wurde, warfen Nigel und seine Söhne sich in Schale. Diana hatte das Rednerpult vorne auf dem Podium bereits entdeckt – ein untrügliches Zeichen dafür, dass Nigel eine Rede halten würde. Zumindest hatte keiner seiner Söhne mit einem Maschinengewehr auf der Minstrel Gallery Position bezogen.

»Aufstehen!«, brüllte Greg.

Die Versammelten erhoben sich und starrten auf die Tür. Allen stockte der Atem, als Nigel in Begleitung von Jasper und Damian mit einem Stapel Blätter das Podium betrat. Die drei trugen ebenfalls ihre besten Tudor-Kostüme. Damian hatte wieder seine gelbe Strumpfhose an und einen Federhut auf dem Kopf.

Doch weder die Strumpfhose noch der Hut waren der Grund, warum der Gemeinschaft der Atem stockte. Es war der Anblick der winzigen Gestalt von Mary-Claire, die Nigel an einer Leine hinter sich herzog, die in einem beschlagenen Hundehalsband um ihren Hals endete.

Damian zog seine Pistole und richtete sie auf die Anwesenden im Großen Saal. Das entrüstete Raunen verstummte sofort. Nur Cheryls Weinen durchbrach die Stille.

»Hör auf zu plärren«, schrie Nigel. Cheryl bemühte sich, die Tränen zu unterdrücken. Sie presste die Hände aufs Gesicht, um ihr lautes Schluchzen zu dämpfen. »Setzt euch. Ihr Morgans serviert das Essen«, befahl Nigel.

Paul streckte den Arm aus und nahm Cheryls Hand. »Mary-Claire wird nichts zustoßen. Nigel wird es nicht gelingen, ihren Mut zu brechen.« Cheryl, deren Weinen durch die angeregten Gespräche, die im Großen Saal entfacht waren, übertönt wurde, schluchzte noch lauter.

Oben auf dem Podium zog Nigel an der Leine und zwang Mary-Claire so zu Boden. Dann trat er sie mit dem Fuß, bis sie vor ihren Verwandten ausgestreckt auf dem Boden des Podiums lag. Die Abscheu und die Wut im Saal erreichten einen neuen Höhepunkt.

»Macht nicht so viel Lärm«, rief Jasper. Er und Greg zogen die Pistolen aus den Holstern und legten sie auf den Tisch. Alle drei Brüder waren darauf eingestellt, dass es Ärger geben würde.

Während Susan und Theresa der Gemeinschaft das Frühstück aus Haferbrei, Brot und Marmelade am langen Holztisch servierten, bediente Diana Nigel und seine Söhne. Sie trug abgedeckte Schüsseln mit Rühreiern, Speck und Kartoffelpuffern aufs Podium, dabei vorsichtig Mary-Claire umrundend. Wie immer stellte sie die Schüsseln vor Nigel und seinen Söhnen auf den Tisch, verneigte sich und zog sich zurück.

»Bleib hier«, brüllte Nigel plötzlich.

Gehorsam blieb sie stehen. Was hatte nur diesmal seinen Unwillen erregt? Diana hatte darauf geachtet, dass keine Spritzer auf den Schüsseln waren, denn sie wusste, wie sehr er das hasste. Die Anordnung der Gedecke war perfekt. Die Position der Messer, Gabeln und Löffel war mit Stäben, die Duncan extra angefertigt hatte, sorgfältig ausgemessen worden, damit auch sicher alle Abstände gleich groß waren.

Nigel hob seine Gabel und richtete sie auf Diana. »Probier das Essen.«

»Was ist mit dem Essen?«, fragte sie ungehalten, ehe sie ihre Wut unterdrücken konnte.

»Was ist mit dem Essen, *Euer Lordschaft*«, korrigierte er sie.

Diana erblasste. In ihrer Wut hatte sie vergessen, ihn mit der korrekten Anrede anzusprechen. Sie wartete auf weitere Rügen und rechnete damit, dass sie und ihre Familie zu einer Woche Dienst auf der Tretmühle im Strafzimmer verurteilt wurden. Dort wurde das Wasser der Zisterne unter dem Flag Court in die Tanks gepumpt, die Haver House mit Wasser versorgten. Diana fragte sich, wie die Familie es nach dem Tod von Melanie schaffen sollte, die Tretmühle vierundzwanzig Stunden am Tag zu bedienen, für die Gemeinschaft zu kochen und die Quartiere von Nigel und seinen Söhnen in Ordnung zu halten.

»Benimm dich«, spottete Damian.

»Verzeihung, Sir Damian«, sagte sie schnell, darauf bedacht, ihren Cousin zu beschwichtigen, indem sie wenigstens bei seinem Sohn die richtige Anrede benutzte.

Nigel starrte Damian an. Er brauchte keine Hilfe, um seine Untertanen in Schach zu halten. Er reichte Diana die Gabel. »Probier das Essen.«

Sie nahm die Gabel, schob etwas Ei darauf und nahm sie in den Mund.

»Es ist gut … Euer Lordschaft.«

Nigel, der offenbar zufrieden war, machte eine Geste, um sie zu entlassen. Diana wich zurück. »Was ist mit Mary-Claire? Soll ich ihr etwas zu essen bringen?«

»Sie kann später essen«, erwiderte Nigel schroff.

Als sich Diana entfernte, beugte Jasper sich zu seinem Vater hinüber und flüsterte ihm etwas ins Ohr.

»Ich hab's mir anders überlegt«, rief Nigel ihr hinterher. »Bring mir zwei Schalen für Mary-Claire.«

Diana eilte davon und traf Susan in der Küche.

»Was ist los?«, fragte Susan.

»Ich weiß nicht. Vielleicht meint dieser Scheißkerl, wir könnten versuchen, ihn zu vergiften.«

Susans Augen leuchteten auf. »Keine schlechte Idee.«

Diana war anderer Meinung. Seitdem sie in Haver gefangen gehalten wurde, und vor allem seit Melanies Tod, hatte sie sich vorgestellt, wie Nigel tausend Tode starb. Eine Vergiftung hatte sie ausgeschlossen. Das ging viel zu schnell. Selbst wenn er sich ein oder zwei Stunden lang vor unerträglichen Schmerzen krümmte, würde das den Tod ihrer Tochter nicht sühnen.

Diana kehrte mit zwei Schalen und einem Besteck aufs Podium zurück. »Euer Lordschaft«, sagte Diana. Sie verneigte sich und legte alles vor ihm auf den Tisch.

»Das braucht sie nicht«, sagte Nigel. Er nahm das Besteck und warf es auf den Boden. Das Klirren des Metalls lenkte die Aufmerksamkeit der anderen auf das Drama, das sich oben an dem Tisch entspann. Im Großen Saal herrschte Stille. Jasper füllte aus allen Schüsseln Essen in die eine Schale, während Damian aus dem Kristallkrug Wasser in die andere goss.

Zumindest würde Mary-Claire etwas Vernünftiges zu essen bekommen, dachte Diana. Sie und ihre Familie nahmen sich regelmäßig heimlich etwas vom Frühstück der Chatfields, ehe es serviert wurde – was die anderen Mitglieder der Gemeinschaft vermuteten, aber nicht beweisen konnten. Diana wusste, dass die anderen sie darum beneideten und oft hungrig blieben.

»Gut«, zischte Nigel. Er nahm seinen Söhnen die Schalen ab und reichte sie Diana. »Stell sie da unten hin.« Er zeigte auf eine Stelle am Ende des Tisches.

Diana stellte die Schalen auf den Boden, worauf Mary-Claire zu dem Essen kroch und die Leine sich spannte.

Damian stand auf und spähte über den Tisch hinweg zu ihr hinunter. »Wage nicht, deine Finger zu benutzen«, drohte er.

Der Rest der Gemeinschaft sah zu, wie die hungrige Mary-Claire das Frühstück verschlang und wie ein Hund Wasser aus der Schale schlürfte. Schweigend aßen sie den Rest ihres Mahls. Ohnehin schon durch den Tod ihrer Angehörigen gebrochen, stieg nun frische Wut auf Nigel und seine Söhne in ihnen auf.

Als das Frühstück beendet war, erhob Nigel sich, nahm seine Notizen und ging zum Rednerpult. Er zog an der Leine und zwang Mary-Claire, aufzustehen und ihm zu folgen.

»Sitz«, befahl er, als er das Pult erreicht hatte. Wie ein gehorsamer Hund hockte sie sich neben ihn und rieb sich den Nacken, wo das Halsband in ihre Haut schnitt.

Cheryl weinte wieder, versuchte aber hartnäckig ihr Schluchzen zu dämpfen. Alle am großen Esstisch richteten ihre Blicke auf Duncan, der sitzen blieb und auf den Boden starrte. Diana hustete laut. Er warf ihr einen schüchternen Blick zu. Sie funkelte ihn böse an, um ihn daran zu erinnern, dass er es nicht wagen sollte zu schweigen. Zögerlich erhob er sich von der Holzbank.

Nigel hob kurz den Blick und sah, dass Duncan aufgestanden war. »Setz dich«, stieß er hervor und sortierte seine Aufzeichnungen. Duncan gehorchte demütig.

Entschlossen, die sorgfältig ausgearbeiteten Forderungen, über die die erwachsenen Mitglieder der Gemeinschaft bis zwei Uhr nachts diskutiert hatten, auf jeden Fall vorzutragen, sprang Diana auf. »Euer Lordschaft ...«

»Setz dich«, sagte Nigel, ohne den Blick zu heben.

Diana blieb stehen. Damian nahm seine Pistole vom Tisch. Unbeirrt fuhr Diana fort, doch sie umklammerte die Tischkante, um das Zittern ihrer Hände zu unterdrücken. »Wir verstehen natürlich Euer Bedürfnis ...«

»Verstehen, verstehen«, unterbrach Nigel sie. »Das Einzige, was du *verstehen* musst, ist, dass dieser Hund eine ordentliche Tracht Prügel erhält, wenn du oder ein anderer meine Befehle nicht befolgt.« Um seinen Worten Nachdruck zu verleihen, zog er so fest an der Leine, dass Mary-Claire umkippte und zu husten begann, als das Halsband ihr einen Augenblick lang die Luft abschnürte.

Cheryl warf Diana einen bösen Blick zu. »Setz dich hin!«, brüllte sie ihre Tante an. Jetzt gab Diana auf. Damian legte seine Pistole auf den Tisch. Die drei Brüder verschränkten die Arme, lehnten sich mit arroganten Mienen auf ihren Stühlen zurück und warteten auf die Rede ihres Vaters.

Schließlich begann Nigel.

»Es ist von größter Bedeutung, dass in Haver weiterhin alles reibungslos funktioniert«, begann er. »Mark hat die Hälfte der Arbeitskräfte der Gemeinschaft entführt und für uns alle ein großes Problem geschaffen.« Die Anwesenden sahen sich ungläubig an. Nicht nur Marks Flucht hatte ihre Anzahl verringert: Damian, Jasper und Greg hatten vier ihrer Verwandten niedergemetzelt. Das erwähnte Nigel mit keinem Wort.

»Um Marks Tat auszugleichen, wird euer Arbeitstag verlängert. Das Mittagessen wird auf eine halbe Stunde verkürzt, und euer Arbeitstag endet erst um halb sechs abends.« Die Gemeinschaft begann zu stöhnen.

»Der Sonntag ist kein Ruhetag mehr.« Das Stöhnen wurde lauter; wütendes Murren folgte. Sonntags hatten sie immer nur einen halben Tag frei gehabt, aber wenigstens war es eine Pause gewesen.

»Ruhe!«, brüllte Nigel. Er wartete, bis das Murmeln verstummte, und fuhr dann fort. »Die Tretmühle wird nicht länger als Strafe für kleinere Vergehen eingesetzt.«

»Er hat begriffen, dass sein Service leidet, wenn er Arbeitskraft auf der Tretmühle verschwendet«, flüsterte Diana Theresa zu.

»Wenn einer von euch aus der Reihe tanzt, wird stattdessen dieser Hund dafür bestraft«, fuhr Nigel fort und zog wieder an Mary-Claires Leine. Cheryls Schluchzen wurde lauter. Diesmal forderte Nigel sie nicht auf, sich zu beruhigen, denn ihr Schluchzen unterstrich seine Drohungen. »Benehmt euch anständig, und ihr wird nichts geschehen. Wenn nicht, bekommt sie Schläge.«

»Scheißkerl«, flüsterte Diana.

Paul stand auf. »Euer Lordschaft«, stammelte er. »Lasst Mary-Claire gehen, und wir bedienen die Tretmühle und arbeiten länger.«

Wütend über die Unterbrechung starrte Nigel ihn finster an. »Da ihr offenbar mehr Kraft habt, als ich dachte, werden die Arbeitstage von halb sechs auf sechs Uhr verlängert.«

Alle schauten Paul anklagend an, als er zurück auf die Bank sank.

»Wenn jemand *richtig* aus der Reihe tanzt«, feixte Nigel, »suche ich mir einen neuen Hund aus.« Sein Blick wanderte durch den Großen Saal von einem Kind zum anderen. Es war klar, was er damit andeuten wollte. Es mangelte in Haver an Arbeitskräften. Deshalb setzte er sein früheres Gesetz, demzufolge die Erwachsenen hingerichtet wurden, sobald sie drei Brandmale hatten, außer Kraft. Jetzt war das Leben unschuldiger Kinder in Gefahr.

Diana begriff, was das außerdem bedeutete. »Er ist verrückt«, flüsterte sie Theresa zu. »Er verschiebt unser größtes Problem des Zuwachses nur auf zukünftige Generationen.«

Nigel fuhr fort, als hätte er Dianas Worte von ihren Lippen abgelesen. »Nach Marks gedankenloser Flucht müssen wir die Haver-Bevölkerung vergrößern. Das bedeutet, dass die Frauen ihrer Pflicht nachkommen müssen.« Die Frauen in der Gruppe warfen sich beunruhigte Blicke zu und fragten sich, was als Nächstes kommen würde. »Da Diana eine so hohe Meinung von sich selbst hat, kann sie nun eine *richtige* Madame werden. Sie wird eine Begleitagentur leiten.« Ein Raunen ging durch den Saal. Nigel sah Diana direkt in die Augen. »Du kannst auswählen, wen du in die Prunkgemächer schickst, wenn meine Söhne und ich nach Gesellschaft verlangen.«

Jasper und Greg grinsten.

»Euch Frauen bietet sich dadurch die Möglichkeit, euch aufzuputzen«, fuhr Nigel fort. »Eine Gelegenheit, euch hübsch zu machen, Make-up aufzutragen und diese grauen Jacken auszuziehen, über die ihr euch immer beklagt.«

Diana starrte verzweifelt auf den Tisch. Sie war nicht in der Lage, die anderen Frauen anzusehen. Wie sollte sie die Frauen auswählen, die sie zu diesen Männern schickte?

Mit einem höhnischen Grinsen starrte Nigel auf ihren gesenkten Kopf. »Ich glaube, jetzt hältst du endlich das Maul. Übrigens, bemüh dich nicht, dich selbst freiwillig anzubieten, und schick uns keine von den alten Schachteln. Wir brauchen Frauen, die unsere Kinder austragen. Außerdem wirst du weiterhin die Arbeit in den Küchen und im Haus überwachen. Die andere Person, die zu viel zu sagen hat, Duncan Steed, wird die restlichen Arbeiten auf dem Anwesen überwachen. Da sich die Daltons aus dem Staub gemacht haben, musst du die Greys und Steeds so einsetzen, dass sie die gesamte Arbeit schaffen: die Reparaturen, die Pflege der Gärten und der Tiere.«

Die anderen Familienmitglieder starrten ihn verwundert an. Zwei der Dalton-Familie hatten sich durch Schüsse seiner Söhne »aus dem Staub gemacht«.

»Unsere Anzahl hat sich verringert und wir brauchen weniger Wasser«, setzte Nigel seine Rede fort, »deshalb muss die Tretmühle nicht mehr den ganzen Tag bedient werden.«

Wieder warfen sich alle Blicke zu. Jeder wusste, dass die Tretmühle nur ununterbrochen bedient werden musste, weil sie als Strafe diente. Mark und Steven hatten herausgefunden, dass neunzig Prozent des Wassers, das in die Tanks über dem Cromwell Tower gepumpt wurde, aus den Überlaufrohren auf das Dach und zurück in die Zisterne unter dem Flag Court floss. So nahm die Arbeit nie ein Ende. Noch schlimmer war, dass Nigel wusste, dass sie es wussten, doch er ignorierte es. Jetzt stellte er es so dar, als täte er ihnen einen Gefallen, und dabei hatten er und seine Söhne selbst für eine weitere Dezimierung der Arbeitskräfte gesorgt.

»Ich komme zum letzten Punkt.« Nigel sammelte seine Blätter auf dem Pult zusammen und zeigte auf Mary-Claire. »Falls Mark oder einer der anderen sich noch einmal in Haver blicken lässt und irgendjemand ihnen hilft – denkt daran, ich habe sie. Wenn sie hier auftauchen und ihr mich nicht umgehend informiert, wird sie nicht die Einzige sein, die stirbt.«

Ein aufgeregtes Raunen ging durch den Großen Saal. Bedeutete das, dass Mark und Steven zurückkehrten? Wusste Nigel etwas, das sie nicht wussten?

»Ruhe«, befahl Nigel. »Diana und Duncan, ihr sorgt dafür, dass dieser Pöbel mit der Arbeit beginnt.« Er wandte sich seinen Söhnen zu. »Kommt. Auf uns warten andere Dinge.«

Nachdem er seine Rede beendet hatte, ging er davon und zog die unglückliche Mary-Claire an der Leine hinter sich her. Jasper, Damian und Greg folgten ihrem Vater.

»Mein armes kleines Mädchen«, schluchzte Cheryl verzweifelt. Sie fummelte nervös an den Sicherheitsnadeln herum, die ihre graue Jacke am Hals zusammenhielten, um die entsetzlichen Operationsnarben zu verdecken. Ärzte hatten nach dem Ausbruch der Pandemie an ihr herumexperimentiert, um herauszufinden, warum sie gegen die Krankheit immun war, ohne zu irgendwelchen Ergebnissen zu kommen. Ihre Verwandten erhoben sich von den Plätzen und umringten sie.

»Mach dir keine Sorgen. Niemand wird aus der Reihe tanzen. Wir sorgen alle dafür, dass Mary-Claire nichts zustößt«, versprach Theresa.

»Warum hat Nigel Mark erwähnt?«, fragte Jennifer aufgeregt. »Kommt er zurück?«

»Bevor er geflohen ist, hat er mir gesagt, dass er eines Tages zurückkehren wird«, sagte Paul.

»Bist du sicher?«

»Ja. Er hat mir sogar gesagt, dass ich den Union Jack und das Georgskreuz über dem Westtor hissen soll, wenn sich die Dinge hier geändert haben und es sicher für ihn ist, Haver zu betreten.«

»Das heißt, dass er vorläufig nicht vorhat zurückzukehren«, meinte Duncan.

»Und warum glaubt Nigel dann, er würde schon bald wieder nach England kommen?«, fragte Jennifer.

»Der Brief!«, rief Diana.

»Welcher Brief?«

»Mark hat mir einen versiegelten Brief für Nigel gegeben, bevor er gegangen ist. Ich habe ihn Melanie gegeben ...« Sie stockte bei dem Namen ihrer Tochter. »Sie hat ihn auf Nigels Kopfkissen gelegt. Vielleicht hat Mark etwas geschrieben, das Nigel glauben lässt, dass er schon bald zurückkehrt.«

»Vielleicht hat Mark nur versucht, ihm Angst einzujagen«, meinte Susan.

»Dann hat es nicht funktioniert«, entgegnete Diana verbittert. »Mark hat uns mehr geschadet als genutzt. Er ist für den Tod meiner Tochter verantwortlich.«

»Das darfst du nicht sagen«, stotterte Paul, der seinen Bruder verteidigen wollte.

»Streiten nutzt uns allen nichts«, unterbrach Duncan sie.

»Wenn wir uns nicht schnell an die Arbeit machen, bekommen wir noch mehr Ärger.«

»Und dann schlägt Nigel Mary-Claire«, sagte Cheryl schluchzend.

»Schaffst du die Arbeit im Haus heute allein?«, fragte Duncan Diana.

»Es wird schon gehen, aber morgen brauche ich Hilfe.«

»Paul, teilst du deine Leute für die Gartenarbeit ein?« Paul nickte.

»Jennifer, du kümmerst dich mit den Kindern um die Tiere. Kimberley und Rebecca, ihr übernehmt die Tretmühle und sorgt dafür, dass die Wassertanks voll sind.« Die beiden jungen Frauen stöhnten. »Ich setze mich heute Abend mit Diana zusammen, und wir arbeiten neue Arbeitspläne für alle aus.«

Virginia wandte sich an ihren Vater und ihre Tante Diana. »Und was ist mit dem anderen Plan?«, fragte sie mit Angst und Abscheu in der Stimme.

»Wenn wir nicht sofort mit der Arbeit beginnen, bricht hier die Hölle los«, erwiderte Duncan und ging davon. Die Zuweisung der Frauen war Dianas Problem, nicht seins.

Diana überließ es Susan, das Frühstücksgeschirr abzuräumen, abzuwaschen und die Vorbereitungen für das Mittag- und Abendessen zu treffen. Theresa wurde in die Wäscherei geschickt. Sie waren ohnehin schon in Verzug. Nigel und seine Söhne wechselten täglich ihre Kleidung. Es gab viele Tudor-Jacken, aber es mangelte an Hemden und Unterwäsche. Wenn ihre Hemden am Ende des Tages nicht gewaschen und ordentlich gebügelt waren, würde es mächtigen Ärger geben.

Nachdem Diana die anderen Aufgaben verteilt hatte, ging sie mit Theresas Töchtern in die Prunkgemächer, in denen Nigel und seine Söhne schliefen. Sie hörten fröhliches Jauchzen vom Lawn Court, wo die Chatfields eine Partie Bowling spielten. Mary-Claire, deren Leine an der Venusstatue angebunden war, hatte sich auf der Erde zusammengerollt und schlief.

Diana lief allein zur Bibliothek. Es war ein großer Raum, der vom Boden bis zur Decke mit Tausenden antiker Bücher gefüllt war, die die Saville-Familie, die ehemaligen Besitzer von Haver House, im Laufe von Jahrhunderten gesammelt hatte. Diana war sicher, dass sie irgendwo in diesen alten Büchern die Informationen finden würde, die sie brauchte.

Viele der Bücher hatten sonderbare Titel oder gar keine. Systematisch nahm Diana ein Buch nach dem anderen heraus, schlug es auf und überflog den Inhalt.

»Was tust du hier?«, fragte eine Stimme hinter ihr.

Diana war so in ihre Aufgabe vertieft, dass sie Nigel gar nicht hatte kommen hören. Er stand in der Tür auf der anderen Seite der Bibliothek mit Mary-Claires Leine in der Hand.

»Ich staube die Bücher ab, Euer Lordschaft«, erwiderte Diana und tat so, als striche sie Staub von den Büchern.

»Abstauben? Abstauben! Mach mein Zimmer sauber, du alberne Kuh.«

Diana tat so, als würde sie den Staubwedel in die Tasche stecken. Darauf schickte sie sich an, die Bibliothek durch die nächstgelegene Tür zu verlassen.

»Übrigens«, rief Nigel ihr hinterher. »Achte darauf, dass Virginias Zwillingstöchter in die Kartei der Begleitagentur aufgenommen werden.«

Wütend drehte sich Diana zu ihm um. »Sie sind erst dreizehn!«

»Wenn sie groß genug sind, sind sie auch alt genug«, konstatierte Nigel ungerührt.

Diana ließ sich nicht einschüchtern. »Das ist gegen das Gesetz, und das wisst Ihr.«

»Blödsinn. Es gibt kein Gesetz mehr. Und außerdem ist sechzehn nur ein willkürlich festgelegtes Alter, das törichte Gutmenschen für richtig erachtet haben. Das hat mit der Realität nichts zu tun. Glaubst du, all diese Jugendlichen, die früher immer schwanger wurden, wurden vergewaltigt? Na ja, wenn du die anderen Huren gut abrichtest und sie uns glücklich machen, brauchen wir die jungen Dinger nicht. Es liegt also an dir.«

6

Mark stieg die Kajütenleiter hinauf und gesellte sich zu Steven, Allison und Penny im Cockpit der *Archangel.* Die beiden Jungen, Pennys Sohn Lee und Jessicas Sohn Tommy, waren mit Rettungsleinen gesichert und spielten Piraten auf dem Vordeck. Tommy war zwar ein Jahr älter war als Lee, sah aber kleiner und jünger aus. Adam und seine Söhne spielten unten im Salon Karten. Fergus und Jessica schliefen in ihrer Kabine.

»Reicht die Sicht zur Mittagszeit aus?«, fragte Mark Steven.

»Es muss gehen.«

»Was ist mit den Chronometern?«

Ohne Satellitennavigation waren sie auf die traditionellen Navigationsmethoden angewiesen. Jeden Tag mussten sie anhand des Sonnenstandes ihre Position ermitteln und mithilfe eines Chronometers den Längengrad bestimmen. Bevor sie Gulf Harbour vor dreizehn Monaten verlassen hatten, hatte Mark sich im Jachthafen die Chronometer von drei Schiffen besorgt, um sicherzustellen, dass sie immer die exakte Zeit hatten. Einer der Chronometer musste aufgezogen werden, einer wurde mit Batterie betrieben, und das neueste Modell war ein Automatik-Chronometer.

»Sie funktionieren alle.«

»Bist du sicher?«

»Natürlich bin ich das«, fuhr Steven ihn an.

»Lass uns mal nachsehen, über was die Kinder so laut lachen«, schlug Allison vor. Penny nickte, und die beiden eilten hinaus und ließen Mark und Steven allein im Cockpit zurück.

Steven wusste, warum sie gegangen waren. »Ich habe die Chronometer überprüft, kurz nachdem wir England verlassen haben«, sagte er in versöhnlichem Ton. »Der Chronometer, der aufgezogen werden muss, war natürlich stehen geblieben. Und zwischen dem Batterie-Chronometer und dem Automatik-Modell gab es eine Differenz von dreißig Sekunden. Als du dich von deiner Schusswunde erholt hast, habe ich mich in Peacehaven am Greenwich-Meridian orientiert und auf die Mittagssonne gewartet. Ich habe gesehen, dass der Automatik-Chronometer richtig ging, und die anderen auf dieselbe Zeit eingestellt.«

»Gut gemacht. Ich weiß nicht, ob ich selbst daran gedacht hätte.« Durch Marks Lob verbesserte sich die Stimmung. »Ich weiß, dass du unbedingt nach Hause möchtest, mein Sohn, aber es ist sinnvoll, in Brisbane einen Zwischenstopp einzulegen.« Steven antwortete nicht. »Wir segeln, so schnell wir können. Wie machen die Dalton-Jungs sich als Schiffsbesatzung?«

»Luke ist gut, aber Robert ist wie immer furchtbar von sich eingenommen. Adam ist keine große Hilfe. Auch wenn er früher in England seine eigene Jacht hatte, kann er den Kurs nicht halten. Vermutlich ist er immer mit dem Autopiloten gesegelt.«

»Und Fergus?«

»Gut. Er ist ein Naturtalent. Aber man kriegt ihn natürlich nur ans Ruder, wenn er sich ein paar Minuten von Jessica loseisen kann.«

Mark spürte Stevens Groll. Zweifellos hätte auch er gerne mehr Zeit mit seiner Freundin verbracht, aber er musste am Ruder dieser Jacht stehen. »Wir sollten die Schiffswache in drei Schichten aufteilen«, schlug Mark vor. »Du übernimmst mit Penny und Luke die Wache von acht bis zwölf. Ich übernehme von zwölf bis vier mit Allison und Adam, und Fergus kann die Wache von vier bis acht mit Jessica und Robert übernehmen.«

»Fergus muss schnell lernen, wenn wir ihn als Wachkapitän einsetzen wollen.«

»Wenn er die letzte Wache übernimmt, ist es für uns beide am einfachsten, ihn im Auge zu behalten. Bei schlechtem Wetter bleibe ich noch ein paar Stunden zusätzlich am Morgen, bis es hell ist. Du kannst ihn, wenn es notwendig ist, am frühen Nachmittag unterstützen, ehe du deine Wache übernimmst.«

Steven nickte. »Und was ist mit dem Suezkanal? Wir würden eine Menge Zeit sparen, wenn wir durch den Kanal fahren.«

»Wenn er noch geöffnet ist.«

»Es gibt dort keine Schleusen. Selbst wenn er blockiert ist, müssten wir es schaffen, mit der *Archangel* durchzufahren.«

»Das wissen wir nicht genau. Vergiss nicht den Krieg zwischen Ägypten und Israel kurz vor dem Ausbruch der Pandemie. Der Kanal könnte sogar teilweise zugeschüttet worden sein. Wenn wir Pech haben, durchqueren wir das ganze Mittelmeer und sind dann gezwungen, die gesamte Strecke zurück bis Gibraltar zu segeln. Nehmen wir die Route über das Kap der Guten Hoffnung, wissen wir wenigstens, dass wir auf jeden Fall nach Hause kommen.«

Zögernd gab Steven zu, dass sein Vater recht hatte.

»Gute Idee«, sagte Adam erfreut, als Mark beim Mittagessen im Salon seine Entscheidung verkündete, ein Wachsystem einzuführen. Doch als Mark bekannt gab, wer welche Wache übernahm, spiegelte sich Enttäuschung auf Adams Gesicht. Er gehörte zur älteren Generation und war wohl der Meinung, dass er der dritte Wachkapitän sein sollte. Roberts finsterer Blick signalisierte, dass ihm die Entscheidung ebenfalls nicht gefiel.

»Jede Wache ist abwechselnd auch jeden dritten Tag für das Kochen und Saubermachen des Schiffes zuständig«, fuhr Mark fort.

»Du Glückspilz«, verspottete Luke Penny. »Ich hoffe, du kannst kochen.«

»Wer meint denn hier, er könnte die Arbeit verteilen?«, rief Steven aus dem Cockpit, wo er am Ruder der Jacht stand und das Gespräch verfolgte. »Ich entscheide, wer während meiner Wache welche Arbeiten übernimmt. Dazu gehört auch das Reinigen der Toiletten.«

»Wir müssen sparsam mit Wasser umgehen«, warf Mark ein. »Ihr dürft die Wasserhähne nicht laufen lassen, und wir können nur einmal pro Woche duschen.«

»Was?«, rief Jessica. Die dunkelhaarige, hübsche Frau war wie die anderen aus ihrer Familie nicht besonders groß, und man hätte ihr die kraftvolle Stimme gar nicht zugetraut.

»Mit Salzwasser kannst du so oft duschen, wie du willst.«

»Dann klebt man ja am ganzen Körper.«

Mark ging nicht auf ihre Beschwerde ein. Je eher alle verstanden, dass dies keine Vergnügungsreise war, desto besser. »Auch unsere Verpflegung macht mir Sorgen.«

Bevor Mark und Steven von Neuseeland nach England gesegelt waren, hatten sie alle möglichen Stauräume und auch die Bilge der Jacht mit Nahrungsmitteln vollgestopft: Eingemachtes, ein Teil des kostbaren Vorrats an Konserven, die sie nach der Pandemie gesammelt hatten, jede Menge Essig und Sirup. Die leeren Gefäße hatten sie aufbewahrt, in der Hoffnung, ihre Vorräte auffüllen zu können, ehe sie die Rückreise antraten. Doch da sie nur mit knapper Not aus Haver entkommen waren, war das nicht möglich gewesen. »Wir angeln natürlich auch weiterhin, aber unsere Reise von Neuseeland nach England hat gezeigt, dass es hier im tiefen Wasser nicht viele Fische gibt. Die eingemachten Nahrungsmittel von der Hinreise reichen noch für einen Monat, und das auch nur, wenn wir sparsam damit umgehen. Wenn nötig, legen wir einen Zwischenstopp in Kapstadt ein und suchen dort nach Nahrungsmitteln.«

»Aber nur, wenn wir nicht genügend Fische fangen«, beharrte Steven.

Nachdem sie das Wachsystem eingeführt hatten, folgte das Leben an Bord der *Archangel* immer demselben Trott. Aber die Spannungen nahmen zu. Mark wusste nicht, ob es an den beengten Verhältnissen an Bord lag, den Charakteren der Mitreisenden oder einfach an der Langeweile beim Hochseesegeln. Er bemühte sich, alle bei Laune zu halten, doch das Unbehagen ließ sich nicht vertreiben.

Auch seine eigene Stimmung wurde nicht gerade besser, da er keinen Erfolg mit dem Langwellensender hatte. Jeden Tag um zwölf Uhr mittags nach neuseeländischer Zeit schaltete er ihn ein, fummelte an den Einstellungen herum und versuchte, die Gemeinschaft in Gulf Harbour über Funk zu erreichen. Steven hatte dort vor der Abreise ein Funkgerät installiert. Jane hatte ihm fest versprochen, komme was wolle, jeden Tag zur Mittagszeit ein paar Minuten lang auf Funksprüche von ihm zu warten. Theoretisch wurden die Funkwellen von der Troposphäre reflektiert und konnten auf diese Weise um die ganze Welt reisen. In Wirklichkeit jedoch hatte ein ganzes Netzwerk von Betreibern vor der Pandemie Relaisstationen errichtet, um viel kürzere Entfernungen zu überbrücken. Doch dieses Netzwerk existierte natürlich nicht mehr.

Auf der Reise von Neuseeland hatte die *Archangel* den Kontakt zu Gulf Harbour verloren, ehe sie das Kap Hoorn erreichten. Obwohl sie noch immer auf der Nordhalbkugel waren, saß Mark jeden Tag lange Zeit vor dem Funkgerät und suchte die Frequenzen ab. Doch hörte er immer nur statisches Rauschen.

Noch schlimmer waren die zunehmenden Spannungen zwischen ihm und Allison. Mark wusste, dass sie seine Liebe zur See nicht teilte. Er fragte sich, ob sie mehr von den Vorlieben und Abneigungen des anderen erfahren hätten, wenn sie eine normale romantische Beziehung gehabt und nicht während ihrer Gefangenschaft in Haver nur ein paar gestohlene Augenblicke miteinander verbracht hätten. Vielleicht spielte auch der Altersunterschied von zwanzig Jahren eine Rolle, oder Allisons Wunsch, Nigels Grausamkeiten zu entkommen, war größer gewesen als ihre Liebe zu ihm. Es fiel ihm vor allem schwer, ihre fortwährende Sehnsucht nach England zu akzeptieren. Mark versuchte, sie davon zu überzeugen, dass es ihrer Mutter gut ging, aber dann begriff er, dass Allison auch ihre Tochter Charlene und ihre Enkelkinder vermisste.

In den kleinen Kabinen der *Archangel*, wo so viele Menschen auf engstem Raum zusammenlebten, konnten Mark und Allison keine Zeit in trauter Zweisamkeit verbringen. Der anfangs so leidenschaftliche Sex war abgeflaut. Auch das Wissen, dass das Stöhnen, das jede Nacht aus Stevens und Fergus' Kabinen drang, von dem erstickten Kichern der beiden kleinen Jungen begleitet wurde, die in der Koje am Vordeck schliefen, dämpfte ihr Verlangen. Mark freute sich auf das Ende der Reise und hoffte, dass er und Allison ihre Beziehung dann neu beleben konnten. Allmählich wünschte er sich sogar, er hätte nicht den Vorschlag gemacht, in Brisbane vor Anker zu gehen.

Brisbane war nicht der einzige Grund, warum sich die Reise in die Länge zog. Sie fingen nur vier große Thunfische, als die *Archangel* gen Süden segelte. Die Fische waren eine willkommene Abwechslung auf dem Speiseplan, doch grundsätzlich änderte sich dadurch nichts daran, dass ihre Vorräte zur Neige gingen.

Eine Woche, ehe sie das Kap der Guten Hoffnung umrunden wollten, sagte Mark zu Steven: »Wir haben keine andere Wahl. Mit so wenigen Vorräten schaffen wir es nicht durch den Indischen Ozean. Auch das Wasser geht zur Neige.«

Sie hatten nicht genug Diesel an Bord, um die Entsalzungsanlage laufen zu lassen. Und das Regenwasser, das sie während der tropischen Wolkenbrüche aufgefangen hatten, als sie langsam durch die Kalmen trieben, reichte nicht aus.

Am Abend verkündete Mark den anderen die Planänderung. Es war eine wunderschöne Nacht. Da es zu warm war, um unten richtig zu schlafen, hatten sich alle im Cockpit versammelt. Die *Archangel* machte gute Fahrt. Die großen Segel leuchteten im Mondlicht, und das schäumende Kielwasser glänzte silbern.

»Vielleicht finden wir in Kapstadt Überlebende«, spekulierte Robert enthusiastisch. Heute machte er ausnahmsweise mal kein mürrisches Gesicht.

Ebenso wie Tommy und Lee wurde er von den Geräuschen aus Fergus' Kabine immer wach gehalten. Im Gegensatz zu den beiden kleinen Jungen amüsierte er sich jedoch nicht über die Geräusche, sondern sie erfüllten ihn mit Eifersucht und sexueller Frustration.

»Damit würde ich nicht rechnen«, erwiderte Mark. »Auf der Reise nach England gab es keine Anzeichen für Überlebende und auf dem Rückweg bisher auch nicht.«

»Wir sind kaum in der Nähe der Küsten gesegelt«, meinte Adam. »Meiner Meinung nach wäre es sinnvoll gewesen, wenn wir uns in ein paar Orten umgesehen hätten.«

»Ich kann immer noch nicht glauben, dass in der ganzen

Welt nur Mitglieder der Chatfield-Familie die Pandemie überlebt haben«, sagte Penny.

»Ich auch nicht«, pflichtete Jessica ihr bei. »Ich habe auch nie geglaubt, dass die Erde der einzige bewohnte Planet im Universum sein soll.«

Alle hoben den Blick zum Himmel. Es war eine sternklare Nacht, und am Himmel funkelten unzählige Sterne. Viele Sternbilder, wie zum Beispiel das Kreuz des Südens, kannten diejenigen nicht, die den Äquator nie zuvor überquert hatten.

»Dieser Stern bewegt sich«, rief Luke nach ein paar Minuten und zeigte mit dem Finger auf eine Stelle hoch über dem Großsegel.

»Das muss ein Satellit sein«, sagte Mark. »Aber er leuchtet sehr hell, vielleicht ist es eher die Internationale Raumstation.«

Im selben Augenblick begriffen einige von ihnen schlagartig, was diese Erkenntnis bedeutete.

»Meinst du, da oben könnten noch Menschen leben?«, fragte Luke.

»Ganz bestimmt nicht«, entgegnete Adam spöttisch.

Fergus strich sich mit den Fingern durch seinen zerzausten Irokesenschnitt und widersprach ihm. »Möglich wäre es.«

»Seit Ausbruch der Pandemie sind dreieinhalb Jahre vergangen.«

»Und wenn die Wissenschaftler so viele Nachschubkapseln wie möglich mit Vorräten vollgestopft und in den Weltraum geschossen haben, als die Pandemie ausbrach?«

»Ja ... vielleicht ... aber für dreieinhalb Jahre? Das müsste eine ganze Menge gewesen sein.«

»Selbst wenn sie nicht die ganze Zeit da oben geblieben sind, könnten sie so lange in ihrer Station ausgeharrt haben, bis die Vorräte zur Neige gingen, und dann wieder auf der Erde gelandet sein«, überlegte Penny laut.

»Ohne Bodenkontrolle hätten sie nicht landen können«, entgegnete Adam.

»Astronauten sind ziemlich schlaue Leute. Erinnert ihr euch an Apollo 13? Die sind damals doch auch sicher gelandet.«

»Wahrscheinlicher fliegen nur noch Leichen durchs All«, erwiderte Adam trocken.

Plötzlich hörten sie mehrere dumpfe Schläge, als ein Schwarm Fliegender Fische gegen die Bordwand und gegen das Kabinendach prallte. Das Schicksal der Besatzung der Internationalen Raumstation geriet sofort in Vergessenheit. Alle sprangen auf, um sich diesen Goldregen für ihre Vorräte nicht entgehen zu lassen.

7

»Da! Der Tafelberg!«, rief Fergus aufgeregt aus dem Cockpit. Die ersten Lichtstrahlen erhellten den Morgenhimmel, und sein Haar leuchtete roter denn je. Aufgeregte Gestalten eilten aus den Kabinen an Deck und starrten auf den Berg mit dem flachen Gipfel, der wie immer von Wolken verhüllt war.

Steven maß mithilfe seines Sextanten den Winkel von einem wolkenfreien Punkt des Berges bis zum Ufer und schrieb schnell ein paar Berechnungen auf die Rückseite der Seekarte. »Es sind ungefähr dreißig Meilen«, sagte er. »Wenn der Wind hält, sind wir gegen Mittag da.«

Wie Steven befürchtet hatte, legte der Wind sich ein wenig, und es dauerte eine halbe Ewigkeit, bis die *Archangel* den Weg zur Küste geschafft hatte. Adam schlug vor, den Motor zu starten, doch Mark war dafür, den wertvollen Diesel zu sparen.

Mark hatte die Stadt vor dem Ausbruch der Pandemie mehrmals besucht und kannte Kapstadt gut, doch diesmal hatte er Schwierigkeiten, Orientierungspunkte zu erkennen. Es schienen viel weniger Gebäude zu sein als in seiner Erinnerung. Er suchte den Horizont nach Rauchfahnen ab, konnte aber keine entdecken.

Es war schon mitten am Nachmittag, als sie den Hafen erreichten. Mehrere Schiffe waren in der Hafeneinfahrt auf Grund gegangen. Steven kletterte den Mast hinauf und gab Mark Anweisungen, wie er die *Archangel* am besten zwischen den Wracks hindurchmanövrierte. »Es sieht aus, als wäre da eine Bombe eingeschlagen«, rief er aus der Takelage. »Weiß der Himmel, was hier geschehen ist.«

Alle halfen eifrig, die Leinen der *Archangel* an der Kaimauer festzumachen. Jetzt konnten sie sehen, dass die Gebäude rund um das Viktoria-Basin, das einst mit Leben pulsierte, eingestürzt waren.

»Hoffen wir, dass wir etwas zu essen finden«, sagte Mark zu Steven, als er den Mast hinunterkletterte.

»Das dürfte kein Problem sein. Ich habe ein paar Rehe auf den Freiflächen gesehen.«

»Hast du auch Menschen gesehen?«, fragte Robert. »Frauen?«, fügte er dann hinzu. Steven schüttelte den Kopf.

»Okay«, sagte Mark und schaute auf die Uhr. »Wo genau hast du die Rehe gesehen?«

»In der Nähe des Uferlandes, da hinten.« Steven zeigte in Richtung Südwesten. Mark wusste, dass dort der Vorort Sea Point lag.

»Okay, Adam, du bist der beste Schütze.« Es war Adam gewesen, der Nigels Sohn Miles bei ihrer Flucht aus Haver mit einem einzigen Schuss getötet hatte. »Nimm ein Gewehr und sieh zu, dass du ein paar Tiere erlegst.« Adam warf sich in die Brust, selbstbewusst durch das Lob. »Halte dich Richtung Westen. Wir bleiben im Hafenviertel und marschieren Richtung Osten. Wir wollen nicht, dass jemand versehentlich erschossen wird. Nimm Fergus und deine Jungen mit. Sie können dir helfen, deine Beute zu tragen.«

»Wie viele Tiere soll ich schießen?«, fragte Adam.

»Genug Fleisch für ein paar Monate. Wir können es nach Biltong-Art trocknen.«

»Kein Problem.«

Mark wandte sich wieder Steven zu. »Versuch du, mit Penny frisches Wasser zu finden. Ich nehme Allison, Jessica und die

Kinder mit. Wir suchen Obst und Gemüse – alles, was wir einmachen können. Wir durchsuchen auch die Häuser. Es würde mich aber wundern, wenn wir irgendwas zu essen finden.«

Mark reichte Steven und Adam jeweils ein Gewehr und Munition. »Kannst du schießen?«, fragte er Fergus, nachdem er kurz nachgedacht hatte. Der schüttelte den Kopf.

»Ich aber«, prahlte Robert.

Mark reichte ihm das letzte Gewehr. Dann wandte er sich an alle und mahnte: »Seid vorsichtig. Bleibt in euren Gruppen. Wenn ihr in Schwierigkeiten geratet, feuert schnell hintereinander vier Schüsse ab. Und achtet darauf, dass ihr alle vor Einbruch der Dunkelheit wieder an Bord seid.«

Steven reichte Penny die Hand, und sie eilten an den verfallenen Häusern am Kai entlang. »Schön, dass dein Vater auf die Kinder aufpasst«, scherzte Penny.

Sobald sie außer Sicht und Hörweite der anderen waren, führte Steven sie zu einer Wiese, auf der umgeben von Büschen hohes Gras wucherte. Steven zog Penny neben sich auf die Erde. Endlich waren sie allein und genossen beglückt die Zweisamkeit. Hastig zogen sie sich gegenseitig aus, umarmten sich und rollten nackt durchs Gras. Dann liebten sie sich und versuchten beide, den Höhepunkt möglichst lange hinauszuzögern. Als sie ihn schließlich beide erreichten, stöhnten sie vor Wonne. Langsam lösten sie sich aus der Umarmung, streckten lachend alle viere von sich und schauten in den Himmel.

»Ich liebe dich so sehr«, sagte Steven nach einer Weile.

»Ich liebe dich auch«, erwiderte Penny. Sie rollte sich auf den Bauch und strich mit den Fingern über Stevens Leiste. Als sie sich ein wenig erholt hatte, setzte sie sich mit gespreizten Beinen auf ihn. Sie schob seinen Penis in ihre Scheide und bewegte sich rhythmisch auf und nieder, während Steven ihre Brüste streichelte. Penny warf den Kopf zurück, und ihr goldenes Haar wippte auf ihren nackten Schultern. Plötzlich stockte ihr der Atem, und Steven glaubte zuerst, sie habe erneut den Höhepunkt erreicht. Doch dann sah er das Entsetzen in ihren Augen und griff instinktiv nach dem Gewehr.

»Es ist alles in Ordnung«, sagte sie leise. »Sie sind tot.« Sie löste sich von ihm, sank ins Gras und zeigte auf die Büsche. »Da drüben.«

Steven spähte durch das hohe Gras und sah fünf kopflose Skelette, die an Kreuze gebunden waren und nur noch von zerfetzter Kleidung zusammengehalten wurden.

»Was, meinst du, ist hier passiert?«, fragte Penny. Sie zog sich hastig an, als wollte sie ihren Körper vor neugierigen Blicken schützen.

»Das weiß nur Gott allein.« Enttäuscht und verwirrt zog Steven sich ebenfalls an. »Sieht aus wie eine Massenhinrichtung. Komm, wir suchen Wasser.«

Mark und Allison bahnten sich vorsichtig den Weg an Bombenkratern vorbei und gingen langsam eine Straße hinunter. Auf einem schäbigen Straßenschild stand Long Street – ein so einfallsloser wie passender Name. Jessica, die Tommy und Lee an den Händen hielt, folgte ihnen. Auf beiden Seiten der Straße standen ausgebrannte Häuser, viele waren eingestürzt.

»Das verstehe ich nicht«, murmelte Mark mehr zu sich selbst. »Ich hätte nicht gedacht, dass ein anderes afrikanisches Land über die militärische Macht verfügte, um solche Schäden zu verursachen.«

»Es könnten auch die Amerikaner gewesen sein. Du weißt ja, wie gerne das Land immer Krieg geführt hat.«

»Glaube ich nicht. In diesem Teil der Welt gibt es kein Öl, um das es sich zu kämpfen lohnt.«

»Gold und Diamanten?«

»Damit kann bei einer Pandemie wohl keiner was anfangen.«

Jessica holte sie ein. »So viele Skelette«, sagte sie schaudernd. Sie kamen gerade an einem Gulli vorbei, den menschliche Knochen verstopften, die vermutlich bei einer Überschwemmung durch den Rinnstein dort hineingeschwemmt worden waren.

Mark nickte. »Es scheint sich niemand die Mühe gemacht zu haben, die Toten zu begraben. Und in vielen Schädeln sind Schusslöcher.«

»Ich sehe nirgendwo Katzen oder Hunde«, meinte Allison.

»Die Menschen haben die Hunde vermutlich gegessen, als ihnen die Nahrung ausging. Und vergiss nicht, dass die Katzen wahrscheinlich per Gesetz vernichtet wurden«, überlegte Mark. Auch in Neuseeland waren auf dem Höhepunkt der Pandemie solche Gesetze erlassen worden, weil man fürchtete, Katzen könnten den Virus übertragen.

Viele der zerbombten Gebäude wirkten einsturzgefährdet, aber alle anderen durchsuchten sie. Doch sie fanden nur leere Konservendosen und Verpackungen, nichts Essbares.

»Passt auf.« Mark führte die Gruppe durch den zertrümmerten Eingang eines ehemaligen Restaurants. Auch hier waren alle Vorräte geplündert worden. »Wir gehen in die Vororte«, beschloss er grimmig. »Vielleicht haben wir dort mehr Glück.«

»Jetzt wissen wir zumindest, wer die Stadt bombardiert hat«, sagte Jessica und reichte ihm eine zerfledderte Zeitung aus einem Ständer. Die Schlagzeile lautete:

SÜDAFRIKANISCHE PILOTEN BOMBARDIEREN KAPSTADT
BÜRGERKRIEG BRICHT AUS, WEGEN KÄMPFEN VON WEISSEN UND AFRIKANERN UM DIE KONTROLLE DER MEDIZINISCHEN VERSORGUNG.

»In diesem Land hat sich nichts geändert«, stellte Mark betrübt fest, als er den Artikel überflog. »Sie deuten sogar an, dass Schwarze an anderen Symptomen leiden als Weiße!«

Bei Einbruch der Dunkelheit erreichte Marks Gruppe die Jacht. Sie brachten Gemüse aus verlassenen Vorstadtgärten mit, das sie in Taschen und diversen anderen Behältern transportierten. Steven stand neben einem großen Plastikfass, aus dem ein Schlauch zum Kai führte. Mark sah zu Penny hinunter, die das andere Ende des Schlauches in die Öffnung des Wassertanks an Deck der *Archangel* hielt.

»Wir haben einen Brunnen mit Wasser entdeckt«, sagte Steven. »Außerdem haben wir ein paar Fässer gefunden. Es war etwas mühsam, die Fässer durch die Trümmer zu rollen, aber immer noch einfacher, als Eimer zu schleppen. Wenn wir die Fässer morgen noch einmal füllen, sind die Tanks voll.«

»Gut gemacht. Habt ihr Adam und seine Gruppe gesehen?«, fragte Mark, als er und die anderen ins leere Cockpit stiegen.

»Nein. Vor ein paar Minuten haben wir einen Schuss gehört, aber es klang, als wäre es sehr weit weg.«

»Sie sollten längst wieder hier sein«, sagte Mark verärgert.

»Mark hat gesagt, wir sollen vor Einbruch der Dunkelheit zurückkehren«, widersprach Fergus. Er saß mit Adam und Robert unter einem hohen Baum auf dem Lions Head, einem der niedrigeren Hänge des Tafelberges. Vor ihnen breitete sich eine große Wiese aus. Luke war auf die unteren Äste des Baumes geklettert, um einen besseren Blick zu haben.

»Mark meint vielleicht, er versteht was vom Segeln«, spottete Adam. »Aber vom Jagen hat er keine Ahnung. Seht ihr das Wasserreservoir da hinten?«

»Ja.«

»Tiere müssen trinken. Wenn es dunkel wird, sammeln sie sich dort. Dann ist es ein Kinderspiel, ein paar zu erlegen.«

Adam war enttäuscht über seine Beute von vier kleinen Rehen, denn er wollte Mark und den Rest der Gruppe gerne beeindrucken. In der Ferne hatte er ein viel größeres Tier durch das hohe Gras laufen sehen. Er wusste zwar nicht, was für ein Tier es war, aber er wollte es erschießen, wenn es aus der Deckung kam.

Fergus ließ nicht locker. »Wir sollten die erlegten Tiere zur Jacht bringen, solange sie noch frisch sind.« Insekten umkreisten surrend die blutenden Schusswunden.

»Wir gehen morgen früh zurück. Ich trage die Verantwortung«, entgegnete Adam in barschem Ton. Offenbar kränkte es ihn noch immer, dass Fergus zum Wachkapitän bestimmt worden war.

»Du fürchtest dich doch nicht vor der Dunkelheit?«, spottete Robert.

Fergus fürchtete sich nicht. Er wollte aber schnell zurück zur *Archangel*, denn er hatte Jessica den ganzen Tag vermisst. »Sie werden sich Sorgen machen, wenn wir nicht rechtzeitig wieder da sind.«

»Die können sich schon denken, dass alles in Ordnung ist«, meinte Robert. »Wenn wir in Schwierigkeiten wären, würden wir vier Schüsse abfeuern. Das wissen sie.«

»Ende der Diskussion«, schimpfte Adam. »Ich trage die Verantwortung, und ich habe gesagt, wir bleiben hier.« Sie sahen die Umrisse eines einsamen Rehs, das auf die Lichtung zwischen ihrem Versteck und der Wasserstelle lief. »Ich geh da rechts zu dem Baumstamm. Ihr drei bleibt hier. Robert, du wartest, bis sich mehrere Tiere versammelt haben, und dann nimmst du eins auf der linken Seite der Herde ins Visier. Ich konzentriere mich auf die rechte Seite. Warte, bis ich den ersten Schuss abgefeuert habe, bevor du schießt. Wenn auf beiden Seiten der Herde Tiere zu Boden gehen, sind sie verwirrt. Sie werden das Wasserbecken nicht durchqueren, sondern in diese Richtung flüchten. Dann können wir noch ein paar erlegen. Leg die Munition vor dir auf die Erde, damit du schnell nachladen kannst.«

Robert nahm die Munition aus den Taschen, und Fergus und Luke beobachteten Adam, der durch das hohe Gras zu dem hundert Meter entfernten Baumstamm schlich. Die Dunkelheit und das Gras verschluckten ihn schnell.

Eine halbe Stunde später ging der Mond auf und tauchte das Wasserreservoir in silbernes Licht. Auch der Lauf von Adams Gewehr glänzte im Mondschein. Als Luke sah, dass sein Vater in Position war, sprang er vom Baum. Von ihrem Standort aus beobachteten die drei jungen Männer die Lichtung, als immer mehr Rehe zögernd aufs Wasser zugingen, um zu trinken. Robert hob sein Gewehr und richtete es auf ein großes Reh links in der Herde.

»Warum dauert es so lange?«, flüsterte er den anderen ungeduldig zu.

»Dad weiß, was er tut. Warte, bis er geschossen hat«, erwiderte Luke.

Sie saßen in der Dunkelheit und lauschten. Doch das Geräusch, das folgte, war entsetzlich – ein langer, durchdringender Schrei, ein einziger Schuss und dann Stille.

»Kommt«, rief Luke und lief schon auf den Baumstamm zu.

Instinktiv nahm Robert eine Hand voll Patronen und stopfte sie in die Tasche, ehe er Luke und Fergus folgte.

»Dad, ist alles in Ordnung?«, rief Luke, als sie sich näherten. Keine Antwort, doch als sie im hohen Gras Geräusche hörten, blieben sie wie angewurzelt stehen und lauschten. Robert legte das Gewehr an.

»Dad!«, rief Luke.

»Da!«, rief Fergus entsetzt. »Hinter dem Baumstamm!«

Die Erwachsenen an Bord der *Archangel* saßen im Cockpit und aßen ihr Abendessen, als sie in der Ferne vier Schüsse hörten, die von den Hängen des Tafelberges widerhallten.

»Ich wusste es!«, fluchte Mark.

Steven griff mit einer Hand sein Gewehr und begann die *Archangel* mit dem Festmacherseil am Heck näher an den Kai zu ziehen.

»Wir suchen sie jetzt auf gar keinen Fall«, erklärte Mark mit Nachdruck.

»Wir müssen!«

»Ich habe ihnen gesagt, sie sollen vor Einbruch der Dunkelheit zurück sein. In erster Linie sind wir für die Sicherheit der Frauen und Kinder verantwortlich.«

Steven zögerte.

»Wir wissen nicht, was bei ihnen los ist. Willst du Penny hierlassen oder sie mitnehmen?«, fragte Mark herausfordernd.

Steven musste die Entscheidung seines Vaters akzeptieren und ließ die Leine los. »Ich gebe wenigstens einen Schuss ab, damit sie wissen, dass wir sie gehört haben.«

Nachdem er geschossen hatte, hörten sie kurz darauf einen Schuss in der Ferne.

Jessica begann zu weinen; Mark legte einen Arm um ihre Schultern. »Es ist zu gefährlich, bei Dunkelheit da rauszugehen«, erklärte er. »Sobald es morgen hell wird, gehen Steven und ich los und suchen sie.«

Bei Anbruch der Morgendämmerung war der Rettungstrupp, bestehend aus Mark, Steven und auch Jessica, die trotz Marks Einwänden darauf bestand, sie zu begleiten, abmarschbereit.

»Sorg dafür, dass alle auf dem Schiff bleiben«, sagte Mark zu Allison. »Niemand geht ans Ufer, bis wir wieder da sind.«

Sie stiegen auf den Kai, und Steven gab einen weiteren Schuss ab, der sofort beantwortet wurde.

»Offenbar leben sie noch«, sagte Mark.

»Wenigstens einer«, erwiderte Steven gedankenlos.

Jessica begann wieder zu weinen und schluchzte noch lauter, als Tommy, den der Schuss geweckt hatte, nach ihr rief.

Auf der Promenade von Sea Point liefen sie Richtung Westen an dem verfallenen Swimmingpool vorbei in die Gegend, aus der der Schuss gekommen war. Als es hell war, feuerte Steven einen zweiten Schuss ab, der ebenfalls sofort erwidert wurde. Eine halbe Stunde später wurde auch sein dritter Schuss erwidert.

»Derjenige, der die Schüsse abgibt, versteckt sich irgendwo«, schätzte Mark und suchte das Gebiet vor ihnen mit dem Fernglas ab. »Wir laufen in ihre Richtung, aber sie kommen uns nicht entgegen.«

Auf einer kleinen Anhöhe, die nach Marks Einschätzung nicht weit von der Stelle entfernt sein konnte, wo die anderen sich aufhielten, gab Steven wieder einen Schuss ab.

»Hier sind wir!«, hörten sie Fergus schreien.

»Was macht ihr da oben?«, schrie Steven zurück, als er in ein paar Hundert Metern Entfernung drei Gestalten oben in einem Baum entdeckte.

»Löwen!«, schrie Robert verängstigt.

Mark richtete das Fernglas auf den Boden neben dem Baum. Mehrere Löwinnen schliefen mit ihren Jungen im Schatten des Baumes.

»Wo ist nur Adam?«, fragte Steven.

Mark suchte das Gebiet mit dem Fernglas ab. »Etwa fünfzig Meter weiter rechts«, erwiderte er leise.

»Mein Gott«, murmelte Steven. Ein riesiger Löwe mit einer beeindruckenden dunklen Mähne saß entfernt vom Rest des Rudels im Gras und beschützte hochmütig seine Beute.

Jessica begann wieder zu weinen.

»Ich verstehe nicht«, sagte Steven, »warum es so nah bei Kapstadt Löwen gibt. Ich dachte immer, die einzigen Löwen in Afrika lebten weiter nördlich.«

»Hier war früher der Tygerberg-Zoo, und rund um Kapstadt gab es eine Reihe von Wildfarmen, die die Kreuzfahrtschiffe belieferten«, erklärte Mark ihm. »Sie sind vermutlich entkommen und haben sich hier nach der Pandemie versammelt – leichte Beute.«

»Wie kriegen wir sie von dem Baum?«, fragte die schluchzende Jessica.

»Da gibt's nur eine Möglichkeit«, sagte Mark und sprang auf. »Macht so viel Lärm wie möglich.«

Ehe Steven und Jessica darüber nachdachten, was das bringen sollte, rannten sie hinter Mark den Hügel hinunter und schrien aus vollem Hals. Mark und Steven feuerten während des Laufens Schüsse ab. Robert, Luke und Fergus auf dem Baum begannen ebenfalls zu schreien.

Die alarmierten Löwinnen liefen, gefolgt von ihren Jungen, davon. Mit wütend funkelnden Augen nahm der große Löwe die Reste der Beute in sein riesiges Maul und zerrte sie in die Büsche. Mark kniete sich hin und nahm ihn ins Visier, überlegte es sich dann aber anders. Besser, der Löwe nahm Adams Leichnam mit, als dass sie sich hier zu lange aufhielten und ihn begraben mussten.

Sobald die Löwen außer Sicht waren, sprangen die drei verängstigten Jungs vom Baum und liefen auf ihre Retter zu.

»Warum habt ihr euch den Weg nicht freigeschossen?«, fragte Mark Robert, als die ganze Gruppe umkehrte und auf die Hänge von Lions Head zulief.

»Ich hatte nicht genug Munition. Mein Vater hat gesagt, ich soll meine Ersatzmunition auf die Erde legen.«

Mark schüttelte den Kopf.

Auf einer Anhöhe blieben sie stehen und schauten zurück. »Ich habe gar keine Munition mehr«, sagte Robert und warf einen nervösen Blick den Hang hinunter.

Wütend reichte Mark ihm ein Magazin. »Nächstes Mal machst du das, was man dir sagt.«

Zwei Tage später legte die *Archangel* ab. Die Wassertanks waren voll, aber es war ihnen nicht gelungen, die Nahrungsmittelvorräte in dem Maße aufzustocken, wie Mark gehofft hatte. Da sie sich nicht mehr so weit vom Ufer entfernen wollten, hatten sie nur begrenzten Erfolg mit den Gewehren. Sie hatten jedoch Feuer am Kai gemacht, eine Menge Gemüse eingekocht und im Hafen auch ein paar Fische gefangen.

»Jetzt brauchen wir nicht mehr zu diskutieren«, sagte Mark zu Steven, als sie die Leinen der *Archangel* losmachten. »Unsere Nahrungsmittelvorräte reichen nicht bis Neuseeland. Wir müssen auf jeden Fall noch irgendwo anlegen. Warum also nicht in Brisbane.«

Steven stimmte ihm zögernd zu. »Jedenfalls wird es in Brisbane sicherer sein als hier«, scherzte er. »Dort können uns nur Kängurus zerfleischen.«

Allison warf ihm einen bösen Blick zu, als Luke, der auf dem Kabinendach saß, den Kopf hob. Seine Miene war so finster wie die seines Bruders.

8

Die fünf ältesten Mitglieder der Haver-Gemeinschaft versammelten sich im Quartier der Morgans, als die Uhr am Cromwell Tower neun schlug. Sie waren alle erschöpft. Das Trauma des Massakers und der zwölfstündige Arbeitstag forderten ihren Tribut.

»Wir hätten uns eine halbe Stunde früher treffen können, wenn du deinen Mund gehalten hättest«, fuhr Susan Paul an. Sie sah noch abgespannter aus als ihre Verwandten. Ihr spitzes Gesicht war verhärmt, und ihr Haar wurde immer dünner. Sie war furchtbar wütend auf Paul. Sein Vorschlag, die Tretmühle vierundzwanzig Stunden am Tag zu bemannen, damit Nigel Mary-Claire freiließ, hatte dazu geführt, dass ihr Arbeitstag um eine halbe Stunde verlängert worden war.

»Wahrscheinlich hätte er früher oder später sowieso beschlossen, unsere Arbeitszeit zu verlängern«, sagte Duncan und fuhr mit den Fingern durch seinen zotteligen Bart und die zerzauste rote Mähne. Er wollte Paul verteidigen, dessen Kopf wieder nervös zu zucken begann.

»Du hättest dasselbe getan, wenn es um eines deiner Enkelkinder gegangen wäre«, sagte Jennifer. Die Fünfzigjährige war dic jüngste der Cousinen, die in Haver geblieben waren, und die einzige, der man ihr Alter nicht ansah.

»Streiten bringt uns nicht weiter«, stieß Diana hervor. »Nigel und seine Söhne sind unsere Feinde und nicht die Personen in diesem Raum.« Nach dieser Zurechtweisung übernahm sie die Führung über die Zusammenkunft. »Wir haben zwei dringende Probleme, die wir lösen müssen: die Verteilung der Arbeitskräfte und dann das Problem der ›Begleitagentur‹. Zuerst beschäftigen wir uns mit der Aufteilung der Arbeit.«

Paul, Susan und Jennifer verfolgten die Diskussion zwischen Duncan und Diana. Nigel hatte Duncan den Befehl erteilt, die Arbeitskräfte so einzuteilen, dass die Instandhaltung des Anwesens, die Pflege der Gärten und die Versorgung der Tiere gewährleistet waren. Diana sollte die Arbeit im Haus organisieren. Schließlich waren alle Arbeiten innerhalb und außerhalb des Hauses verteilt.

»Jetzt zu dem anderen Problem«, sagte Diana, als Jennifer Tee für die Gruppe kochte. »Mich interessieren die Vorschläge aller, aber am Ende müssen die betroffenen Frauen die Entscheidung treffen.« Diana hatte mehr oder weniger die Aufteilung der Arbeitskräfte für Duncans Bereich übernommen. Und war nicht gewillt, ihren eigenen Verantwortungsbereich an ein Komitee zu übertragen, auch wenn es eine überaus widerwärtige Aufgabe war.

»Oder Nigel und seine Söhne«, stammelte Paul. »Vielleicht klammern sie sich alle an eine der Frauen, wie Miles es mit Theresa gemacht hat, und die Sache hat sich erledigt.«

»Jasper und Greg haben sich bisher nie für eine bestimmte Frau interessiert«, warf Duncan ein. »Vor allem Jasper war immer auf Abwechslung aus.«

»Sie haben keine andere Wahl, als es jetzt mit allen Frauen zu treiben, oder?«, sagte Jennifer, als sie die Tassen verteilte. »Nigel will, dass möglichst viele Babys geboren werden.«

»Wie ich gehört habe, scheint Greg kein großes Problem zu sein«, meinte Susan. »Zwei Minuten, und es ist vorbei, wie es bei einem jungen Kerl halt so ist. Und ich glaube auch nicht, dass Jasper ein Problem ist. Offenbar will er nur beweisen, dass er der beste Liebhaber seit Casanova ist. Typisch Mann.«

Paul und Duncan rutschten auf ihren Stühlen hin und her.

»Das eigentliche Problem ist Nigel«, sagte Susan.

Duncan sah sie streng an. »Wie meinst du das?«

»Komm, das weißt du doch bestimmt auch. Allison hatte furchtbare Angst vor ihm. Hast du nie ihre blauen Flecken gesehen?«

»Und es waren nicht nur seine gewalttätigen Ausbrüche«, sagte Jennifer. »Allison hat sich mir anvertraut. Sie machte zwar nur Andeutungen, aber ich bin sicher, dass Nigel ein paar richtig perverse Nummern auf Lager hat.«

Schweigend tranken sie den Tee und überlegten, wie sie ihre Frauen vor Nigel schützen konnten.

»Was ist mit Damian?«, fragte Duncan.

Die Stimmung der Anwesenden erreichte einen neuen Tiefpunkt.

»Nun, für die Frauen wird er wohl kaum ein Problem darstellen, oder?«, entgegnete Diana trocken.

»Diese verdammte Schwuchtel!«, stieß Susan hervor.

»Es geht nicht darum, dass er schwul ist – das ist was ganz anderes«, sagte Jennifer. »Einige meiner besten Freunde sind – waren – auch schwul. Das Problem ist, dass er wie sein Vater ein Sadist ist und obendrein noch pädophil.«

»Genau. Wie sollen wir die Jungen vor ihm beschützen?«, stammelte Paul. Paul war anzusehen, dass er sich um seine Enkelkinder Ruben und Harry Sorgen machte. Er war den Tränen nahe.

»Wenn wir vielleicht mit Nigel sprechen …«, schlug Duncan vor.

»Willst *du* mit ihm sprechen?«, fragte Susan ihn schnippisch.

Duncan schüttelte den Kopf.

»Ich auch nicht. Wer weiß, wie er reagiert, wenn er erfährt, was für einen kleinen Perversling er gezeugt hat.«

»Würde es überhaupt was bringen?«, fragte Jennifer. »Könnte er Damian Einhalt gebieten, selbst wenn er es wollte?«

»Wir müssen eine Lösung finden«, bat Paul verzweifelt.

Niemand schien eine Antwort auf das Damian-Problem zu haben. Schweigend fragten sich alle, ob es ihnen gelingen könnte, zu fliehen und Mark nach Neuseeland zu folgen. Doch alle wussten, dass es wahnsinnig gefährlich war. Nigel und seine Söhne hatten Mark mit Waffen verfolgt. Es würde nur noch mehr Tote geben. Außerdem konnten sie Mary-Claire nicht im Stich lassen. Um die Stille zu brechen, griff Susan das Thema der »Begleitagentur« wieder auf.

»Alle jungen Frauen sind betroffen. Es müssen drei Männer befriedigt werden – wenn man Damian mitzählt, vier –, und wir haben nur sechs Frauen.«

»Acht«, berichtigte Diana sie.

»Sechs: Cheryl, Bridget, Virginia, Kimberley, Rebecca und Theresa.«

»Und Amy und Beatrice.«

»Was? Wag es bloß nicht, den Chatfields die beiden Kinder anzubieten!«, drohte Duncan ihr.

»Das ist nicht meine Entscheidung«, entgegnete Diana wütend. »Nigel hat mir bereits befohlen, sie auf die Liste zu setzen.«

»Und du hast zugestimmt?«

»Meinst du, ich hatte eine andere Wahl?«

»Du passt besser auf sie auf«, rief Duncan, stellte seine Tasse wütend auf den Tisch und stürmte hinaus. Paul folgte ihm.

»Ich glaube, unsere Besprechung ist zu Ende«, sagte Susan. Sie stand auf und verließ ebenfalls den Raum.

Jennifer blieb sitzen und beugte sich zu Diana hinüber. »Ich habe eine Idee.«

Am nächsten Tag zur Mittagszeit nahmen Diana und Jennifer die jungen Mädchen zur Seite und erklärten ihnen die Situation. Die erwachsenen Frauen hatten sich bereits mit ihrer misslichen Lage abgefunden, doch die jungen Zwillinge Amy und Beatrice gerieten in Panik.

»Ich beschütze euch, so gut ich kann«, versprach Diana und nahm die Mädchen in die Arme.

»Ich kümmere mich um Damian«, erklärte Cheryl. Die anderen musterten sie überrascht. Sie konnten nicht glauben, dass Cheryl sich freiwillig anbot. »Ich habe meine Gründe«, fügte sie hinzu, ohne es näher zu erläutern.

»In Wahrheit habe ich doch gar nicht die Macht, die Entscheidungen zu treffen. Das machen Nigel und seine Söhne selbst«, sagte Diana. Nicht nur die beiden jungen Mädchen schluchzten, sondern auch ihre Mutter Virginia. »Ich werde für euch beide tun, was ich kann.« Die Uhr oben auf dem Cromwell Tower schlug halb eins. Die Mittagspause war zu Ende. Für weitere Diskussionen war keine Zeit.

Als die anderen Frauen den Großen Saal verließen, um mit ihrer Nachmittagsarbeit zu beginnen, lief Diana in die Prunkgemächer. Durch das Fenster der Bibliothek sah sie Nigel und seine Söhne, die gemütlich im Garten speisten. Theresa bediente sie. Sie lief zwischen dem Garten und den Küchen hin und her, um ihre Wünsche zu erfüllen. Trotz ihrer Rolle als Dienerin haftete dieser großen Frau mit dem schlanken Hals Eleganz an. Diana sah, dass Nigel versuchte, eine Hand zwischen Theresas Schenkel zu schieben, als seine Söhne abgelenkt waren. In aller Eile setzte Diana ihre Suche in den Büchern auf den Regalen fort. Sie musste so schnell wie möglich finden, was sie brauchte.

Als sie sah, dass Nigel aufstand und betrunken zurück zum Haus torkelte, stellte sie die Bücher, die sie durchgesehen hatte, hastig aufs Regal und ging in seine Privaträume. Sie machte gerade sein Bett, als er eintrat.

»Madam«, sagte Nigel spöttisch, in sein Schlafzimmer torkelnd. Er war guter Stimmung vom vielen Wein. »Wie geht es mit der Begleitagentur voran?«

»Die Frauen warten darauf, Eurer Lordschaft zu Diensten zu sein«, erwiderte Diana, die sich bemühte, ihre Verachtung für ihn zu verbergen.

»Ich glaube, ich werde heute Nacht Theresas Gesellschaft genießen.« Er sprach die Worte wie eine Drohung aus, und die Betonung des Wortes »genießen« sollte sicherlich Dianas Unbehagen steigern. Sie spürte seine Freude darüber, ihr wehzutun, indem er ihre Tochter verlangte.

»Wie Ihr wünscht«, sagte sie und zuckte mit den Schultern. Er konnte die Enttäuschung über ihre Reaktion nicht verbergen. »Es geschieht Euch recht, wenn sie Euch mit Tripper ansteckt«, fügte Diana schnell hinzu.

»Was?«

»Wisst Ihr nicht, dass Euer Sohn Miles sie vor seinem Tod angesteckt hat?«

Sie war zu weit gegangen. Nigel versetzte ihr einen harten Faustschlag, der sie zu Boden streckte.

»Du lügst!«, schrie er sie an.

Diana kam mühsam auf die Knie und zuckte wieder mit den Schultern. Sie log, doch Nigel konnte es nicht beweisen. Er drehte sich um und ging davon. »Wann soll ich Theresa zu Euch schicken?«, rief sie ihm hinterher.

Er zögerte einen Augenblick. »Schick mir stattdessen eine von Virginias Zwillingstöchtern«, sagte er, ohne sich umzudrehen.

»Nein! Nicht sie! Ich habe sie nicht ...« Diana verstummte.

»Nein, schick sie mir beide. Um Punkt halb neun.«

Diana hockte noch immer auf dem Boden, als Nigels drei Söhne an der Tür vorbeikamen und ins Zimmer schauten.

»Bist du gegen die Tür gelaufen?«, spottete Damian, als er sah, dass sie sich Blut vom Mundwinkel wischte.

»Ja, Sir Damian.«

Jasper war nicht entgangen, dass sein Vater während des Mittagessens versucht hatte, Theresa zu begrapschen. »Ich nehme an, Seine Lordschaft hat schon eine Wahl getroffen. Theresa natürlich?«

»Er hat eine Wahl getroffen, Sir Jasper, aber es ist nicht Theresa.«

»Dann nehme ich sie«, sagte Greg schnell. Diana wusste, dass Greg Miles beneidet hatte. Der junge Mann war noch immer verärgert, weil sein Vater ihm das Zimmer seines toten Zwillingsbruders verweigerte. Sie nahm an, dass er entschlossen war, Miles zumindest in Bezug auf seine Frau zu beerben.

»Natürlich, Sir Greg. Um wie viel Uhr soll ich sie zu Euch schicken? Neun Uhr?«

»Um acht«, erwiderte Greg eifrig.

Diana war mit sich zufrieden. Sie hatte ihre Tochter nicht nur vor Nigel beschützt, sondern Theresa war bei dem kleinsten Übel der drei Chatfield-Brüder gelandet. Wenn sie Glück hatte, würde sie um halb neun schon wieder in ihrem eigenen Bett liegen. Doch der Gedanke, dass Nigel die jungen Zwillingsschwestern verlangt hatte, erregte ihre Übelkeit.

»Und wen würden Madam mir für mein Vergnügen empfehlen?«, fragte Jasper. Er hätte sich selbst eine der Frauen aussuchen können, aber indem er Diana die Wahl überließ, konnte er ihr noch zusätzlich eins auswischen.

»Für Euch, Sir Jasper? Wie wäre es mit der entzückenden Jennifer?«

»Was? Diese alte Schachtel!«

»Bei Frauen ist es wie beim Wein, Sir Jasper. Mit den Jahren werden sie immer besser. Wie ich gehört habe, kann Jennifer Euch Dinge über die Liebe zeigen, von denen Ihr bisher nicht einmal zu träumen wagtet.«

»Auf einer alten Geige kann man hübsche Melodien spielen«, scherzte Damian.

»Jennifer ist eine richtige Bombe im Bett«, fügte Diana hinzu, die bemerkte, dass sich Jaspers Hose wölbte.

»Wir werden sehen, wer hier wem was beibringt«, prahlte Jasper. Er wusste, dass Jennifer gar nicht auf der Liste stehen sollte, weil sie keine Kinder mehr bekommen konnte. Doch Dianas Andeutungen hatten sein Interesse geweckt. »Schick sie mir Punkt halb neun.« Er schlug seinen Brüdern auf den Rücken, als sie zur Tür gingen.

»Und was ist mit Euch, Sir Damian?«, rief Diana ihm hinterher. Die Brüder zögerten. Doch dann drehte Damian sich um und kehrte zu Diana zurück, während Jasper und Greg davoneilten. Diana nahm an, dass sie seine Antwort nicht hören wollten.

»Wer ist noch übrig?«, fragte er barsch.

»Für Euch liegt mir eine besondere Anfrage vor, Sir Damian.«

»Von wem?«, fragte er erstaunt.

»Cheryl.«

»Das ist wohl ein Scherz!«

»Nein, Sir Damian.« Diesmal sagte Diana die Wahrheit. Damian sah verwirrt aus, doch bemühte er sich um ein herrisches Lächeln.

»Schick sie um zehn zu mir.«

9

Wie befohlen stand Cheryl um zehn Uhr vor Damians Schlafzimmer und klopfte vorsichtig an die Eichentür. Auf beiden Seiten des Bettes stand eine Kerze auf dem Nachttisch und beleuchtete die Vorhänge des Himmelbettes, auf dem Damian nackt lag. Sie sah die Tür auf der anderen Seite des Raumes, die zum ehemaligen Ankleidezimmer führte. Jetzt war es Damians Geheimzimmer, das immer abgeschlossen war. Cheryl fröstelte.

Sie hatte die graue Jacke abgelegt, wie Nigel es verlangt hatte, und trug eine Seidenbluse und einen wallenden Rock aus dem Kleiderbestand der Film-Crew.

»Was hast du da?«, fragte Damian und zeigte auf die Tasche, die sie bei sich trug.

Cheryl lachte leise. »Seid Ihr nie in Soho gewesen, Sir Damian, und habt die Stripperinnen gesehen, die ihre Taschen mit den Kostümen von einem Klub zum anderen tragen?«

Damian zuckte mit den Schultern. Er war in Soho gewesen, hatte sich aber nicht für Frauen interessiert.

»Für jeden Anlass ein Kostüm«, erklärte Cheryl.

»Und was hast du mit deinem Haar gemacht?«

»Das lange Haar hat mir nicht mehr gefallen«, log sie.

»Nun, jetzt ist es mit Sicherheit kurz genug!«

Cheryl legte die Tasche auf einen Stuhl unter dem Fenster und stellte sich vor ihn hin.

»Lass es uns hinter uns bringen«, sagte er barsch. »Es geht darum, dass du schwanger wirst. Je eher du einen Braten in der Röhre hast, desto schneller lässt Seine Lordschaft mich in Ruhe.«

Als Cheryl sich so verführerisch wie möglich entkleidete, beobachtete Damian sie intensiv. Sie war froh, dass er in dem sanften Licht ihre Narben nicht sehen konnte. Cheryl hatte eine gute Figur, und das wusste sie auch. Schließlich ließ sie ihren Slip auf den Boden fallen und ging auf das Bett zu. Ihre vollen, festen Brüste wippten vor seinen Augen hin und her. Cheryl kniete sich vor ihn, presste ihre Brustwarzen auf seinen Oberkörper und ließ sie langsam bis zu seiner Leiste hinabgleiten. In dem flackernden Kerzenlicht sah sie, wie sein Penis langsam größer wurde.

Hastig warf er sich auf sie, doch es funktionierte nicht. Cheryl spürte, dass sein Penis sofort wieder herausrutschte. Sie tat ihr Bestes, aber ohne Erfolg. Als er sich neben sie aufs Bett fallen ließ und sich zur Seite drehte, stöhnte er frustriert und wütend auf. Cheryl strich ihm über die Schulter.

»Raus!«, sagte er.

Cheryl rührte sich nicht.

»Raus!«

»Geht in Euer Geheimzimmer«, flüsterte sie ihm ins Ohr.

»Was für ein Geheimzimmer?«

»Ihr wisst schon, was ich meine. Das Ankleidezimmer.«

»Was weißt du über mein Zimmer?«

»Ich weiß alles über Euer Geheimzimmer.«

»Woher?«

Cheryl beachtete die Frage nicht. »Ich weiß auch, wie ich Euch glücklich machen kann«, flüsterte sie. »Geht in Euer Geheimzimmer und wartet dort auf mich. Ich mache Euch glücklicher als Ihr es jemals wart, seitdem Mathew mit Euch dort war.«

»Woher weißt du das mit Mathew?«, fragte er argwöhnisch.

Cheryl beantwortete auch diese Frage nicht. »Ich weiß, wie Mathew Euch glücklich gemacht hat«, sagte sie leise. Sie legte eine Hand auf seinen Penis. Er war hart. »Geht jetzt und wartet auf mich.«

Damian stand auf, nahm eine der Kerzen und ging auf die Tür des Ankleidezimmers zu. Er hob eine Ecke eines Bilderrahmens an und griff hinter das Bild. Ah, da hatte er also den Schlüssel versteckt.

»Es dauert nicht lange«, sagte sie, als er die Tür aufschloss.

»Das hoffe ich«, erwiderte er in herrischem Ton und verschwand in dem Zimmer.

Cheryl war übel. Es stimmte also alles, was sie über Damian und seine Perversionen gehört hatte. Er hatte ihren jüngeren Bruder Mathew zu seinem Sexsklaven gemacht, bis Mathew es nicht mehr aushielt und zu flüchten versuchte. Die Chatfields hatten ihn gejagt und ihn dann vor der versammelten Gemeinschaft enthauptet. Cheryl war entschlossen, Rache zu nehmen.

Sie ging zu ihrer Tasche, nahm ein feuchtes Tuch heraus und entfernte das Make-up. Dann kämmte sie ihr Haar über den Kopf nach hinten, band sich ein strammes Band über die Brust und zog die Kleidung an, die sie mitgebracht hatte.

»Beeil dich!«, rief Damian ungeduldig

Er lag ausgestreckt auf einer rosafarbenen Chaiselongue, als Cheryl den Raum betrat. In dem Kerzenschein sah sie den Schreck auf Damians Gesicht, der sich jedoch sofort in Lust und Erregung auf seinen Zügen verwandelte.

Mit dem kurzen, gescheitelten Haar und der abgeschnürten Brust war sie ihrem verstorbenen Bruder Mathew wie aus dem Gesicht geschnitten.

In dem unheimlichen Licht schienen die nackten Männer und Jungen auf den Bildern an den Wänden lebendig zu werden und sie dabei zu beobachten, wie sie langsam ihre Hose aufschnallte. Hierher hatte er also Mathew gebracht, nachdem er ihn unter Drogen gesetzt hatte. Hier hatte er ihn festgebunden und vergewaltigt. Cheryl musste diese Erinnerungen verdrängen, um nicht den Mut zu verlieren und ihre Fluchtgedanken zu bekämpfen. Sie wandte Damian den Rücken zu, ließ die Hose zu Boden gleiten und ging auf das sonderbare Gerät in der Mitte des Raumes zu. Nachdem sie das Hemd hochgezogen und ihren Po entblößt hatte, beugte sie sich hinunter und hielt sich an den Griffen fest.

Als es vorbei war, hörte sie ihn vor Lust und Erleichterung stöhnen. Er lag auf ihrem Rücken, streichelte ihren Nacken und strich ihr mit den Fingern durchs Haar. Natürlich bildete er sich ein, das Haar eines anderen zu streicheln.

»Geh«, befahl er ihr.

Cheryl ahnte, warum er sie so schnell wegschickte. Sie sollte das Zimmer verlassen, ehe der Bann gebrochen war. Doch es war an der Zeit, in die Realität zurückzukehren. Als er sich auf die Chaiselongue setzte, drehte Cheryl sich zu ihm um. Sie knöpfte das Hemd auf, zog es aus, nahm das Band von ihren Brüsten und entblößte sie. Jetzt stand sie wieder als Frau vor ihm.

»Raus!«, schrie er.

»Morgen komme ich wieder. Wartet hier auf mich. Ich komme als Mathew, und ich werde als Mathew gehen. Wenn Ihr ein guter Junge seid, werdet Ihr mich nie wieder als Frau in diesem Zimmer sehen.«

»Warum sagst du das?«, fragte er irritiert.

»Ich bin Euer besonderer kleiner Junge, Damian«, sagte sie leise. »Und ich komme nur zu Euch.«

»Warum tust du das?«

»Ganz einfach«, begann sie mit kalter Stimme. »Wenn Ihr jemals Ruben oder Harry oder eines der anderen Kinder in Haver anrührt, werden Seine Lordschaft von Eurem dreckigen kleinen Geheimnis erfahren.«

Cheryl war nicht überrascht, als er aus dem Zimmer rannte

und sofort mit einer Pistole in der Hand wieder auftauchte. Sie hatte Mathews Kleidung schon vom Boden aufgehoben.

»Erschießt mich nicht, Damian«, sagte sie leise. »Glaubt Ihr, ich bin heute Abend zu Euch gekommen und habe all diese Vorbereitungen getroffen, ohne alles bis zu Ende durchzudenken?« Gereizt ließ er die Waffe sinken. »Wenn Ihr mir oder meinen Kindern oder einem der anderen Kinder in Haver etwas antut, verspreche ich Euch, dass der Brief, den ich geschrieben habe, an Euren Vater übergeben wird.«

»Du Miststück!«

»Nein, Damian. Ich bin kein Miststück«, sagte sie, als sie an ihm vorbei ins Schlafzimmer ging. »Ich bin Euer besonderer kleiner Junge. Und morgen Abend kommt Euer kleiner Junge wieder zu Euch. Ihr werdet ihn lieben, ihm durchs Haar streichen und glücklich sein. Wartet in Eurem Geheimzimmer auf ihn. Er wird zur selben Zeit kommen.«

Cheryl versuchte, ihr Zittern zu unterdrücken, als sie Mathews Kleidung in die Tasche stopfte, den Rock und die Bluse anzog und verschwand.

Am nächsten Abend kam sie wieder zu ihm. Damian hatte beide Türen nur angelehnt und wartete wie abgemacht im Ankleidezimmer. Im Schlafzimmer zog sich Cheryl rasch um. Dann ging sie ins Ankleidezimmer und zu dem seltsamen Gerät.

Er war sofort bei ihr – unruhig, zärtlich und ungeduldig. Als er befriedigt war, verließ Cheryl ihn. Sie wechselten kein einziges Wort. Worte hätten die Illusion zerstört.

Cheryl kehrte jeden Abend zu Damian zurück. Am Tag fürchtete sie sich vor dem Abend. Doch jeden Abend zwang sie der Gedanke, was er sonst mit den Kindern machen würde, die Treppe zu seinem Zimmer hinauf.

Er wartete immer auf sie. Keiner von ihnen sprach ein Wort. Manchmal blies er die Kerze aus, und in der Dunkelheit ließ sie sich neue Rituale einfallen, um ihn in eine Welt der Fantasie und Gewalt zu entführen.

Damian prahlte oft vor seinem Vater und seinen Brüdern mit den herrlichen Stunden mit Cheryl. Die anderen Mitglieder der Chatfield-Familie schwiegen über ihre Treffen mit den anderen Frauen, die sie mit Diana vereinbarten.

Nigel sah, dass Jasper Jennifer mit dem Blick folgte, als sie an der Steinmauer am Ende des Gartens arbeitete. Jasper war zu ihr geschlendert, um den Befehl seines Vaters zu überbringen, dass die Mauer ein Stück höher gebaut werden sollte, und Jennifer hatte sogar gekichert.

»Vögelst du die Frau?«, fragte Nigel.

»Klar. Diese Frau weiß mehr über Sex als jede andere, mit der ich jemals geschlafen habe«, prahlte Jasper und zwinkerte seinen Brüdern zu.

»Sie ist zu alt«, stieß Nigel mürrisch hervor.

»Auf einer alten Geige kann man hübsche Melodien spielen«, zitierte Jasper Damian.

»Sie ist zu alt, um Kinder zu bekommen, meinte ich«, sagte Nigel. »Es geht nicht darum, dass du dich vergnügst, sondern dass du Untertanen produzierst. Das gilt auch für die anderen. Ich will schwangere Frauen. Ich will männliche Erben.«

Nachdem Nigel den Befehl erteilt hatte, stürmte er hinaus. Auf dem Weg zu seinen Gemächern traf er Diana. »Ich habe die Nase voll von diesen dummen jungen Dingern. Ich brauche eine richtige Frau. Schick mir Jennifer.«

»Ja, Euer Lordschaft.«

Diana unterdrückte ein Lächeln und eilte davon, um Virginia die gute Nachricht zu überbringen. Endlich hatte sie es geschafft, Nigel zu überzeugen, ihre Töchter in Ruhe zu lassen – zumindest für eine Weile.

Eines Abends, ein paar Wochen später, spürte Cheryl, dass Damian sehr aufgeregt war. Als sie das Ankleidezimmer betrat, saß er auf der Kante der Chaiselongue. Er ließ die Schultern hängen und stützte den Kopf auf die Hände. Cheryl ließ sich heute mehr Zeit, ihn zu befriedigen, war verführerischer. Sie spürte, dass er sich hinter ihr bewegte.

»Du musst schwanger werden«, stieß er unvermittelt hervor. »Seine Lordschaft sagt, dass meine Brüder und ich Babys produzieren müssen, um die Gemeinschaft zu vergrößern. Es ist alles Jaspers Schuld.«

Cheryl fragte ihn nicht, was Jasper getan hatte. Sie drehte sich einfach um, beugte sich über das Gerät und führte seinen Penis in ihre Scheide ein.

»Das geht nicht«, schimpfte er, als er sich erfolglos hin und her bewegte, um die Erektion aufrechtzuerhalten.

Zum ersten Mal seit zwei Wochen sprach sie mit ihm. »Gebt mir Mary-Claire zurück«, sagte sie leise. »Dann verspreche ich Euch, dass ich schwanger werde.«

»Wie denn?«

»Das ist mein Problem. Überlasst das mir und macht Euch keine Sorgen. Niemand wird je erfahren, dass das Kind nicht von Euch ist.«

»Es gibt keinen Weg, wie ich dir Mary-Claire zurückgeben kann.«

»Sicher könnt Ihr Euren Vater überreden, wenn Ihr es wirklich wollt«, sagte sie sanft und fuhr dann in ernstem Ton fort. »Wenn ich nicht schwanger werde, wird Euer Vater Euch zwingen, mit anderen Frauen zu schlafen. Wollt Ihr, dass alle von Eurem Geheimnis erfahren? Macht Euch keine Sorgen. Gebt mir einfach Mary-Claire zurück, und alles wird gut.«

10

Als die *Archangel* von Kapstadt Richtung Brisbane segelte, nahmen die Spannungen an Bord weiter zu. Mark machte sich große Sorgen wegen der schwindenden Vorräte. Sie hätten länger bleiben und versuchen müssen, mehr Nahrungsmittel zu sammeln. Er hatte sich unter Druck gefühlt, nicht nur durch Steven, sondern auch durch Robert und Luke. Mark war auch verärgert, weil ihn der hastige Aufbruch daran gehindert hatte, Zeit mit Allison alleine zu verbringen. Adam war nicht mehr da, so waren sie jetzt wenigstens während der Wache von zwölf bis vier zu zweit. In den frühen Morgenstunden, wenn alle anderen noch schliefen, war er nun endlich mit Allison zu zweit.

Am Tag verbrachte Allison die meiste Zeit mit Luke und Robert, die seit dem Tod ihres Vater sehr ruhig und in sich gekehrt waren. Sie teilte ihre Trauer. Adam war ihr Bruder gewesen.

»Warum bist du nicht gekommen, als wir vier Schüsse abgegeben haben?«, fragte Robert Mark wütend. Es war der zweite Morgen, nachdem sie in Kapstadt abgelegt hatten.

»Es war zu gefährlich.«

»Warum haben wir denn ein Warnsignal vereinbart, wenn du nicht den Mut hattest, zu Hilfe zu kommen?«

»Ich habe deinem Vater gesagt, er soll vor Einbruch der Dunkelheit wieder an Bord sein.«

»Er hat nur seine Aufgabe erfüllt und versucht, für alle Essen zu finden. Du hättest uns suchen müssen.«

»Es hätte keinen Unterschied gemacht. Zu der Zeit war dein Vater schon tot«, sagte Fergus ruhig.

»Woher willst du das wissen?«

Fergus schüttelte den Kopf. Der durchdringende Schrei und die Totenstille, die darauf gefolgt war, waren Beweis genug gewesen.

»Wenn er euch in der Dunkelheit gesucht hätte, hätte es vielleicht noch mehr Opfer gegeben – mit Sicherheit sogar«, sagte Steven.

Robert, dem sein Bruder mit trauriger Miene folgte, stampfte wütend hinunter zu den Kabinen.

»Ihr hättet nicht so hart zu ihnen sein sollen«, rügte Allison die anderen. »Mein Gott, sie sind erst vierzehn und fünfzehn, und sie haben gerade ihren Vater verloren.«

Mark war verletzt. Sie hatte ihn wieder einmal nicht unterstützt. Offenbar war ihre Loyalität gegenüber ihrer Familie tatsächlich stärker als ihm gegenüber.

Das glücklichste Paar an Bord waren zweifellos Fergus und Jessica. Für sie war die Fahrt ein großes Abenteuer. Anscheinend hatten sie nur das Ziel, sich so oft und an so vielen Orten wie möglich vor ihren Verwandten und außer Sicht der neugierigen Jungen Tommy und Lee zu lieben.

Steven und Penny waren diesbezüglich zurückhaltender. Dennoch war ihre Liebe tiefer und reifer als die zwischen Fergus und Jessica. Diese Liebe hielt Penny nachts wach, wenn sie Stevens Rufe nach seiner Schwester hörte. Durch ihre Liebe war sie immer bereit, ihn zu trösten und zu beruhigen, damit er wieder einschlief, wenn ihn Albträume geweckt hatten.

Zuerst glaubte Penny, die Albträume seien der Grund dafür, dass Steven in der dritten Nacht nach der Abfahrt von Kapstadt so stark schwitzte. Als die Morgendämmerung hereinbrach, schwitzte sie ebenfalls. Und wie einige der anderen husteten auch sie beide.

Ganz gegen seine Art hatte Steven Mühe aufzustehen, um die Wache von acht bis zwölf zu übernehmen. Er hatte Kopfschmerzen und schien fiebrig zu sein. Allein durch Willenskraft gelang es ihm, sich die Kajütenleiter hinauf ins Cockpit zu schleppen, wo sein Vater und Allison mit hängenden Schultern saßen. Beide sahen schrecklich aus.

»Was ist passiert?«, frage Steven.

Mark schüttelte den Kopf. Er hatte leichtes Nasenbluten. »Wie fühlst du dich?«

»Schwach.«

»Wir auch. Sag allen, die einigermaßen fit sind, sie sollen an Deck kommen. Wir müssen die Segel einholen, solange wir noch die Kraft dazu haben.«

Mark war so krank, dass er nicht arbeiten konnte. Nur Robert und Jessica konnten Steven helfen. Der fünfjährige Lee, der im Gegensatz zu seinem Cousin Tommy auch an Deck gekommen war, wurde ans Ruder gestellt. Er bekam den Auftrag, das Boot auf Kurs zu halten. Die drei Erwachsenen brauchten über eine Stunde, um die Segel einzuholen, aufzutuchen und festzubändseln.

»Was glaubst du, was es ist?«, fragte Steven Allison.

»Weiß der Teufel. Irgendein Fieber. Ich hab keine Ahnung.«

Mark schnäuzte Blut ins Taschentuch. »Kannst du mir etwas Wasser aus der Kombüse holen?«, fragte er Lee.

Im selben Augenblick ging Steven und Jessica ein Licht auf. »Das Wasser, das wir in Kapstadt in die Tanks gefüllt haben!«

Mark nickte. »Ihr habt recht. Das wird es sein.«

»Bei diesen Symptomen kann ich mir nicht vorstellen, dass es nur von verseuchtem Wasser kommt«, meinte Allison.

»Was auch immer es sein mag, jedenfalls sollten wir das Wasser nicht mehr trinken.«

Doch das Fieber machte alle schrecklich durstig. Was für ein Dilemma – wenn sie nicht an Fieber starben, verdursteten sie womöglich.

»Den Kanister an der Backbordseite des Mastes haben wir in Kapstadt nicht gefüllt!«, sagte Steven plötzlich. »Da ist noch Regenwasser aus den Tropen drin.«

»Bring ihn her und spannt ein Segel, um Regenwasser zu sammeln«, sagte Mark. »Es tut mir leid, dass ich nur hier sitze und Befehle erteile, aber ich bin zu schwach, um zu helfen«, entschuldigte er sich.

In den nächsten zwölf Tagen war die *Archangel* den Elementen preisgegeben. Manchmal dümpelte das Schiff in der windstillen See, dann wurde es wieder mit nackten Masten hin und her getrieben. Es folgte einem unsteten Kurs, gesteuert von Strömungen und launischen Winden, während die menschliche Fracht gegen das Fieber kämpfte.

Die Bedingungen unter Deck waren unerträglich. Es stank entsetzlich, obwohl alle Luken geöffnet waren. Alle lagen schwitzend in ihren Kojen. Ab und zu schrie jemand, wenn er aus dem Fieberwahn erwachte. Allison, die einzige Person an Bord, die als Krankenschwester ausgebildet war, konnte weder sich noch den anderen helfen. Diejenigen, die keine Verstopfung hatten, litten unter chronischem Durchfall. Kaum jemand schaffte es bis zu den Toiletten. Ihre wenige Kraft nutzten sie, um sich die Kajütenleiter hinaufzuschleppen und etwas Regenwasser aus dem Segel zu schöpfen, das sie über dem Cockpit gespannt hatten. Diejenigen, die es nach oben schafften, trugen die wertvolle Flüssigkeit zu den anderen hinunter, die ihre Kojen nicht verlassen konnten.

Doch irgendwie überlebten sie.

»Was meinst du, was das gewesen ist?«, flüsterte Mark Allison zu, als klar war, dass sie sich endlich erholten.

»Ich weiß es nicht. Ich habe mir alles in Erinnerung gerufen, was ich während meiner Krankenschwesternausbildung gelernt habe. Die einzige Krankheit, zu der die Symptome passen könnten, ist Typhus. Aber diese Krankheit hat schneller um sich gegriffen, als ich es bei Typhus erwartet hätte. Und wenn es Typhus gewesen wäre, hätte ich mit Toten gerechnet, schließlich hatten wir ja keine Medikamente.«

Am Ende der dritten Woche auf See kehrte auf dem Schiff wieder so etwas wie Normalität ein. Steven ermittelte ihren Standort und stellte fest, dass sie noch zwei Drittel des Weges bis Brisbane zurücklegen mussten. Sie reinigten die Kabinen, leerten und desinfizierten die Wassertanks mit dem verseuchten Wasser. Als die Besatzung wieder bei Kräften war, setzten sie die Segel. Steven spannte Planen und verband sie mit Schläuchen, die zu den Einfüllöffnungen der Tanks führten. Sobald es regnete, konnte das System schnell installiert werden. Die zahlreichen Schlechtwetterfronten, die ihnen Regen brachten, ermutigten Mark, den Weg nach Brisbane fortzusetzen und nicht vorher anzulegen.

Als sie Richtung Osten segelten, verbrachte Mark jeden Tag mehr Zeit vor dem Langwellensender und versuchte verzweifelt, Jane zu erreichen. Obwohl sie auf dem Heimweg waren, hatte er kein Glück. Nur statisches Rauschen.

In zwei Tagen sollte die *Archangel* Brisbane erreichen. Es war eine wunderschöne Nacht. Der Mond war voll und schimmerte auf dem Meer, aber nicht so stark, dass die glitzernden

Sterne verblassten. Eine gleichmäßige Brise wehte und die Segel der *Archangel* waren perfekt gesetzt. Das Schiff segelte fast von allein.

Mark saß mit ausgestreckten Beinen in einer Ecke des Cockpits und hatte einen Fuß auf das Ruder gelegt. Nur gelegentlich musste er den Kurs der Jacht um ein paar Zentimeter in die eine oder andere Richtung korrigieren. Allison schmiegte sich an ihn und starrte aufs Meer. Trotz ihrer körperlichen Nähe waren beide mit den Gedanken anderswo.

Mark betrachtete das Meer und die Sterne. Über dem Kielwasser der *Archangel* schwebten schwerelos drei Albatrosse. Sie standen in der Luft, stürzten ab und zu in die Wellenkämme und flogen wieder in die Höhe. Diesmal schienen der Jacht mehr Vögel zu folgen als auf der Fahrt vor über einem Jahr. Ihre wachsende Zahl war für Mark ein Beweis, welch verheerende Auswirkungen die Fischindustrie auf den Bestand der Albatrosse vor der Pandemie gehabt hatte. Wie lange hätte diese Spezies ohne den Ausbruch der Seuche wohl noch überlebt?

Düstere Gedanken stiegen in Mark auf. Er fragte sich, ob die Suche nach weiteren Überlebenden nicht reine Zeitverschwendung war. Würde die Erde die Menschen auf lange Sicht ertragen, selbst wenn er genügend Menschen mit einem breiten Genpool fand, um ihren Fortbestand zu sichern? Hatte die Ausbeutung der Ressourcen und die Gier der Menschen das Klima schon zu stark verändert?

Dann wehte die Brise Allisons zarten Duft in seine Richtung. Nein, es konnte nicht zu spät sein. Das Leben war zu wertvoll. Die Menschheit musste überleben.

Er wandte sich Allison zu. Obwohl er sie körperlich und geistig nahe wusste, spürte er, dass sie mit ihren Gedanken ganz woanders war.

»Ich würde zu gerne wissen, woran du gerade denkst«, sagte er. Allison bekam einen Schreck, aber erholte sich schnell und schmiegte sich noch enger an ihn. Mark küsste sie auf die Wange. »Woran denkst du?«

»An Mutter. Ich frage mich, ob es in Haver allen gut geht.«

»Ich bin sicher, deiner Mutter geht es gut«, versicherte Mark ihr wieder einmal. »Du weißt, dass deine Familie sich um sie kümmert.«

»Wird Nigel das zulassen? Weißt du, dass ich einzig und allein eingewilligt habe, mit ihm zu leben, weil er seinen Söhnen befohlen hat, Medikamente für Mutters Arthritis zu suchen?«

»Ich dachte mir, dass das der Grund war.«

»Ich hätte mehr an ihre Medikamente denken müssen, ehe ich mit dir geflohen bin.«

»Deine Mutter wollte, dass du mitkommst. Sie hat es gesagt. Ich habe es gehört.«

»Das hätte sie sowieso gesagt, nicht wahr? Du weißt, wie sie war. Sie hat immer zuerst an andere gedacht.«

Mark spürte Allisons Schuldgefühle. »Wie groß war denn der Medikamentenvorrat deiner Mutter?«

»Ziemlich groß.«

»Siehst du.«

»Aber du weißt doch, wie rachsüchtig Nigel ist. Es würde mich nicht wundern, wenn er die Tabletten vor ihren Augen in den Abfluss geworfen hätte.«

Mark seufzte. »Steven und ich hatten immer vor zu fliehen, sollte es uns nicht gelingen, Nigel zu stürzen. Gleich zu Beginn unserer Vorbereitungen habe ich einen Brief an Nigel geschrieben. Um ihm mitzuteilen, dass wir wiederkommen, und ihn zu warnen, keinem unserer Verwandten etwas anzutun. Ehe wir geflohen sind, habe ich Diana den Brief gegeben und sie gebeten, dafür zu sorgen, dass Nigel ihn erhält.«

Allison rückte von Mark ab und richtete sich auf. »Wann kehren wir zurück?« Mark hörte die Aufregung in ihrer Stimme.

»Wir kehren nicht zurück. Das war nur ein Trick, eine Drohung, um sicherzugehen, dass er sich nach unserer Flucht an niemandem rächt.« Allison erwiderte nichts, doch er spürte ihre Enttäuschung. »Du wirst Neuseeland lieben«, versprach er ihr zum x-ten Mal. »Es ist ein wunderschönes Land.«

»Schöner als Kent?«

»Neuseeland hat andere Reize. Und das Klima ist milder. Kein Frost und kein Schnee.«

»Mit anderen Worten keine Jahreszeiten! Ich liebe den Wechsel der Jahreszeiten.«

»Du wirst Gulf Harbour lieben. Wir haben dort alles aufgebaut: eine Farm, Weingärten, elektrisches Licht, fließendes Wasser, Klassenzimmer, eine Bibliothek, Musik, Spiele. Alles! Wir haben sogar einen Zahnarztstuhl.«

»Ja, das ist wirklich etwas, worauf man sich freuen kann!«

Mark gab auf. Egal, was er ihr auch anbot, was ihr wirklich fehlte, konnte er ihr nicht bieten: ihre Mutter.

Obwohl Steven zuerst gegen einen Halt in Brisbane gewesen war, geriet auch er in Aufregung, als die *Archangel* sich der australischen Küste näherte. Beim ersten Tageslicht kam die Spitze von Moreton Island, der größten Sandinsel der Welt, in Sicht.

Steven war erleichtert, als sie das tückische Flinders Reef backbord liegen ließen und er sah, dass die Leitboje und die meisten Kanalmarkierungen noch da waren. Sie segelten vorsichtig durch die schmalen Kanäle, die eine sichere Durchfahrt zwischen den unzähligen Sandbänken ermöglichten und die Einfahrt zur Moreton Bay schützten.

»Wo legen wir an, Onkel Mark?«, fragte Robert, als sie das tiefere Wasser des Hafens erreichten. Er hatte die Seekarte studiert, während sein Bruder Luke am Ruder stand.

»In der Manly Marina. Das ist einer der größten Jachthäfen auf der Südhalbkugel. Durch unsere Erfahrungen in Gulf Harbour wissen wir, dass in Jachthäfen am ehesten Diesel zu finden ist. Unsere Treibstoffvorräte gehen zur Neige. Das ist eine gute Basis. Während Steven die *Archangel* wartet und Diesel sucht, gehe ich mit dem Rest der Mannschaft an Land und suche in Brisbane nach den Verwandten von Großonkel William.«

»Fergus hat vorgeschlagen, wir sollten sofort, wenn wir anlegen, ein großes Feuer anzünden, falls hier in der Gegend von Manly noch jemand lebt«, sagte Steven. Doch es hörte sich an, als hielte er es für reine Zeitverschwendung.

Wegen des schwachen Windes brauchten sie fast den ganzen Tag bis zum Hafen. Sie fuhren an Mud Island vorbei und durch die Passage zwischen St. Helena Island und Green Island Richtung Manly. Die Abenddämmerung nahte bereits.

»Was um Himmels willen ist denn hier passiert?«, murmelte Mark, als sie sich der Einfahrt zum Bootshafen näherten. Sie segelten in einer abflauenden Brise und kamen kaum voran. »Wie zum Teufel ist das Schiff hierher gekommen?« Ein großer Frachtkahn lag quer vor der Einfahrt zum Jachthafen und versperrte sie. Er reichte Steven das Fernglas.

»Es sieht aus, als wäre der Kahn hier absichtlich in die Luft gesprengt und versenkt worden«, erwiderte Steven und gab seinem Vater das Fernglas zurück.

Mark drehte sich zu Luke um. »Steuer genau auf das Wrack zu. Wir ankern an der Kanaleinfahrt und rudern im Dingi an Land.«

»Wir könnten durch die Bootspassage in den Brisbane River rudern«, schlug Steven vor, als sein Vater das Ufer auf der rechten Seite des Hafens in Augenschein nahm.

»Auf keinen Fall«, erwiderte Mark mit strahlender Miene. »Ich sehe Menschen am Ufer.«

»Niemals!«

Mark reichte Steven das Fernglas; Robert rannte die Kajütenleiter hinunter und holte das zweite Fernglas.

»Mit unseren Augen ist doch alles in Ordnung, nicht wahr?«, rief Steven ungläubig.

»Es ist reines Glück, dass ich sie gesehen habe«, gestand Mark. »Mir ist aufgefallen, dass sich am Strand in der Sonne etwas bewegt hat.« Als die *Archangel* noch einmal den Kurs änderte und auf den Strand zufuhr, versammelte sich die ganze Familie im Cockpit und die Ferngläser wurden herumgereicht.

»Ich sehe sieben Menschen«, sagte Fergus. »Sieht so aus, als würden Ruderboote am Strand liegen.«

»In der Nähe des Hauses am Strand stehen auch Menschen«, rief Robert.

»Soll ich einen Signalschuss abgeben?«, fragte Steven seinen Vater.

»Besser nicht. Wir wissen nicht, wie sie reagieren. Wir segeln langsam und friedlich weiter.« Er schaute ängstlich auf das Echolot. Sie waren zwar noch ein gutes Stück vom Strand entfernt, aber die Bucht war sehr flach. Er änderte den Kurs der Jacht und fuhr wieder vom Strand weg. »Holt das Besan- und das Großsegel ein«, wies er die anderen an, als das Wasser wieder tiefer wurde. Alle halfen eifrig mit. Robert und Luke jedoch schauten noch immer durch das Fernglas.

Mark war verärgert. Der mürrische Robert brauchte immer eine Extraeinladung, aber Luke war normalerweise der Erste, wenn etwas getan werden musste. Er öffnete den Mund, um zu schimpfen, doch dann sah er, dass Allison ihn beobachtete, und beschloss, nichts zu sagen. Hinterher beschuldigte sie ihn nur wieder, die Jungen gerügt zu haben.

Mark wunderte sich, warum die beiden Jungen einander ständig das Fernglas aus den Händen rissen. Er selbst hielt das Ruder mit einer Hand und hob das Fernglas mit der anderen Hand vor die Augen. Plötzlich begriff er das Interesse der Jungen. Mark presste das Knie gegen das Ruder, um es zu stabilisieren, nahm das Fernglas in beide Hände und richtete es auf die Gruppe am Strand. Sie hatten sich schon ein ganzes Stück genähert, und er zählte jetzt elf Erwachsene und halb so viele Kinder. Ihre dunkle Haut ließ vermuten, dass sie Aborigines waren. Die nackten Körper verrieten, dass es sich bei den Erwachsenen ausschließlich um Frauen handelte.

»Haltet euch bereit, den Anker zu werfen. Das könnt ihr beide machen«, fuhr er Luke und Robert an. Nach einem letzten Blick durchs Fernglas legten sie es zögernd aus der Hand und liefen los. Die am Ufer Versammelten beobachteten ein paar Sekunden die *Archangel*, bis sie das Rasseln der Ankerkette hörten und der Rost durch die Luft flog, als sie aus der Ankerklüse ausgefahren wurde. Die Frauen packten sofort die Kinder und rannten auf ein paar Häuser auf der anderen Seite der Straße zu.

»Kommt zurück!«, schrie Steven. »Wir sind Freunde!« Aber sie waren zu weit weg und hörten ihn nicht.

Als sie die Ankerkette gesichert hatten, liefen Robert und Luke augenblicklich wieder zum Heck des Schiffs und begannen, das Dingi herunterzulassen.

»Wartet«, rief Mark. »Die Menschen dort am Ufer haben offenbar Angst. Wir wollen nicht, dass sie weglaufen. Es könnte eine Ewigkeit dauern, bis wir sie finden.« Er spürte die Enttäuschung aller an Bord. »Sie kennen sich hier viel besser aus als wir«, erklärte er ihnen. »Wir bleiben ruhig hier sitzen, beweisen ihnen, dass wir nicht gefährlich sind und warten, bis sie zurückkommen.«

»Und wenn sie nicht kommen?«, fragte Robert trotzig.

»Ihre Neugier wird zu groß sein.«

»Und wenn nicht?«

»Wenn sie in ein paar Tagen nicht gekommen sind, rudern wir ans Ufer.«

»In ein paar Tagen!«

Steven beobachtete noch immer das Ufer durch das Fernglas. »Wir brauchen frische Nahrungsmittel. Da hinten auf der Wiese oberhalb der Straße am Strand sind ein paar Kängurus.«

Mark sah die Tiere in der friedlichen Dämmerung grasen. »Es ist auf jeden Fall zu spät, jetzt ans Ufer zu rudern. Vergesst nicht, was beim letzten Mal passiert ist, als ein paar von uns in der Dunkelheit an Land waren.«

»Ich mache uns was zu essen«, sagte Allison, die spürte, dass sich ein Streit anbahnte. »Wir können es uns leisten, heute etwas Besonderes zu kochen.«

»Kängurusteaks wären klasse«, sagte Robert, der auf Unterstützung hoffte, um an Land zu gehen.

»Es gibt Biltong-Fleisch und Kartoffeln. Du und dein Bruder könnt mir helfen«, sagte Allison streng. Sie folgten ihr in die Kombüse, und Robert machte ein noch mürrischeres Gesicht als gewöhnlich.

Mark beobachtete die kleine Siedlung noch immer durch das Fernglas. Die Gemeinschaft schien gut untergebracht zu sein. Er glaubte, auch Latrinen oberhalb des Strandes zu erkennen, und sah Frauen, die Wasser aus einem Brunnen in der Nähe holten. Dann liefen sie sofort zurück zum Haus.

»Ich möchte, dass die Schiffswache heute Nacht fortgesetzt wird«, sagte Mark und drehte sich zu Fergus und Steven. »Wir drei übernehmen unsere üblichen Wachen. Die anderen können schlafen.« Fergus schaute ihn fragend an. »Ich möchte nicht mitten in der Nacht irgendeine Überraschung erleben.«

11

Steven hatte Wache von acht bis zwölf und jede Menge Gesellschaft. Er befolgte Marks Befehl und ließ das Ufer nicht aus den Augen. Nur Mark, der vor seiner Wache von zwölf bis vier noch etwas schlafen wollte, hatte sich nach dem Abendessen hingelegt. Die anderen blieben an Deck und unterhielten sich aufgeregt. Sie warfen immer wieder Blicke ans Ufer und hofften, ein Ruderboot zu hören, dass sich näherte. Ein Feuer am Strand und Licht aus zwei der Häuser am Strand bestätigten, dass zumindest die Bewohner dieser Siedlung nicht davongelaufen waren.

Als der Abend voranschritt, sahen sie Gestalten vor den Feuern am Strand hin und her laufen, aber kein Boot wurde zu Wasser gelassen. Nach und nach gingen die anderen schlafen, bis nur noch Steven und Penny im Cockpit waren. Sie freuten sich, endlich allein zu sein. Das Plätschern der Wellen am Strand war eine willkommene Abwechslung zu den pfeifenden Winden, die sie so viele Tage vor ihrer Ankunft in Brisbane begleitet hatten. Sie waren ein wenig traurig, als Mark fünf Minuten vor Mitternacht die Luke aufstieß, um sie abzulösen.

»Ist alles in Ordnung?«, fragte er.

»Keine Probleme«, versicherte Steven ihm. Er stand auf und streckte sich. »Vor einer halben Stunde war am Strand ein wenig Lärm, aber seitdem haben wir nichts mehr gehört. Die Feuer erlöschen allmählich. Ich nehme an, sie sind alle in die Häuser zurückgekehrt, um zu schlafen.«

»Okay, dann schlaft ihr auch gut.«

Als sie weg waren, überprüfte Mark zuerst sorgfältig den Anker, ehe er sich ins Cockpit setzte. Warum hatte er keine Männer am Strand gesehen? Gab es hier keine? Waren sie zur Jagd unterwegs? Wer waren die Frauen? Warum hatten sie überlebt? War es möglich, dass sie mit ihm verwandt waren? Es war eher unwahrscheinlich. Sie sahen definitiv wie Aborigines aus.

Offenbar waren sie nicht aus ihren Häusern geflohen. Vielleicht war es auch übertrieben, ein paar Tage zu warten. Mark beschloss, mit ein paar Leuten ans Ufer zu rudern, wenn sie sich bis morgen Mittag nicht genähert hatten.

Als er diese Entscheidung getroffen hatte, machte er es sich auf seinem Platz bequem und genoss den Frieden und die Stille der Nacht, das leichte Schaukeln des Schiffes und das glitzernde Mondlicht in der Takelage. Es wäre schön gewesen, wenn Allison zu ihm gekommen wäre, um die Nacht mit ihm zu genießen.

Als Marks Wache zu Ende ging, hörte er Stimmen unter Deck. Vielleicht war Allison aufgewacht und kam ins Cockpit, um nun doch noch ein wenig Zeit mit ihm zu verbringen? Doch es war Robert, der die Kajütenleiter heraufstieg.

»Eine schöne Nacht«, sagte Mark, als der Junge das Cockpit betrat.

»Fahren wir morgen an Land?«

»Vielleicht. Vielleicht auch nicht. Ich werde zuerst mit Steven die Lage erkunden. Wenn es zu gefährlich ist, legen wir ab und gehen woanders an Land.«

Robert stellte sich auf die Badeplattform, pinkelte und schaute hinüber zum Strand. Er blieb eine ganze Weile dort stehen, ehe er wieder an Deck stieg und die Kajütenleiter hinuntereilte.

»Halt die Augen offen«, befahl Mark Fergus, als er ihm um vier Uhr morgens die Wache übergab. Jessica begleitete Fergus, und das Paar hielt wie immer Händchen. Mark beneidete sie.

Fergus nahm das Fernglas in die Hand, richtete es aufs Ufer und sah die glimmende Glut. »Rechnest du noch immer mit Ärger?«

»Man weiß nie. Jedenfalls müsst ihr wachsam bleiben. Ich möchte nicht, dass ihr einschlaft.«

»Keine Sorge. Ich halte ihn schon wach«, versicherte Jessica Mark, als dieser das Cockpit verließ.

Es schien ewig zu dauern, bis sie sicher waren, dass Mark in seiner Koje lag. Sie warfen noch einen letzten Blick auf den Strand, und dann gingen sie beide barfuß auf Zehenspitzen zum Vordeck.

Die Wache von zwölf bis vier, für die Mark sich selbst eingeteilt hatte, war, was schlafen betraf, die schwierigste von allen. Man schlief ein paar Stunden vor Mitternacht, übernahm die Wache, und nach der Wachablösung hatte man große Probleme, vor Tagesanbruch wieder einzuschlafen.

Heute Nacht hatte Mark noch größere Schwierigkeiten als sonst. Seit über einem Jahr war es seine erste Nacht auf einem Schiff vor Anker. Das Knirschen der Takelage und die Geräusche, wenn das Schiff mit gesetzten Segeln durchs Wasser fuhr, wurden durch weniger vertraute Geräusche ersetzt: das Knarren der Ankerkette in der Ankerklüse, unbekanntes Knacken und Ächzen im Schiffsrumpf. Er hörte auch Geräusche auf dem Vordeck. Vermutlich prüften Fergus und Jessica den Anker. Mark hörte nicht, dass sie ins Cockpit zurückkehrten, und nahm an, dass sie den Strand vom Bug aus beobachteten. Und allmählich döste er ein.

Plötzlich wachte er auf. Jemand ging durch die Kabine. Er wartete auf das verräterische Quietschen der Toilettentür, doch stattdessen hörte er das deutliche Knarren der zweiten Stufe der Kajütenleiter. Wahrscheinlich ging einer der Männer nach oben, um seine Blase zu entleeren. Robert konnte es nicht sein, denn er war schon während Marks Wache an Deck gekommen, um zu pinkeln. Luke schlief immer die ganze Nacht durch. Fergus war an Deck. Es musste Steven sein. Mark döste wieder ein.

Er hatte sonderbare Träume. Er sah Tante Margaret, wie sie verzweifelt versuchte, in ihrem Rollstuhl vor Damian wegzurollen. Dann sah er nackte schwarze Frauen, die an einem Feuer saßen, und hörte Stimmen singen: »Robert ist weg. Robert ist weg.«

Doch das war kein Traum. Mark schrak aus dem Schlaf hoch. Es war Allison.

»Robert ist weg«, sagte sie.

»Was soll das heißen, er ist weg?«

Allison lief davon, ohne seine Frage zu beantworten. Mark blieb nichts anderes übrig, als in aller Eile Shorts und T-Shirt anzuziehen und ihr an Deck zu folgen.

Alle anderen warteten schon auf ihn. Sie wussten, wie wütend ihn die Neuigkeit machen würde. Nachdem klar war, dass Robert verschwunden war, dauerte es fünf Minuten, bis sie Allison überreden konnten, in die Kabine zu gehen und Mark zu informieren.

Dieser blinzelte in das helle Sonnenlicht. »Wie spät ist es?«, fragte er.

»Halb elf«, sagte Steven, der hastig die Sicherungsleinen löste, um das Dingi ins Wasser zu lassen.

»Was? Wie lange ist er schon weg?«

»Das wissen wir nicht«, erwiderte Fergus schüchtern.

»Was soll das heißen, ihr wisst es nicht?«

»Wir dachten, er würde in seiner Koje liegen. Niemand hat nachgesehen. Er muss in der Nacht an Land gegangen sein.«

»Während eurer Wache.« Mark drückte einen Finger auf Fergus' Brust.

»Wir wissen nicht, wann er abgehauen ist. Es könnte auch während deiner Wache gewesen sein.«

»Unsinn! Während Stevens Wache kann es auch nicht gewesen sein. Robert ist um halb vier an Deck gekommen, um zu pinkeln.«

»Während unserer Wache ist er nicht hochgekommen. Wir waren die ganze Zeit im Cockpit.«

»Und wir waren die ganze Zeit wach«, fügte Jessica hinzu, um Fergus zu unterstützen.

»Ihr wart nicht die ganze Zeit im Cockpit. Ich habe euch auf dem Vordeck gehört.«

»Was spielt es für eine Rolle, wann er abgehauen ist?«, fragte Steven. »Wir sollten an Land rudern und ihn zurückholen. Wir müssen auf jeden Fall an Land und Kontakt zu den Leuten aufnehmen. Sie haben bisher nichts unternommen, um zu uns zu kommen.«

Mark nahm das Fernglas und betrachtete den Strand. Drei Frauen saßen neben zwei Booten und reparierten Netze. Ein paar kleine Kinder spielten in ihrer Nähe. Von Robert war weit und breit nichts zu sehen.

»Okay«, sagte Mark und nickte Steven zu. »Dann nichts wie los.«

»Ich komme mit«, sagte Luke.

»Auf gar keinen Fall.«

»Er ist mein Bruder.«

»Ich finde, er sollte mitkommen«, mischte Steven sich ein. »Wir brauchen noch einen Ruderer.«

»Aber benimm dich«, warnte Mark Luke, der bereits in das Dingi gestiegen war.

»Ich komme auch mit«, sagte Fergus.

»Du bleibst, wo du bist«, fuhr Mark ihn an. »Und mach deinen Job diesmal bitte ordentlich. Halt die Augen auf und pass auf die *Archangel* und den Rest der Mannschaft auf.«

»Ich komme mit«, sagte Allison schnell, ehe Mark widersprechen konnte. »Am Strand sind nur Frauen. Sie werden entspannter sein, wenn sie eine Frau in dem Dingi sehen.« Mark nickte, und Allison stieg ein.

»Was ist mit den Gewehren?«, fragte Steven, als Mark am Heck ins Dingi kletterte.

»Es ist wohl besser, wenn wir unbewaffnet gehen und zeigen, dass wir ihnen nichts Böses wollen, oder?«, sagte Allison.

Mark nickte und wandte sich an den Rest der Mannschaft. »Ich hoffe, wir sind bald zurück. Dann könnt ihr auch an Land gehen und euch die Beine vertreten.«

»Wir gehen an Land, wir gehen an Land!«, riefen Tommy und Lee, als Steven und Luke vom Heck der *Archangel* wegruderten.

»Bei einem Ausflug an Land können sie sicher eine Menge lernen«, sagte Steven leise zu dem grinsenden Luke, als sie die Ruder durchs Wasser zogen.

Mark war so wütend auf Robert, dass er nicht darüber lachen konnte. Während Steven und Luke ruderten, saß er auf dem Querbalken und beobachtete das Ufer durch das Fernglas. Als sie sich dem Strand näherten, rannten die Kinder auf die Häuser zu, und die Frauen hörten auf zu arbeiten. Sie nahmen etwas in die Hand, das Mark im ersten Augenblick für Gehstöcke hielt. Dann gingen sie langsam ans Ufer und auf das sich nähernde Dingi zu. »Hört auf zu rudern«, sagte Mark plötzlich. »Sie haben Speere.«

»Köpfe runter!«, schrie Allison. Als sie die Angst in ihrer Stimme hörten, folgten sie augenblicklich dem Befehl. Luke und Steven ließen sich auf den Boden des Boots fallen, und Mark warf sich auf sie. Ein sonderbares Surren näherte sich, und als sie den Blick hoben, sahen sie die verschwommene

Form eines Bumerangs, der um das Boot kreiste und zurück zum Ufer flog.

»Was wollt ihr?«, rief eine Männerstimme.

Zögernd schauten Luke, Mark, Steven und Allison über das Dollbord des Dingis. »Ich habe gefragt, was ihr wollt?«, wiederholte die Stimme.

Ein stämmiger, muskulöser Mann stand mit dem Bumerang in der Hand neben einem Baum am Strand. Er war um die vierzig und trug eine khakifarbene Baggy-Shorts. Neben ihm standen acht nackte Frauen, alle mit Speeren bewaffnet. Zwischen den Frauen und dem Mann gab es einen deutlichen Unterschied: Er war weiß.

»Kommt«, sagte Mark zu Luke und Steven. »Wir rudern weiter.«

»Was wollt ihr?«, fragte der Mann noch einmal, als Luke und Steven zu rudern begannen.

»Ihr habt einen von unserer Mannschaft. Wir wollen ihn holen.«

»Ich weiß nicht, wovon du sprichst. Kommt nicht näher, sonst verliert ihr eure Köpfe.« Er hob den Bumerang, als wollte er ihn in ihre Richtung werfen.

»Okay«, rief Mark. »Wir bleiben hier. Wir wollen nur reden.« Er senkte die Stimme. »Rudert ein Stück zurück und richtet den Bug zur *Archangel* aus – für den Fall, dass wir schnell verschwinden müssen«, sagte er zu Steven und Luke.

Als sie ein Stück zurückruderten, ließ der Mann den Bumerang sinken. »Woher kommt ihr?«, rief er.

»Aus Neuseeland und aus England«, erwiderte Mark.

»Hätte ich mir denken können. Scheiß-Briten und Scheiß-Kiwis, verdammt«, sagte der Mann prustend. Die Frauen neben ihm kicherten.

»Ich bin Mark. Wer bist du?«

»Corky.«

»Wie ist dein richtiger Name?«

»Das geht dich nichts an. Nenn mich einfach Corky. Was willst du?«

»Wir wollen unseren Mann zurück.«

»Was redest du da, verdammt?« Die größte Frau beugte sich vor und flüsterte Corky etwas ins Ohr. »Ah, offenbar ist er hier. Wie ich gehört habe, ist der kleine geile Scheißkerl ziemlich beschäftigt.« Wut schwang in Corkys Stimme. Er sagte etwas zu der großen Frau, woraufhin diese den Strand hinunterlief. »Aber warum seid ihr überhaupt hier?«

»Wir brauchen Nahrung und Wasser. Wir brauchen mehr Proviant, sonst schaffen wir es nicht bis nach Neuseeland.«

»Und wie seid ihr auf die Idee gekommen, hier einen Zwischenstopp einzulegen? Soweit ich weiß, sind wir die einzigen Überlebenden in Australien.«

»Heißt du Chatfield?«, fragte Mark.

»Nee.« Corky zögerte kurz und fügte dann hinzu: »Aber mein Großvater mütterlicherseits war ein Chatfield.«

»War er Seemann auf einem Handelsschiff?«

»Ja. Woher weißt du so viel, du Klugscheißer?«

»Weil wir verwandt sind. Wir sind auch Chatfields. Wir sind offenbar die einzige Familie auf der Welt, die ein bestimmtes Gen hat. Etwas in unserem Blut hat dafür gesorgt, dass wir die Pandemie überleben.«

»Nun, du weißt aber auch nicht alles, Kiwi, oder? Diese Aborigines sind vielleicht mit dir verwandt, aber sicher nicht mit mir.«

»Wie kommt es, dass ihr dann zusammen seid?«

»Sie sind mir in Straddie über den Weg gelaufen.«

»Was ist mit ihren Männern?«

»Haben keine«, erwiderte er, ohne weitere Erklärung. »Sie haben nur mich.«

»Können wir anlegen und in Ruhe miteinander reden?«

»Nein, könnt ihr nicht. Wenn ihr reden wollt, bleibt, wo ihr seid, und redet.«

Mark entschied sich für eine andere Taktik. »Ich habe gesehen, dass ihr Kinder habt. Hast du auch Jungen?«

»Wir haben ein paar, aber sie sind nicht von mir. Ich gebe mein Bestes, aber es werden immer Mädels.«

»Darum müssen wir reden. Du brauchst frisches Blut. Sonst stirbt deine Gemeinschaft aus.«

»Du setzt keinen Fuß auf meinen Strand«, drohte Corky ihm. Eine der Aborigine-Frauen sagte etwas zu ihm, woraufhin er sich umdrehte und den Blick über den Strand gleiten ließ. Robert war aus einem der Häuser gekommen und schlenderte auf sie zu. Er hielt die Hand einer nackten jungen Frau.

»Alles in Ordnung, Junge?«, schrie Mark.

»Was für eine dumme Frage«, sagte Steven leise. Robert erwiderte nichts.

»Komm, Robert, hör auf mit dem Unsinn«, rief Mark. »Schwimm zu unserem Dingi.«

»Okay«, sagte Corky in lautem Ton. »Was willst du, Junge? Willst du hier bei dem Mädel bleiben oder nach Neuseeland fahren?«

»Noch eine dumme Frage«, murmelte Steven.

Robert, der sonst immer ein mürrisches Gesicht machte, grinste und zuckte mit den Schultern. »Ich bleibe natürlich hier.«

»Dann hast du jetzt deine Antwort«, rief Corky Mark zu. »Du hast gesagt, ich brauche mehr männliche Gene, und es sieht so aus, als hättest du das Problem für mich gelöst. Jetzt haut ab.«

»Aber wir können einander helfen.«

»Du hast sonst nichts, was ich haben will«, feixte Corky. »Es besteht ohnehin die Gefahr, dass wir uns bei diesem kleinen geilen Scheißkerl irgendeine Krankheit holen.« Er drehte sich zu Robert um. »Geh zurück ins Haus. Nimm das Mädchen mit. Ihr steht beide unter Quarantäne, verstanden?« Robert nickte und grinste noch immer. »Ich will keinen von euch beiden außerhalb des Hauses sehen, bis ich euch erlaube, es wieder zu verlassen. Essen und Wasser stellen wir euch auf die Veranda.«

Als Robert und das Mädchen weggingen, wandte Corky sich wieder Mark zu. »Jetzt lichtet den Anker und haut ab. Wenn ihr versucht, an Land zu kommen, mach ich mit dir kurzen Prozess und mit ihm auch.« Er deutete mit dem Daumen auf Robert. »Ich erschieße ihn in seinem Bett.«

Die Drohung war deutlich genug und bestätigte, dass Corky Feuerwaffen besaß.

»Könnt ihr uns etwas zu essen und Wasser geben?«, rief Allison. »Ohne Proviant kommen wir nicht bis nach Neuseeland.«

Die große Frau flüsterte Corky etwas ins Ohr. »Ihr seid zehn Mann an Bord, einschließlich der beiden kleinen Jungs, richtig?«, sagte er.

»Elf – nein, zehn«, bestätigte Mark, der begriff, dass auch Corky ein starkes Fernglas besitzen musste.

»Meine Mädels rudern zu eurem Schiff und bringen euch ein paar Vorräte. Genug bis Neuseeland. Vorausgesetzt, ihr Scheiß-Kiwis esst getrocknetes Känguru- und Dugongfleisch. Sobald ihr das Wasser und die Vorräte habt, lichtet ihr den Anker und haut ab. Ich warne euch. Ich beobachte die Küste. Wenn ihr zurückkommt, schieße ich dem kleinen Scheißkerl eine Kugel in den Kopf. Und wenn einer von euch einen Fuß auf mein Land setzt, geht es ihm genauso.«

Als sie auf den Proviant warteten, stellten Steven und Mark sich aufs Vordeck der *Archangel* und besprachen die Situation. Sie diskutierten aufgeregt verschiedene Möglichkeiten und erwogen das Für und Wider.

Während sie miteinander sprachen, wurden zwei Boote ins Wasser gelassen und jenseits des Ufers verankert. Corky überwachte, wie zahlreiche Frauen und Kinder Vorräte ans Ufer trugen und sie in eines der beiden Ruderboote luden. Dann sprangen vier Frauen, unter ihnen auch die große Frau, die Corkys rechte Hand und Lieblingsfrau zu sein schien, und ein junges Mädchen in das zweite Ruderboot und ruderten zur *Archangel*. Das zweite Ruderboot mit den Vorräten zogen sie hinter sich her.

Als die beiden Boote ihr Schiff erreichten, traf Mark eine Entscheidung. Er bat Steven, die Übergabe der Vorräte achtern zu überwachen, und rief Luke zu sich aufs Vordeck.

»Wir müssen deinen Bruder hierlassen«, erklärte er dem Jungen. »Corky, wie er sich nennt, ist ein gefährlicher Mann. Wenn wir versuchen, Robert jetzt zurückzuholen, geraten wir in ernsthafte Schwierigkeiten. Es könnte sein, dass jemand getötet wird. Verstehst du das?« Luke nickte. »Wir werden zurückkehren und ihn holen. Aber wir müssen warten, bis Corky nicht mehr so genau aufpasst.«

»Wann kehren wir zurück?«

»In einem Monat. Vielleicht auch in zwei oder drei Monaten. Es kommt darauf an, welche Situation wir in Gulf Harbour vorfinden.«

Die Aborigine-Frauen und die Mannschaft der *Archangel* plauderten aufgeregt miteinander, als Proviant und Wasser übergeben wurden. Tommy sprang in das erste Ruderboot, um mit einem kleinen Mädchen zu sprechen und sein Koala-Junges zu streicheln.

»Komm her, Lee«, schrie Mark, als der zweite Junge sich anschickte, über die Rettungsleine zu klettern, um sich seinem Cousin anzuschließen. Enttäuscht ging Lee zu Mark, der sich hinunterkniete und ernst mit ihm sprach. Dann lief Lee wieder über das Deck und sprang in das Ruderboot. Eine der

Aborigine-Frauen setzte die kleinen Jungen auf ihren Schoß, drückte sie an ihren nackten Körper und geriet vollkommen in Verzückung.

Mark sprach kurz mit Steven, der Penny bat, aufs Vordeck zu kommen.

»Es tut mir leid, aber wir brauchen mehr Wasser«, sagte Mark, als die Frauen ihnen die letzten Vorräte überreichten.

Fergus wusste, dass die Tanks fast voll mit Regenwasser waren. Er wollte gerade etwas sagen, als er Marks durchdringenden Blick spürte.

»Könnten wir bitte noch mehr Wasser haben?«, fragte Mark.

»In Ordnung«, sagte die große Frau zögernd. »Aber Corky wird das nicht gefallen.«

»Komm zurück aufs Schiff«, rief Jessica Tommy zu. Widerwillig folgte der Junge dem Befehl.

»Darf ich mit an Land fahren und mir die anderen Koalabären ansehen?«, fragte Lee seine Mutter.

Jessica sah Penny ungläubig an, als diese zustimmend nickte. Die Ruderboote legten ab, und Lee war noch immer an Bord.

»Ich kann nicht glauben, dass du Lee einem solchen Risiko aussetzt«, sagte Allison zu Mark, als dieser ihr seinen Plan erklärte. Ihre Empörung richtete sich ebenso gegen Penny und Steven wie gegen Mark.

Leider ging Marks Plan nicht auf. Er hatte Lee das Haus gezeigt, in dem Robert und das junge Mädchen verschwunden waren. Der Junge sollte sofort hingehen und Robert sagen, dass er zur *Archangel* zurückkehren sollte und er, wenn er wollte, das Mädchen mitbringen könne. Doch der kleine Junge musste dringend pinkeln und lief zuerst zu der Latrine am Strand. Als er die Latrine wieder verließ, entdeckte ihn Corky und jagte ihn zum Ruderboot, ehe er die wichtige Botschaft überbringen konnte. Beunruhigt beobachtete Mark die beiden Ruderboote, die sich mit Lee an Bord der *Archangel* näherten.

Und es gab noch eine Überraschung.

»Kann ich mit euch kommen?«, fragte die große Frau Mark, nachdem sie das zusätzliche Wasser abgeladen hatten. Ihr rechtes Auge war geschwollen. Corky hatte ihr einen Faustschlag verpasst, weil sie Lee mit an Land gebracht hatte.

Mark brachte die Frage aus der Fassung, aber er fing sich schnell wieder. »Natürlich kannst du mitkommen.«

»Kann ich auch mitkommen?«, fragte eine zweite Frau.

»Sicher.« Die beiden Frauen legten die Ruder ins Boot und kletterten an Bord. »Was ist mit euch?«, fragte Mark.

»Ich möchte auch mitkommen«, sagte das kleine Mädchen.

»Das geht nicht«, erwiderte ihre Mutter streng und blieb im Ruderboot sitzen. Die vierte Frau schüttelte ebenfalls den Kopf.

»Lee, komm an Bord«, befahl Mark ihm und wandte sich den anderen zu. »Stoßt die Boote ab und lichtet den Anker.«

»Und wo legen wir an?«, fragte Allison Mark, als die *Archangel* sich vom Strand entfernte und an Geschwindigkeit gewann.

»Wie meinst du das?«

»Du wirst Robert doch nicht hier zurücklassen.«

»Wir haben keine andere Wahl. Es hat auch seine Vorteile, wenn er hierbleibt.«

»Vorteile! Vorteile für wen?«

»Für die menschliche Rasse. Wir müssen die Chancen erhöhen. Sie brauchen seine Gene, und wir brauchen ihre.« Mark zeigte auf die beiden Frauen, die auf dem Kabinendach saßen. »Ein fairer Tausch ist kein Diebstahl.«

»Ich weiß nichts von einem wichtigen Gen«, erwiderte Allison wütend. »Du jedenfalls hast ein fehlerhaftes Gen. Du überlässt Robert einfach seinem Schicksal, ohne zu wissen, was passiert. Und weißt du, dass diese Frau zwei Kinder zurückgelassen hat?«, schrie sie und zeigte auf die kleinere der beiden Frauen.

Mark antwortete nicht. Allison zog ihren Pullover aus und warf ihn einer der beiden Frauen zu. »Bedeckt euch«, fuhr sie sie an.

»Ihren Kindern wird es gut gehen. Die anderen kümmern sich um sie«, sagte Mark in dem Versuch, Ruhe zu bewahren.

Allison verschwand durch die Luke. »Genauso wie sich alle um meine Mutter kümmern, was?«, schrie sie von der untersten Stufe.

Der Rest der Mannschaft verfolgte erstaunt den Streit, der weiter angefacht wurde, als Allison den Kopf durch die Luke streckte und der anderen Frau ein Bündel Kleider zuwarf.

Steven machte der Angriff auf seinen Vater verlegen. Er drehte sich um und beobachtete durch das Fernglas die Ruderboote, die gerade das Ufer erreichten. Was er durch das Fernglas sah, machte die Situation nicht einfacher.

»Wirf mal einen Blick auf das erste Ruderboot«, sagte er zu seinem Vater und reichte ihm das Fernglas. Mark stellte die Schärfe richtig ein und beobachtete die beiden kichernden jungen Frauen, die das Boot ruderten. Dann sah er das kleine Mädchen, das den Koalabären im Arm hielt und über das Dollbord spähte. Sie sprach mit Luke, der sich am Heck festhielt.

12

Duncan sorgte dafür, dass Dianas Arbeitsplan umgesetzt wurde, und so gelang es der Gemeinschaft in Haver, trotz der fehlenden Hände alle anfallenden Arbeiten zu erledigen. Die Arbeit war hart, und die Tage waren lang, aber die Farm und die Gärten gediehen prächtig.

Nigel hatte entschieden, dass Bauern keine Bildung brauchten. Dennoch bekamen die Kinder unter Dianas Führung Grundwissen vermittelt. Jeden Abend hatten sie nach ihrem zwölfstündigen Arbeitstag eine Stunde Unterricht. Diana hatte das Ziel, dass alle Kinder Lesen, Schreiben und mathematische Grundkenntnisse erlernen sollten. Sie teilte weiterhin die Arbeit in den Küchen und der Wäscherei ein. Zudem sorgte sie dafür, dass die Prunkgemächer genauestens Nigels Vorstellungen entsprachen. Natürlich fiel auch die Erfüllung der sexuellen Bedürfnisse der Chatfields in ihren Aufgabenbereich.

Das Leben von Nigel und seinen Söhnen bestand hauptsächlich daraus, zu faulenzen und es sich gut gehen zu lassen. Ab und zu verließen sie das vierhundert Hektar große Wildgehege und begaben sich auf Beutezüge. Größtenteils verbrachten sie ihre Tage damit, Bowling zu spielen, sich im Bogenschießen zu üben, im Park zu jagen und sich zu vergnügen. Wenn es regnete, zogen sie sich ins Haus zurück, während ihre Verwandten auf den Feldern und in den Gärten schufteten und nass bis auf die Knochen wurden. Geschützt vor dem Regen spielten die

Chatfields dann Karten, Brettspiele und Billard unter den wachsamen Augen der britischen Aristokratie, deren Porträts die eichengetäfelten Wände schmückten.

»Muss sie wirklich ständig hier herumlungern?«, fragte Damian seinen Vater eines Tages und zeigte auf Mary-Claire. Die Männer spielten Billard. Das kleine Mädchen saß mit gekreuzten Beinen auf dem Boden und stützte das Kinn in die Hände. Die Leine des Hundehalsbandes war um die Lehne eines dick gepolsterten Sessels aus dem siebzehnten Jahrhundert gewickelt.

»Sie ist unsere Garantie«, knurrte Nigel.

»Sie geht mir auf die Nerven«, sagte Greg, der, ohne dass sein Bruder davon wusste, von Theresa gebeten worden war, sich für die Freilassung des kleinen Mädchens einzusetzen.

Jasper, dem Jennifer etwas versprochen hatte, »das er niemals wieder vergessen würde«, wenn er für Mary-Claires Freilassung sorgte, nutzte ebenfalls den günstigen Augenblick. »Jetzt kommen Mark und seine Leute ja sowieso nicht zurück. Wenn ihre Kiwi-Verwandten sie nicht aufhetzen, sind die Bauern so friedlich wie Schafe. Sie machen nicht den geringsten Ärger. Mary-Claire leistet überhaupt keinen Beitrag, wenn sie hier angeleint ist. Sie sollte arbeiten wie die anderen auch.«

»Wir können sie ja weiterhin zu den Mahlzeiten an den Tisch rufen, damit sie das Essen probiert«, fügte Damian hinzu.

»Ich denke darüber nach«, erwiderte Nigel, als er sich auf den nächsten Stoß vorbereitete.

Das Abendessen im Großen Saal ging dem Ende entgegen. Nigel erhob sich von seinem Stuhl und schlug mit der Faust auf den Tisch. Die Unterhaltungen verstummten augenblicklich.

»Cheryl«, brüllte er. »Komm her.«

Cheryl fragte sich erschreckt, was sie falsch gemacht hatte, erhob sich und stieg schüchtern zum Podium hinauf, wo Nigel über ihr stand.

»Du kannst dieses faule kleine Miststück zurückhaben«, sagte er und zeigte auf Mary-Claire. »Wir haben genug von ihr. Sie lungert nur herum und tut nichts. Aber vergiss nicht, wenn du oder ein anderer aus der Reihe tanzt, wird sie verprügelt und kommt wieder an die Leine.« Er riss an der Leine, damit Mary-Claire aufstand, und reichte Cheryl die Leine. Sie verneigte sich und nahm sie entgegen.

»Danke, Euer Lordschaft«, sagte sie und versuchte, die Tränen der Erleichterung zurückzuhalten, doch es gelang ihr nicht. Der Rest der Gemeinschaft begann mit Ausnahme von Diana spontan zu klatschen. Diana war verblüfft. Nigel hatte nichts anderes getan, als sein begangenes Unrecht rückgängig zu machen, doch seine Verwandten klatschten, als handelte es sich um eine grenzenlose Großzügigkeit!

Nigel ließ sich wieder auf seinen Platz fallen. »Hör auf zu flennen, Frau. Du schickst sie zu jeder Mahlzeit zu uns hoch. Verstanden?«

»Gewiss, Euer Lordschaft«, erwiderte Cheryl, als der Applaus verstummte.

»Und … bist du schwanger?«, fragte Damian Cheryl, als sie an diesem Abend in sein Quartier kam.

»Ich arbeite daran.«

»Ich hoffe, es klappt. Sonst überrede ich meinen Vater, dir Mary-Claire wieder wegzunehmen.«

Cheryl diskutierte nicht lange und beschloss, ihm nicht noch einmal mit dem Brief zu drohen. Es hatte keinen Zweck. Sie war dennoch besorgt, denn ihr vernarbter Körper war für Jasper und Greg mit Sicherheit nicht besonders attraktiv. Ihre Möglichkeiten beschränkten sich auf Onkel Duncan und Nigel selbst. Cheryl wusste, dass die anderen Frauen immer furchtbar mitgenommen waren, wenn sie aus Nigels Schlafzimmer zurückkehrten. Die jungen Zwillinge Amy und Beatrice gerieten in Angst und Schrecken, sobald Diana ihnen mitteilte, dass Nigel ihre Dienste wünschte. Eine gute Alternative wäre das nicht.

»Warum verlangt Nigel niemals Theresa?«, fragte Duncan Diana verärgert, als Nigel seine beiden Nichten zum dritten Mal in einer Woche kommen ließ. »Sie müsste doch auch mal dran sein.«

»Es ist nicht meine Entscheidung, sondern Nigels. Ich weiß nicht, warum er sie nicht will. Vermutlich hat es etwas mit Miles zu tun. Sie war immerhin Miles' Mädchen.«

»Und warum verbietet er Greg dann nicht, mit ihr zu schlafen?«

»Woher soll ich wissen, was in diesem kranken Hirn vorgeht?« Vermutlich wusste Nigel gar nicht, dass Greg mit Theresa schlief. Das würde Diana Duncan jedoch nicht sagen. »Jedenfalls hab ich keine Zeit, den ganzen Tag hier herumzustehen und zu plaudern. Ich muss arbeiten.« Mit diesen Worten beendete sie das Gespräch, drehte sich um und ging davon.

Diana hatte in der Tat viel Arbeit, aber keine, die ihr aufgetragen worden war. Während des Mittagessens hatte Nigel wieder einmal zu viel Wein getrunken, und jetzt schlief er seinen Rausch aus. Es war die Gelegenheit, ihr geheimes Projekt fortzusetzen, das immer dringlicher wurde.

Sie nahm den Staubwedel und lief in die Bibliothek, um ihre mühselige Suche fortzusetzen. Diana hatte sich vorgenommen, jedes der alten Bücher aus dem Regal zu nehmen und Titel sowie Inhalt zu überprüfen. Ab und zu begann ihr Herz laut zu klopfen, wenn eine Illustration oder eine Kapitelüberschrift darauf hindeuteten, dass sie gefunden hatte, was sie suchte. Sobald sie die Seiten dann gelesen hatte, waren ihre Hoffnungen zunichte. Diana hatte bereits zwei Drittel der Bücher überprüft, und allmählich zweifelte sie daran, jemals das zu finden, was sie suchte.

Das Läuten der Glocken des Cromwell Tower kündigte an, dass es drei Uhr nachmittags war. Diana hatte viel zu viel Zeit in der Bibliothek verbracht. In der Küche wartete eine Menge Arbeit auf sie. Das Abendessen musste vorbereitet werden, und bald würde Nigel mit seinem Brummschädel durchs Haus spazieren. Er hatte sie bereits mehrmals in der Bibliothek überrascht, und Diana fürchtete, dass er misstrauisch werden könnte.

Auf dem Regal, das sie im Augenblick durchsah, hatte sie nur zwei kleine Bücher noch nicht durchgesehen. Sie waren so klein, dass sie kaum die gewünschten Informationen enthalten konnten. Dianas Ausbildung als Rechtsanwältin, jedes einzelne Dokument sorgfältig zu prüfen, das mit einem Fall zu tun hatte, zwang sie, auch in diese Bücher einen Blick zu werfen.

Als sie das zweite Buch aufschlug, blieb ihr beinahe das Herz stehen. Ihre Hartnäckigkeit wurde belohnt. Hocherfreut steckte sie das winzige Buch in die Jackentasche.

In den nächsten Tagen bemerkten alle, dass mit Diana eine Wandlung vor sich gegangen war. Sie bewegte sich mit federndem Schritt, manchmal lächelte sie sogar. Duncan war überrascht, als sie zuerst anbot und dann sogar darauf bestand, ein paar Tage in den Gärten und auf den Feldern zu arbeiten. Auch das Reinigen der Prunkgemächer und das Zubereiten der Mahlzeiten waren anstrengend, doch nicht so anstrengend wie die Knochenarbeit auf den Feldern und in den Gärten.

»Warum bist du so fröhlich?«, fragte Duncan, als sie nach ihrem zweiten Tag in den Gärten über den Hof gingen.

»Nichts Besonderes. Es ist nur schön, sich zur Abwechslung mal an der frischen Luft aufzuhalten«, erwiderte Diana und schnupperte an den Blumen und Kräutern, die sie in der Hand hielt.

»Hm, ich habe eine schlechte Nachricht für dich. Nigel hat herausgefunden, dass du im Garten gearbeitet hast, und befohlen, dass du dich ausschließlich mit Arbeiten im Haus beschäftigen sollst.«

Duncan war überrascht, als Diana nur mit den Schultern zuckte und lächelnd erwiderte: »Dann mache ich es eben so.«

Als Rechtsanwältin wusste Diana, dass es oft klüger war, Wissen für sich zu behalten. Sie wusste auch, dass Wissen Macht war, doch sosehr sie sich auch bemühte, sie schaffte es nicht, das Selbstvertrauen, das ihr diese Macht verlieh, zu verheimlichen. Vor dem Ausbruch der Pandemie war dieses Selbstvertrauen von ihren Kollegen oft als Selbstgefälligkeit interpretiert worden und hatte die Mitglieder ihrer Anwaltskammer irritiert. Jetzt irritierte ihre Selbstgefälligkeit Nigel und seine Söhne.

Am nächsten Morgen servierte Diana wie gewöhnlich das Frühstück am Tisch auf dem Podium. Mary-Claire war wieder zu den Chatfields beordert worden und wartete auf das Essen. Einerseits musste das kleine Mädchen die Schmach ertragen, Milch aus einer Schale zu schlürfen und ohne Besteck zu essen, aber andererseits bekam sie ein besseres Frühstück als der Rest der Gemeinschaft.

»Was soll sie heute kosten, Euer Lordschaft?«, fragte Diana fröhlich und hob die Deckel von den Servierschüsseln.

»Gib ihr etwas Milch.«

Diana goss Milch in Mary-Claires Schüssel und stellte sie

auf den Boden. Das kleine Mädchen schlürfte die Milch, während Diana die andere Schüssel und eine Gabel vom Tisch nahm.

»Gib ihr etwas hiervon«, knurrte Nigel und zeigte auf das Rührei. »Und eine von den Fleischpasteten.« Diana füllte eine großzügige Portion Rührei in die Schüssel und legte mit der Gabel eine Fleischpastete obenauf.

Damian zeigte auf die Bohnen. »Und hiervon.«

Diana lächelte, als sie eine Gabel voll Bohnen in Mary-Claires Schüssel füllte. »Möchtet Ihr auch etwas für sie auswählen, Sir Jasper?«, fragte sie, doch er winkte ab. Diana stellte die Schüssel neben Mary-Claire auf den Boden, verneigte sich und ging davon.

»Diese Frau geht mir auf die Nerven«, sagte Jasper, als Diana in die Küche eilte.

»Mir auch«, pflichtete Damian ihm bei. »Ich bin sicher, sie heckt etwas aus.«

»Keine Sorge. Ihr wird das Lachen schon noch vergehen«, sagte Nigel, als er sich eine riesige Portion auf den Teller lud. Er spähte zu den Bauern hinunter, die im Großen Saal frühstückten. Wochentags bekamen sie Haferbrei, Brot, Butter, Marmelade, Honig und Obst. Bauern brauchten keine Eier und keinen Speck, meinte er. In Haferbrei und Brot waren genügend Kalorien, und wenn sie Glück hatten, gestand er ihnen sonntags ein Ei zu. Natürlich nur, wenn ihm niemand die Laune verdarb. Vielleicht konnte er arrangieren, dass Diana einen Fehler beging, sodass er das Ei streichen konnte. Das würde ihr das Lachen vertreiben und dafür sorgen, dass sie die Gunst ihrer Verwandten einbüßte. Nein, er musste sich etwas Besseres einfallen lassen, um Diana in die Schranken zu weisen.

»Und«, fragte Nigel seine Söhne später an diesem Morgen, »werde ich bald Großvater?« Sie hatten ihr Kartenspiel beendet. Greg, Jasper und Damian ließen ihren Vater immer gewinnen. Jetzt langweilte er sich und suchte ein neues Vergnügen.

Die Frage ihres Vaters beunruhigte die Söhne. Sie standen gewaltig unter Druck. Es ging nicht nur darum, Kinder zu zeugen, sondern vor allem einen Enkelsohn. Außerdem gefiel es ihnen überhaupt nicht, dass er ihre Manneskraft vor den Bediensteten infrage stellte. Theresa und Susan krochen auf der anderen Seite der Galerie auf allen vieren über den Boden und polierten ihn. Sie hatten die Köpfe gesenkt und schienen sich nur auf die Arbeit zu konzentrieren. Doch die jungen Männer waren davon überzeugt, dass sie Nigels dröhnender Stimme lauschten. Sie hatten sogar das Gefühl, Nigel würde es darauf anlegen, dass die Frauen hörten, wie er seine Söhne quälte.

»Ich bin ganz sicher, dass ich schon eine dick gemacht habe«, prahlte Damian.

»Ach ja?«, rief Nigel erstaunt. »Und wen genau?«

»Cheryl.«

Nigel war zufrieden. Wenn Cheryl nicht so einen vernarbten Körper gehabt hätte, wäre auch er nicht abgeneigt gewesen. Immerhin hatte sie schon zwei Jungen geboren. Nigel wandte sich Jasper zu. »Was ist mit dir? Du vögelst doch nicht noch immer Jennifer, oder?«

»Als ich das letzte Mal eine heiße Nacht mit ihr verbringen wollte, war sie schon gebucht«, erwiderte Jasper sarkastisch.

Nigel wollte die Wahrheit wissen. »Und du, vögelst du die alte Schachtel?«, fragte er Greg.

»Nein, sie ist zu alt.«

»Natürlich vögelt er Jennifer nicht«, scherzte Damian, der genau wusste, dass Greg in Theresa verliebt war. »Der Junge ist verliebt.«

»Du sollst dich nicht verlieben, sondern es mit vielen Frauen treiben, damit sie schwanger werden. Wir brauchen Babys«, sagte Nigel ernst. »Und mit wem schläfst du?«

Greg blickte verlegen auf den Boden, und dann schaute er die Galerie hinunter. »Mit Theresa«, sagte er leise.

»Was?«, rief Nigel wütend und sprang auf.

Die heftige Reaktion ihres Vaters machte die drei Brüder sprachlos. Sie hatten akzeptiert, dass nach Miles' Tod niemand dessen Gemach betreten durfte, als handelte es sich um ein Heiligtum. Aber erwartete er jetzt auch noch von ihnen, dass sie Miles' Mädchen respektierten? Immerhin hatte er den Befehl gegeben, Kinder zu zeugen. Nigel hatte nach dem Tod seines Sohnes keine Sympathie für Theresa bekundet, noch hatte er irgendein Interesse an den beiden Mädchen gezeigt, die Miles gezeugt hatte.

»Theresa, komm sofort hierher«, brüllte er. »Und du verschwindest«, fügte er hinzu und zeigte auf Susan. So schnell es die arthritischen Schmerzen in ihren Knien erlaubten, stand Susan vom Boden auf und verließ hastig die Galerie.

Zitternd vor Angst lief Theresa durch die Galerie auf Nigel und seine Söhne zu. Die drei Brüder hatten ebenso wie Theresa keine Ahnung, womit sie Nigels Wut entfacht hatten.

»Wie kommst du dazu, mit Greg zu schlafen?«

»Er hat mich verlangt, Euer Lordschaft«, sagte sie leise und zitterte vor Angst.

»Hast du ihm gesagt, dass du Tripper hast?«

»Was?«, rief sie, und einen kurzen Augenblick lang war Theresas Empörung größer als ihre Angst.

»Ich habe gehört, du hast Tripper.«

»Was? Wer hat das gesagt?«, fragte sie ernsthaft verärgert.

Nigel hatte nicht das Gefühl, dass ihre Verärgerung nur gespielt war. Allmählich dämmerte ihm die Wahrheit. »Geh in mein Schlafzimmer«, sagte er mit leiser, eiskalter Stimme. Seine Augen schimmerten rachsüchtig. Theresa begann wieder zu zittern. »Geh sofort in mein Schlafzimmer. Wage es nicht, unterwegs mit irgendjemandem ein Wort zu sprechen. Zieh dich aus, leg dich in mein Bett und warte da auf mich.«

Widerspruchslos drehte Theresa sich um und ging von der Galerie durch den Ballsaal in Nigels Gemächer. Die Geschichten, die sie darüber gehört hatte, wie Nigel die Frauen in seinem Bett behandelte, jagten ihr furchtbare Angst ein und machten ihr Elend umso schlimmer.

»Okay«, sagte Nigel und wandte sich seinen Söhnen zu. »Geht runter und schickt Diana, dieses Miststück, zu mir. Sagt ihr nicht, was hier gerade vorgefallen ist. Ich werde ihr eine Lektion erteilen, die sie niemals vergessen wird.«

Diana eilte zur Galerie hinauf, wo Nigel mit einem Glas Wein saß.

»Ah, die Dame mit der Begleitagentur«, sagte er, als sie sich näherte. »Danke, dass du so schnell gekommen bist.« Diana wusste augenblicklich, dass Ärger anstand. Nigel sagte niemals danke oder bitte, es sei denn, er wollte jemanden verspotten.

Sie hatte keine andere Wahl, als sich auf das Spiel einzulassen. »Ja, Euer Lordschaft?«

»Ich habe heute Nachmittag Lust auf weibliche Gesellschaft«, sagte er bedeutungsvoll.

»Ja, Euer Lordschaft, wen soll ich zu euch schicken?«

»Nun, ich hätte gerne zwei Frauen in meinem Bett.«

»Ich schicke Euch Amy und Beatrice, Euer Lordschaft«, sagte Diana schnell und schickte sich an zu gehen.

»Nein, ich möchte mal eine kleine Abwechslung«, entgegnete Nigel und nippte von dem Wein. »Wen schlägst du vor?«

Diana drehte sich wieder zu ihm um. »Virginia?«

»Nein, sie ist mir zu gewöhnlich.«

»Bridget? Ich habe gehört, sie soll sehr gut sein. Sie hat sich mittlerweile wieder von den Schusswunden erholt.«

»Was, dieser Glatzkopf?«

»Wie wäre es mit Cheryl?«, schlug Diana vor und dachte, wie clever es von Bridget war, mit einem geschorenen Kopf herumzulaufen. »Sie hat zwar ein paar Narben ...«

»Ein *paar* Narben? Ihr ganzer Körper ist mit Narben übersät!«

»Jennifer vielleicht? Ihr mögt Jennifer.«

»Sie ist zu fett.«

»Sie ist nur ein bisschen korpulent. Ihr habt sie immer gemocht«, sagte Diana verzweifelt und fügte hastig »Euer Lordschaft« hinzu, um Nigel nicht zu verärgern.

»Ich weiß, aber sie wird allmählich alt.«

»So alt ist sie doch gar nicht. Sie ist ein paar Jahre jünger als Ihr.«

»Und du bist auch noch nicht so alt«, sagte Nigel. Diana bedauerte ihre Bemerkung sofort. Er stand auf, umkreiste sie langsam und nippte an seinem Wein, während er sie von oben bis unten musterte.

»Weißt du was? Für dein Alter hast du eigentlich einen ganz hübschen Arsch. Die Titten sind ein bisschen klein, aber ich glaube, es wird gehen.«

»Ich?!«

»Warum nicht? Wer wäre denn sonst noch da?« Er schaute an die Decke. »Lass mich überlegen ... Da sind Amy und Beatrice, Kimberley und Rebecca, Virginia, Jennifer, Bridget und Cheryl. Habe ich jemanden vergessen?« Nigel wartete darauf, dass Diana noch einen weiteren Namen nannte. Sie schwieg. »Natürlich«, sagte er, als er keine Antwort bekam. »Ich habe Theresa vergessen. Ich alter Esel, ich hatte auch vergessen, dass sie Tripper hat, nicht wahr? Dann bleibt es bei dir.«

»Nur ich«, murmelte Diana. Ihre Fingerknöchel färbten sich

weiß, als sie die Fäuste ballte und sich bemühte, Gelassenheit vorzutäuschen. In ihrem Inneren tobte ein Sturm, doch wenigstens hatte sie Theresa einmal mehr beschützt.

»Nein, nein, nicht nur du. Ich habe ja schon gesagt, dass ich mich heute auf einen flotten Dreier freue.«

»Aber Ihr habt alle anderen bereits ausgeschlossen.«

»Zerbrich dir nicht deinen hübschen kleinen Kopf. Deine Partnerin wartet bereits. Komm.« Er gab ihr ein Zeichen vorauszugehen.

»Wer ist denn meine Partnerin?«

Nigel antwortete ihr nicht. »Geh schneller«, fuhr er sie an.

Als Diana sich auf den langen Weg begab und Nigels laute Schritte hinter ihr auf dem Holzboden hallten, nagten Angst und Wut an ihr. Ihre Gedanken überschlugen sich, und sie zog sogar das Schlimmste in Betracht. Alle Namen waren genannt worden. War der Dreckskerl noch tiefer gesunken? Als Diana sich Nigels Schlafzimmer näherte, hörte sie ein Wimmern, das sich anhörte wie das Weinen eines traurigen Kindes. Es war doch nicht etwa Mary-Claire?

Dianas und Theresas Qualen dauerten über eine Stunde. Weinen, Schluchzen und Schreie hallten durch die leeren Flure. Ab und zu war auch Dianas bettelnde Stimme zu hören: »Zwingt sie nicht, das zu tun. Lasst mich das machen.«

13

»Ich hab euch gesagt, dass ich ihr das Lachen schon austreiben werde«, prahlte Nigel am nächsten Tag beim Frühstück. Diana lief mit grimmiger Miene zurück in die Küche, nachdem sie die erste Schüssel auf den Tisch gestellt hatte.

Damian beugte sich vor und nahm den Deckel von der Schüssel. »Gut. Forellen«, sagte er. »Ich finde, wir sollten den See vergrößern, damit wir öfter Fisch essen können.«

»Wir könnten auf dem Grundstück neben dem See einen zweiten See graben und die beiden dann verbinden, sodass wir einen großen See haben«, schlug Jasper vor.

»Das ist eine Menge Arbeit«, warf Greg ein, der sich an der Diskussion der Familie beteiligen wollte. »Vielleicht können wir irgendeinen Planierpflug auftreiben und die Pferde davorspannen, um die Grube auszuheben.«

»Besorgt nur einen Planierpflug«, sagte Nigel lächelnd, als Diana mit zwei Schüsseln, einer Gabel und der letzten Servierschüssel an den Tisch zurückkehrte. »Sie brauchen keine Pferde.« Er wies mit dem Kopf auf den Esstisch unten in dem Großen Saal, wo der Rest der Gemeinschaft saß und gehorsam wartete, bis Nigel und seine Söhne ihr Frühstück aßen, damit sie ebenfalls beginnen konnten. »Dann hat das faule Pack was zu tun.«

Mary-Claire saß geduldig auf dem Boden und wartete auf ihr Essen. Sie hatte gehört, dass es Forelle gab, und wünschte sich, heute einmal mit ihrer Mutter unten an dem Tisch essen zu dürfen. Die Kleine mochte keinen Fisch, aber musste ihn essen, sonst bekam sie von Nigel eine Tracht Prügel.

Diana nahm die Deckel von den anderen Servierschüsseln ab. »Was soll Mary-Claire heute essen, Euer Lordschaft?«

»Gib ihr von allem etwas«, knurrte Nigel. »Und viel Fisch.«

Mürrisch gabelte Diana Essen in Mary-Claires Schüssel.

»Heute Morgen bist du aber nicht so fröhlich wie sonst«, spottete Nigel. »Hast du schlecht geschlafen?« Diana antwortete ihm nicht. »Hat es dir die Sprache verschlagen?«

»Verzeihung, Euer Lordschaft. Nein, ich habe nicht gut geschlafen.« Das war eine glatte Untertreibung. Sie hatte kein Auge zugemacht. Diana und Theresa waren nach der Qual in Nigels Bett so am Ende, dass Susan Bridget auffordern musste, ihr beim Servieren des Abendessens zu helfen.

»Ich habe wahnsinnig gut geschlafen. Das muss an der Bewegung gestern Nachmittag gelegen haben. Apropos, es hat mir so gut gefallen, dass ich diese Vorstellung heute Abend gerne wiederholen möchte. Würdest du das bitte für mich organisieren? Dieselben Frauen wie gestern.«

Diana erwiderte nichts.

»Sei nicht so unverschämt«, brüllte Nigel und schlug mit der geballten Faust auf den Tisch. Die Gemeinschaft unten am Tisch blickte erschreckt zum Podium.

»Es tut mir leid, Euer Lordschaft. Ich bereite natürlich alles vor«, beteuerte Diana hastig und goss Milch in Mary-Claires Schale.

»Gib ihr auch etwas von dem Fruchtsaft«, befahl Nigel. »Ich habe schon mehrfach gesagt, dass sie alles probieren soll, was auf dem Tisch steht.«

»Verzeihung, Euer Lordschaft.« Diana folgte gehorsam dem Befehl und goss Fruchtsaft in die Milch. Dann stellte sie beide Schüsseln vor Mary-Claire auf den Boden.

»Ist das alles, Euer Lordschaft?«

»Ja«, zischte Nigel. »Mach dich schon mal hübsch für heute Abend. In diesem Zustand wirst du den ganzen Tag dafür brauchen.« Als Diana davoneilte, wandte Nigel sich Mary-Claire zu, die mit elender Miene auf den Fisch starrte. »Iss«, herrschte er sie an. »Dann bekommst du Locken – überall.« Nigel und seine Söhne lachten und sahen zu, wie das kleine Mädchen den Fisch hinunterwürgte, ehe sie selbst tüchtig zulangten.

Als sie ihre letzte Forelle verspeist hatten, kehrte Diana in den Großen Saal zurück. Sie trug nicht ihre vorgeschriebene graue Jacke, sondern ein Tudor-Kleid aus der Garderobe der Filmcrew.

»Warum trägt sie dieses Kleid?«, rief Nigel. »Komm sofort hierher.« Nicht nur, dass Diana die den Bauern verordnete graue Jacke nicht trug, sondern sie hatte Allisons Lieblingskleid an, was Nigels Wut noch steigerte.

Alle Anwesenden waren sprachlos.

Pauls Kopf zuckte nervös. »Was soll das?«, fragte er Duncan.

»Weiß der Himmel«, erwiderte Duncan verärgert. »Sie macht Nigel wütend, und wir müssen es ausbaden.«

»Typisch für die Morgans«, beklagte sich Bridget.

Diana schlenderte hinauf aufs Podium.

»Geh zu deiner Mutter«, befahl sie Mary-Claire.

»Wie kannst du es wagen?«, brüllte Nigel undeutlich.

»Mach schon, Mary-Claire«, sagte Diana freundlich. »Geh zu deiner Mutter. Er kann dir nichts mehr tun.« Mary-Claire spuckte den Fisch aus, den sie noch im Mund hatte, und lief zu Cheryl.

Nigel wollte aufstehen, aber seine Beine hielten ihn nicht, und er sackte auf den Stuhl zurück.

»Dieses Miststück! Sie hat uns vergiftet«, stotterte Jasper

und fummelte hektisch an dem Pistolenholster herum, doch seine Hände gehorchten ihm nicht.

»Pass bloß auf, du Scheißkerl«, sagte Diana und nahm ein Stück Fisch in die Finger. »Ich möchte nicht, dass du dir versehentlich die Eier abschießt. Mit denen habe ich nämlich noch was vor.« Sie steckte sich das Stück Fisch in den Mund. »Lecker, die Forelle.« Mit spöttischer Miene nahm sie aus jeder Schüssel etwas und aß es.

Damian hatte es geschafft, die Pistole aus dem Holster zu ziehen. Jetzt versuchte er, sie auf Diana zu richten, doch er konnte den Arm nicht heben.

»Leckere frische Milch«, sagte Diana und trank einen Schluck aus dem Krug. Greg war bewusstlos auf dem Stuhl zusammengesackt. Jaspers Augen rollten nach oben, und Nigel hing über der Lehne seines Throns. Trotz größter Anstrengungen gelang es ihm nicht, sich aufzurichten, denn seine Hand rutschte immer wieder ab.

»Wir sollten mal ausprobieren, wie es schmeckt, wenn wir mehr Weintrauben in den Fruchtsaft mischen«, fuhr Diana fort und nippte an dem bernsteinfarbenen Saft vom anderen Krug. Damian unternahm einen letzten Versuch, die Pistole zu heben und aufzustehen. Doch seine Beine knickten unter ihm ein, und er stürzte zu Boden und stieß sich den Kopf am Stuhl. Schließlich lag er ausgestreckt unter dem Tisch. Seine leuchtend grüne Stumpfhose ragte unter der weißen Tischdecke hervor.

Die anderen unten am großen Esstisch erhoben sich von den Bänken und begannen zu jubeln. Diana drehte sich zu ihnen um und hob die Hände.

»Setzt euch«, sagte sie scharf.

Mit Ausnahme von Duncan gehorchten alle.

»Was hast du getan? Hast du sie getötet?«, fragte er.

»Noch nicht«, erwiderte Diana. Ihr Ton war fast ebenso bedrohlich wie Nigels. »Setzt euch hin, und dann sage ich euch, was ihr tun sollt.«

Duncan wusste nicht, ob es eine Bitte oder ein Befehl war, aber er setzte sich dennoch.

»Ich habe sie betäubt«, erklärte Diana ihnen. »Die Wirkung hält etwa eine Stunde an. Duncan, ich möchte, dass du ihre Inhaftierung organisiert. Geh nicht das geringste Risiko ein. Ich möchte, dass ihnen die Hände auf den Rücken gefesselt werden. Damian soll im Strafzimmer eingesperrt werden. Sobald er zu sich kommt, beginnt er mit der Arbeit. Er soll die Tretmühle bedienen, bis er umfällt.« Wieder brach Jubel aus.

»Und wenn er sich weigert?«, fragte Paul.

»Dann lass dir was einfallen«, brummte Diana. »Schlag ihn, oder mach irgendwas.« Wieder jubelten alle. »Zieh ihn nackt aus und kette ihn an die Tretmühle«, fügte sie hinzu.

»Überlass ihn mir«, schrie Cheryl. »Ich sorge schon dafür, dass der Scheißkerl arbeitet.«

»Ich möchte, dass Jasper vorerst in die Zelle im zweiten Stock im Cromwell Tower eingesperrt wird«, fuhr Diana fort. »Und Greg in das Uhrenzimmer im Stockwerk darüber.«

»Was ist mit Nigel?«, fragte Duncan. »Er sollte für den Mord an Tante Margaret und für alle anderen Gräueltaten vor Gericht gestellt werden.«

Alle bekundeten ihre Zustimmung.

»Sie sollten *alle* vor Gericht gestellt werden«, rief Bridget.

»Hört zu«, schrie Diana. Der Lärm verebbte. »Wenn ihr nicht schnell das macht, was ich sage, übernehmen die Chatfields am Ende wieder das Kommando hier. Duncan, schließ Nigel in deiner Werkstatt ein und bring mir dann sofort den Schlüssel.«

»In meiner Werkstatt?«

»Das habe ich gesagt.«

»Aber warum denn in meiner Werkstatt?«

»Tu einfach, was ich sage«, fuhr Diana ihn an. »Die anderen helfen, die Chatfields einzusperren, und dann geht ihr wieder an die Arbeit.«

»Wir werden doch heute wohl nicht arbeiten?«, sagte Paul.

»Natürlich müsst ihr arbeiten. Die Arbeit tut sich ja nicht von alleine. Jetzt beeilt euch, ehe diese vier wieder aufwachen und Rache nehmen.«

Die Diskussion war zu Ende. Diana nahm den bewusstlosen Chatfields die Pistolen ab und verließ mit entschlossener Miene den Raum.

»Weiter, du perverses Schwein«, schrie Cheryl, als sie Damian mit der Mistgabel in den Hintern stieß. »Das ist für Mathew. Und das für mich.«

Damian schrie und versuchte aufzustehen, doch seine Hände waren am Rücken gefesselt und er verlor das Gleichgewicht und stürzte wieder. Bridget trat ihm in die Leiste. Mit ihrem geschorenen Schädel sah sie aus wie ein Skinhead-Schläger.

»Perverses Schwein«, schrien die kleinen Kinder. Sie taten es Bridget gleich und traten den auf dem Boden liegenden Damian.

»Schlagt mich nicht«, jammerte Damian. Tränen rannen ihm über die Wangen. Mary-Claire trat ihm ins Gesicht. Damian, der noch immer benommen war, kniete sich hastig hin und quälte sich dann mühsam hoch.

»Ich hab gesagt, du sollst weitergehen«, befahl Cheryl ihm und stieß ihn wieder mit der Mistgabel in den Hintern. Damian jaulte und stolperte weiter.

»Wohin?«

»Zur Tretmühle, zur Tretmühle«, riefen die kleinen Kinder im Chor.

Unsicheren Schrittes verließ Damian den Großen Saal und trat auf den Flag Court.

»Links«, befahl Cheryl. Vollkommen apathisch änderte Damian die Richtung. »Bleib stehen. Erinnerst du dich, was hier passiert ist?«

Damian schüttelte den Kopf.

»Hier hast du Mathew und Tante Margaret hingerichtet.« Damian erwiderte nichts. Er sah erbärmlich aus. »Ich freue mich schon auf die nächste Hinrichtung«, sagte Cheryl.

»Kopf ab! Kopf ab!«, schrie Mary-Claire.

»Kopf ab! Kopf ab!«, riefen die anderen Kinder im Chor. Cheryl stieß die Mistgabel in Damians grüne Strumpfhose, die mittlerweile voller Blutflecken war. Damian torkelte zur Tretmühle im Strafzimmer unter dem Cromwell Tower. Greg und Jasper, die getreten und mit Fäusten geschlagen wurden, kamen gerade vor der Tür an und wurden in den Turm gestoßen.

Theresa und Duncan stützten den halb bewusstlosen Nigel, als sie ihn zu Duncans Werkstatt auf dem Stable Court brachten. An der Werkstatttür eilte Theresa davon und überließ es Duncan, Nigel in die Werkstatt zu schleppen und ihn auf den Boden zu legen. Duncan schloss die Tür ab und lief zu Diana in den Ballsaal im ersten Stock.

Es war ein riesiger Raum mit getäfelten Wänden und einer Kassettendecke. Ein großer, aus Marmor gehauener Kamin reichte vom Boden bis zur Decke und nahm eine ganze Seite des Raumes ein. Diana saß auf einem großen, vergoldeten Stuhl und schrieb auf dem wunderschönen intarsienverzierten Boulle-Tisch.

»Habt ihr alles erledigt?«, fragte sie, ohne den Blick zu heben.

»Ja, sie sind alle hinter Schloss und Riegel.«

Duncan legte den Schlüssel zu seiner Werkstatt in ihre ausgestreckte Hand. »Was hast du mit ihnen vor?«

Schließlich hob Diana den Blick. »Das habe ich noch nicht entschieden.«

»Das Komitee muss zu einer Sitzung zusammenkommen. Vielleicht sollten wir auch Vorbereitungen für ein Gerichtsverfahren treffen«, schlug Duncan vor. Als Diana ihm nicht antwortete, fuhr er schnell fort. »Du kannst natürlich die Richterin sein – du hast damit ja Erfahrung.«

Sie musterte ihn verächtlich. Falls es zu einer Gerichtsverhandlung käme, würde Diana selbstverständlich als Richterin agieren. »Wir werden sehen«, erwiderte sie in gleichmütigem Ton. »Geht jetzt alle an die Arbeit.«

»Und was ist mit der Sitzung des Komitees?«

»Ich informiere euch.« Diana stand auf und gab ihm ein Zeichen, den Raum zu verlassen. »Der Zugang zu deiner Werkstatt ist bis auf Weiteres verboten.«

Nigel spürte eine Hand auf seinem Penis. Er wusste nicht, ob es ein Traum war. Allerdings wusste er, dass er aufrecht stand, aber sein Blick war unscharf. Eine Frau hatte ihre Hand um seinen Penis gelegt. Nigel roch ihren Duft, und der war ihm vertraut. Er hatte schon mit ihr geschlafen – kürzlich. Sie führte seinen Penis in ihre Scheide ein, und er spürte den Druck, als sie ihre Schenkel zusammenpresste.

Allmählich wachte Nigel aus der Benommenheit auf. Sein Blick wurde schärfer. Er glaubte, das Gesicht, das ihn anlächelte, zu erkennen. War es Diana? Jetzt tat die Frau ihm weh.

»Nicht so fest«, sagte er lallend. Sie lächelte noch immer. Diana war zu weit von ihm entfernt. Es konnte also nicht sein, dass sie sich liebten, aber er spürte den Druck auf seinem Penis. Jetzt wurde es richtig unangenehm. Da stimmte etwas nicht.

War Theresa da? War er in seinem Schlafzimmer? Was geschah hier?

Nach und nach sah er das Gesicht deutlicher. Das Lächeln wurde breiter und der Druck auf seinen Penis stärker. Es tat weh. Er versuchte, nach seinem Penis zu greifen, doch seine Arme waren auf den Rücken gefesselt. Er war nackt. Er senkte den Blick. Seine Augen hatten Mühe zu fokussieren und über seinen nackten, aufgeblähten Bauch zu blicken. Diana lachte und hielt ihm einen Spiegel hin. Er sah Beine in dem Spiegel. Waren das seine Beine? Und Nigel sah auch, dass sein Bauch auf einem sonderbaren Metallgerät lag. Schließlich begriff sein benebeltes Gehirn, was hier geschah. Er stand gefesselt und nackt in Duncans Werkstatt. Das mit Eisenstangen gesicherte Fenster war mit einem Sack verdeckt, im Raum war es düster. Sein Penis klemmte in dem Schraubstock für Holz, und vor ihm stand Diana und lächelte.

Sie stellte den Spiegel auf einen Topf Farbe auf der Werkbank, sodass er sich weiterhin betrachten konnte.

»Kannst du alles gut sehen?«, fragte sie ihn.

»Was machst du da?«, fragte er panisch.

»Ich möchte nur ein bisschen Spaß haben. Du hast doch auch gerne ein bisschen Spaß, nicht wahr, Nigel?«

Er antwortete nicht. Diana stand nur da und sah zu, wie er litt.

»Wie hast du das gemacht?«, fragte er schließlich.

»Ich habe deinen Penis in den Schraubstock geklemmt und an der Kurbel gedreht.«

»Nein. Ich meine, wie hast du uns vergiftet?«

»Eine gute Bibliothek, Nigel. Interessante Bücher. Unsere Vorfahren wussten mehr über Pflanzen, Kräuter und Gifte, als man ihnen zugetraut hätte.«

»Aber du hast doch auch alles gegessen. Und Mary-Claire auch. Warum hat es euch nicht vergiftet?«

»So viele Fragen und so wenig Zeit. Du hättest mehr lesen sollen, Nigel.«

»Wie meinst du das?«

»Hast du schon mal etwas von Kaiser Claudius und seiner Frau Agrippina gehört?«

»Was haben denn die Römer damit zu tun?«

»Erinnerst du dich, dass Claudius von der Angst verfolgt wurde, seine Frau könnte versuchen, ihn zu vergiften? Darum aß er nur frische Früchte aus dem Garten. Sie rieb Gift auf die frischen Feigen, als sie noch am Baum hingen, und tötete ihn so.«

»Wir haben keine Früchte gegessen.«

Diana rollte die Augen. »Nein, aber du hast einen dummen Fehler gemacht. Du hast Mary-Claire gezwungen, ohne Besteck zu essen wie ein Hund. Und wenn du dich erinnerst, habe ich mir alles, was ich gegessen habe, mit den Fingern in den Mund gesteckt.«

»Du hast unsere Messer und Gabeln mit Gift eingerieben?«

Diana hatte nicht die Absicht gehabt, irgendjemandem ihr Geheimnis anzuvertrauen. Aber der Versuchung, Nigels Elend noch zu vergrößern, konnte sie nicht widerstehen. »Und eure Teller und die Gläser, aus denen ihr getrunken habt.«

Diana ging um die Werkbank herum und stellte sich neben ihn. Er versuchte, sie zu ergreifen, aber seine Fesseln saßen streng. Sie betrachtete im Spiegel seinen dicken Bauch und den zerquetschten Penis. »Es ist eine seltsame Sache, wie stolz ihr Männer auf die Größe eures Penis seid«, sagte sie nüchtern. »Eigentlich ist es verrückt, denn bei einer Erektion sind sie fast alle gleich groß.«

Nigel war nicht in der Stimmung, über seine Penisgröße zu diskutieren.

»Was hast du vor?«

Als Antwort drehte Diana die Kurbel des Schraubstockes eine Vierteldrehung weiter. Nigel schrie vor Schmerzen.

»Ah, du kannst also auch schreien?«, fragte sie ihn sarkastisch. »Von wem hast du das gelernt? Vielleicht von Theresa?«

»Hab Erbarmen!«, schrie Nigel.

»Erbarmen. Erbarmen. Du weißt doch gar nicht, was Erbarmen ist.« Diana drehte die Kurbel noch eine Vierteldrehung weiter. Nigels Schreie hallten über den Stable Court.

Schnelle Schritte näherten sich über die Steinplatten, und jemand rüttelte an der Tür.

»Was geht da vor sich?«, rief Duncan.

»Hilf mir«, wimmerte Nigel.

Diana sah die Umrisse von Duncans Kopf, als er vergebens versuchte, einen Blick durch den Sack in die Werkstatt zu werfen.

»Geh weg«, befahl Diana ihm.

»Was machst du mit ihm?«

»Das geht dich nichts an. Ich zahle ihm heim, was er deiner Mutter angetan hat.«

»Bitte hilf mir!«, schrie Nigel, als sich Duncans Schritte wieder entfernten.

Diana drehte die Kurbel noch ein Stück weiter, und jetzt schrie Nigel lauter, Tränen rannen ihm über die Wangen.

»Seltsam«, sagte Diana. »Du kannst sogar weinen. Erinnerst du dich, dass Theresa gestern geweint hat?« Nigel schüttelte schluchzend den Kopf. Seine Beine zitterten vor Schmerzen. »Erinnerst du dich, dass *ich* gestern Nachmittag geweint und gebettelt habe, damit du aufhörst, dich an ihr zu vergehen?« Sie drehte wieder an der Kurbel des Schraubstockes. »Erinnerst du dich, dass du die Zwillinge vergewaltigt hast? Erinnerst du dich an die Angst in ihren Augen?« Nigels Schreie waren lauter als alle Schreie, die man in Haver seit Beginn der Schreckensherrschaft je gehört hatte.

»Ah, sieh an, der kleine Pimmel fängt an zu bluten«, sagte Diana und zeigte auf den Spiegel. »Lustig. Theresa hat gestern Nacht auch geblutet, nachdem du sie so entsetzlich gequält hast.«

Diana ging weg. Nigel war erleichtert, dass sie die Kurbel nicht mehr anfasste, doch er schluchzte noch immer vor Schmerzen und Angst.

Er sah, wie sie Draht aus einem Regal nahm. »Was hast du vor?«

»Ich will nur die Kurbel fixieren.«

»Warum?«, wimmerte Nigel.

Diana drehte die Kurbel noch eine Vierteldrehung, sodass sie parallel zur Werkbank ausgerichtet war. Nigel schrie, verlor das Bewusstsein und schlug mit dem Kopf auf die Werkbank. Während er bewusstlos war, wickelte Diana den Draht um die Kurbel und befestigte die beiden Enden außerhalb von Nigels Reichweite. Anschließend befreite sie seine Hände von den Fesseln und machte sich an die letzten Vorbereitungen.

Nigel kam durch sein eigenes Schluchzen und unerträglichen Schmerz wieder zu Bewusstsein. Seine Hände waren frei und er richtete sich mühsam auf und versuchte, seinen Penis vom Druck zu befreien. Dann sah er sich im Spiegel, und der Albtraum ging weiter.

Plötzlich stieg ihm Geruch in die Nase, den er nicht sofort einordnen konnte. Diana goss Benzin auf die Holzspäne, die auf dem Boden der Werkstatt lagen. Sie warf den leeren Kanister in eine Ecke und lächelte ihn von der anderen Seite der Werkbank an.

»Lass mich gehen«, jammerte er.

Diana schüttelte den Kopf.

»Ich bitte dich. Denk an deine juristische Ausbildung. Ich habe das Recht auf einen fairen Prozess.«

»Erinnerst du dich, dass Theresa und ich dich gestern Nachmittag angefleht haben aufzuhören?«

Nigel antwortete ihr nicht. Als Diana ein großes Messer von einem Regal nahm, wurde sein Schluchzen immer lauter.

In Nigels Augen spiegelte sich Fassungslosigkeit. »Du schneidest mir meinen Penis doch nicht ab, oder?«

»Nein, Nigel«, erwiderte Diana leise. »Du wirst es selbst tun.«

Sie reichte ihm das Messer und wich zurück, falls er versuchte, sie damit anzugreifen. Sie nahm Streichhölzer aus dem Regal und zündete die Späne auf dem Boden an. Die mit Benzin übergossenen Späne rings um ihn entflammten und Nigel versuchte verzweifelt, den Draht durchzuschneiden. Diana ging zur Tür, schloss sie auf und trat hinaus. Als sie den Schlüssel von außen im Schloss drehte, wurde das Klicken von Nigels Schreien übertönt.

Diana blieb einen Augenblick stehen, bis sie hörte, dass er gegen die Tür hämmerte. Dann drehte sie sich um und ging langsam davon.

14

Als die *Archangel* sich von Manly entfernte, herrschte angespannte Stille auf dem Schiff. Schließlich ergriff Steven das Wort.

»Wir sollten besprechen, was wir tun können«, schlug er seinem Vater vor.

»Es gibt nur eine Möglichkeit. Wir müssen umkehren und sie holen.«

Steven überließ Penny das Ruder, sprang auf das Kabinendach und bedeutete Mark, zu ihm zu kommen, damit sie in Ruhe reden konnten.

»Dad, ich weiß, dass du wütend bist. Ich bin auch wütend auf Luke und Robert. Aber es wäre der reinste Wahnsinn, jetzt umzukehren, um sie zu holen.«

»Es wäre egal, einen von ihnen zu verlieren, aber wir können es uns nicht leisten, beide zu verlieren. Es ist so schon schlimm genug, und außerdem brauchen wir die Gene der Daltons. Wir haben schon Adam verloren.«

»Wir haben noch Fergus. Wir wissen, dass Corky entschlossen ist, sein Territorium zu verteidigen. Er hat hier mit Sicherheit einen Wachposten und wird uns wie ein Falke beobachten.«

»Wir ankern ein paar Tage in einiger Entfernung von der Küste und kehren dann heimlich nachts zurück.«

»Dad, genau damit wird er rechnen und darauf vorbereitet

sein. Wenn wir uns jetzt da blicken lassen, riskieren wir, mehr zu verlieren als zu gewinnen.« Mark schwieg, und Steven spürte, dass er in dieser Diskussion den Sieg davontrug. »Und woher willst du wissen, ob Robert und Luke mit uns kommen, selbst wenn wir sie finden?«

»Ich würde ihnen keine andere Wahl lassen.«

»Wenn es zu einem Kampf käme, wäre das Risiko noch größer. Am besten, wir lassen sie vorerst, wo sie sind. Zumindest können sie zum Genpool in Australien beitragen. Deinen Argumenten zufolge ist das genauso wichtig, wie den Genpool in Neuseeland zu vergrößern. Wir können später nach Brisbane segeln und versuchen, sie da rauszuholen. Ich bin sicher, sie werden kooperativer sein, sobald der Reiz des Neuen verflogen ist.«

Mark starrte auf den Horizont. Tief in seinem Inneren wusste er, dass Steven recht hatte. Es wäre ein unglaubliches Risiko, jetzt zurückzukehren. Er war zwischen dem Wunsch, umzukehren und die beiden Jungen da herauszuholen, und dem Wunsch, weiter nach Neuseeland zu fahren, hin und her gerissen.

»Okay«, sagte Mark schließlich. »Wir machen es so, wie du vorgeschlagen hast. Du teilst die Wachen ein. Ich frage die beiden Frauen aus und schaue, was ich herausbekommen kann.«

Die beiden Aborigine-Frauen saßen allein im Salon. Sie trugen die Kleidung, die Allison ihnen gegeben hatte. Doch beide waren üppiger gebaut als die anderen Frauen an Bord, und die Kleider waren zu eng. Sie tranken Tee, und Mark schenkte sich auch eine Tasse aus der Kanne ein.

»Wie heißt ihr?«, fragte er, als er sich ihnen gegenübersetzte.

»Lily«, sagte die größere Frau.

»Sophia«, sagte die andere.

»Ich bin Mark. Ich würde gerne erfahren, was in Australien nach der Pandemie passiert ist, und wie es dazu kam, dass ihr mit Corky zusammenlebt.«

Lily begann zu erzählen. Sie und Sophia waren Cousinen. Ihre Kindheit hatten sie größtenteils in einer kleinen Gemeinschaft der Aborigines namens One Mile verbracht. Sie lag am Rande von Dunwich auf North Stradbroke Island. Der Ort One Mile war genau eine Meile vom Postamt entfernt. In früheren Zeilen lief jeder Aborigine, der nach Einbruch der Dämmerung im Umkreis einer Meile vom Postamt geschnappt wurde, Gefahr, erschossen zu werden. Aus diesem Grunde war in One Mile eine Siedlung entstanden.

Anfang des 20. Jahrhunderts waren die meisten Aborigines aus Queensland zusammengetrieben und in eigene Ansiedlungen wie zum Beispiel Cherbourg gebracht worden, das ungefähr zweihundertfünfzig Kilometer von Brisbane entfernt war. Der Stamm auf North Stradbroke Island war diesem Schicksal entkommen. Erstens trachteten die weißen Siedler nicht nach ihrem Land, und zweitens wurden sie als Arbeitskräfte im Lager in Dunwich gebraucht – Queenslands Gegenstück zum britischen Armenhaus.

Als die Pandemie ausbrach, lebten auf North Stradbroke Island etwa dreitausend Menschen, davon stammten über fünfhundert von den Ureinwohnern ab. Lily hatte in der Tourismusbranche der Insel gearbeitet, wogegen Sophia die bunten Lichter der Großstadt Brisbane angezogen hatten, wo sie als Reinigungskraft in einem Hotel Arbeit fand.

»Brisbane war eine der ersten Städte in Australien, die von der Pandemie heimgesucht wurden«, sagte Sophia und starrte in ihre Tasse.

Bei ihrer Arbeit im Hotel erlebte Sophia den Ausbruch von Super-SARS hautnah mit, als ein Gast aus Singapur den Virus einschleppte. Innerhalb weniger Tage breitete sich die Krankheit erst im Hotel und dann in der ganzen Stadt aus. Dasselbe Chaos, das Mark und seine Familie in Auckland und seine Verwandten in England erlebt hatten. Sophia floh nach North

Stradbroke Island, wo ebenfalls Anarchie herrschte. Die Menschen kämpften mit Schusswaffen um Lebensmittel und andere Vorräte. Sophia, Lily, eine Gruppe älterer Aborigine-Frauen und ihre Kinder verließen ihre männlichen Verwandten und überließen die Kämpfe ihnen. Die Frauen tauchten in der Wildnis unter. Sie hielten sich von größeren Ortschaften fern und machten sich auf den Weg in die alten Stammesgebiete im Norden.

»Und wie ging es weiter?«, fragte Mark, als er Tee nachgoss.

»Wir kamen gut zurecht«, sagte Sophia. »Zwei der Frauen, die mitgekommen waren, Grandma Isabel und Grandma Agnes, kannten sich bestens aus. Wir mussten niemals hungern. Wir haben Seeschildkröten gejagt, Farnwurzeln weich geklopft und geröstet, Fische mit Netzen gefangen und Austern gesammelt. Wir haben sogar ein paar Dugongs gefangen.«

»Und wie seid ihr auf Corky gestoßen?«

»Wir blieben drei Monate in der Wildnis«, sagte Lily. »Ein paar Frauen sehnten sich dann nach ihren Männern, und wir machten uns auf den Weg nach Dunwich. Grandma Isabel schaffte es nicht mehr. Es schien fast so, als wäre sie überzeugt gewesen, uns alles beigebracht zu haben, was wir wissen mussten. Eines Nachts legte sie sich einfach hin und wachte nicht mehr auf.«

»Agnes sagte, sie wolle uns nicht nach Dunwich begleiten. Wir trugen Isabels Leichnam zum Friedhof der alten Missionsstation in Moongalba und beerdigten sie dort«, sagte Sophia traurig. »Agnes ließen wir bei ihr zurück. Sie setzte sich neben das Grab und versicherte uns, dass sie zurechtkäme. Als wir zwei Wochen später wieder nach Moongalba kamen, um nach ihr zu sehen, war sie ebenfalls gestorben.«

»Als wir nach Dunwich kamen, war der ganze Ort wie ausgestorben. Überall waren Gräber, und überall lagen Skelette. Es war schaurig«, sagte Lily.

»Wir hatten von der Ferne Rauch gesehen«, fuhr Sophia fort, »und rechneten damit, dass unsere Männer noch lebten. Wir nahmen an, dass die Angehörigen unseres Volkes die Einzigen waren, die die Pandemie überlebt hatten.«

»Du kannst dir sicher vorstellen, wie erstaunt wir waren, als wir durch die Stadt gingen und einen weißen Mann sahen, der mitten auf der Hauptstraße kampierte«, unterbrach Lily sie. »Er sagte, er hieße Corky. Wir fragten ihn, wo die anderen Menschen unseres Volkes seien, doch er behauptete, er wisse es nicht.«

»Lügner«, zischte Sophia. »Wir haben tagelang nach ihnen gesucht, und dann fanden wir ihre Leichen im Hinterzimmer des kleinen Jachtklubs in der Yabby Street. Sie waren erschossen worden.«

»Es konnte nicht lange vor unserer Rückkehr geschehen sein, denn die Leichen waren noch nicht alt. Dann änderte Corky seine Geschichte und behauptete, sie seien von einem Verrückten umgebracht worden, der die Stadt wieder verlassen habe. Aber wir sind ganz sicher, dass er sie getötet hat.«

»Und so sind wir bei Corky gelandet.« Lily seufzte. »Später überredete er uns alle, Straddie zu verlassen und mit ihm nach Manly zu gehen. Er sagte, er würde sich um uns kümmern.«

»Was für ein Witz«, sagte Sophia. »Wir mussten uns um ihn kümmern. Er ist ein böser, gewalttätiger Mann. Darum haben wir gefragt, ob wir mit euch nach Neuseeland fahren können.«

Mark nickte. Die Geschichte der beiden Frauen kam ihm bekannt vor. Bei einem früheren Besuch in Brisbane hatte er das kleine Museum in Dunwich besucht. In den Vitrinen wurde die Geschichte der Aborigines auf North Stradbroke Island dokumentiert. Man erfuhr, dass die Ureinwohner bei der Ankunft der Weißen »eine große, muskulöse, athletische Rasse« waren, die ein gutes Leben führte. Nach der Verabschiedung des »Gesetzes zum Schutz der Aborigines«, das diesem Anspruch keineswegs gerecht wurde, waren die Aborigines der Insel zu der Mission in Moongalba getrieben worden, wo sie nichts anderes taten, als auf die wöchentlichen Essensrationen zu warten. Dank des sogenannten »Schutzes« der Weißen waren sie von der Unabhängigkeit in die völlige Abhängigkeit geraten.

Und es sah so aus, als wäre Corky nicht nur ein schlechter Mensch, sondern auch vollkommen skrupellos. Steven hatte recht. Es wäre der reinste Wahnsinn, jetzt zu versuchen, die Dalton-Jungen zurückzuholen. Mark hoffte, dass sie sich gegen Corky durchsetzen konnten, bis er eine Möglichkeit fand, sie da herauszuholen.

Trotz der Probleme mit Corky geriet Mark in Aufregung. Nichts in der Familiengeschichte von Sophia und Lily deutete darauf hin, dass das Blut der Chatfields durch ihre Adern floss. Zum ersten Mal seit Ausbruch der Pandemie sah es so aus, als hätten auch andere Menschen als seine eigene Familie überlebt.

Lily und Sophia waren gut gelaunte, unbefangene Frauen und ihre Anwesenheit veränderte die Stimmung an Bord der *Archangel*. Mark stellte fest, dass er ihre Gesellschaft genoss. Zum ersten Mal seit Ausbruch der Pandemie hatte er Kontakt zu Menschen, mit denen er nicht verwandt war.

»Ich sag dir was«, sagte Allison plötzlich, als sie und Mark in der zweiten Nacht nach ihrer Abfahrt von Brisbane während der Wache allein waren. »Wenn du versuchst, deine Gene mit denen der Aborigines zu mischen, ist unsere Beziehung zu Ende.«

»Was zum Teufel redest du denn da?«

»Meinst du, ich hätte nicht bemerkt, wie du die beiden ansiehst?«

»Was?«

»Jetzt tu nicht so unschuldig.«

»Ich habe kein Interesse an ihnen.«

»Hältst du mich für blöd? Meinst du, ich weiß nicht, wie besessen du von dem Gedanken bist, unseren Genpool zu vergrößern?«

Sie sah ihn herausfordernd an, und Mark blieb keine andere Wahl, als den Blick abzuwenden.

Am nächsten Tag saß Mark wieder über eine Stunde vor dem Langwellensender. Es war Mittagszeit in Gulf Harbour.

Steven, der am Ruder stand, hörte den Funkspruch seines Vaters aus dem Navigationsraum unter Deck. »Gulf Harbour, Gulf Harbour. Hier ist die *Archangel*. Könnt ihr mich hören?«

Als die Stimme seines Vaters immer verzweifelter wurde, übergab Steven das Ruder an Penny und ging zu ihm.

Mark hob den Blick. »Sie müssten uns jetzt hören«, sagte er trübsinnig.

»Jane hat wahrscheinlich viel Arbeit, und sie muss sich um die Kinder kümmern.«

»Sie hat mir versprochen, sich jeden Tag um die Mittagszeit vor den Sender zu setzen.«

»Es ist fünfzehn Monate her, seit wir Gulf Harbour verlassen haben. Sie hat uns vermutlich schon vor mindestens sechs Monaten zurückerwartet. Vielleicht hat sie aufgegeben.«

»Sie hat es mir aber versprochen.«

»Vielleicht liegt es am Sender.«

»Du hast doch noch einen zweiten Sender gebaut und ihr gezeigt, wie sie auf das Reservesystem umschalten kann.«

»Vielleicht sind die Solarpaneele beschädigt.«

»In dem Fall müssten sich die Windgeneratoren automatisch eingeschaltet haben.«

Auf alle möglichen Erklärungen seines Sohnes hatte Mark eine negative Antwort.

»Hör auf, dir Sorgen zu machen. Es wird eine einfache Erklärung geben. In knapp einer Woche sind wir wieder zu Hause.« Steven versuchte zwar, seinen Vater zu beruhigen, aber er wusste, dass es ihm nicht gelang. Auch er machte sich Sorgen.

In diesem Augenblick kam Allison aus der Kabine am Bug des Schiffes. »Sophia und Lily sind krank.«

Mark und Steven eilten ihr sofort hinterher.

»Wie fühlt ihr euch?«, fragte Mark und sah zu den beiden Frauen hinunter. Sie schwitzten stark und schienen ernsthaft erkrankt zu sein. Sophia schüttelte erschöpft den Kopf. Lily beugte sich über ihre Koje und erbrach sich.

»Ich kümmere mich um sie«, sagte Allison. Mark und Steven verließen die enge Kabine, um Allison einzulassen. Sie hatte eine Schüssel Wasser und feuchte Tücher mitgebracht.

»Was, glaubst du, ist es? Super-SARS?«, fragte Steven seinen Vater, als sie im Cockpit waren.

»Ich meine, die Symptome des Super-SARS-Virus hätten sich nicht so schnell entwickelt. Sie haben die Pandemie überlebt und müssten dagegen immun sein. Es muss die Krankheit sein, die wir uns in Kapstadt geholt haben.«

»Aber wir haben die Wassertanks alle desinfiziert.«

»Vielleicht war das Wasser gar nicht das Problem.«

Als Allison nach einer gefühlten Ewigkeit zu ihnen ins Cockpit kam, präsentierte sie ihnen eine Theorie, die noch beunruhigender war.

»Ja, ich glaube, es ist dieselbe Krankheit, die wir nach Kapstadt hatten, und das könnte Typhus gewesen sein. Meines Wissens kann diese Krankheit durch einen asymptomatischen Träger übertragen werden.«

»Einen was?«

»Durch jemanden, der die Krankheit in sich trägt, ohne die Symptome zu zeigen, andere aber anstecken kann.«

»Nie was von gehört«, meinte Mark.

Allison blieb dabei. »Der bekannteste Fall war eine Frau, die Anfang des 20. Jahrhunderts in den USA Typhus-Mary genannt wurde. Es gab auch in den Vierzigerjahren des 20. Jahrhunderts etwa vierzig Überträger, die in einer Anstalt in England eingesperrt wurden.«

»Und wenn du recht hast, wer ist dann der Überträger?«, fragte Steven, doch Allison zuckte nur mit den Schultern.

»Wir haben uns alle von der Krankheit erholt«, sagte Mark und versuchte, optimistisch zu klingen. »Und dieses Mal haben wir eine gesunde Krankenschwester. Lily und Sophia werden bestimmt wieder gesund.«

»Hoffen wir es.« Allison schien nicht überzeugt zu sein. »Wie lange dauert es noch, bis wir in Gulf Harbour ankommen?«

»Wenn sich das Wetter hält, etwa eine Woche.«

»Ich glaube, ihr solltet unsere Ankunft hinauszögern«, sagte Allison nachdenklich, ehe sie wieder hinunterging.

Obwohl Allisons Bewusstsein während ihrer Erkrankung durch hohes Fieber getrübt gewesen war, war sie sicher, dass Lily und Sophia viel ernstere Symptome zeigten als die *Archangel*-Crew. Bei beiden war der Unterleib aufgebläht und schmerzte stark. Allison erkannte eine beginnende Bauchfellentzündung und eine darauf folgende Sepsis, als die Bakterien in die Blutbahn der Frauen gelangten. Sie waren extrem unruhig. Zum Elend der Patienten kam noch hinzu, dass das Wetter sich verschlechterte und das Schiff hohem Seegang ausgesetzt war.

Mark änderte bereitwillig den Kurs, um das Schlingern des Schiffes zu verringern. Ein paar Tage lang entfernten sie sich wieder von Neuseeland. Nachdem Lily drei Wochen gegen die

Krankheit gekämpft hatte, starb sie. Mark und Steven wickelten ihren Leichnam in ein Laken, und die Crew hielt einen kurzen Trauergottesdienst ab, ehe sie den Leichnam ins Meer gleiten ließ. Sophia klammerte sich noch zwei Tage länger ans Leben, doch dann starb auch sie.

Mark hatte die beiden Frauen nur kurz gekannt. Dennoch war seine Trauer groß, und er fühlte sich für ihren Tod verantwortlich. Auch die genetische Vielfalt, die er sich erhofft hatte, war mit ihnen verloren.

»Du hättest sie niemals an Bord nehmen dürfen«, sagte Allison, als auch Sophias Leichnam dem Meer übergeben wurde. Dieser Vorwurf traf Mark sehr, und er fühlte sich noch elender.

Obwohl Sophia und Lily gestorben waren und weiterhin Funkstille herrschte, nahm die Aufregung an Bord der *Archangel* zu, als die Jacht sich der neuseeländischen Küste näherte. Leider wurde das Wetter immer schlechter. Das Schiff war hohen Wellen ausgesetzt, und jeden Tag verdeckten Wolken die Sonne.

»Ich schätze, das ist das Nordkap«, sagte Steven. Er spähte durch das Fernglas auf die verschwommene Landzunge weit im Süden. »Aber sicher bin ich mir nicht. Es ist vier Tage her, seit ich zuletzt unsere Position bestimmen konnte.«

»Wir halten uns Richtung Osten, segeln an Hen Island und Chicken Island vorbei und fahren dann genau auf Auckland zu.«

»Was ist mit dem schönen Wetter passiert, das du mir versprochen hast?«, beklagte Allison sich. Sie saß im Cockpit, presste sich gegen das Schott und versuchte sich vor dem peitschenden Regen zu schützen.

»Du wirst sehen. In Auckland regnet es nie lange. Ein kurzer, heftiger Schauer, und schon ist es wieder vorbei.«

Der kurze, heftige Schauer dauerte noch eine halbe Stunde, aber auch dann ließ die Sonne sich nicht blicken.

Am Vormittag des zweiten Tages klarte es vorübergehend auf. Steven holte sofort seinen Handkompass und orientierte sich an dem unverwechselbaren Gipfel von Little Barrier Island. Ihm blieb gerade noch Zeit, auch den Mitre Peak auf Kaikoura Island anzupeilen, ehe der Himmel wieder zuzog.

»Jetzt weiß ich wenigstens, wo wir sind«, sagte Steven triumphierend und erleichtert. Er zeichnete einen Kurs auf der Seekarte ein, der an Horn Rock vorbeiführte, und rief Mark eine neue Kompasspeilung zu. »Wir müssten Gulf Harbour am Spätnachmittag erreichen«, sagte er. »Hoffentlich klart es wieder auf.«

Doch das tat es nicht. Mit dem Wind von achtern folgten sie mit voller Geschwindigkeit Stevens Kurs. Erwartungsvoll starrten sie auf den düsteren Horizont.

»Wir sollten ein paar Segel einholen«, schlug Mark gegen drei Uhr vor.

Steven nickte. Er hatte sich für einen sicheren Kurs entschieden, der sie zwischen Tiritiri Matangi Island und The Noises hindurchführen sollte. Doch wegen des starken Regens und der tiefen Wolkendecke hatte er beide Inseln nicht gesehen. Nervös änderte er noch einmal den Kurs und übernahm selbst das Ruder.

»Wenn meine Berechnungen stimmen, müsste Gulf Harbour jede Minute vor uns auftauchen«, sagte er schließlich. Mittlerweile waren alle an Deck und starrten in der Hoffnung, Land zu sehen, in die Ferne. Mark und Allison gingen zum Bugkorb, um eine bessere Sicht zu haben.

»Jetzt dauert es nicht mehr lange«, sagte Mark zu ihr. »Du wirst Gulf Harbour lieben. Ich verspreche es dir.«

»Sieh mal, Land in Sicht«, sagte Allison und zeigte auf die undeutlichen Umrisse der Küste. Mark erkannte die Gebäude auf den Klippen. Er rannte über das Deck zu Steven und klopfte ihm auf die Schulter. »Nicht schlecht. Du hast dich nur um eine Meile verschätzt. Wir sind genau in der Mitte zwischen der Okoromai Bay und dem Hafen von Gulf Harbour.«

Steven grinste erleichtert. Er schwang das Ruder nach backbord und brachte die *Archangel* auf einen Parallelkurs zur Küste. Endlich klarte es auf, und die verschwommenen Silhouetten der Klippen traten deutlicher hervor. Sie sahen die Umrisse von Kotanui Island in der Bucht außerhalb des Hafens von Gulf Harbour.

Mark starrte aufgeregt auf die Küste. In wenigen Minuten würden die Schiffsmasten in Sicht kommen. Als er zu Allison aufs Vordeck zurückkehrte, legte sie einen Arm um seine Taille. Für diese Geste liebte er sie umso mehr. Endlich waren sie wieder zu Hause. Jetzt würde alles gut werden.

Zweiter Teil

15

In Gulf Harbour hatte es Probleme gegeben, seit Mark und Steven vor fünfzehn Monaten aufgebrochen waren. Da niemand offiziell die Führung innehatte, entwickelten sich bald Spannungen in der Gemeinschaft. Zur ersten größeren Meinungsverschiedenheit kam es, als Jane verkündete, dass sie in das Haus von Mark und Steven ziehen würde.

Die Gemeinschaft war auf drei Häuser verteilt. Jane teilte sich mit ihren drei Kindern, dem elfjährigen Zach, der neunjährigen Nicole und dem Baby Audrey, das mittlere Haus. Hier befanden sich auch die Gemeinschaftsküche und der Aufenthaltsraum für alle. Vor ihrer Abfahrt wohnten Mark und Steven in dem seewärts gelegenen Haus des Dreierblocks, während das dritte Haus von Marks Bruder Christopher, seinen beiden Töchtern und ihren Kindern bewohnt wurde. Das Wohnzimmer seines Hauses diente als Klassenzimmer und das Esszimmer als Bibliothek.

»Wir sollten in das Haus deines Vaters ziehen«, sagte Christophers Tochter Katie schnell, nachdem Jane ihren Plan verkündet hatte. »In unserem ist es viel zu eng.« Die große, elegante Katie mit dem gelockten, schulterlangen Haar war das genaue Gegenteil von der natürlichen und praktisch veranlagten Jane. Zwischen ihnen hatte es schon Streit gegeben, weil Katie so viel Zeit auf ihr Äußeres verwendete auf Kosten ihrer Arbeiten im Haus. »Du kannst in mein Haus ziehen«, erwiderte Jane.

»Das ist doch unlogisch. Warum sollen wir zwei Umzüge machen? Du bleibst da wohnen, und ich ziehe ins Haus nebenan.«

»Ich habe das Recht der ersten Wahl«, rief Jane plötzlich. »Meine Familie hat hier alles aufgebaut.«

Christopher runzelte die Stirn. Als Mark und Steven ihn und seine Familie vor anderthalb Jahren in Wellington aufgespürt und nach Gulf Harbour gebracht hatten, waren sie mit offenen Armen empfangen worden. Zum ersten Mal brachte jetzt jemand Eigentumsrechte oder eine Hierarchie ins Spiel. »Jane braucht mal einen Tapetenwechsel«, sagte er, um die Spannungen zu vertreiben.

»Das stimmt«, pflichtete sie ihm lautstark bei und wandte sich Katie zu. »Es ist gut, wenn du in das mittlere Haus ziehst. Dann bist du näher an der Küche.«

Ein Blick in Katies Miene bewies, dass dieser Seitenhieb die Stimmung auch nicht gerade aufheiterte.

Am nächsten Tag zogen Jane und ihre Kinder mit der Katze Misty und dem kleinen weißen West-Highland-Terrier Snowy in das seewärts gelegene Haus. Christophers andere Tochter Sarah und ihre beiden Töchter Holly und Zoë zogen in das mittlere Haus. Da sie nun auch die Gemeinschaftsräume nicht mehr benutzten, hatte Jane mehr Platz für sich und ihre Familie. Mit der Zeit kapselte sie sich immer mehr von ihren Verwandten ab und blieb mit ihren Kindern allein.

Christopher bemühte sich, die Gemeinschaft zusammenzuhalten. Er mochte seine Nichte, und sie tat ihm leid. Sie fühlte sich einsam, nachdem ihr Vater und ihr Bruder ans andere Ende der Welt gesegelt waren. Christopher wusste, dass sie traumatisiert war, nachdem sie ein Weltumsegler, der nach der Pandemie nach Gulf Harbour gekommen war, vergewaltigt hatte. Es war schwer für sie gewesen, die kleine Audrey zu akzeptieren, die neun Monate später geboren worden war. Auch er erkannte

Katies Unzulänglichkeiten und drängte sie dazu, mehr Arbeiten zu übernehmen.

Steven hatte den Komplex zwar in gutem Zustand hinterlassen, doch es dauerte nicht lange, bis erste Probleme auftraten. Zuerst ging nach einem starken Sturm einer der windbetriebenen Stromgeneratoren kaputt. Obwohl die Mitglieder der Gemeinschaft sich nach Kräften bemühten, gelang es ihnen nicht, ihn zu reparieren.

»Wir haben keine andere Möglichkeit«, sagte Christopher eines Tages, »als unseren Stromverbrauch zu reduzieren, vor allem an bewölkten Tagen. Ich habe die Batterien geprüft und festgestellt, dass sie nur noch zu achtzig Prozent geladen sind. Wir können es uns nicht leisten, dass sie noch weiter entladen werden, sonst gehen sie kaputt.«

»Du solltest nicht mehr versuchen, deinem Vater übers Radio Nachrichten zu senden«, sagte Katie zu Jane. »Du hast seit Wochen nichts von ihnen gehört.«

Christopher, der spürte, dass sich Streit anbahnte, versuchte zu vermitteln. »Nein. Sie haben vereinbart, jeden Tag Funkkontakt herzustellen.«

»Es hat doch keinen Zweck, wenn sie uns nicht hören können. Soviel wir wissen …«, begann Katie. Doch als sie begriff, dass sie fast etwas gesagt hätte, das niemand hören wollte, verstummte sie.

»Wir müssen weiterhin senden«, beharrte Christopher. »Es ist immer möglich, dass sie etwas empfangen.«

»Es wäre sinnvoller, wenn du deinen Fön wegwirfst«, meinte Jane und starrte ihre Cousine wütend an.

»Was ist mit den Hunden, Dad?«, fragte Sarah, die das Thema wechseln wollte. »Sie werden langsam eine richtige Plage. Ich habe heute auf dem Golfplatz schon wieder ein totes Schaf gefunden. Und eines der Pferde ist lahm. Es könnte sein, dass es von einem Hund gebissen wurde.«

Das große Rudel bissiger Hunde, das sich auf der Whangaparaoa-Halbinsel rund um die Gemeinschaft von Gulf Harbour herumtrieb, wurde allmählich zum Problem.

»Ich glaube, ich werde ein paar Nächte mit einer Schrotflinte auf dem Golfplatz kampieren und versuchen, sie zu verjagen«, sagte Christopher.

»Wenn es schlimmer wird, müssen wir dafür sorgen, dass die Kinder immer in unserer Nähe sind«, gab Jane zu bedenken.

»Ich kann auf die anderen Kinder aufpassen«, prahlte Zach. »Großvater hat mir Schießen beigebracht.«

»Ich will nicht, dass du eine Waffe benutzt. Das habe ich dir schon mehrmals gesagt«, protestierte seine Mutter.

»Vielleicht ist es gar keine so schlechte Idee«, entgegnete Christopher leise. »Ich halte es sogar für eine ganz gute Idee, wenn wir alle eine Waffe tragen, sobald wir die Sicherheit des Hauses verlassen.«

16

Als die Abreise von Mark und Steven aus Gulf Harbour sich im Mai jährte, machte sich Jane immer mehr Sorgen um die Sicherheit ihres Vaters und Bruders. Sie hatte sie schon vor Wochen zurückerwartet. Schließlich nahte der Winter, die Tage wurden kürzer, und Jane versank in Traurigkeit.

»Es geht ihnen bestimmt gut«, versicherte Christopher ihr. »Sie hatten unterwegs sicherlich auch mit Problemen zu kämpfen. Aber du kennst sie ja. Sie sind beide sehr einfallsreich. Mit der Erfindungsgabe der Kiwis werden sie alle Probleme meistern.«

Christopher wollte Jane beruhigen, doch in Wahrheit war er selbst zutiefst beunruhigt.

»Die Hunde waren wieder da«, verkündete Sarah, als sie eines Tages am Spätnachmittag von der Farm zurückkehrte. »Ich habe die Überreste von zwei toten Schafen gefunden. Der Rest der Herde und alle Rinder sind in alle Richtungen davongelaufen. Ich habe den ganzen Tag gebraucht, um sie wieder zusammenzutreiben. Diese Verluste können wir uns nicht leisten.«

»Vielleicht sollten wir das Vieh zum Shakespear Park treiben«, schlug Jane vor. »Dort wäre es einfacher, die Hunde abzuhalten.«

Der Shakespear Park, einst ein beliebtes Ausflugsziel für Auckländer, war zu Zeiten der Pandemie ein bewirtschafteter

Hof gewesen. Als die Bevölkerung der Whangaparaoa-Halbinsel ums Überleben kämpfte, war das gesamte Vieh geschlachtet worden, aber die Zäune waren noch da. Christopher zögerte. Die Farm war fünf Kilometer entfernt. Die Tiere, die die Chatfield-Familie zusammengetrieben hatte, als sie nach Gulf Harbour gekommen war, waren auf dem ehemaligen Golfplatz am Hügel oberhalb ihrer Häuser viel einfacher zu versorgen. »Zäune verhindern, dass das Vieh wegläuft, aber sie verhindern die Angriffe nicht. Wenn die Tiere eingesperrt sind, können sie nicht mehr flüchten. Manche Hunde töten aus purer Lust. Wenn die Tiere auf einem Feld eingesperrt sind, könnte die ganze Herde vernichtet werden. Sie haben bessere Chancen, wenn sie bleiben, wo sie sind.«

»Wir müssen aber etwas tun«, sagte Katie, die ihre Schwester unterstützen wollte. »Die Hunde sind so aggressiv, dass es für uns nicht mehr sicher ist dort oben, wenn sie sich da herumtreiben.«

»Wir bauen eine erhöhte Plattform in der Nähe des Sees«, schlug Christopher nach kurzem Nachdenken vor. »In der Gegend versammelt sich das Vieh immer, weil das Gras dort am besten ist. Wenn die Hunde umherstreifen, schlafe ich dort und halte Wache.«

»Ich helfe dir«, bot sich Zach an.

Christopher verfügte nicht über Stevens handwerkliche Fähigkeiten und plante deshalb, eine einfache Plattform auf Pfählen zu errichten und eine vorgefertigte Gartenhütte aus Aluminium als Unterstand daraufzusetzen.

Das größte Problem waren die Pfähle. Christopher wollte die Plattform so hoch wie möglich bauen, damit er einen weiten Blick und eine gute Schussposition hatte. Auf dem Bauhof im Hafen fand er einen Stapel Anlegepfosten. Mithilfe des Traktors und des wertvollen Diesels zog er die vier längsten Pfähle die eineinhalb Kilometer bis zum Golfplatz.

Das Aufstellen der Pfähle erwies sich als äußerst schwierig. Der Boden war hart und festgewalzt. Es dauerte unzählige Stunden, bis sie per Hand die Löcher gegraben hatten.

Schließlich waren alle Vorbereitungen für das mühselige Aufstellen der Pfähle getroffen. Die ganze Familie versammelte sich inklusive der Kinder auf dem Grundstück. Begleitet von Schreien und Lachen und dem Heulen des Traktormotors begannen sie mit der Arbeit. Jeder Pfahl wurde mit Seilen tief in das Loch gesenkt. Mehrere Mitglieder der Gemeinschaft hielten ihn dann fest, damit er gerade stand, während das Loch mit Steinen und Erde aufgefüllt und der Boden anschließend festgestampft wurde.

Als der vierte Pfahl in das Loch gesetzt werden sollte, waren alle müde und durchgeschwitzt. Es wurde allmählich dunkel.

»Ich finde, den letzten Pfahl sollten wir morgen einsetzen«, schlug Katie vor.

»Ich würde gerne weitermachen, damit ich morgen früh gleich mit der Plattform beginnen kann«, widersprach Christopher.

»Ich bin müde«, sagte Katie und verzog schmollend den Mund.

»Wir sind alle müde«, fuhr Jane sie an. »Lass uns die Sache zu Ende bringen.«

Christopher sah, dass Katie erschöpft war. »Du kannst den Traktor fahren«, bot er ihr an. »Ich helfe bei den Seilen.« Katie lief zum Traktor, während Christopher ein Ende des Seils oben an dem letzten Pfahl und das andere an der Anhängerkupplung des Traktors befestigte. Als alles vorbereitet war, gab er den Befehl, den Pfahl hochzuziehen.

Als Katie mit dem Traktor langsam anfuhr, kämpften die anderen Familienmitglieder damit, den Pfahl mit weiteren Seilen aufzurichten. Das Lachen war längst verstummt. Alle waren viel zu müde.

»Halt!«, schrie Christopher Katie zu, als der Pfahl sich oben in dem Loch verkantete. Er ließ sein Seil los, um nachzusehen. Katie, die in der beginnenden Dunkelheit nicht erkennen konnte, was vor sich ging, sprang vom Traktor, um sich ebenfalls das Problem anzusehen.

»Zieht an den Seilen! Katie, fahr ein Stück zurück und zieh das Seil stramm«, schrie Christopher, der nicht wusste, dass Katie nicht mehr im Traktor saß. Der Rest der Familie zog erschöpft an ihren Seilen. Doch als Katie zurück zum Traktor lief, rutschte der dicke Pfahl aus dem Loch, schlug Christopher quer über die Brust zu Boden und blieb auf seinen Beinen liegen.

Die Frauen und Kinder bemühten sich nach Kräften, doch sie schafften es nicht, den schweren Pfahl anzuheben. Katie hockte sich neben ihren Vater. »Es tut mir so leid, es tut mir so leid«, beteuerte sie immer wieder.

Christopher antwortete nicht. Er war bewusstlos, aber er atmete noch.

Es dauerte über eine Stunde, bis es ihnen mithilfe von Zaunpfählen gelang, den dicken Pfahl anzuheben und Christopher auf dem Anhänger des Traktors nach Hause zu bringen. Er war noch immer nicht zu sich gekommen. Als medizinische Betreuerin der Gemeinschaft fühlte sich Jane vollkommen hilflos. Da aus Christophers Nase und Mund Blut rann, wusste sie, dass er innere Verletzungen haben musste. Wahrscheinlich waren auch beide Beine gebrochen.

Den Rest der Nacht saß die ganze Familie an Christophers Bett. Insgeheim befürchteten alle, dass er den Morgen nicht mehr erleben würde. Sogar Snowy und Misty schienen den Ernst der Lage zu spüren und hielten ebenfalls in einer Ecke des Raumes Wache.

Wie durch ein Wunder erwachte Christopher am nächsten Morgen aus der Bewusstlosigkeit. In den nächsten Wochen sah es so aus, als würde er sich erholen. Seine schwere Atmung ließ jedoch vermuten, dass seine Lungen beschädigt waren. Er hatte permanent Schmerzen und konnte nicht laufen. Da er natürlich auch die Treppen nicht hinaufsteigen konnte, stellte man sein Bett im Erdgeschoss von Katies Haus auf.

Im Laufe der Zeit hatte Jane stillschweigend immer mehr die Führung der Gemeinschaft übernommen, doch nun kümmerte sie sich auch offiziell um deren Belange. Jeden Morgen setzten sie Christopher in einen Rollstuhl. Von dort aus beaufsichtigte er Sarahs Kinder, die siebenjährige Zoë und die neunjährige Holly, die nun die meiste Arbeit im Haus übernahmen. Zach, Nicole und Gina arbeiteten hingegen auf der Farm und in den Gärten. Christopher half ihnen, wo er konnte, und übernahm auch den Unterricht der Kinder.

Den Kindern gefiel es, von Christopher unterrichtet zu werden. Sie begriffen schnell, wie sie die Lektionen, die ihre Mütter festgelegt hatten und die sie oft langweilten, durchbrechen konnten. Sie brauchten ihm nur eine Frage nach den Tagen vor der Pandemie zu stellen, und schon schwelgte er in Erinnerungen. Christopher hatte klare Meinungen zu den meisten Themen und war begierig darauf, sie kundzutun, auch wenn es sich nur um eine Gruppe Kinder handelte. Die Kleinen lehnten sich zurück und hörten ihm zu, während er in Aufregung geriet und Mühe hatte, seine Gedanken auszudrücken, denn das Atmen bereitete ihm große Schmerzen.

Zach war ein Meister darin, Christopher abzulenken. Eines Tages sollte er mit den Kindern Zeitungen aus den Tagen unmittelbar vor der Pandemie durcharbeiten. Seine Mutter hatte sie sorgfältig gesammelt und in der Schulbibliothek aufbewahrt. Nicole und Zach hatten bei den Gesprächen am Morgen erfahren, dass ihre Mutter heute ein Stück entfernt in den Gärten am

Kanal arbeitete. Sie würde erst mittags zurückkehren, wenn es Zeit für ihren Funkspruch war. Holly, Zoë und Gina hatten gesehen, dass ihre Mütter bei Tagesanbruch auf der Jacht *Raconteur* den Kanal hinabgefahren waren, um zu angeln. Sie wurden frühestens am Spätnachmittag zurückerwartet.

»Ich verstehe nicht, Onkel Christopher, warum es so eine große Sache ist, wenn Filmstars Babys bekommen«, sagte Zach und schaute von der Zeitung auf.

»Da hast du verdammt recht«, stimmte ihm Christopher zu und fuhr seinen Rollstuhl in eine bessere Position. Die anderen Kinder legten die Stifte aus der Hand und warteten auf seinen Vortrag. Auch sie langweilte der Unterricht. Die Uhr über Christophers Schreibtisch zeigte halb elf an – noch eine halbe Stunde bis zur Pause. Die Kinder stützten ihre Köpfe auf die Hände und lauschten Christophers Ausführungen über die Starkultur.

Misty kam herein und begann zu schreien. Alle schauten die Katze verwundert an. Es war eine freundliche Katze, die oft miaute, vor allem, wenn man mit ihr sprach, doch diese Geräusche hörten sich ganz anders an. Die Katze machte Lärm wie nie zuvor.

»Was ist los, alter Freund?«, fragte Christopher und setzte die kleine Audrey auf sein anderes Knie. Die Katze schrie noch immer.

»Sie hat bestimmt einen Vogel oder eine Ratte gefangen«, meinte Zach. Er stand auf und folgte Misty, als die Katze hinausrannte. Die anderen Kinder wollten ihm folgen, doch Christopher verbot es ihnen, denn er spürte, dass ihm die Kontrolle entglitt. Zögernd blieben die kleineren Kinder auf ihren Plätzen sitzen.

Mit Misty und dem bellenden Snowy auf den Fersen kam Zach wieder ins Klassenzimmer gerannt. »Onkel Christopher«, rief er aufgeregt. »Der Kanal ist leer.«

»Was?«

»Der Kanal ist leer. Alle Boote liegen auf Grund.« Die Kinder standen wieder auf, um auf die Veranda zu laufen.

»Bleibt hier!«, schrie Christopher in einem so panischen Ton, dass die Kinder wie angewurzelt stehen blieben. »Lauf mit Audrey und den anderen Kindern auf den Hügel«, rief er Zach zu und drückte ihm das kleine Mädchen in die Arme.

»Aber ...«

»Sofort auf den Hügel!«, schrie Christopher.

»Was ist das für ein Lärm?«, fragte Nicole.

»Es hört sich an wie Donner«, sagte Holly. Der Lärm wurde immer lauter.

»Lauft auf den Hügel!«, schrie Christopher. In seinen Augen spiegelte sich blankes Entsetzen.

Zach hatte seinen Großonkel noch nie so sprechen hören. Eingeschüchtert durch den Lärm und die Stimme seines Onkels, drehte er sich um und lief mit Audrey auf dem Arm durch die Hintertür des Hauses auf den Hügel zu. Die kleineren Kinder, Snowy und Misty folgten ihm auf den Fersen.

Jane, die voll und ganz mit ihrer Gartenarbeit beschäftigt war, hatte nicht bemerkt, dass der Kanal leer war, doch als sie den Lärm hörte, sah sie auch schon eine Wasserwand auf sich zukommen. Sie drehte sich um und rannte auf den Marina Hill zu, doch als sie die Straße überquerte, umspülte das Wasser ihre Beine und riss sie zu Boden. Sie wurde über die Straße und in einen Strudel gezogen. Als sie hinunter in die Dunkelheit gerissen wurde, glaubte sie, Stevens Stimme zu hören. Sie streckte die Hand aus und rief seinen Namen.

17

Beim Bild der Zerstörung, das sich ihnen bot, stockte Mark der Atem. Der Hafen von Gulf Harbour existierte nicht mehr. Der Hafendamm war nicht mehr da. Die Masten, die einst stolz in die Höhe ragten, waren verschwunden und die beiden Apartmentblocks in der Nähe des Hafens ebenfalls.

»Meinst du, das war ein Sturm?«, fragte Steven leise.

»Ich glaube nicht, dass ein Sturm derartige Verwüstungen anrichten könnte«, erwiderte Mark, als er endlich wieder ein Wort herausbrachte. »Das muss ein Tsunami gewesen sein.«

Der Rest der Crew starrte voller Entsetzen aufs Ufer. Sie wussten nicht, wie es in Gulf Harbour einst ausgesehen hatte. Doch sie sahen die riesigen Trümmerberge aus zerbrochenem Holz, zersplittertem Fiberglas, Ästen und Wrackteilen, die auf der Landzunge zwischen der Insel und der Halbinsel lagen. Keiner von ihnen sprach die Frage aus, die allen auf der Zunge lag.

Trotz der Flut begann das Echolot der *Archangel* zu piepen, und Mark setzte das Schiff ein Stück zurück. »Entweder hat sich der Meeresboden gehoben, oder es hat sich überall Schlamm abgelagert«, sagte er zu Steven.

Mark fuhr die *Archangel* rückwärts in tieferes Wasser und versuchte es erneut. Schließlich glaubte er, den alten Kanal zum Hafen gefunden zu haben, und steuerte die *Archangel* vorsichtig hindurch. Wieder piepte das Echolot.

Jetzt waren sie in der Bucht, die vor dem Bau des Hafens Hobbs Bay genannt wurde und vom Nordwind geschützt war. »Das muss reichen«, rief Mark, als Steven sich anschickte, den Anker zu werfen. Als die Kette durch die Ankerklüse rasselte, richtete Mark das Fernglas auf das Ende der Bucht. Einige der Fertighäuser am Kanal standen noch, aber viele schienen eingestürzt zu sein. Die Landschaft hatte sich so stark verändert, dass Mark im ersten Augenblick nicht erkannte, ob die Häuser, in denen seine Familie gewohnt hatte, noch da waren oder nicht.

»Siehst du jemanden?«, fragte Steven.

Mark schüttelte den Kopf. Er brachte kein Wort heraus.

»Vielleicht haben sie sich auf den Hügeln in Sicherheit gebracht«, warf Allison leise ein. Aber beim Anblick des Trümmerfeldes wusste sie, dass sie sich an einen Strohhalm klammerte.

Steven bereitete sich darauf vor, das Dingi zu Wasser zu lassen.

»Möchtest du, dass Fergus oder ich dich begleiten?«, fragte Allison Mark.

Er schüttelte den Kopf. »Es ist das Beste, wenn Steven und ich uns zuerst einmal an Land umsehen«, erwiderte er.

Allison drückte seine Hand und küsste ihn auf die Wange. Mark spürte, wie hilflos sie sich fühlte.

Als Steven auf das Ende der Bucht zuruderte, hatte Mark Probleme, sich zurechtzufinden. Es erinnerte ihn daran, wie er einst bei Nebel mit dem Auto gefahren war und vollkommen die Orientierung verloren hatte, obwohl er die Straße gut gekannt hatte. Fast der gesamte Küstenstreifen hatte sich verändert. Mark versuchte einzuschätzen, wo die Werkstatt des Hafens und die Tankstege einst gewesen waren. Kein einziger Poller stand mehr, sodass sie auch nicht erkennen konnten, wo die Anlegestege ins Meer geragt waren.

Am Ende der Bucht fanden sie nur einen Bach statt des künstlich angelegten Kanals. Die Pontons, Laufstege und Geländer waren allesamt weggerissen worden ebenso wie die Betonmauern, die den Kanal einst säumten. Nur der nackte Fels war geblieben, aus dem das Bett der Wasserstraße herausgesprengt worden war.

»Sieht so aus, als würden unsere Häuser noch stehen«, sagte Mark. »Aber die Apartmentblocks sind eingestürzt.«

Steven warf während des Ruderns einen Blick über die Schulter. Der Verlust der Apartmentblocks war ein herber Schlag. In einem von ihnen hatten sie auf sechs Etagen alles gelagert, was sie in den Monaten nach der Pandemie gesammelt hatten. Es war eher unwahrscheinlich, dass es ihnen noch einmal gelingen würde, so viele Dinge zusammenzutragen.

Unmittelbar vor den drei Häusern, in denen sie einst gewohnt hatten, kletterten sie am Ufer des Baches hoch und machten die Leine des Dingis an einer großen Bodenplatte fest, die halb in der Erde vergraben war. Schweigend gingen sie auf die Häuser zu. Die Gärten und die Terrassen, die einst den Kanal gesäumt hatten, waren verschwunden. Das Wasser hatte die Erde rund um die Fundamente der Häuser weggespült. Einige der Betonplatten, auf denen die Häuser gebaut waren, hatten sich zweifellos durch die Kraft der wirbelnden Wassermassen verschoben. Sie gingen durch das Loch, wo einst die Verandatür stand, und dachten beide dasselbe, doch keiner sprach es aus. Mit Sicherheit hatte niemand diese gewaltige Naturkatastrophe, die diese Zerstörungen angerichtet hatte, überlebt.

Beide wirbelten herum, als sie plötzlich ein Geräusch hörten. Hinter ihnen stand Misty. Mit aufgerichtetem Schwanz ging die Katze langsam an ihnen vorbei und miaute zur Begrüßung, als wären sie gerade von der Arbeit auf der Farm zurückgekehrt. Dann spazierte sie durch die Lücke der ehemaligen Hintertür hinaus.

»Vielleicht leben sie noch«, sagte Mark, der plötzlich wieder Hoffnung schöpfte.

»Das bezweifle ich«, erwiderte Steven in ernstem Ton. »Dann würde er nicht mehr da liegen.« Steven spähte auf die halbe Wand, die einst das Wohnzimmer von der Küche getrennt hatte. Vor der Wand lag ein umgekippter Rollstuhl, in dem ein halb verwester Leichnam hing.

Mark sank neben dem Leichnam auf die Knie und begann zu weinen. Das graue Haar, die Zahnlücken und der Ring an der linken Hand bewiesen, dass es sein Bruder Christopher war.

»Wann, glaubst du, ist es passiert?«, fragte Steven, als sein Vater wieder aufstand und sich die Tränen von den Wangen wischte.

Mark starrte durch die ehemalige Hintertür hinaus. »Nach dem Zustand des Leichnams zu urteilen, kann es noch nicht so lange her sein«, erwiderte Mark mit tränenerstickter Stimme. »In dem Schlamm draußen wächst schon etwas Unkraut. Drei Wochen, einen Monat, vielleicht auch ein bisschen länger.«

»Ich frage mich, warum Christopher in einem Rollstuhl saß.«

»Weiß der Himmel. Als wir aufgebrochen sind, war er ganz fit.«

»Vielleicht hatte er wieder Probleme mit der Schilddrüse.«

»Das glaube ich nicht. Er hatte genug Thyroxin-Tabletten für sein ganzes Leben.« Mark begann wieder zu schluchzen.

»Die Tatsache, dass er in einem Rollstuhl saß, könnte von Bedeutung sein«, sagte Steven aufgeregt. Mark sah ihn fragend an. »Wenn er wirklich krank war und in einem Rollstuhl saß, hat er vielleicht unten geschlafen und die anderen oben.«

»Er hat bestimmt nicht in dem Rollstuhl geschlafen«, meinte Mark und starrte verzweifelt auf den Leichnam. »Du hast recht. Wenn sie noch leben würden, hätten sie den Leichnam begraben.«

Steven sah, dass sein Vater gänzlich den Mut verlor. »Lass

uns ihn jetzt begraben«, schlug er vor und legte mitfühlend einen Arm um Marks Schultern.

»Nein. Wir sollten uns zuerst einmal hier umschauen.« Mark ging auf das Loch zu, wo früher die Hintertür gewesen war. Misty kehrte zurück und miaute wieder, als Steven sich anschickte, seinem Vater zu folgen. Er blieb stehen und nahm die Katze auf den Arm.

»Was ist hier passiert, Misty? Leben sie noch?«, fragte er. Die Katze antwortete ihm nicht, sondern stupste mit der Schnauze gegen Stevens Hand, um wie gewohnt die Streicheleinheiten unterm Kinn und hinter den Ohren einzufordern. Steven kam der Aufforderung nach, setzte die Katze dann wieder auf den Boden und eilte seinem Vater hinterher.

An der Ablagerungslinie des Strandguts und der Trümmer an der Flanke des Marina Hill konnten sie genau sehen, bis wohin die Flutwelle das Land überschwemmt hatte. An einigen Stellen war der Asphalt von den Straßen weggerissen worden, und alle niedrigen Mauern am Straßenrand waren eingestürzt, ebenso wie auch zwei Drittel der Gebäude. Die Obstbäume und die Weinstöcke, die die Familie am Fuß des Hügels gepflanzt hatte, waren weggeschwemmt worden.

»Hallo«, rief Mark mit kraftloser Stimme.

»Hallo«, schrie Steven laut. Keiner von beiden erwartete eine Antwort. »Wir hätten eine Waffe mitnehmen sollen, um ein paar Schüsse abzufeuern«, meinte Steven.

»Das machen wir später von der *Archangel* aus«, erwiderte Mark, doch sein Tonfall verriet, dass er nicht an einen Erfolg glaubte.

»Das muss eine richtige Monsterwelle gewesen sein«, murmelte Steven, als sie an dem riesigen Trümmerberg vorbeigingen, wo einst am Ende des Kanals das kleine Einkaufszentrum gestanden hatte. Sie wunderten sich, dass der Uhrenturm auf der Insel in der Mitte des Kanals noch stand. Die Zeiger der vier großen Ziffernblätter waren alle zu unterschiedlichen Zeiten stehen geblieben und gaben daher keinen Aufschluss darüber, wann der Tsunami zugeschlagen hatte.

Sie stiegen den Marina Hill hinauf. Die Häuser dort waren so verlassen wie zu der Zeit, als sie auf der *Archangel* nach England gesegelt waren. Nur das Unkraut und die Büsche waren weitergewuchert. Die zahlreichen Gräber auf dem Hang waren fast zugewachsen. Ein paar Minuten lang standen Vater und Sohn Seite an Seite auf dem Gipfel des Hügels und schauten in alle Richtungen. Sie sahen nicht eine einzige Rauchfahne oder irgendein anderes Lebenszeichen.

»Sieh mal«, rief Steven plötzlich. »Da drüben auf dem Golfplatz.« Mark schaute in die Richtung, in die Steven zeigte, und sah die sonderbare Plattform mit der Blechhütte. Ohne ein weiteres Wort liefen sie mit neuer Hoffnung auf die Hütte zu.

»Hier ist irgendetwas schiefgegangen«, sagte Steven, als sein Vater keuchend eintraf. Er zeigte auf das Loch in dem Boden und den Pfahl, der daneben lag. »Sieht so aus, als hätten sie vorgehabt, die Plattform auf vier Pfähle zu stellen, aber sie steht nur auf dreien.« Als Steven die Leiter zu der Plattform hinaufstieg, betrachtete er mit dem kritischen Blick eines Handwerkers die Arbeit. »Ziemlich zusammengepfuscht«, rief er seinem Vater zu. »Ich hätte Christopher mehr zugetraut.«

»Vielleicht hat Christopher die Plattform gar nicht gebaut«, überlegte Mark, als er hinaufstieg. »Warum, glaubst du, haben sie die Plattform aufgestellt?«

»Ein Aussichtspunkt vermutlich«, meinte Steven und öffnete die Tür zu der Aluminiumhütte. »Oder vielleicht auch zur Verteidigung. Hier ist ein Gewehr.«

»Gegen wen sollten sie sich denn verteidigen?«

Steven zuckte mit den Schultern. »Das Gewehr ist geladen. Offenbar hielten sie es für notwendig, hier ein geladenes Gewehr zu deponieren.«

»Gib einen Schuss ab«, stieß Mark hastig hervor.

Steven richtete das Gewehr in die Luft und drückte ab. Der Schuss hallte durch das Tal. Sie warteten einen Augenblick, doch es folgte keine Reaktion.

»Ich glaube, ich kann unten im Tal ein paar Schafe sehen«, sagte Mark. »Auf dem Rückweg schießen wir eins. Das können wir heute Abend essen.«

Doch als sie die Plattform hinabstiegen, hörten sie in der Ferne einen Schuss und zuckten zusammen.

»Es hat jemand überlebt!«, rief Mark freudestrahlend. »Schieß noch mal.«

Dieses Mal wurde der Schuss sofort beantwortet.

»Der Schuss kam aus Richtung des Hafens«, sagte Mark. Mit neuer Energie lief er den Hügel hinunter, und Steven folgte ihm auf den Fersen.

18

Als Diana langsamen Schrittes über den Stable Court auf Duncan zuging, waren Nigels verzweifelte Schreie und das Klopfen gegen die verschlossene Werkstatttür nicht mehr zu hören.

»Was hast du mit ihm gemacht?«, fragte Duncan.

»Ich habe ihm eine Lektion erteilt«, erwiderte Diana und ging an Duncan vorbei.

Sie erreichte die Küche, als die Feuerglocke erklang. Theresa und Susan, die gerade Sandwiches in Picknickkörbe legten, unterbrachen ihre Arbeit und liefen zur Tür.

»Kommst du nicht mit?«, fragte Susan ihre Schwester.

»Nein«, sagte Diana.

Als Damian im Strafzimmer unter dem Cromwell Tower die Feuerglocke hörte, stieg er von der Tretmühle. Er wollte zur Tür, um zu sehen, was da los war, doch die Ketten an den Fußknöcheln hielten ihn zurück. Nackt und mit auf den Rücken gefesselten Händen schlurfte er zu dem Eimer in der Ecke des Raumes und leerte seine volle Blase, ehe er zur Tretmühle zurückkehrte.

Jasper, der in einer Zelle im ersten Stock des Cromwell Tower eingesperrt war, spähte durch die Schlitze der Fensterläden, die den Raum verdunkelten. Er sah, dass Duncan die Feuerglocke läutete, und spürte ein wenig Schadenfreude. Schon jetzt hatten diese Bauern Probleme.

Greg war im Uhrenzimmer ein Stockwerk über Jasper eingesperrt und konnte nichts sehen. Er hatte große Angst, dass das Feuer im Turm selbst ausgebrochen sein könnte.

Susan und Theresa erreichten den Flag Court, als Paul mit Cheryl, gefolgt von den Kindern, aus den Gärten herbeilief. Bridget und Jennifer kamen kurz danach, und Kimberley und Rebecca, die das Vieh eine Meile entfernt versorgt hatten, brauchten etwas länger, um zum Haus zurückzukehren.

»Die Werkstatt«, schrie Duncan. Die Familie sah, dass durch das vergitterte Fenster und unter der geschlossenen Tür Rauch herausquoll.

Paul und die Frauen zogen den alten handbetriebenen Löschwagen auf den Hof und warfen den Saugschlauch hinten am Wagen in die Zisterne unter dem Flag Court. Kimberley und Rebecca halfen Cheryl und Bridget Schläuche zusammenzusetzen. Susan, Theresa und die Kinder rannten indessen immer wieder zu dem Gestell unter dem Cromwell Tower, um weitere Schläuche zu holen. Schließlich reichte der Schlauch bis zur Werkstatt.

Duncan hörte durch den Spalt der Werkstatttür, dass jemand hustete und würgte. Er drückte die Klinke, doch die Tür war verschlossen. Schnell rannte er über den Hof zu Susan. »Wo ist Diana?«, rief er.

»In der Küche.«

Als Duncan in die Küche kam, saß Diana auf einem Stuhl und trank ein Glas Milch. Der Schlüssel zur Werkstatt lag vor ihr auf dem Tisch.

»Du Miststück«, zischte Duncan, schnappte sich den Schlüssel und lief hinaus.

»Er hat bekommen, was er verdient hat«, rief Diana ihm hinterher.

Als Duncan wieder bei der Werkstatt ankam, hatten Cheryl und Bridget den Schlauch vom Löschwagen durch das vergitterte Fenster gesteckt. Sie duckten sich unter der dicken Rauchwolke, hielten den Schlauch über ihre Köpfe und versuchten, das Wasser in den Raum zu spritzen. Paul und die anderen Erwachsenen mühten sich hektisch mit der Pumpe des Löschwagens.

Als Duncan die Werkstatttür aufschloss, waren das Spritzen des Wassers und das Knistern von brennendem Holz die einzigen Geräusche. Dann explodierte eine Farbdose. Duncan drückte gegen die Tür, doch sie ließ sich nicht öffnen.

»Geh von der Tür weg, Nigel«, schrie er, bekam aber keine Antwort, und auf der anderen Seite bewegte sich auch nichts. »Paul, komm her und hilf mir!«

Paul lief vom Löschwagen zur Tür. Gemeinsam drückten sie die Tür ein paar Zentimeter auf. Die nächste Farbdose explodierte. Flammen und Hitze schossen durch die Tür und zwangen sie, einen kurzen Augenblick zurückzutreten. Dann drückten sie die Tür noch ein Stück weiter auf.

»Wir müssen zuerst das Feuer löschen«, sagte Duncan.

Sie zogen den Schlauch aus dem Fenster und steckten ihn in den Türspalt. Es dauerte fast eine halbe Stunde, bis sie das Feuer gelöscht hatten und der Rauch sich so weit aufgelöst hatte, dass Duncan und Paul die Tür weiter öffnen und durch den Spalt sehen konnten.

Hinter der Tür eingeklemmt lag Nigel nackt bäuchlings auf dem Boden. Duncan legte einen Finger auf dessen dicken Nacken. »Tot«, verkündete er nach ein paar Sekunden. Nigel hatte starke Verbrennungen erlitten, aber die hatten nicht zum Tod geführt. »Der Rauch muss ihn getötet haben«, meinte Duncan.

»Viele Werkzeuge sind beschädigt«, sagte Paul, der neben der verkohlten Werkbank stehen blieb. »Es sieht aus, als hätte Diana Nigels Daumen in den Schraubstock geklemmt«, fuhr er fort und starrte auf die verkohlten Überreste und das geschwärzte Messer, das daneben lag. »Ich glaube, er war gezwungen, ihn abzuschneiden.«

»Das war er, aber es war nicht der Daumen«, korrigierte Duncan ihn. Er hatte Nigels Leichnam auf den Rücken gerollt, um den Eingang frei zu machen. »Bleibt draußen«, befahl er den Kindern, die vor der Werkstatt herumliefen.

Paul ging auf Duncan zu und starrte auf den Leichnam. »Ich habe diesen Scheißkerl gehasst und hätte mit Freuden für seinen Tod gestimmt, aber das hätte ich nicht fertiggebracht.«

»Ich auch nicht«, pflichtete Duncan ihm leise bei. »Wir müssen dieses Miststück im Auge behalten.«

Die beiden Männer verließen die Werkstatt. Duncan schloss die Tür ab und reichte Paul den Schlüssel. »Wickel ihn so schnell wie möglich in eine Plane oder irgendwas ein. Ich rede ein Wörtchen mit Diana.« Und er ging auf direktem Weg zur Küche.

»Wo ist Diana?«, fragte er Susan, die damit beschäftigt war, sich zu säubern. Die Hilfe bei den Löscharbeiten hatte bei allen Spuren hinterlassen.

»Ich weiß nicht genau. Sie hat mir aufgetragen, dir das hier zu geben«, sagte sie und wies mit dem Kinn auf die beiden Picknickkörbe. »Ihr könnt heute Mittag ein Picknick machen.«

»Wo ist sie?«, fragte Duncan noch einmal wütend.

Susan zuckte mit den Schultern. »Ich hab keine Ahnung. Du kennst sie ja. Sie folgt ihren eigenen Gesetzen. Sie hat irgendetwas gemurmelt, dass sie sich auf die Besprechung heute Abend vorbereiten will.«

»Welche Besprechung?«

Susan zuckte wieder mit den Schultern. Duncan nahm an, dass sie die Wahrheit sagte. Haver House war mit seinen mehr als dreihundert Räumen zu groß, um es zu durchsuchen. Daher blieb ihm nichts anderes übrig, als die Picknickkörbe zu nehmen und zu gehen. Der Gedanke, dass es am Abend zumindest eine Besprechung geben würde, vertrieb seine Wut ein wenig.

»Was hat Diana gesagt?«, fragte Paul, als Duncan die Werkstatt betrat.

»Sie ist verschwunden und bereitet sich auf eine Besprechung heute Abend vor. Ich nehme an, es geht um ein Treffen des Komitees.«

»Das ist gut.«

Duncan stellte die Körbe ab und kniete sich hin. Gemeinsam wickelten sie Nigels entstellten Körper in die ausgebreitete Plane. »Wir beide müssen bei der Besprechung zusammenhalten, sonst geht alles nach Dianas Kopf.«

Paul nickte, und Duncan bemerkte, dass Pauls nervöses Zucken verschwunden war, an dem er seit der Hinrichtung seines Sohnes gelitten hatte. Jetzt, da Nigel tot war, war das nervöse Zucken wie weggeblasen.

»Was sollen wir mit dem Leichnam machen?«, fragte Paul.

»Niemand wird Interesse an einer Beerdigung haben.«

»Und seine Söhne?«

»Die zählen nicht mehr. Wir werfen ihn in die Abfallgrube. Mehr hat er nicht verdient. Komm, wir holen die Handkarre.«

»Ich frage mich, was Diana mit Nigels Söhnen vorhat«, sagte Paul, als sie die Werkstatt verließen.

»Das ist nicht Dianas Entscheidung«, entgegnete Duncan scharf. »Das ist die Entscheidung des Komitees.«

Als Duncan um sieben Uhr zum Abendessen im Großen Saal ankam, war er erleichtert, als er sah, dass die Spuren von Nigels Macht entfernt worden waren. Auf dem Tisch oben auf dem Podium lagen keine weißen Tischdecken mehr. Der Tisch war genau wie der riesige thronartige Stuhl und zwei der drei vergoldeten Stühle von Nigels Söhnen an die Wand gerückt worden. Der dritte vergoldete Stuhl stand am Ende des großen Holztisches unten vor einem Gedeck.

Platten mit Brot und Butter standen auf dem Tisch, und Susan und Theresa brachten weitere Teller mit Pastete und geräucherter Forelle. Duncans Augen strahlten. So ein köstliches Mahl hatte er seit dem Ausbruch der Pandemie nicht mehr gegessen. »Wer sitzt wo?«, fragte Duncan Theresa und schaute misstrauisch auf den vergoldeten Stuhl.

»Setz dich hin, wo du möchtest.«

Bis auf Diana kamen nun langsam alle Mitglieder der Gemeinschaft in den Saal. Niemand setzte sich auf den vergoldeten Stuhl oder auf die beiden Plätze auf den Bänken links und rechts daneben – auch Duncan nicht. Er nahm gegenüber von Paul in der Mitte des Tisches Platz.

Nigel hatte befohlen, dass niemand das Essen auf dem Tisch anrühren durfte, ehe er und seine Söhne Platz genommen hatten. Doch jetzt war Nigel tot, und seine Söhne saßen hinter Schloss und Riegel. Aller Augen waren auf Duncan gerichtet. Es war die Gelegenheit für ihn, eine Erklärung abzugeben. Er streckte den Arm aus und nahm sich ein Brötchen.

»Meine Mutter kommt sofort«, sagte Theresa in scharfem Ton. »Sie möchte, dass wir vor dem Essen ein Tischgebet sprechen.«

Duncan spürte, dass ihm nichts anderes übrig blieb, als das Brötchen zurückzulegen. »Gute Idee«, sagte er und strich sich über den Bart, um seine Verlegenheit zu überspielen, doch innerlich kochte er vor Wut. Es war genau wie vor Nigels Tod, als sie auf dessen Eintreffen warten mussten.

Fünf Minuten später betrat Diana den Saal. Sie trug noch immer das Tudor-Kleid, das sie heute Morgen angezogen hatte. Jetzt fiel Duncan auf, dass keiner von ihnen die grauen Jacken ausgezogen hatte, die sie auf Nigels Befehl hin tragen mussten. Als Diana auf den Esstisch zuging, standen Duncans Nichten

Kimberley und Rebecca spontan auf, wie sie es gewohnt waren, wenn Nigel und seine Söhne den Großen Saal betraten.

»Setzt euch hin«, flüsterte Duncan verärgert. Die beiden Mädchen folgten hastig dem Befehl. Diana ging sofort auf das Ende des Tisches zu und stellte sich hinter den vergoldeten Stuhl. Theresa stand neben dem leeren Platz zu ihrer Rechten und Susan an ihrer linken Seite.

»Bitte steht auf, damit wir das Tischgebet sprechen können«, bat Susan die Anwesenden. Alle standen auf – auch Duncan.

»Herr«, begann Theresa. »Wir danken dir, dass du uns von dem Bösen befreit hast. Wir danken dir für das Wissen, das du meiner Mutter verliehen hast und das unsere Rettung ermöglicht hat. Wir danken dir auch für unsere reiche Ernte, das Essen auf unserem Tisch, und für viele andere Segnungen. Amen.«

»Amen«, antworteten alle im Chor.

»Bitte setzt euch und lasst es euch schmecken«, sagte Diana. »Wie ihr seht, habe ich dafür gesorgt, dass ihr heute besondere Delikatessen serviert bekommt.«

Aufgeregt und freudig begannen alle im Großen Saal angeregt zu plaudern. Duncan, der in der Mitte des Tisches saß, beugte sich zu Paul hinüber und flüsterte: »Wer glaubt sie eigentlich, wer sie ist?«

»Ich finde, sie macht das ganz gut«, erwiderte Paul und nahm sich von der geräucherten Forelle. »Alle sprechen gern das Tischgebet. Und schau dir die Leckerbissen an, die sie uns serviert hat.«

»Was soll das heißen, die sie uns serviert hat?«, sagte Duncan ungläubig. »Das ist unser aller Essen!«

Als die Forellen und die Pastete verspeist waren, nickte Diana Susan und Theresa zu, die daraufhin aufstanden und in die Küche eilten. Der Rest der Familie reckte die Hälse, um zu sehen, was vor sich ging.

Plötzlich hallte Musik durch den Raum. Frank Sinatra sang *My Way.* Es war das erste Mal seit fast drei Jahren, dass sie Musik hörten. Theresa schob ein altes, handbetriebenes Grammophon in den Raum, durch dessen großen Messingtrichter die Klänge hallten. Außer Duncan standen alle spontan auf und klatschten und jubelten.

Duncan wurde noch wütender. Diana ahmte dieselbe Show nach, die Nigel in dem Jahr, als sie nach Haver gekommen waren, bei der Weihnachtsfeier abgezogen hatte. Zu dem Anlass war *Rudolf, das Rentier mit der roten Nase* gespielt worden, worauf Nigel und seine Söhne zum ersten Mal in ihren Tudor-Kostümen den Raum betraten. Duncan erinnerte sich, dass damals auch alle geklatscht und gejubelt hatten, bevor der Tag mit einer Katastrophe endete. Wiederholte sich jetzt dieselbe Geschichte wieder?

Als der Applaus verebbte, schob Susan einen Servierwagen in den Raum, auf dem ein großes, gebratenes Schwein mit einem Apfel im Maul lag, das ringsum mit geschmortem Gemüse garniert war. Wieder brach Applaus aus, und als Theresa Weinflaschen auf dem Tisch verteilte, klatschten alle noch lauter.

Fast drei Jahre lang hatten sie Nigel und seinen Söhnen zugesehen, wie sie auf dem Tisch oben auf dem Podium Wein tranken. Jetzt durften auch sie Wein trinken. Ihr Leben schien sich definitiv zu verbessern. Nur Diana nippte an einem Glas Wasser. Sogar Duncan erlag der Versuchung. Als der Wein floss und die Stimmung stieg, entspannte er sich allmählich.

»Auf Nigel«, sagte Paul und hob das Glas. »Soll er in der Hölle schmoren.«

Lauter Jubel hallte durch den Großen Saal.

»Was passiert mit Nigels Söhnen?«, fragte Jennifer Diana.

»Das sage ich euch nach dem Essen«, antwortete Diana.

»Wie hast du es geschafft, die Chatfields zu betäuben?«

»Es reicht, wenn ich es weiß«, sagte Diana.

»Hättest du sie auch umbringen können?«

Diana nickte.

»Und warum hast du es nicht getan?«

»Ich habe andere Pläne mit ihnen.«

»Wir müssen aufpassen, was wir sagen«, scherzte Duncan. »Sonst vergiftet sie uns auch noch.«

»Das könnte ich«, bestätigte Diana.

Nur Diana und Duncan lachten nicht.

Als das Essen beendet war, stand Diana auf und wandte sich an ihre Familie. Sie sprach ohne Aufzeichnungen. Den ganzen Nachmittag hatte sie sich in der Bibliothek eingeschlossen, ihren Vortrag sorgfältig vorbereitet, ihn auswendig gelernt und geübt.

»Die Tyrannei der Chatfield-Familie ist vorüber«, begann sie. »Für uns ist jetzt eine neue Zeit angebrochen. Ein neues Kapitel in der Menschheitsgeschichte hat begonnen. Gemeinsam können wir nicht nur überleben, sondern gedeihen und vorankommen. Damit das allerdings gelingt, müssen wir uns organisieren und gemeinsam hart arbeiten. Wir alle müssen unsere Fähigkeiten für das Gemeinwohl einsetzen.«

Die Anwesenden nickten eifrig und murmelten Zustimmung. Diejenigen, die in der Nähe der Weinflaschen saßen, nutzten die Gelegenheit, um ihre Gläser nachzufüllen.

»Wir brauchen eine Rechtsstaatlichkeit und eine einfache Regierungsform, die auf demokratischen Prinzipien basiert.«

»Hört, hört«, sagte Duncan laut, den es offenbar erleichterte, dass Diana eine Art Demokratie vorschwebte.

»Ich schlage vor, dass wir einen Anführer wählen.«

»Keinen neuen Lord von Haver!«, rief Paul.

»Natürlich nicht«, versicherte Diana ihm. »Aber wir sollten unseren Anführer respektieren, wer es auch sein wird. Er wird eine sehr wichtige und schwierige Aufgabe erfüllen. Ich schlage vor, wir nennen ihn einfach den Anführer.«

»Klingt schon viel besser als Euer Lordschaft«, warf Paul ein.

»Wie wäre es mit Premierminister oder Präsident?«, fragte Cheryl.

»Das geht beides nicht. Es muss ein Titel sein, den wir alle respektieren können«, sagte Jennifer. Die Anwesenden lachten.

»Wir bleiben also bei Anführer«, sagte Diana scharf, um wieder das Wort zu übernehmen.

»Wir brauchen ein Komitee«, sagte Duncan, der beunruhigt war, dass so wenig diskutiert wurde.

»Genau«, pflichtete Diana ihm bei. »Wir wollen nicht in die Tyrannei von Nigels Herrschaft zurückrutschen. Ich schlage vor, dass der Anführer von allen Erwachsenen der Gemeinschaft über sechzehn gewählt wird. Der Anführer wird von einem Komitee unterstützt – nennen wir es das Kabinett. Dieses besteht jeweils aus einer Person, die die Steeds, Morgans und Greys aus ihrer Familie wählen.«

»Wir sind jetzt die Chatfield-Familie«, sagte Cheryl.

Ebenso wie ihr Vater und ihre Schwester hatte sie es Nigel immer verübelt, dass er ihnen befohlen hatte, ihren Familiennamen zu ändern. Sie waren zu den Greys gemacht worden, um zwischen den einzelnen Familien unterscheiden zu können.

»Aber wir haben uns daran gewöhnt, euch die Greys zu nennen«, meinte Jennifer.

»Und die Chatfield-Familie gibt es ja noch. Wird sie auch einen Platz im Kabinett bekommen?«, scherzte Virginia.

»Auf gar keinen Fall«, verkündete Diana. »Jasper, Damian und Greg können den Namen ihrer Mutter annehmen«, forderte Cheryl. »Der passt zu ihnen. Sie werden ab jetzt die Pratts genannt.«

»Ich stimme Jennifer zu«, sagte Diana. »Was bedeutet ein Name denn schon? Wir haben uns alle daran gewöhnt, Paul und seine Familie die Greys zu nennen. Chatfield ist ein verhasster Name geworden. Möchtet ihr tatsächlich die Chatfields genannt werden?«, fragte sie und warf Paul einen durchdringenden Blick zu.

Paul gab auf. »Du hast recht. Wir bleiben die Greys.«

Cheryl schaute ihre Schwester Bridget an und schüttelte den Kopf.

Nachdem Diana sichergestellt hatte, dass Paul und seine Familie nicht zu dem einst mächtigen Namen Chatfield zurückkehrten, fuhr sie mit ihren Ausführungen fort. »Die Aufgabe des Kabinetts wird es sein, dem Anführer Empfehlungen zu geben und Vorschläge zu machen.«

»Das Kabinett und der Anführer werden die Entscheidungen doch sicher gemeinsam treffen, nicht wahr?«, unterbrach Duncan sie.

»Wir können uns keine Verwaltung durch ein Komitee leisten. Wir werden noch jahrelang ums Überleben kämpfen. Unter diesen Umständen brauchen wir jemanden, der in der Lage ist, dringende und mitunter unbeliebte Entscheidungen zu treffen. Wir müssen einen Anführer wählen, der über gute organisatorische Fähigkeiten verfügt und in der Lage ist, Recht zu sprechen.«

»Nun, es gibt hier nur eine Person, die diese Fähigkeiten hat«, sagte Paul. »Das bist du, Diana. Meine Stimme hast du.«

Duncan warf ihm einen bösen Blick zu. So sah es also aus, wenn sie zusammenhielten, um sich gegen Diana durchzusetzen.

»Meine auch«, sagte Jennifer und hob die Hand.

»Meine auch«, riefen die anderen Erwachsenen in dem Raum und hoben die Hände. Nur Duncan nicht.

»Wenn noch jemand zur Wahl antreten möchte, kann er sich melden«, sagte Diana. Aller Augen richteten sich auf Duncan.

»Ich nicht«, hörte Duncan sich sagen. Er wusste, dass seine

Chancen gleich null waren. »Diana kann die Anführerin sein. Wichtige Entscheidungen können vom Kabinett getroffen werden.«

»Ich danke euch allen für euer Vertrauen«, stieß Diana hastig hervor. »Meine erste Entscheidung als Anführerin wird euch sicherlich gefallen. Ich deklariere den morgigen Tag zum Feiertag.« Alle klatschten. »Das gilt natürlich nicht für das Kabinett«, fuhr sie fort, als der Applaus verstummte. »Jede Familie kann ihren Abgeordneten für das Kabinett bestimmen, wenn sie heute Abend in ihr Quartier zurückkehrt. Das erste Treffen des Kabinetts findet morgen früh um zehn Uhr im Ballsaal statt.«

»Soll das ein Scherz sein?«, fragte Duncan.

»Sicher nicht«, erwiderte Diana mit fester, autoritärer Stimme.

»Was ist mit diesen schrecklichen Jacken?«, fragte Bridget.

»Sie sind zwar nicht schön«, erwiderte Diana, »aber sie lassen sich leicht waschen und müssen nicht gebügelt werden. Darum schlage ich vor, sie als Arbeitskleidung zu behalten. Sonntags und an Feiertagen könnt ihr eure Lieblingskleider tragen.«

»Über die Jacken sprechen wir morgen in der Kabinettssitzung«, sagte Duncan, aber seine Worte gingen in den lauten Gesprächen am Tisch unter.

»Okay«, rief Diana laut, um sich gegen das Stimmengewirr durchzusetzen. »Ich wünsche euch einen schönen Abend, und vergesst nicht, einen Vertreter jeder Familie für das Kabinett zu wählen. Und überlegt es euch bitte zwei Mal, ehe ihr euch zur Wahl stellt, denn ich möchte, dass alle, die ins Kabinett gewählt werden, heute Abend um neun Uhr hier sind, um beim Abwasch zu helfen.«

Dieser Befehl rief erneutes Lachen hervor.

»Abwaschen ist die Aufgabe der Morgans«, sagte Paul.

»Jetzt nicht mehr«, erklärte Diana mit Nachdruck. »Wie ich

schon sagte, wird sich hier einiges ändern. In Zukunft packen alle mit an.«

Mit diesen Worten stand Diana auf und verließ den Großen Saal. Theresa und Susan folgten ihr eilig.

Duncan schäumte vor Wut. Die Mitglieder des Kabinetts zum Abwaschen einzuteilen, trug gewiss nicht zu ihrem Ansehen bei. Er fragte sich, ob ihre neue »Anführerin« auch mithelfen würde.

Als Duncan, den die Steeds als Kabinettsmitglied gewählt hatten, um neun Uhr in die Küche kam, sah er weder Diana noch ein anderes Mitglied der Morgan-Familie. Nur er und Paul als Kabinettsmitglied der Greys waren da.

»So sieht es also aus, wenn alle mit anpacken«, schimpfte Duncan. »Bei der Kabinettssitzung morgen früh sage ich Diana ordentlich die Meinung.«

»Ach, ich finde es nur gerecht, dass die Morgan-Familie mal Pause macht«, erwiderte Paul, der Wasser in das Spülbecken laufen ließ. »Die Frauen der Morgans haben dreieinhalb Jahre lang den Abwasch gemacht.« Offenbar war er nach dem ungewohnten Genuss des Weins noch immer in guter Stimmung.

Duncan erwiderte nichts. Er nahm ein Geschirrhandtuch in die Hand, trocknete die Teller ab, die sein Cousin abgewaschen hatte, und stapelte sie auf.

19

Das Frühstück am nächsten Tag folgte einem ähnlichen Ritual wie das Abendessen am Tag zuvor.

»Wartet, bis wir das Tischgebet gesprochen haben«, ermahnte Susan eines der Kinder in so lautem Ton, dass es jeder hörte. Alle waren gezwungen zu warten, bis Diana und Theresa eintrafen. Die Kinder waren hungrig und standen spontan auf, als Diana und Theresa den Großen Saal betraten. Die Erwachsenen folgten instinktiv dem Beispiel der Kinder. Duncan fragte sich zynisch, ob sie aufstanden, um zu beten oder um die Anführerin zu begrüßen.

Es dauerte einen kurzen Augenblick, bis Diana ihr Gedeck so hingelegt hatte, dass es ihren Ansprüchen genügte, ehe sie Theresa zunickte.

»Barmherziger Gott«, begann die, »wir bitten dich, gib unserer Anführerin die Weisheit, uns zu beschützen und zu leiten. Wir danken dir für unsere reiche Ernte und das Essen, das du heute auf unseren Tisch gestellt hast. Amen.«

»Setzt euch bitte hin«, sagte Diana.

Duncan beugte sich zu Paul hinüber. »Sie hätte um die Unterstützung des Kabinetts und nicht um die der Anführerin bitten müssen. Die werde ich auf der Sitzung mal so richtig in die Mangel nehmen«, drohte er.

Um zehn Uhr gingen Duncan und Paul in den Ballsaal. Diana saß bereits auf dem größten vergoldeten Stuhl, der an einem Ende des Boulle-Tisches stand. Duncan und Paul waren beide überrascht, dass Theresa zu ihrer Rechten saß.

»Wo ist Susan?«, fragte Duncan.

»Sie wollte nicht Kabinettsmitglied der Morgans sein«, sagte Theresa. »Ich habe den Kürzeren gezogen.«

»Schade, dass du dann nicht beim Abwasch geholfen hast«, knurrte Duncan, als er sich neben Theresa setzte. Paul entschied sich für den leeren Platz gegenüber von Duncan, wodurch ein Stuhl an Dianas linker Seite frei blieb.

»Mutter und ich haben fast bis Mitternacht versucht, Susan zu überzeugen, den Job zu übernehmen«, erklärte Theresa ihm.

»Genau«, sagte Diana. Duncan erregte offenbar ihren Unmut. »Ich habe über verschiedene Dinge nachgedacht, und Theresa hat mir ihre Ideen mitgeteilt. Gibt es etwas, worüber ihr beide gerne sprechen möchtet, ehe wir zur Tagesordnung der heutigen Sitzung übergehen?«

»Ich dachte, wir würden die Themen als Teil der Sitzung bestimmen«, sagte Paul.

Auch Duncan war schlecht vorbereitet. »Ich möchte über die Jacken sprechen«, stieß er mürrisch hervor.

»Über die Jacken sprechen wir unter dem Punkt Verschiedenes«, erwiderte Diana abweisend und reichte Paul und Duncan eine handgeschriebene Auflistung der Tagesordnungspunkte:

Hauptthemen

- Leitung – Gebäudewartung und -instandsetzung, Strom- und Wasserversorgung
- Leitung – Landwirtschaft und Gärten
- Leitung – Hauswirtschaft
- Religionsminister
- Arzt

- Leitung – Planung, Verwaltung und Personal
- Schulleitung
- Richter
  - Häufigkeit und Gestaltung der Kabinettssitzungen
  - die Chatfield-Brüder
  - Verschiedenes

»Religionsminister!«, rief Duncan. »Was soll denn das?«

»Wir beschäftigen uns der Reihe nach mit jedem Punkt«, erwiderte Diana scharf. »Beginnen wir mit Punkt eins: Ernennung eines Leiters für die Gebäudewartung und -instandsetzung und die Strom- und Wasserversorgung. Duncan, ich finde, du hast die Häuser in den letzten Jahren hervorragend in Schuss gehalten. Ich nehme aber an, du hast nichts gegen einen Wechsel einzuwenden.« Duncan öffnete den Mund, um zu widersprechen, doch Diana fuhr bereits fort. »Ich würde gerne Pauls elektrotechnisches Wissen ausnutzen und ihm diesen Posten übertragen.«

»Und welchen Posten hast du für mich vorgesehen? Religionsminister?«, fragte Duncan.

»Die wichtigste Aufgabe in der Gemeinschaft ist kurzfristig gesehen sicherlich die Leitung der Landwirtschaft und der Gärten. Die Nahrungsmittelproduktion ist der Schlüssel zu unserem Überleben. Da Mark die halbe Dalton-Familie entführt und Nigel die andere Hälfte ausgelöscht hat, muss jemand anders die Leitung der Landwirtschaft und der Gärten übernehmen. Ich wäre froh, wenn du diesen Posten übernimmst.«

»Ich weiß kaum etwas über Gartenarbeit und schon gar nicht über Landwirtschaft!«

»Von Elektrizität, Klempner- und Holzarbeiten verstehst du auch nicht viel«, erwiderte Theresa halb im Spaß.

»Ich kann dich in die Gartenarbeit einführen«, bot Paul an. »Und meine beiden Töchter wissen, was sie zu tun haben. Sie erklären dir alles.«

»Und ich zeige dir, was man alles über Landwirtschaft wissen muss«, schlug Diana vor.

»Du? Was verstehst du denn von Landwirtschaft?«

»Ich kann lesen. Ohne Nigel haben wir Zugang zu einer großen Bibliothek. Dort stehen Bücher aus den letzten Jahrhunderten, die uns wertvolles Wissen darüber liefern, wie gearbeitet wurde, bevor moderne Maschinen zur Verfügung standen.«

»Lesen kann ich selbst«, entgegnete Duncan sauer.

»Willst du stundenlang über Büchern brüten? Es ist doch sicher einfacher, wenn ich dir diese Mühe abnehme und das Wesentliche zusammenfasse, oder?«

Diana wusste, dass ihr Cousin kein Akademiker war. Duncan knurrte.

»Wir sind uns also einig?«, fragte Diana und schaute ihm in die Augen. »Paul wird Leiter für die Gebäudewartung und -instandsetzung und die Strom- und Wasserversorgung, und du übernimmst die Leitung der Landwirtschaft und der Gärten.«

Paul warf Duncan einen Blick zu. »Mir würde der Wechsel gut gefallen.«

»Also gut«, sagte Duncan schließlich. »Aber ich würde doch so gerne Religionsminister werden«, fügte er sarkastisch hinzu.

Diana fuhr fort. »Susan hat sich angeboten, den Posten der hauswirtschaftlichen Leiterin zu übernehmen.«

»Dann müsste sie auch im Kabinett sitzen«, sagte Paul. »Wie sollen wir über Dinge diskutieren und Entscheidungen treffen, wenn sie nicht hier ist?«

»Wir haben uns auf ein Kabinettsmitglied pro Familie geeinigt«, warf Duncan schnell ein.

»Ich halte es für eine gute Idee, wenn sie bei den Treffen

dabei ist, Paul«, stimmte Diana in süffisantem Ton zu. »Wo ist Susan?«, fragte sie Theresa.

»In der Crimson Gallery. Ich hole sie.«

»He, wartet mal. Wir haben noch nicht abgestimmt«, beklagte Duncan sich. Er schaute Paul und Diana an und wusste sofort, dass eine Abstimmung zwecklos wäre. »Okay, aber Susan hat keine Stimme«, betonte er.

Wenige Minuten später setzte Susan sich auf den freien Platz. Nun saß Dianas Tochter Theresa an ihrer rechten und ihre Schwester Susan an ihrer linken Seite.

»Du hast keine Stimme«, sagte Duncan, als Susan Platz nahm.

»Das möchte ich auch gar nicht. Ich habe ihnen gesagt, dass ich nicht Mitglied des Kabinetts werden möchte.«

»Bist du auch nicht«, bestätigte Duncan. »Du hast einen leitenden Posten außerhalb des Kabinetts.«

»Das passt mir«, sagte Susan und zuckte mit den Schultern.

»Okay, Religionsminister«, fuhr Diana fort.

»Ich finde, wir sollten erst mal abstimmen, ob wir überhaupt einen Religionsminister brauchen«, sagte Duncan und lehnte sich zurück.

»Religion ist wichtig. Vielleicht nicht für dich, aber für andere Menschen in dieser Gemeinschaft«, erklärte Diana. »Es gehört zu den Dingen, die Nigel verboten hat, und ich möchte die Religion wieder einführen, um zu zeigen, dass es ein richtiger Neubeginn ist.«

»Ich stimme dir zu«, sagte Paul. Duncan rollte mit den Augen.

»Religion gibt unserem Leben Struktur und Hoffnung und feierliche Rituale«, sagte Diana scheinheilig.

»Welche Religion schwebt dir denn vor?«, fragte Duncan herausfordernd.

»Die Kirche von England«, erwiderte Theresa.

»Das ist eine gute Wahl«, meinte Duncan lachend. »Eine

Religion, die Heinrich VIII. nur gegründet hat, um seine Lust zu befriedigen.«

»Die Chatfield-Familie gehörte immer der Kirche von England an. Das geht zurück bis zu Claude und Cora und wahrscheinlich noch weiter.«

»Und Tante Margaret gehörte sicherlich auch der Kirche von England an«, bestätigte Paul.

»Es ist egal, für welche Religion wir uns entscheiden«, sagte Diana leise. »Auf die Geschichte der römisch-katholischen Kirche und vor allem auf das Benehmen einiger Päpste kann wohl kaum jemand stolz sein. Und ich brauche gewiss nichts über die Taten einiger Sekten des muslimischen Glaubens zu sagen.«

»Es ist das christliche Fundament, das zählt«, sagte Theresa. »Es ist ein Neubeginn. Irgendwann werden wir unsere eigene Kirche bauen. Die Kirche von England gibt mir einen vertrauten Rahmen, in dem ich mich bewegen kann.«

»Gibt *dir?* Dann willst *du* die Religionsministerin werden?«, fragte Duncan.

»Ja, das würde ich gerne.«

»Vielleicht möchte jemand anders Religionsminister werden. Was ist zum Beispiel mit Cheryl oder Bridget?«

»Es ist sinnvoll, wenn alle Schlüsselpositionen von Mitgliedern des Kabinetts bekleidet werden«, sagte Diana.

»Ich finde nicht, dass Religionsminister eine Schlüsselposition ist.«

»Aber ich. Die Religion wird in den kommenden Jahren an Bedeutung gewinnen.«

»Und es ist ein weiterer Posten, den die Morgans innehaben«, stieß Duncan hervor.

»Aus deiner Familie kann es ja wohl kaum jemand werden, oder?«, zischte Diana. »Wann warst du das letzte Mal in der Kirche außer bei einer Beerdigung oder einer Hochzeit?«

»Ich finde, Theresa hat ihre Sache neulich bei der Beerdigung gut gemacht«, warf Paul leise ein. »Sie hat den Posten verdient.«

»Dann ist es also beschlossen«, sagte Diana.

»Übrigens ...« Duncan wandte sich Theresa zu. »Wenn du Gebete sprichst, vergiss nicht, für das Kabinett zu beten. Hier hat nicht nur einer – ich meine *eine* – das Sagen.«

Diana ging nicht auf die Bemerkung ein und fuhr mit dem nächsten Punkt fort.

»Ich beabsichtige, die Posten des Arztes, des Leiters für Planung, Verwaltung und Personal, des Schuldirektors und des Richters selbst zu übernehmen«, sagte Diana.

»Dann bist du jetzt obendrein auch noch Ärztin!«, rief Duncan aufgebracht.

»Ich glaube, ich bin die Einzige, die über die notwendige Studienerfahrung verfügt, sodass ich mir die erforderlichen Kenntnisse am schnellsten aneignen kann.«

»Und was passiert, wenn du stirbst?«

»Ich beziehe Theresa in meine Studien mit ein.«

»Cheryl hat einen Erste-Hilfe-Kurs gemacht«, betonte Paul.

»Danke, Paul. Gut, dass du das sagst. Wir bilden Cheryl zur Krankenschwester aus.«

Paul strahlte.

»Zum nächsten Punkt«, fuhr Diana schnell fort. »Häufigkeit und Gestaltung der Kabinettssitzungen. Die nächste Sitzung findet in einer Woche statt. Anfangs treffen wir uns wöchentlich und später dann monatlich. Ich erwarte, dass mir jeder Leiter bei unserer nächsten Sitzung einen handgeschriebenen Plan für die nächsten zwölf Monate mit genauer Einschätzung der erforderlichen Arbeitskräfte für den jeweiligen Verantwortungsbereich vorlegt.«

»Einen handgeschriebenen Plan«, knurrte Duncan.

»Ja, mit zwei Kopien: eine für den Leiter selbst und eine für das Zentralarchiv.«

»Zentralarchiv? Sind wir jetzt hier beim KGB?«

»Ohne detaillierte Planungen machen wir keine Fortschritte.«

»Detaillierte Planungen! Das ist wirklich wie beim KGB! Und dann machen wir am Ende noch einen Fünf-Jahres-Plan.«

»Gute Idee«, pflichtete Diana ihm bei. »Bereitet das ebenfalls vor.«

»Du machst Witze!«

»Nein. Das war eine gute Idee. Ein Fünf-Jahres-Plan gibt der Gemeinschaft das Gefühl von Kontinuität. Nach Nigels Tyrannei müssen wir alles tun, um ihnen zu vermitteln, dass sie auf Stabilität und Sicherheit zählen können. Ob Religion, ein Rechtssystem, die Einrichtung einer Schule für die Kinder, medizinische Versorgung oder auch langfristige Pläne – all das wird das Wohlgefühl der Gemeinschaft steigern.«

»Und Paul und mir noch mehr Arbeit aufladen!«, beklagte Duncan sich.

»Wenn du meinst, dass du es nicht schaffst ...«

»Ich schaffe das«, erwiderte Duncan mit wütendem Blick auf die Tagesordnung. »Über welchen Punkt sprechen wir jetzt? Die Chatfield-Brüder. Was hast du mit ihnen vor? Dasselbe, was du mit Nigel gemacht hast? Wie kann eine Richterin ihre Funktion mit der Ermordung eines Menschen vereinbaren?«

»Ich möchte, dass Damian das Gleiche bekommt wie Mathew«, sagte Paul leise. Seine Stimme bebte, als er sich daran erinnerte, wie Damian die Axt geschwungen und seinen Sohn hingerichtet hatte.

»Sie werden einen fairen Prozess bekommen«, sagte Diana.

»Wann?«

»In einer Woche.«

»Und was geschieht in der Zwischenzeit mit ihnen?«

»Sie bleiben in ihren Zellen. Paul, du kannst ihnen sagen, dass sie für ihre Taten vor Gericht gestellt werden.«

Diana stand auf und gab damit das Zeichen, dass die Sitzung zu Ende war. Duncan hatte keine Gelegenheit gehabt, über die grauen Jacken zu sprechen.

20

Mark und Steven liefen den Hügel hinunter und schlugen dann die Richtung ein, aus der der Schuss gekommen war. Erst als auch ihr dritter Schuss erwidert wurde, dämmerte ihnen, was es damit auf sich hatte, und maßlose Enttäuschung stieg in ihnen auf. Sie blieben einen Augenblick stehen, um sich zu fassen.

Die Crew der *Archangel* hatte sich auf der Steuerbordseite versammelt und spähte aufgeregt in die Richtung, aus der die Schüsse abgefeuert worden waren, die sie erwidert hatten. Schweigend beobachteten sie Mark und Steven, die das Dingi ins Wasser stießen und in ihre Richtung ruderten. Es wirkte, als kämen sie kaum voran.

»Irgendwelche Spuren von ihnen?«, fragte Fergus, als das Dingi endlich längsseits kam.

Mark schüttelte den Kopf.

»Wir haben Onkel Christophers Leichnam gefunden«, sagte Steven. »Aber sonst niemanden.«

»Vielleicht sind sie woandershin gezogen«, meinte Jessica, als Mark und Steven an Bord kletterten.

»Vielleicht«, erwiderte Steven, doch niemandem entging sein hoffnungsloser Ton.

Allison nahm Mark in den Arm. »Es tut mir so leid.«

Mark nickte nur kurz. Er war furchtbar erschöpft.

»Können wir jetzt an Land gehen?«, fragte Tommy.

»Ja, wir wollen an Land gehen!«, rief Lee und begann aufgeregt herumzuhüpfen.

»Es ist schon spät«, sagte Steven. »Wir gehen morgen früh an Land und beerdigen Onkel Christopher.«

»Und was machen wir dann?«, fragte Penny.

»Dann suchen wir weiter«, sagte Mark schnell.

»Und wenn wir niemanden finden?«

»Dann suchen wir trotzdem weiter.«

»Und wir bauen alles wieder auf«, fügte Steven hinzu.

»Aber wenn wir keine Überlebenden finden, wäre es doch das Vernünftigste, nach Haver zurückzukehren, oder?«

»Lasst uns essen«, stieß Penny hastig hervor. »Jetzt ist nicht der richtige Zeitpunkt, um so weit in die Zukunft zu planen.«

Sobald es hell wurde, ruderten Fergus, Mark und Steven ans Ufer.

»Gib uns eine Stunde, ehe du die anderen an Land bringst«, bat Steven Fergus, als er sie neben den Häusern am Kanal absetzte. »Es ist nicht nötig, dass sie den Leichnam sehen.«

Steven und Mark gingen in Richtung ihrer ehemaligen Häuser, als Fergus die lange Strecke zurück zur *Archangel* ruderte.

»Du könntest doch die Gegend absuchen, Dad. Inzwischen treffe ich Vorbereitungen für Christophers Beerdigung«, schlug Steven vor.

Mark nickte. Seit dem kurzen Gespräch mit Allison am Abend zuvor hatte er kaum ein Wort gesprochen. Er wollte seine Suche unbedingt fortsetzen, obwohl er tief im Inneren wusste, dass es zwecklos war. Und er fürchtete sich vor der Aufgabe, seinen Bruder zu beerdigen.

»Viel Glück«, sagte Steven, als sein Vater davonging.

Ohne Steven an seiner Seite spürte Mark die Trostlosigkeit und das Ausmaß der Zerstörung noch deutlicher; die Einsamkeit war noch schwerer zu ertragen. Er lief durch das Trümmerfeld und hoffte, Spuren seiner Familie zu finden, doch gleichzeitig fürchtete er sich vor dem, was er finden könnte. Mark dachte auch darüber nach, ob sie in Gulf Harbour bleiben oder in eine andere Gegend von Auckland ziehen sollten. Nach Haver zurückzukehren war für ihn keine Option.

Er durchsuchte die wenigen Gebäude, die noch an der Ostseite des Kanals standen. Nichts deutete darauf hin, dass seine Familie überlebt haben könnte. Dann lief er an der Westseite des Kanals und am Rand der Bucht entlang zu dem Gewirr aus Masten und zerschellten Rümpfen, die der Tsunami auf die Landzunge zwischen Kotanui Island und dem Ufer geschwemmt hatte. Als er über die Wracks kletterte, sah er die Namen der Schiffe, die er einst gut gekannt hatte – darunter *Chokawalla, Ikaria* und *Cockspur*. Von seinem eigenen Boot, der zwölf Meter langen Motorjacht *Raconteur*, gab es keine Spur. Vielleicht war das ein gutes Zeichen, und sie waren dem Tsunami auf dem Schiff entkommen. Doch der Trümmerberg war so gewaltig, dass das Wrack des Schiffes auch darunter begraben liegen konnte.

Als Mark zum Kanal zurückkehrte und den Hügel zur Farm hinaufstieg, hörte er Hunde kläffen. Er hob den Blick und sah ein Rudel großer Hunde, die den Hügel hinaufrannten und ein einsames Schaf jagten. Sie schnappten es, noch ehe es den Gipfel erreichte. Das Kläffen wurde noch lauter, als sie das arme Tier mit einer Aggressivität in Stücke rissen, die Mark erstaunte. Jetzt dämmerte ihm, warum seine Familie die Plattform auf dem Golfplatz gebaut hatte und warum das Gewehr und die Munition in der Hütte lagen. Plötzlich wurde er sich bewusst, wie schutzlos er war, und er drehte sich um und lief schnell auf die Häuser zu.

»Ich habe dich nicht so schnell zurückerwartet«, sagte Steven, als Mark das Haus betrat. Steven war froh, dass er es zumindest geschafft hatte, den halb verwesten Leichnam seines Bruders in einen Schlafsack zu stecken, den er in einem der Schlafzimmer gefunden hatte.

»Oben auf dem Golfplatz treibt sich ein Rudel Hunde herum«, sagte Mark.

»Ich wusste gar nicht, dass du Angst vor Hunden hast.«

»Vor diesen Hunden hätte jeder Angst«, erwiderte Mark grimmig. »Wir müssen sie ausrotten. Darum hat Christopher wohl auch die Plattform auf dem Golfplatz gebaut. Sie haben versucht, das Vieh zu schützen.«

»Hast du vor, in Gulf Harbour zu bleiben?«, erkundigte Steven sich vorsichtig.

»Ich wüsste nicht, was dagegen spricht.«

»Allison scheint nicht begeistert davon zu sein. Ich weiß nicht, wie Fergus und Jessica darüber denken, aber Penny sprach auch schon darüber, dass sie zu ihrer Familie zurückkehren möchte.«

»Was ist los mit ihnen? Haben sie alle vergessen, wie es in Haver war?«

»Penny glaubt, dass wir dort eine Demokratie einführen können, wenn wir die Chatfields überrumpeln und entwaffnen. Und dann wird alles gut.«

»Nein, wir kehren nicht nach England zurück«, sagte Mark entschlossen. »Wir bleiben hier und suchen Jane, die Kinder und die anderen.«

Steven antwortete seinem Vater nicht. Jetzt war nicht der rechte Zeitpunkt, um über dieses Thema zu diskutieren. »Wo möchtest du Onkel Christopher begraben?«

»Oben auf dem Hügel mit Blick auf Kotanui Island. Aber wir müssen erst die Gewehre von der Jacht holen, ehe wir uns auf den Hügel wagen können.«

»Wir viele Hunde waren es?«

»Zwanzig oder so. Es könnten sich aber noch mehr hier herumtreiben.«

»Dann haben wir ein Problem. Uns geht die Munition aus.«

Mark nickte. »Ich weiß. Ich habe in Kapstadt auch schon nach Munition gesucht. Es waren weiß Gott genug Waffen in der Stadt, aber ich habe keine einzige Patrone gefunden.«

»Die Halbinsel haben wir früher schon durchsucht. Da werden wir keine Munition finden. Wir müssen uns etwas anderes einfallen lassen, um uns zu verteidigen. Vielleicht müssen wir wieder auf Pfeil und Bogen zurückgreifen.«

»Ihr wollt mit Pfeil und Bogen schießen?«

Sie drehten sich zu Fergus um, der soeben mit Jessica und den beiden Jungen Lee und Tommy angekommen war.

»Auf der Halbinsel treibt sich ein Rudel Hunde herum. Wir brauchen die Gewehre von der *Archangel*«, erklärte Steven. »Ich rudere zur Jacht, hole die Gewehre und bringe Allison und Penny mit.«

»Was ist da drin?«, fragte Tommy und schaute neugierig auf den Schlafsack.

»Willst du hier nicht alles mal auskundschaften?«, fragte seine Mutter schnell.

»Ja, komm, wir schauen uns um«, rief Lee. Die Jungen waren begeistert, wieder festen Boden unter den Füßen zu haben.

»Ihr müsst zusammenbleiben und euch immer in der Nähe des Kanals aufhalten«, ermahnte Mark die Kinder. Dann drehte er sich zu Fergus um. »Such dir irgendwas, womit du dich verteidigen kannst, falls die Hunde herunterkommen. Und halte die Augen offen.«

Als Steven zu der Jacht ruderte, überlegte er, was sie als Nächstes tun sollten. Er war sicher, dass die Familie, selbst wenn sie den Tsunami überlebt hatte, nicht mehr in der Gegend von Gulf Harbour lebte. Es schien allerdings unvorstellbar, dass sie den Ort verlassen hatten, ohne Christophers Leichnam zu begraben oder eine Nachricht zu hinterlassen, wohin sie gegangen waren. Daraus schloss er, dass sie alle tot waren.

Er hatte damit gerechnet, die Gemeinschaft in Gulf Harbour so vorzufinden, wie sie sie verlassen hatten. Jetzt war alles weg. Sie mussten ganz von vorn beginnen, und dieses Mal würde es viel schwieriger werden. Damals konnte er die Versorgungssysteme mit Batterien und Solarpaneelen aufbauen, die er von den Schiffen geborgen hatte. Wahrscheinlich waren die anderen Häfen in Auckland ebenfalls zerstört worden. Vielleicht sollten sie weiter Richtung Süden nach Wellington gehen oder sogar bis South Island und sich dort ein Bild von der Situation machen.

Wenn keine Angehörigen in Neuseeland überlebt hatten und sie eine ganz neue Basis aufbauen mussten, hatte Allison vielleicht recht. Vielleicht sollten sie einfach umkehren und zurück nach England segeln.

»Irgendeine Spur von ihnen?«, fragte Allison, als Steven längsseits kam.

Er schüttelte den Kopf. »Nein, aber wir hatten noch keine Gelegenheit, uns richtig umzusehen. Ein Rudel Hunde bereitet uns Probleme.«

Allison und Penny reichten ihm die Picknickkörbe, die sie vorbereitet hatten, stiegen in das Dingi und warteten auf Steven. Der kletterte an Bord, um drei Gewehre und die restliche Munition zu holen.

»Was machen wir, wenn es keine Überlebenden gibt?«, fragte Allison, als sie ans Ufer ruderten.

»Dann müssen wir noch einmal ganz von vorn beginnen«, erwiderte Steven.

Penny begann leise zu weinen. »Ich will zurück nach England«, stammelte sie.

»Es macht keinen Sinn, in Neuseeland zu bleiben, wenn hier niemand mehr lebt«, meinte auch Allison, als Steven anhielt und sich zu Penny vorbeugte, um sie zu trösten. »Dein Vater war immer der Überzeugung, dass unser Überleben von der

Größe und Vielfalt des Genpools abhängt. Adam, Luke und Robert sind nicht mehr bei uns, und jetzt habt ihr auch noch den Rest eurer Familie verloren.«

»Vielleicht auch nicht«, sagte Steven schnell. »Wir können auf jeden Fall nach Brisbane segeln und die Daltons holen.«

»Vorausgesetzt, sie leben noch.« Steven starrte sie an. »Ich habe gehört, was Lily und Sophia deinem Vater über Corky erzählt haben«, fuhr sie fort. »Hörte sich an, als wäre er ein richtiger Scheißkerl.«

»Es ist eine Katastrophe, eine richtige Katastrophe«, sagte Penny schluchzend. »Ich will nach Hause.«

Steven war völlig zerrüttet. Er war hin- und hergerissen zwischen dem Wunsch seines Vaters und dem seiner Freundin. »Wir müssen erst einmal abwarten und sehen, was passiert«, war alles, was ihm im Augenblick als Antwort einfiel.

Als Steven, Penny und Allison das Ufer erreichten, waren Fergus, Jessica und die beiden Kinder ins Haus zurückgekehrt und halfen Mark, aus Trümmern eine improvisierte Bahre zu bauen. Als sie ankamen, fielen Mark Pennys verweinte Augen auf, doch er sagte nichts.

Fergus und Steven legten den Schlafsack auf die Bahre, und die kleine Gruppe machte sich auf den Weg zum Gipfel des Hügels. Mark, Jessica und Penny waren mit den drei geladenen Gewehren bewaffnet, und Allison trug einen verbogenen Spaten, den Mark zwischen den Trümmern gefunden hatte.

Alle schwiegen und hingen ihren Gedanken nach. Obwohl die Kinder nicht wussten, wen sie beerdigten, schienen sie die Trauer zu spüren. Auf dem Gipfel des Hügels mit Blick auf die Bucht und die Insel wechselten Steven und Fergus sich beim Graben ab. Das Kläffen der Hunde hörten sie, doch sehen konnten sie sie nicht. Sie mussten ein ganzes Stück entfernt sein.

»Das Grab muss tief genug sein«, sagte Mark. »Ich will nicht, dass die Hunde ihn ausgraben.«

Als Mark die Grube endlich tief genug fand, nickte er Steven zu, der sich schwitzend und erschöpft aus dem Grab hievte. Allison schlug das Gebetbuch auf, das sie von der *Archangel* mitgebracht hatte, und betete für ihre Familie in England, ehe sie mit der Trauerandacht begann. Steven räusperte sich, um ihre Aufmerksamkeit auf sich zu lenken, und flüsterte den Namen »Jane«. Daraufhin fügte Allison behutsam Gebete für die Sicherheit der Chatfields in Neuseeland mit ein. Schließlich verstummte sie und nickte Steven und Fergus zu, die den Schlafsack anhoben und ihn vorsichtig in das Grab senkten. Steven hoffte sehr, dass Allison sich beeilen und die Andacht schnell beenden würde. Die Hunde kamen immer näher, und er wollte während der Beisetzung keine Schüsse abfeuern.

Nachdem Allison geendet hatte, nahm Fergus den Spaten und schaufelte Erde in das Grab. Auch er wollte so schnell wie möglich wieder auf die *Archangel* zurückkehren, wo sie in Sicherheit waren. Als er hastig Erde in das Grab warf, bemerkte er eine Bewegung auf dem gegenüberliegenden Hügel. Er konnte kaum glauben, was er sah. »Seht mal, da drüben!«, schrie Fergus. Er ließ den Spaten fallen und griff sich schnell ein Gewehr.

Alle wirbelten herum. Auf dem Gipfel des gegenüberliegenden Hügels stand eine Gruppe kleiner Gestalten, die von einem Rudel zähnefletschender Hunde umringt war.

21

»Es sind die Kinder«, schrie Mark. Er nahm sich ebenfalls eines der Gewehre und rannte in halsbrecherischem Tempo den Hügel hinunter. Die anderen folgten ihm auf den Fersen. Fergus blieb stehen und feuerte über die Köpfe der anderen auf die Hunde, doch er verfehlte sie. Er ließ das Gewehr sinken und rannte weiter.

Es dauerte eine Ewigkeit, bis Mark sich weit genug genähert hatte, um einen sicheren Schuss auf die Hunde abzufeuern. Auch er schoss daneben. Fergus, Steven und Allison rannten an ihm vorbei, schwenkten wild mit den Armen und schrien aus vollem Halse, um die Hunde abzulenken. Mark lief zu Penny und Jessica, die ihnen mit Tommy und Lee folgten, und drückte Penny das Gewehr in die Hand.

»Bleib mit den Jungen hier, bis wir die Hunde verscheucht haben«, befahl er ihr. Dann drehte er sich wieder um und rannte hinter den anderen her.

Schließlich hatten sie sich so weit genähert, dass sie Zach, Nicole, Holly und Zoë sehen konnten. Sie standen im Kreis und versuchten mit ihren Mistgabeln, sich die zähnefletschenden Hunde vom Leib zu halten. In der Mitte des Kreises kauerten Audrey und Gina.

Zweihundert Meter von den Kindern entfernt knieten sich Fergus und Steven auf die Erde und gaben vorsichtig mehrere Schüsse ab. Drei Hunde brachen zusammen, und einer jaulte kläglich. Mark und Allison holten die anderen ein, und die vier liefen schreiend und winkend weiter. Endlich gaben die restlichen Hunde auf und liefen zögernd davon.

Zach und Nicole ließen die Mistgabeln fallen und rannten auf ihren Großvater zu.

»Sie dürfen nicht in deine Nähe kommen!«, schrie Allison. »Denk daran, was mit Sophia und Lily passiert ist.«

Mark drehte sich um und lief vor seinen traurigen, verwirrten Enkelkindern davon. »Es tut mir so leid, es tut mir so leid«, rief er tränenüberströmt.

Nicole änderte die Richtung und lief auf Steven zu, der Allisons Warnung ebenfalls gehört hatte. Er drehte sich um, lief weg und schrie: »Kommt nicht in meine Nähe!« Vollkommen verstört liefen die Kinder zurück zu ihren Cousins und ließen sich schluchzend ins Gras fallen.

Allison ging auf die Kinder zu und setzte sich ein paar Meter von ihnen entfernt ins Gras. Sie bat Mark, Steven und Fergus, zu ihr zu kommen, und als Penny und Jessica mit Lee und Tommy bei ihnen ankamen, setzten sie sich dazu. Der Anblick anderer Kinder schien Zach und Nicole zu beruhigen.

Mark wünschte sich verzweifelt, seine Enkelkinder an sich zu drücken, doch diesen Wunsch konnte er sich nicht erfüllen. Er staunte, wie sehr sie seit seiner Abreise vor achtzehn Monaten gewachsen waren. Zach und Nicole hatten die Gene ihres Vaters geerbt. Sie waren nun fast zwölf und zehn und für ihr Alter verhältnismäßig groß. Die zweijährige Audrey, die vor ihrer Abreise noch ein kleines Baby war, sah mit ihren roten Haaren wie ein kleiner Wildfang aus. Die Kinder seiner Nichte Sarah, die neunjährige Holly und die siebenjährige Zoë, hatten ebenfalls die charakteristischen Züge der Chatfields, aber ihre dunklere Haut wies eindeutig auf die Maori-Vorfahren ihres Vaters hin. Sie waren für ihr Alter recht klein. Die abgemagerten Kinder sahen alle erbärmlich aus. Ihre Kleidung war zerrissen und dreckig, ihr Haar lang und verfilzt. Besonders um die fünfjährige Tochter Gina seiner Nichte Katie machte Mark sich Sorgen. Sie sah krank aus, und Mark fragte sich, was das für Narben auf ihren Beinen waren.

»Zach, Nicole, es ist so schön, euch zu sehen«, sagte Mark in sanftem Ton. »Es tut mir leid, dass ich gerade vor euch weggelaufen bin, aber an Bord der *Archangel* war eine Krankheit ausgebrochen. Jetzt müssen wir zuerst sicherstellen, dass keine Gefahr mehr besteht, bevor wir euch berühren. Habt ihr das verstanden?«

Zach nickte. Behutsam stellte Mark den Kindern von Gulf Harbour ihre englischen Verwandten vor.

»Mama ist tot«, sagte Nicole.

Holly versuchte, die Tränen zurückzuhalten. »Meine Mama auch«, sagte sie schluchzend.

»Meine auch«, fügte Gina hinzu.

Alle Kinder begannen zu weinen, und Mark wünschte sich verzweifelt, sie trösten zu können.

Die Hunde hatten sich wieder versammelt und standen kläffend auf dem Gipfel des Hügels. Steven und Fergus prüften ihre Gewehre, und die Kinder rückten näher zusammen.

»Jetzt kann euch nichts mehr passieren«, versicherte Mark ihnen. »Erzähl mir mal, was passiert ist, Zach.«

Als Zach den Mund öffnete, um ihm zu antworten, mischte Allison sich ein.

»Habt ihr Hunger?«

»Wir haben seit Tagen nichts gegessen«, erwiderte Gina.

»Doch, ich habe euch Austern gegeben«, verteidigte Zach sich.

»Ich hasse Austern.«

»Sie können den Proviant essen, den wir mit an Land gebracht haben«, sagte Allison zu Mark. »Wir sollten mit ihnen ins Haus gehen.«

Mark wollte unbedingt erfahren, was passiert war, aber Allison hatte natürlich recht. Er stand auf. »Okay, wir gehen runter zum Harbour Village Drive. Dort können wir reden. Ich möchte, dass ihr Kinder uns gemeinsam vorausgeht. Wir folgen euch und sorgen dafür, dass die Hunde euch nichts tun.«

Die Kinder, die noch immer ihre Mistgabeln umklammert hielten, standen auf.

»Die braucht ihr nicht mehr. Wir passen auf euch auf«, sagte Steven freundlich.

Die Kinder hoben den Blick zu den Hunden auf dem Hügel. Gina nahm Audreys Hand, und gemeinsam setzten sie sich in Bewegung. Zach und Nicole führten die Gruppe an, und Holly und Zoë bildeten das Schlusslicht. Sie gingen jeweils zu zweit nebeneinander und umklammerten ihre Waffen. Wie erfahrene Kämpfer.

»Und was machen wir jetzt?«, fragte Steven Mark, während die Crew der *Archangel* den Kindern in einem gewissen Abstand folgte.

»Wir dürfen sie nicht mit an Bord des Schiffes nehmen«, sagte Allison schnell.

Mark starrte in die Ferne. »Wir stecken sie heute Nacht in die Betten in den Schlafzimmern oben in unseren Häusern und stellen eine Wache auf die Treppe, falls die Hunde uns folgen.«

»Wir können sie nicht ewig unter Quarantäne halten«, warf Fergus ein.

»Sollen wir sie überhaupt unter Quarantäne stellen? Wir wissen doch gar nicht, ob wir einen Erreger in uns tragen«, fügte Penny hinzu. »Vielleicht sind Sophia und Lily an einer Lebensmittelvergiftung gestorben. Wie sollen wir das jemals rausfinden?«

Mark dachte angestrengt nach. Wodurch war die Krankheit ausgelöst worden? War der Erreger noch auf der *Archangel?*

Vielleicht im Essen oder im Wasser an Bord der Jacht, oder hatte Allison mit ihrer Theorie des asymptomatischen Typhus-Trägers recht? Falls ja, gab es dann nur einen Träger oder mehrere? Wenn die Krankheit noch immer ansteckend war und die Kinder sie bekämen, würden sie sich dann wie sie alle erholen oder würden sie wie die Aborigine-Frauen sterben?

Schließlich gewann Marks Logik die Oberhand.

»Ich glaube, wir müssen eines der Kinder auswählen und es nacheinander mit jedem von uns in Kontakt bringen, um herauszufinden, ob einer von uns ein Überträger ist.«

»Mit anderen Worten, du willst eines der Kinder als Versuchskaninchen benutzen«, klagte Allison ihn an.

»Hat jemand eine bessere Idee?«

Da Mark keine Antwort erhielt, fuhr er fort. »Lily und Sophia wurden drei Tage, nachdem sie an Bord der *Archangel* gekommen waren, krank. Wir selbst wurden ebenfalls drei Tage nach unserer Abfahrt von Kapstadt krank. Wir rechnen vier Tage pro Person. Wir bilden eine Basisgruppe an Land, zu der ich und ein Kind gehören, und alle vier Tage kommt ein Crewmitglied der *Archangel* dazu. Um ganz sicher zu sein, gehen wir anschließend in umgekehrter Reihenfolge vor und holen die restlichen Kinder aus Gulf Harbour eines nach dem anderen zur Basisgruppe dazu.«

»Was passiert, wenn du ein neues Crewmitglied zur Basisgruppe hinzufügst und das Kind wird krank?«, fragte Steven.

»Und stirbt vielleicht?«, fügte Allison hinzu.

Darauf hatte Mark keine Antwort. »Mit diesem Problem setzen wir uns auseinander, wenn und falls es sich stellt.«

Die Gruppe verfiel in bedrücktes Schweigen. Die furchtbare Situation war für alle kaum zu ertragen.

»Und wie wählen wir das Versuchskaninchen aus?«, fragte Allison, als sie sich dem Harbour Village Drive näherten.

»Das habe ich bereits«, erwiderte Mark leise.

»Wer ist es?«

Ehe Mark antworten konnte, stießen die Kinder vor ihnen Freudenschreie aus. Sie ließen die Mistgabeln fallen und liefen durch den Eingang ihres ehemaligen Zuhauses, wo Misty auf sie wartete.

22

Mark und die anderen standen vor dem Haus. Sie schauten durch das große Loch der ehemaligen Verandatüren und beobachteten die Kinder, die in wahre Verzückung gerieten, als sie die Katze begrüßten.

Schließlich gab Nicole die Katze an Holly und lief in die Küche. »Wo ist Onkel Christopher?«

»Wir haben ihn oben auf dem Hügel begraben«, erklärte Steven ihr.

»Wir müssen das Grab noch ganz auffüllen«, sagte Fergus.

»Nimm ein Gewehr mit«, riet Mark ihm.

»Keine Sorge. Ohne Gewehr gehe ich hier nirgendwohin«, erwiderte Fergus. Er warf das Gewehr über die Schulter und ging davon.

Die Kinder wandten ihre Aufmerksamkeit von Misty ab und dem Picknickkorb zu, den die Crew der *Archangel* mit an Land gebracht hatte.

»Hört mir zu«, sagte Allison, die in sicherer Entfernung stand. »Ich sage euch ganz genau, was ihr essen und trinken dürft. In eure Bäuche passt jetzt nicht sehr viel rein, und ihr wollt ja nicht krank werden.«

Doch ihre Bitte stieß auf taube Ohren. Die Kinder waren vollkommen ausgehungert. Erst als sie alles aufgegessen und sich dann alle übergeben hatten, bat Mark Zach noch einmal, ihnen zu erzählen, was passiert war.

Zach erinnerte sich an die langweilige Unterrichtsstunde vor ein paar Wochen, als Christopher ihnen plötzlich mit panischer Stimme befohlen hatte, sich auf dem Hügel hinter dem Hafen in Sicherheit zu bringen. Misty und Snowy folgten ihnen, doch auf halber Strecke schlich die Katze in Richtung einer Baumgruppe davon.

Von schrecklicher Angst erfüllt beobachteten sie, wie eine riesige Welle den Wellenbrecher überflutete, den Hafen verwüstete und donnernd durch die Häuser dahinter rauschte.

Schließlich zog das Wasser sich wieder zurück und riss Unmengen von Schutt und Trümmern mit ins Meer. Kurz darauf stürzten die Apartmentblocks, die die Gemeinschaft als Lagerhaus für wichtige Dinge verwendet hatte, und eine Reihe anderer Gebäude ein. Fassungslos beobachteten Zach und Holly, wie die holz- und kunststoffverkleideten Häuser, über die ihr Großvater sich früher immer beklagt hatte, ins Meer getrieben wurden.

Das Wasser wich immer weiter zurück, bis sie nicht nur den leeren Kanal, sondern auch den Meeresboden im Hafen sehen konnten. Sie liefen den Hügel wieder hinunter, um ihren Onkel und Jane zu suchen. Snowy begleitete sie, und sie entdeckten Misty am Rande der Bäume. Sie riefen die Katze, doch sie stieß wieder dieselben sonderbaren Geräusche aus wie zuvor, als die erste Monsterwelle gekommen war, und rührte sich keinen Millimeter.

Am Fuße des Marina Hill empfing sie ein Bild des Grauens. Schutzmauern, Gartentore und Garagen, die gegenüber ihren Häusern gestanden hatten, waren weggeschwemmt worden. Die Wasser- und Abwassertanks, die Steven installiert hatte, waren ebenso verschwunden wie die Türen und die Scheiben der unteren Fenster der drei Häuser. Die Kinder betraten das mittlere Haus und stellten fest, dass die Möbel ebenfalls weg waren. Sie entdeckten auch den Leichnam ihres Onkels im umgekippten Rollstuhl, verkantet neben der Rückwand der Küche.

Sie sprachen gerade darüber, was sie mit dem Leichnam machen sollten, da schaute Zach durch das Loch der ehemaligen Verandatüren und sah, dass sich der Kanal wieder mit Wasser füllte. Er befahl den anderen Kindern, sofort wegzulaufen, doch als sie die Hintertür erreichten, strömte Wasser am Haus entlang und schnitt ihnen den Fluchtweg ab.

Als Ginas Beine von den gewaltigen Wassermassen umspült wurden, verlor sie den Halt und stürzte zu Boden. Zach ergriff ihre Hand und zog sie zur Treppe. Audrey klammerte sich so fest an seinen Hals, dass er kaum Luft bekam. Sie stiegen die Treppe zu den Schlafzimmern hinauf in panischer Angst, das Wasser könnte ihnen folgen. Der Anblick der Wassermassen, in denen Berge von Trümmern trieben und die nur ein paar Meter unter ihnen in den Kanal strömten, war fast noch entsetzlicher, als die Flut vom Hügel aus zu beobachten. Es kam ihnen so vor, als würde das Haus sich unter dem Druck bewegen. Der Putz auf den Betonwänden bekam Risse und bröckelte ab. Ein Bild fiel von der Wand, und dann stürzte ein Teil der Decke herunter. Die jüngeren Kinder kauerten unter dem Bett und weinten, während Zach und Nicole am Schlafzimmerfenster standen und alles beobachteten. Das Wasser riss Trümmer und verweste Leichen mit, die in flachen Gräbern am Kanal begraben worden waren.

Zach wusste, dass seine Mutter in den Gärten ein Stück den Kanal hinauf gearbeitet hatte, als die erste Welle kam. Er hoffte, dass sie das Wasser gehört hatte und auch sie sich auf einen Hügel retten konnte. Doch er machte sich große Sorgen – weit und breit keine Spur von ihr.

Als der Wasserpegel sank, zog sich das Wasser immer schneller zurück. Sie hörten, dass in der Nähe noch mehr Häuser einstürzten. Auch ihr eigenes Haus begann zu ächzen und sich unter dem Druck des Wassers zu bewegen. Aus Angst, ihr Haus könnte ebenfalls nachgeben, versammelten die Kinder sich oben an der Treppe und stiegen Stufe um Stufe vorsichtig hinunter. Auf der Hälfte angekommen, konnten sie Christophers Leichnam in dem umgekippten Rollstuhl in der Küche liegen sehen.

Unten an der Treppe schaute Zach durch das große Loch und wartete, bis der Wasserspiegel noch weiter sank. Schließlich setzte er Audrey auf seinen Rücken und gab den Befehl zum Aufbruch.

Der Weg zum Hügel war von einem breiten Schlammstreifen überzogen. Sie versanken bis zu den Knöcheln im Schlamm und kamen nur mühsam voran. Ständig warfen sie ängstliche Blicke zurück, ob das Wasser wieder zurückkam, und versuchten verzweifelt, den festen Boden am Fuß des Marina Hill zu erreichen. Als Nicole nach ein paar Minuten hinfiel, stellte sie fest, dass es einfacher war, auf allen vieren durch den Schlamm zu kriechen. Die anderen folgten ihrem Beispiel, und Audrey klammerte sich wie ein Koalabär an Zachs Rücken. Erschöpft, verängstigt und vollkommen verdreckt erreichten sie schließlich die andere Seite und kletterten erschöpft den Hügel hinauf. Snowy war nun kein weißer West Highland Terrier mehr.

Als sie an ihrem ehemaligen Aussichtspunkt ankamen, setzten sie sich auf die Erde und starrten in Richtung Hafen, den es nicht mehr gab. Der Wellenbrecher und die Stege waren ebenso verschwunden wie die Jachten und die kleinen Motorboote. Ein riesiger Trümmerberg erstreckte sich fast über eine Länge von einem Kilometer bis Kotanui Island.

Dann folgte die nächste Welle, die kleiner war als die ersten. Sie sahen, wie der breite Schlammstreifen, den sie mühsam durchquert hatten, überschwemmt wurde und das Wasser sich wieder zurückzog. Die kleineren Kinder begannen zu weinen und schauten hilfesuchend zu Zach. »Alles wird gut«, sagte er, doch sicher war er sich nicht. Nie zuvor hatte er so hohe Wellen durch den Kanal strömen sehen. War es möglich, dass die *Raconteur* diese Katastrophe überstanden hatte?

Kaum hatte er den Kindern versichert, dass sie in Sicherheit waren, hörten sie die Hunde kläffen. Das Rudel war ganz in ihrer Nähe. Sie sprangen auf und stiegen den Hügel weiter zu den Häusern auf dem Gipfel hinauf.

Die Kinder waren nur noch wenige Schritte von der Tür entfernt, da holten die Hunde sie ein. Kläffend und zähnefletschend standen sie vor ihnen und drängten sie bis zur Tür zurück. Als Zach die Klinke herunterdrückte, war die Tür verschlossen.

Die Kinder schrien, traten nach den Hunden und wedelten mit den Armen. Snowy stand neben ihnen und bellte herausfordernd, doch er konnte es mit ihnen nicht aufnehmen. Eine große Bulldogge, der dreisteste Hund von allen, sprang vor und biss Gina ins Bein. Sie stieß einen schrillen Schrei aus, verlor das Gleichgewicht und fiel zu Boden. Zach ergriff ihre Hand; Snowy stürzte sich auf die Bulldogge und biss sich im Ohr des großen Hundes fest. Jaulend ließ die Bulldogge Ginas Bein los und warf den Kopf zurück. Snowy wurde in die Luft geschleudert und landete mitten in der wilden Meute. Unter Snowys jämmerlichem Jaulen, als er von den Hunden in Stücke gerissen wurde, schlichen die Kinder um das Haus herum, stürmten durch die Hintertür und schlugen sie schnell zu. Sekunden später hörten sie, wie die knurrenden Hunde mit den Krallen an der Tür kratzten, um hineinzukommen.

Den Rest des Tages und die folgende Nacht kauerten die Kinder in dem Haus. Es gab nichts zu essen und kein Wasser. Als der Tag hereinbrach, durchsuchte Zach das Haus und die dazugehörige Garage. Er fand eine Mistgabel und einen Besenstiel, an den er ein großes Küchenmesser band, sodass eine Art Speer entstand. Die Mistgabel gab er Nicole, den Speer nahm er selbst und versammelte sich mit den anderen hinter der Eingangstür. Nachdem Zach sich überzeugt hatte, dass die Hunde nicht mehr in der Nähe waren, führte er die Kinder vorsichtig aus dem Haus. Er hatte entschieden, dass für sie der sicherste Ort der Shakespear Park war, da es dort keine Tiere mehr gab, die die Hunde anlocken konnten.

Und so begann ihre acht Kilometer lange Wanderung über die Felskuppen zum anderen Ende der Whangaparaoa-Halbinsel. Unterwegs fanden sie noch andere Gartengeräte, die sie zur Verteidigung mitnahmen. Doch sie kamen nur langsam voran. Audrey hatte so kurze Beine, dass sie meistens getragen werden musste, und Gina humpelte. Hinzu kamen das Gewicht der Waffen, das hüfthohe Gras und die Disteln, die an vielen Stellen auf den Felskuppen wuchsen.

Schließlich erreichten sie die CVJM-Herberge am Ende der Halbinsel. In vielen Räumen lagen Skelette auf den Betten, doch sie fanden ein leeres Zimmer mit sechs Betten. Die Kinder verschlossen die Tür hinter sich und legten sich sofort schlafen.

Am nächsten Morgen stellte Zach fest, dass das Regenwasserauffangsystem der Herberge noch funktionierte. Er wusch sich und Audrey und befahl den anderen Kindern, sich ebenfalls zu waschen. Gina wollte ihr Bein nicht reinigen, weil die Bisswunden so schmerzten. Zach befahl Holly, Zoë und Nicole, sie aufs Bett zu drücken. Ohne auf ihre Schreie zu achten, reinigte er die Wunden, so gut er konnte. Sie waren tief, und Zach wusste, dass er antiseptische Salbe finden musste.

Er schloss die kleineren Kinder Gina und Audrey im Schlafraum ein und begab sich mit den anderen Mädchen auf die Suche nach etwas Essbarem und nach Vorräten. In einem Haus in der Army Bay hatten sie Glück. Sie pflückten Tangelos und

Limetten von den Bäumen und gruben mit den Mistgabeln Karotten aus einem verwilderten Garten, ehe sie mit ihrer Beute zur Herberge zurückliefen.

In den nächsten Tagen versuchten sie mehrmals, nach Gulf Harbour aufzubrechen, um Jane, Katie und Sarah zu suchen, doch jedes Mal kehrten sie wieder um. Sie hatten Angst, dass die Hunde sie aufspüren und ihnen zur Shakespear Bay folgen könnten.

Die Kinder, die sich große Sorgen um ihre Mütter machten und ständig von Hunger geplagt wurden, kämpften ums nackte Überleben. In dem Gestrüpp in der Nähe der Herberge fanden sie ein Dingi, ein paar Kajaks und Angelruten. Aber es gelang ihnen nicht, ein Feuer zu entzünden, denn Streichhölzer fanden sie in der Herberge keine. Zach hatte schon von Pfadfindern gehört, die Stöcke aneinanderrieben, um Feuer zu machen. Er versuchte es immer wieder. Vergebens verbrachte er Stunden damit, Stöcke aneinanderzureiben und darauf zu warten, dass eine Flamme aufloderte, und irgendwann gab er auf.

Ab und zu plünderte er mit den anderen Kindern die Gärten in der Army Bay. Sie durchsuchten die Häuser und fanden Waffen, aber keine Munition. Sie fanden keine Konserven und keine verpackten Lebensmittel, keine Streichhölzer und keine Kerzen. All das war in den Wochen nach der Pandemie verbraucht worden.

Zach wusste, dass die Kinder Protein brauchten. Der Versuch, eines der Kaninchen im Park zu fangen, scheiterte. Nur ein tollpatschiges Purpurhuhn konnten sie mit einer Schlinge fangen. Das rohe Fleisch schmeckte aber so scheußlich, dass sie es kein zweites Mal versuchten.

Ihr Essen bestand aus rohen Karotten, Rosenkohl, Kohlrüben, Blumenkohl und Mangold, gelegentlich ergänzt durch Obst, Austern, Muscheln und rohen Fisch. Ginas Wunden heilten, doch da sie, was das Essen anbelangte, sehr heikel war, aß sie kaum etwas von dem, was Zach ihr gab. Alle Kinder magerten ab. Der Junge fragte sich, wie er die Kinder ernähren sollte, falls die Hunde ihr Versteck entdeckten und sie sich nicht mehr frei bewegen konnten.

Und dann eines Morgens, als Zach allmählich den Mut verlor, rannte Nicole mit ihrer Mistgabel ins Haus. Sie glaubte, Schüsse gehört zu haben. Alle Kinder liefen auf die Veranda und lauschten.

»Ich habe zwei Schüsse gehört«, behauptete sie hartnäckig.

Nach fünf Minuten sahen die anderen Kinder sie vorwurfsvoll an. Sie wollten gerade wieder hineingehen, als in weiter Ferne wieder zwei Schüsse ertönten. Von Hoffnung erfüllt griffen sich die Kinder aufgeregt ihre Mistgabeln und verließen die Herberge. Sie liefen, so schnell sie konnten, über die Felskuppen nach Gulf Harbour. In der Mitte gingen Audrey und Gina, von allen Seiten von einem Kind mit einer Mistgabel beschützt. Ab und zu hörten sie die Hunde in der Ferne bellen. Dann blieben sie stehen und warteten, bis sie den Mut hatten weiterzugehen.

Auf dem Hügel oberhalb der Marina sahen sie eine Jacht, die in der Bucht ankerte. Auf den ersten Blick glaubten sie, es sei die *Raconteur*, und die kleinen Mädchen riefen nach ihren Müttern. Doch dann entdeckte Nicole, dass die Jacht zwei Masten hatte, und Zach begriff, dass es die *Archangel* war.

Sie liefen immer schneller, aber ein paar Minuten später erblickten sie die Hunde in der Ferne. Sie setzten sich ins Gras, damit die Hunde sie nicht sehen konnten.

Nicole hob als Erste den Kopf und sah die Menschen auf dem Hügel. Sie waren mehr als einen Kilometer entfernt, doch Zach war ganz sicher, dass es sein Großvater und Onkel Steven waren. Die Frauen bei ihnen mussten die Mütter der Kinder sein.

Zach geriet in Panik. Sie durften auf keinen Fall weggehen,

ohne zu sehen, dass die Kinder noch lebten. Er nahm Audrey auf den Arm und lief mit ihr über den Hügel. Die anderen Kinder folgten ihm auf den Fersen. Kaum waren sie fünfzig Meter gelaufen, stürzte sich das Rudel Hunde auf sie. Zach und Nicole brüllten aus vollem Hals und winkten den Gestalten auf dem gegenüberliegenden Hügel verzweifelt zu. Erst als sie von den knurrenden Hunden umringt waren und sich mit ihren Mistgabeln verteidigten, hörten sie Schüsse und errieten, dass die anderen sie gesehen hatten.

Die lauten Schüsse schienen die Hunde noch aggressiver zu machen. Die älteren Kinder umringten Audrey und Gina, die vor Angst erstarrt waren, und stießen mit ihren Mistgabeln auf die Hunde ein, die versuchten, den Kreis zu durchbrechen. Erst als der vierte Hund tot war und die anderen Hunde wegliefen, begriff Zach, dass sie außer Gefahr waren.

»Und deine Mutter hat in den Gärten ein Stück den Kanal hinauf gearbeitet, als der Tsunami kam?«, fragte Mark Zach, als der Junge zu Ende erzählt hatte.

Zach nickte.

»Und seitdem haben wir sie nicht mehr gesehen«, sagte Nicole, die versuchte, ihre Tränen zurückzuhalten.

»Und eure Mütter waren mit der *Raconteur* zum Angeln rausgefahren?«, fragte Mark Holly, Zoë und Gina.

Die drei Mädchen nickten.

»Weißt du, wohin sie wollten?«

Holly schüttelte den Kopf. »Sie haben nur gesagt, dass sie den Tölpeln folgen und dort angeln wollten, wo die Vögel ins Wasser tauchen.«

Mark stand auf. »Okay, Kinder. Ihr schlaft heute Nacht oben in den Zimmern. Außer Zoë – sie schläft hier unten bei mir.«

Alle schauten ihn verwundert an. Die Kinder verstanden nicht, warum nur ein Kind unten schlafen durfte, und die Erwachsenen fragten sich, warum Mark ausgerechnet Zoë als Versuchskaninchen ausgewählt hatte.

»Ich will unten bei dir bleiben, Opa«, sagte Nicole.

»Es tut mir leid«, erwiderte Mark behutsam. »Im Augenblick musst du mit den anderen Kindern oben bleiben.« Sie sah wütend und verletzt aus.

»Und warum Zoë?«, fragte Zach.

Mark gab ihm die Antwort, die Kinder seit Ewigkeiten von Erwachsenen bekommen, wenn sie ihnen die Wahrheit nicht sagen wollen. »Du wirst es verstehen, wenn du älter bist.«

Mark wusste, dass diese Antwort seinen Enkel doppelt verletzte. Erstens durfte er nicht bei seinem Großvater bleiben, und dann behandelte er ihn auch noch wie ein Kind, nachdem er die jüngeren Kinder einen Monat lang erfolgreich beschützt hatte.

Zoë freute sich, ausgewählt worden zu sein und lief zu ihrem Großonkel. Als sie näherkam, stellten die anderen Erwachsenen sich an den Rand der Veranda und nahmen Tommy und Lee mit.

»Und was planst du als Nächstes?«, fragte Allison Mark in einem Ton, der ihre Verärgerung über die sonderbare Situation verriet.

»Morgen steigen wir auf den Marina Hill und beziehen drei der Häuser dort oben. Die Kinder können in einem der Häuser wohnen. Ich richte mich mit Zoë in dem zweiten Haus ein, und ihr nehmt das dritte. Dann setzen wir den Quarantäneplan so um, wie ich es erklärt habe. Wenn alles klappt, werden alle Erwachsenen innerhalb eines Monats im selben Haus wohnen. Steven kann als Letzter umziehen und in der Zwischenzeit mit der Suche nach Jane, Katie und Sarah beginnen.«

»Und wenn der schlimmste Fall eintritt?«, fragte Steven.

Zach schaute Steven misstrauisch an und fragte sich, was er damit meinte.

»Wie ich schon gesagt habe, müssen wir dieses Problem lösen, wenn und falls es sich stellt. Wenn alles klappt, führen wir die zweite Phase des Quarantäneplans durch und integrieren die restlichen Kinder in die Gruppe. Dann bauen wir mit Volldampf die Gemeinschaft neu auf.«

»Du willst also in Gulf Harbour bleiben?«, fragte Allison.

»Natürlich«, erwiderte Mark entschlossen.

Allison warf Penny und Jessica einen Blick zu.

»Soll ich jetzt alle nacheinander zur *Archangel* rudern?«, fragte Fergus. Mark, der spürte, dass Fergus die Diskussion ebenfalls beenden wollte, nickte.

»Ich bleibe hier«, sagte Steven. »Ich schlafe nebenan. Es kann nicht schaden, wenn noch jemand mit einem Gewehr in der Nähe ist, falls es Ärger mit den Hunden gibt.«

»Ich bleibe bei Steven«, erklärte Penny.

»Soll ich Lee mit zurück zur *Archangel* nehmen?«, fragte Jessica. »Dort ist es sicherer für ihn.«

Penny und Mark nickten, und Fergus ging mit Allison, Jessica, Tommy und Lee zu dem Dingi. Mark hätte Allison gerne umarmt und sie zum Abschied geküsst, doch er war entschlossen, den Quarantäneplan durchzusetzen. Er musste darauf bestehen, dass es zwischen den drei Gruppen keinen Kontakt geben durfte. »Das geht schnell vorbei, Allison«, rief er ihr hinterher, aber sie schaute sich nicht mehr um.

»Zach, du könntest doch mit den Kindern in die Zimmer im ersten Stock gehen und dort die Betten für euch herrichten«, schlug Steven vor. Sobald die Kinder verschwunden waren, stellte er sich an den Rand der Veranda und wandte sich seinem Vater zu. »Und warum Zoë?«

»Sie ist die logische Wahl. Zach konnte ich nicht auswählen, weil er der einzige Junge ist. Gina konnte es nicht sein, weil sie

Katies einzige Tochter ist – die einzige Überlebende mit den Genen ihres Vaters. Aus demselben Grund konnte ich auch Audrey nicht wählen. Es musste entweder Nicole oder eines von Sarahs beiden Kindern sein.«

»Ich kann verstehen, dass du Nicole nicht zuerst der Gefahr aussetzen wolltest, aber was ist mit Holly?«, fragte Penny.

»Nicole ist das einzige Mädchen mit den Genen ihres Vaters, und sie ist die Erste, die die Pubertät erreichen wird. Wir brauchen sie für die Zukunft. Ebenso brauchen wir entweder Holly oder Zoë wegen ihrer Maori-Gene. Und Holly wird in nicht allzu langer Zeit auch die Pubertät erreichen. Darum habe ich Zoë ausgewählt.« Er drückte das kleine Mädchen liebevoll an sich. Sie hatte das Gespräch aufmerksam verfolgt, aber Mark hoffte, dass sie es nicht richtig verstand. Er fühlte sich schuldig, doch er war gezwungen, eine Entscheidung zu treffen.

»Sobald wir uns alle auf dem Marina Hill eingerichtet haben, fange ich mit Penny an, Jane, Katie und Sarah zu suchen«, sagte Steven. »Hast du eine Idee, wo wir beginnen sollen?«

Mark senkte den Blick. »Jane kann sich nicht hier in der Nähe aufhalten. Sonst hätte sie die Schüsse gehört und uns gesucht, genau wie die Kinder.«

»Ich kann mir nicht vorstellen, dass sie die Gegend verlassen hat, falls sie überlebt hat.«

»Es sei denn, Sarah und Katie sind zurückgekehrt und haben sie gefunden«, meinte Penny aufgeregt. »Wenn es keine Spur von den Kindern gab, mussten sie annehmen, dass sie alle ertrunken sind. Hier ist fast alles zerstört. Auch sie werden Ärger mit den Hunden gehabt haben. Es könnte sein, dass sie beschlossen haben, woandershin zu gehen.«

»Dann hätten sie mit Sicherheit Christopher begraben. Und Jane hätte eine Notiz für uns hinterlassen, falls wir zurückkehren«, entgegnete Steven.

»Vielleicht hat ihre Angst vor den Hunden sie vertrieben. Ich meine, wir müssen zuerst einmal die *Raconteur* finden«, sagte Penny.

»Du hast recht«, pflichtete Steven ihr bei. »Sobald wir uns in den Häusern eingerichtet haben, mache ich mit dir und Lee eine Fahrt durch den Golf. Dann werden wir sehen, was wir finden.«

23

Diana saß auf einem großen, vergoldeten Stuhl hinter dem riesigen Eichentisch, der nun im Großen Saal auf einer Seite des Podiums stand. Sie trug ihre Anwaltsrobe und Perücke, die sie aus ihrer alten Kanzlei in Sevenoaks geholt hatte.

Auf der anderen Seite des Podiums saßen aufgereiht die Geschworenen: Paul, Cheryl und Bridget Grey, Susan und Theresa Morgan, Duncan, Jennifer, Virginia, Kimberley und Rebecca Steed. Von der Dalton-Familie gab es keine Erwachsenen mehr. Die jüngeren Mitglieder der Gemeinschaft saßen unten am Esstisch und verfolgten aufmerksam das Drama, das sich auf dem Podium abspielte.

Diana wandte sich an die Geschworenen. »Wir können natürlich kein Rechtssystem aufrechterhalten wie in den Zeiten vor dem Ausbruch der Pandemie. Es war ineffizient, und die Prozesse zogen sich unnötig lange hin. Jetzt ist nur wichtig, dass die Angeklagten einen fairen Prozess bekommen und Gerechtigkeit gesprochen wird.«

Mit auf dem Rücken gefesselten Händen waren Greg, Damian und Jasper aus ihren Zellen in den Großen Saal gebracht worden. Auf dem Weg dorthin mussten sie an dem Karren vorbei, den sie als Plattform für Hinrichtungen benutzt hatten. Die Axt lehnte bereits an dem Richtblock. Umringt von ihren Verwandten, die sie über drei Jahre lang terrorisiert hatten, drängten die Brüder sich in der Mitte des Podiums zusammen. Ein Seil, das um ihre Fußknöchel gebunden war, fesselte sie aneinander. Sie zitterten vor Angst und Kälte.

»Warum richten wir sie nicht einfach hin?«, fragte Duncan.

Diana überging die Frage und wandte sich Jasper zu. »Jasper Chatfield, du wirst des Mordes an Warren Dalton angeklagt. Bekennst du dich schuldig oder nicht schuldig?«

»Schuldig«, erwiderte Jasper.

Diana sah zufrieden aus. Sie wandte sich an Greg. »Greg Chatfield, du wirst des Mordes an Cameron Steed angeklagt. Bekennst du dich schuldig oder nicht schuldig?«

Greg begann zu weinen.

»Sei ein Mann«, fuhr Jasper ihn an.

»Schuldig«, sagte Greg schluchzend.

Schließlich wandte Diana sich Damian zu. »Damian Chatfield, du wirst des Mordes an Mathew Grey angeklagt. Bekennst du dich schuldig oder nicht schuldig?«

»Ich habe ihn nicht umgebracht. Ich war nur der Henker und habe auf Befehl meines Vaters gehandelt.«

Ein Raunen der Entrüstung ging durch den Saal.

»Ruhe«, befahl Diana. Sie wandte sich wieder Damian zu und starrte ihm in die Augen. »Ich nehme an, das soll heißen, dass du dich nicht schuldig bekennst.«

»Korrekt«, erwiderte er trotzig.

»Damian Chatfield, du wirst ebenfalls des Mordes an Margaret Dalton angeklagt. Bekennst du dich schuldig oder nicht schuldig?«

»In diesem Fall habe ich ebenfalls auf Befehl meines Vaters gehandelt.«

Leise machten die Geschworenen ihrem Unmut Luft.

»Dann nehme ich auch hier zu Protokoll, dass du dich nicht schuldig bekennst. Damian Chatfield, du wirst ebenfalls des Mordes an Charlene Dalton angeklagt. Bekennst du dich schuldig oder nicht schuldig?«

»Nicht schuldig.«

»Ich habe gesehen, wie er ihr eine Kugel in den Rücken geschossen hat!«, rief Duncan. Diana funkelte ihn böse und warnend an, die Verhandlung nicht noch einmal zu unterbrechen.

»Damian Chatfield, du wirst des Mordes an Melanie Morgan angeklagt. Bekennst du dich schuldig oder nicht schuldig?«

»Nicht schuldig.«

Entrüstet warf Duncan die Hände in die Luft.

Doch Diana war mit Damian noch nicht fertig. »Damian Chatfield, du wirst angeklagt, Mathew Grey vergewaltigt zu haben und für seinen Tod verantwortlich zu sein, weil du die Tatsache verheimlicht hast, dass dein sexueller Missbrauch ihn dazu getrieben hat, von Haver wegzulaufen. Das war der Grund, warum er hingerichtet wurde. Bekennst du dich schuldig oder nicht schuldig?«

Damian starrte auf den Boden. Alle einschließlich seiner Brüder sahen ihn angewidert an. »Nicht schuldig«, sagte er leise.

Diana wandte sich den Geschworenen zu. »Damian Chatfield hat sich in allen Anklagepunkten für nicht schuldig bekannt. Daher hat er das Recht auf einen fairen Prozess.«

»Mathew hat auch keinen fairen Prozess bekommen!«, rief Cheryl.

Diana ignorierte den Einwand. »Ich werde nun die Urteile im Fall der Angeklagten Jasper und Greg Chatfield sprechen. Dann machen wir eine Viertelstunde Pause, ehe wir mit Damians Prozess beginnen.« Sie wandte sich an Jasper. »Jasper Chatfield, du hast dich im Fall der Ermordung von Warren Dalton schuldig bekannt. Möchtest du noch etwas sagen, ehe ich das Urteil verkünde?«

Er schüttelte den Kopf. Sein verfilztes blondes Haar fiel ihm auf die Schultern.

Diana öffnete eine Schublade des Tisches, nahm ein schwarzes Seidentaschentuch heraus und legte es auf ihre Perücke. »Jasper Chatfield, du hast dich des Mordes an Warren Dalton schuldig bekannt. Ich verurteile dich zum Tod durch Enthauptung. Das Urteil wird morgen früh um Viertel nach sieben vollstreckt.« Sie nahm das Taschentuch von der Perücke und legte es auf den Tisch.

Die Geschworenen klatschten. Der Tumult wurde größer, als die Kinder unten an dem Esstisch angeführt von Mary-Claire sangen: »Kopf ab! Kopf ab!«

Jasper starrte vor sich hin. Greg begann wieder zu schluchzen.

»Ruhe!«, befahl Diana und wandte sich den Geschworenen zu. »Dies ist ein Gerichtssaal. Ich verbitte mir derartige Vorführungen.« Als wieder Ruhe eingekehrt war, war für alle das erstickte Weinen einer zweiten Person zu hören. Die Geschworenen drehten sich zu Jennifer um und sahen sich dann alle unangenehm berührt an.

»Greg Chatfield, du hast dich des Mordes an Cameron Steed schuldig bekannt«, fuhr Diana fort. »Möchtest du noch etwas sagen, ehe ich das Urteil verkünde?«

»Es tut mir leid, ich wollte es nicht. Jasper hat geschossen, und ich habe die Kontrolle verloren.« Er schluchzte so laut, dass seine Worte kaum zu verstehen waren.

Diana legte wieder das schwarze Seidentaschentuch auf ihre Perücke. Greg weinte laut, und Diana musste ihre Stimme heben. »Greg Chatfield, du hast dich des Mordes an Cameron Steed schuldig bekannt. Ich verurteile dich zum Tod durch Enthauptung. Das Urteil wird morgen früh um halb acht vollstreckt.«

Sie wartete, bis Gregs Schluchzen verstummte, und wandte sich dann wieder den Geschworenen zu. »Wir machen eine Viertelstunde Pause, ehe Damians Prozess beginnt.«

Duncan stand auf. »Ich bringe Greg und Jasper in ihre Zellen.«

»Nein«, fuhr Diana ihn an. »Ich möchte, dass Damians Brüder dem Prozess beiwohnen.«

»Wir möchten dem Prozess nicht beiwohnen«, sagte Jasper trotzig.

Diana funkelte ihn wütend an. »Oh, ihr werdet ihm sehr wohl beiwohnen«, entgegnete sie mit eiskalter Stimme. »Es wird Zeit, dass ihr die Wahrheit über euren Bruder erfahrt.« Sie drehte sich wieder zu Duncan um. »Wenn das Gericht sich wieder versammelt, möchte ich, dass die Kinder ein paar Minuten die Tretmühle bedienen.«

»Warum?«

»Ich habe vor, die Anklage wegen Mathews Vergewaltigung zuerst zu verhandeln.«

»Und was hat das mit der Tretmühle zu tun?«

»Vergiss nicht, dass die Tretmühle auch einen Generator antreibt, der Strom für den Computer in Damians Ankleidezimmer liefert. Wenn der Prozess beginnt, möchte ich mit den Geschworenen und den Chatfield-Brüdern in Damians Quartier gehen. Auf Damians Computer ist ein Video, das ich allen zeigen möchte.«

»Schuldig, ich bekenne mich schuldig!« Aller Augen wandten sich zu Damian. »Ich bekenne mich in allen Anklagepunkten für schuldig«, sagte er noch einmal.

»Ich finde, wir sollten uns das Video ansehen«, sagte Duncan.

»Da Damian sich nun schuldig bekannt hat, wird es keinen weiteren Prozess mehr geben. Es werden keine Beweise vorgelegt und keine Zeugen gehört«, erklärte Diana.

»Aber warum nicht?«

»Weil ich die Richterin bin und weil ich es sage.« Ehe eine weitere Debatte beginnen konnte, wandte Diana sich wieder

Damian zu. »Damian Chatfield, du hast dich der Morde an Margaret Dalton, Charlene Dalton und Melanie Morgan und der Vergewaltigung von Mathew Grey schuldig bekannt. Möchtest du noch etwas sagen, ehe ich das Urteil verkünde?«

Damian starrte auf den Boden und schwieg.

Zum dritten Mal legte Diana das schwarze Taschentuch auf ihre Perücke. »Damian Chatfield, ich verurteile dich zum Tod durch Enthauptung. Du wirst als Erster hingerichtet. Dein Urteil wird morgen früh um sieben Uhr vollstreckt.« Diana stand auf. »Bringt die Gefangenen zurück in ihre Zellen.«

Am Spätnachmittag desselben Tages rief Diana Duncan in den Ballsaal.

»Was willst du?«, fragte er barsch, als er den Saal betrat. Diana saß am Boulle-Tisch und schrieb. Die Stühle, die für die Kabinettssitzung an den Tisch gestellt worden waren, standen nun wieder am Rand des Saales, und Diana bot ihm keinen Platz an. Schließlich legte sie den Stift aus der Hand und hob den Blick. »Als ich bei der Kabinettssitzung die Aufgaben verteilt habe, hast du dich aufgeregt, weil die Morgan-Familie so viele Posten übernimmt.«

»Ich habe mich nicht aufgeregt«, widersprach Duncan.

»Doch, hast du.« Ihr scharfer Ton erinnerte an Nigel. »Daher übertrage ich dir eine weitere Aufgabe. Du wirst die Urteile vollstrecken.«

»Was?« Duncan geriet in Panik. »Das will ich nicht übernehmen.«

»Du musst.«

»Warum ich?«

»Paul kann ich nicht fragen. Nach dem, was mit Mathew passiert ist, glaube ich nicht, dass er dazu in der Lage wäre. Er würde mit Sicherheit zusammenbrechen. Einer Frau möchte ich die Aufgabe nicht übertragen. Ich bezweifle, dass irgendeine von ihnen genügend Kraft hätte, um die Axt zu schwingen. Ich möchte nicht, dass bei der Hinrichtung etwas schiefgeht.«

»Woher willst du wissen, dass bei mir nichts schiefgeht?«

»Weil du vorher üben wirst.«

»Üben? Was soll das heißen?«

»Streng deinen Kopf ein bisschen an«, forderte Diana ihn ungeduldig auf. Duncan schickte sich zum Gehen an. »Übrigens«, fuhr sie fort. Sie hatte den Kopf wieder gesenkt und schien eifrig zu schreiben. »Sorge dafür, dass die Gefangenen auf dem Hof sind, wenn du übst, und schlag ein paar Mal daneben.«

»Hast du noch mehr Anweisungen für mich?«, fragte er spöttisch.

»Nein.« Diana hob den Kopf. »Aber es könnte dich interessieren, dass ich beschlossen habe, mit meiner Familie in die Prunkgemächer zu ziehen.«

»Was?«

»Die Morgan-Familie wird in die Prunkgemächer ziehen.«

»Wer sagt das?«

»Ich sage das.«

»Und wer gibt dir das Recht dazu?«

»Ich.«

»Wie kommst du darauf, dass ihr in die Prunkgemächer ziehen könnt?«, schimpfte Duncan.

»Die Gemeinschaft hat mich zur Anführerin gewählt, und wie allen Anführern überall, steht mir eine angemessene Unterkunft zu.«

»Du hast doch schon eine angemessene Unterkunft. Du hast dir die besten Räume am Lawn Court unter den Nagel gerissen, als wir nach Haver gekommen sind.« Duncan war sichtlich verärgert.

»Über dieses Thema diskutiere ich nicht«, erwiderte Diana mit Nachdruck.

»Wir müssen im Kabinett darüber sprechen.«

»Ich habe dir schon gesagt, dass ich darüber nicht diskutiere.«

»Du bist schlimmer als Nigel! Die anderen aus deiner Familie sind jedenfalls keine Anführer. Warum ziehen sie dann in die Prunkgemächer?«

Diana spürte, dass sie in diesem Streit den Sieg davongetragen hatte. Indem Duncan ihrer Familie das Recht abstritt, in die Prunkgemächer zu ziehen, hatte er Diana dieses Recht bereits zugestanden. Es wurde Zeit, das Thema zu beenden. »Meine Familie hat mehr als drei Jahre in den Prunkgemächern geschuftet und geschwitzt. Es ist nur richtig, dass sie jetzt die Früchte ihrer Arbeit erntet.«

»Niemand sollte ...«

»Natürlich hast du«, unterbrach Diana ihn, »als Leiter der Landwirtschaft und der Gärten den zweitwichtigsten Posten in Haver inne. Ich schlage vor, dass die Steed-Familie morgen nach unserem Umzug im Anschluss an die Hinrichtungen die Quartiere der Morgans übernimmt.« Man konnte beinah sehen, wie sich die Rädchen in Duncans Kopf drehten. »Dort habt ihr viel mehr Platz. Ich gebe euch natürlich ein paar zusätzliche Möbel aus den Prunkgemächern, sodass ihr euch mit Jennifers Hilfe gemütlich einrichten könnt. Sie hat ein Händchen dafür.«

Duncan zögerte. Diana vermutete, dass er hin- und hergerissen war. Einerseits reizten ihn die angebotenen Räume, die viel größer waren als die, die er derzeit mit seiner Familie bewohnte. Andererseits war er prinzipiell gegen den Umzug. »Wenn du natürlich nicht willst, biete ich Paul und seiner Familie die Räume an.«

»Wir nehmen sie«, erwiderte Duncan schnell. »Trotzdem gefällt es mir nicht, was du tust.«

»Dann ist die Sache entschieden«, sagte Diana, ohne auf seinen Kommentar einzugehen. »Du solltest dich jetzt im Köpfen üben. Sorg dafür, dass die Chatfield-Brüder dir zuschauen.«

Damian hatte die ganze Nacht nicht geschlafen. Er stand am Fenster des Strafzimmers und sah zum Himmel, der sich allmählich erhellte. Es blieb ihm nicht mehr viel Zeit, und er hatte große Angst.

Gestern Nachmittag durfte er seine Zelle verlassen und mit seinen Brüdern ein paar Schritte auf dem Flag Court gehen. Sie wurden gezwungen, nackt über den Hof zu spazieren. Ihre Hände waren auf den Rücken gefesselt und ihre Füße mit einem Seil zusammengebunden. Wenn sie stehen blieben, stießen die Kinder sie mit Stöcken. Noch schlimmer war, dass sie Duncan zusehen mussten, wie er sich auf dem Karren als Henker übte. Er hatte einen großen Haufen Rüben, die er nacheinander auf den Block legte. Wenn die Axt niedersauste und die Rübe in zwei Stücke teilte, jubelten die Kinder. Wenn die Axt die Rübe verfehlte, stießen sie Buhrufe aus. Duncan hatte das Gefühl, viel mehr Buhrufe als Jubelschreie zu hören.

Hinter einem der Fenster am Lawn Court flackerte ein Licht, als eine Kerze angezündet wurde, und kurz darauf erschien hinter einem zweiten Fenster Licht. Die Bewohner von Haver wurden langsam wach. Jetzt dauerte es nicht mehr lange.

Greg, der in dem Uhrenzimmer hoch oben im Cromwell Tower eingesperrt war, hatte einen Stuhl auf den Tisch gestellt. Dort stand er nun und spähte durch das winzige Fenster über der Uhr. Er sah ebenfalls das flackernde Licht hinter den Fenstern unten und begann wieder zu weinen. Sein Schluchzen wurde vom Schlagen der Turmuhr übertönt. Sechs Uhr. Noch eine Stunde.

Jasper lag auf dem nackten Boden seiner Zelle eine Etage

unter Greg. Zwar hatte er sich mit seinem Schicksal abgefunden, doch insgeheim verfluchte er Damian. Jasper war davon überzeugt, dass sie ihre Todesurteile Damians Grausamkeit zu verdanken hatten.

Um sieben Uhr versammelten sich die meisten der Gemeinschaft auf dem Flag Court. Diana, die wieder ihre Anwaltsrobe und die Perücke trug, kam aus dem Großen Saal. Duncan, der eine Skimaske übers Gesicht gezogen hatte, folgte ihr. Sie schritten entschlossen durch die Menge und stiegen die Stufen hinauf, die vor dem Karren aufgebaut worden waren.

Duncan nahm die Axt und kickte die restlichen halbierten Rüben mit den Füßen vom Karren. Diana nickte Theresa zu, die eine schwarze Soutane und ein weißes Chorhemd trug und die daraufhin zum Cromwell Tower eilte. Ein paar Minuten später hallte ein Trommelwirbel von den Steinmauern um den Hof wider. Aller Blicke wandten sich zum Turm.

Theresa trat aus dem Schatten des Torbogens hervor. Cheryls Sohn Harry folgte ihr. Er schlug einen langsamen Takt auf einer kleinen Trommel. Hinter ihm gingen die drei nackten Chatfield-Brüder, deren Hände auf den Rücken gefesselt und deren Fußknöchel mit einem Seil zusammengebunden waren, sodass sie nur kleine, schlurfende Schritte machen konnten. Bridget, Paul und Cheryl folgten ihnen mit Mistgabeln. Cheryl stieß Damian auf dem kurzen Weg über den Hof mehrmals mit der Mistgabel und versetzte ihm einen besonders boshaften Stich in den Hintern, als er vor den Stufen zum Karren zögerte.

Die Füße der Gefangenen waren zusammengebunden, sodass sie die Stufen nicht hinaufsteigen konnten. Paul und Duncan mussten sie nacheinander auf den Karren zu ziehen, wo sie in der Reihenfolge ihrer Hinrichtung Aufstellung nehmen mussten. Damian stand am Block, Jasper neben ihm und Greg am Ende der Reihe.

»Leg deinen Kopf auf den Block«, befahl Diana Damian. Er war wie erstarrt und nicht in der Lage, sich zu bewegen. Cheryl lief die Stufen hinauf und stieß ihm mit der Mistgabel von hinten in die Beine, worauf er auf die Knie fiel. Da er sich noch immer weigerte, den Kopf auf den Block zu legen, riss sie seine gefesselten Beine nach hinten und drückte die Schultern mit der Mistgabel auf den Block.

Mary-Claires Stimme hallte über den Hof. »Kopf ab! Kopf ab!« Die anderen Kinder stimmten in den Gesang ein. Diana nickte Duncan zu. Er hob die Axt, doch dann ließ er die Arme wieder sinken und schüttelte den Kopf. »Ich kann es nicht«, sagte er.

Der Gesang verstummte allmählich. Damian begann zu wimmern.

Diana warf Paul einen Blick zu. »Dann musst du es machen.«

Paul schüttelte den Kopf. Cheryl, die allen anderen außer Diana den Rücken zukehrte, zeigte auf sich, um zu signalisieren, dass sie die Aufgabe freiwillig übernehmen würde. Diana schüttelte fast unmerklich den Kopf und wandte sich dem schluchzenden Greg zu. »Wenn du deinen Bruder hinrichtest, wandle ich deine Todesstrafe in eine lebenslange Gefängnisstrafe mit harter Arbeit um.«

»Nein«, wimmerte Damian.

Greg schluchzte noch lauter.

»Willst du verschont werden oder nicht?«, fuhr Diana ihn an. Greg weinte und schüttelte den Kopf.

»Ich tue es«, bot sich Jasper an.

»Gut«, sagte Diana.

»Dieselben Bedingungen?«

Diana nickte. »Lebenslange Haft mit harter Arbeit.«

»Nein«, sagte Damian wieder und hob den Blick zu seinem Bruder.

»Du hast es verdient zu sterben«, zischte Jasper. »Das hast du dir selbst eingebrockt und mir und Greg auch.«

»Löse Jaspers Fesseln an Händen und Füßen«, befahl Diana Duncan.

»Und ihm dann auch noch die Axt geben, oder was? Er wird uns alle umbringen!«

»Das wird er nicht«, erwiderte Diana zuversichtlich. Duncan zögerte noch immer. »Entweder du richtest Damian selbst hin oder du löst Jaspers Fesseln«, befahl sie. Duncan stellte die Axt an den Block, entfernte die Fesseln von Jaspers Hand- und Fußgelenken und sprang gefolgt von Cheryl vom Karren. Nur Diana blieb ungerührt stehen.

Jetzt, da Cheryls Mistgabel Damian nicht mehr auf den Block drückte, kroch er auf allen vieren von dem Block weg. Er kam nur langsam voran, weil er bemerkte, dass sich sein Darm entleert hatte. Jasper nahm die Axt in die Hand, zog Damian zurück zum Block und stellte einen Fuß auf den Rücken seines Bruders, sodass er sich nicht mehr rühren konnte. Dann hob er die Axt hoch über seinen Kopf und zielte. Die Mitglieder der Gemeinschaft hielten den Atem an und warteten auf den Schlag.

»Leg die Axt weg«, befahl Diana ihm plötzlich. Japser verharrte reglos. »Leg sie hin«, sagte sie noch einmal.

»Er hat es verdient zu sterben«, widersprach Jasper, der die Axt noch immer in die Höhe hielt.

»Das hat er«, stimmte Diana ihm zu. »Aber es ist ein Glück für ihn, dass wir sein Sperma brauchen. Und für *dich* auch«, fuhr sie fort und drehte sich zu Greg um. »Wir brauchen auch dein Sperma. Aus diesem Grund – und nur aus diesem – wandle ich eure Todesstrafen in lebenslängliche Haftstrafen mit harter Arbeit um.«

Langsam ließ Jasper die Axt sinken und lehnte sie gegen die Seitenwand.

Diana sah zu Duncan hinab, der seine Skimütze abgenommen hatte. »Fessle Jaspers Hände und Füße und bring die drei wieder in ihre Zellen. Sofort nach dem Frühstück finden sich alle Kabinettsmitglieder im Ballsaal ein. Alle anderen gehen wie gewöhnlich an die Arbeit.« Ihr Ton erinnerte einmal mehr an einen Diktator.

Diana stieg vom Karren und ging auf den Eingang der Prunkgemächer zu. Duncan und Paul konnten das Urteil nicht vollstrecken – das hatte ihr Ansehen in der Gemeinschaft noch weiter geschmälert. Diana hingegen hatte den Mut bewiesen, sich in Jaspers unmittelbarer Nähe aufzuhalten, während er eine Axt in der Hand hielt. Derselbe Jasper, der ihnen jahrelang Angst und Schrecken eingejagt hatte. Nachdem er auch noch ihren Befehl, die Axt niederzulegen, befolgt hatte, war Diana unbestrittene Anführerin der Gemeinschaft geworden.

24

»Wenigstens Damian hätte hingerichtet werden müssen«, beharrte Paul. »Nach allem, was er mit meinem Sohn gemacht hat.«

Wie befohlen hatte sich das Kabinett zur vereinbarten Zeit im Ballsaal versammelt. Diana saß wieder am einen Ende des Tisches auf dem großen, vergoldeten Stuhl mit Theresa zu ihrer Rechten und Susan zu ihrer Linken. Paul und Duncan saßen wie schon zuvor am anderen Ende des Tisches.

»Ich verstehe deine Sicht«, sagte Diana. »Damian und seine Brüder müssen bestraft werden. Wir können es uns aber nicht leisten, sie hinzurichten. Wir brauchen ihre Arbeitskraft, und wir brauchen ihre Gene. Wir müssen unsere Bevölkerung so schnell wie möglich vergrößern.«

»Keine der Frauen wird bereit sein, mit diesen Monstern Sex zu haben, nachdem sie nun keiner mehr dazu zwingt«, sagte Duncan.

»Ich habe nicht gesagt, dass jemand Sex mit ihnen haben soll. Ich habe gesagt, wir brauchen ihre Gene.«

»Wie willst du das machen?«, fragte Paul.

»Überlass das Theresa und mir. Ich möchte, dass ihr euch darauf konzentriert, Wege zu finden, wie ihr die Arbeitskraft der Brüder nutzen könnt.«

»Sag mal«, begann Duncan, der sich vorbeugte und Diana in die Augen sah, »hattest du jemals vor, sie hinzurichten?«

Diana schüttelte den Kopf. »In einer Sache hatte Mark vollkommen recht. Wir müssen unsere Bevölkerung unbedingt vergrößern. Aber es war tatsächlich nicht meine Absicht. Mir war klar, dass keiner von euch den Mumm haben würde, meinen Befehl auszuführen.«

Auf Duncans Gesicht spiegelte sich Wut. »Und wenn du das geglaubt hast, warum dann dieses ganze Theater?«

Ein Lächeln huschte über Dianas Gesicht, aber sie antwortete ihm nicht.

»Wir müssen ganz genau überlegen, welche Arbeit wir den Chatfields übertragen«, sagte Susan und brachte die Diskussion zum eigentlichen Thema zurück. »Sobald sie auch nur die geringste Chance haben, bringen sie jeden um, den sie in die Finger bekommen.«

»Genau«, pflichtete Diana ihr bei. »Darum bitte ich das Kabinett, über Arbeiten nachzudenken, die die Kraft und Energie der Brüder fordern, aber kein Risiko für den Rest der Gemeinschaft darstellen – am besten Arbeiten, die sie gefesselt ausführen können.«

»Was ist mit der Tretmühle?«, schlug Paul vor. »Dann ist jeweils einer von ihnen ein paar Stunden am Tag beschäftigt.«

»Sie sollten die Tretmühle vierundzwanzig Stunden am Tag bedienen, wie wir es auch machen mussten«, knurrte Duncan.

»Vielleicht können wir den Strom, der durch den Generator erzeugt wird, für etwas Nützliches gebrauchen?«, schlug Theresa vor.

Dianas schneller Verstand versuchte den Vorschlag umzusetzen. »Paul, glaubst du, es wäre möglich, elektrisches Licht in unseren Quartieren zu installieren?«

»Natürlich, aber dazu wäre sehr viel Strom nötig. Ich habe mit Steven lange über die Systeme gesprochen, die er in Gulf Harbour in Neuseeland installiert hat. Indem er eine Reihe von Batterien mithilfe von Windturbinen und Solarenergie aufgeladen und Stromwandler in das System integriert hat, konnte er genügend Strom produzieren, um fast alle elektrischen Geräte anzuschließen, die er wollte.«

»Könnten wir genug Strom erzeugen, wenn wir nur die von Hand betriebenen Generatoren benutzen?«

»Natürlich. Vorausgesetzt, wir benutzen moderne Tretmühlen und haben genügend Leute.«

»Dann ist das die Antwort. Ich möchte, dass du für uns ein Stromsystem baust, das von Generatoren angetrieben wird, deren Energie die Chatfield-Brüder auf den Tretmühlen erzeugen.«

»Ausgezeichnet«, feixte Duncan.

»Mach das System so effizient wie möglich«, fuhr Diana fort. »Elektrischer Strom ist der Schlüssel zu unserer Zukunft. Je mehr Strom wir produzieren können, desto mehr kann die Gemeinschaft erreichen.«

»Wenn wir uns allein auf menschliche Arbeitskräfte verlassen, würde das bedeuten, dass die Generatoren vierundzwanzig Stunden am Tag angetrieben werden müssen«, gab Paul zu bedenken.

Diana nickte. »Genau.«

»Es wäre doch logischer, wenn wir alle Stromquellen einsetzen, die wir aufbieten können, oder?«, beharrte Paul.

»Konstruiere das System so, dass anfangs nur die von den Chatfields angetriebenen Tretmühlen den Strom liefern, aber die Möglichkeit besteht, andere Stromsysteme zu integrieren. Auf diese Weise kann ich die Brüder von der Stromproduktion abziehen, falls noch schwerere Arbeiten anstehen. Ich habe sie zu harter Arbeit verurteilt, und genau das werden sie auch bekommen. Sie können in Schichten rund um die Uhr arbeiten, sodass zwei von ihnen immer die Tretmühle bedienen.«

»Mit anderen Worten werden sie sechzehn Stunden am Tag arbeiten und acht Stunden schlafen?«

»Sechzehn Stunden harte Arbeit am Tag. Das gefällt mir«, sagte Duncan.

Diana wandte sich Paul zu. »In Anbetracht deiner neuen Aufgabe bekommst du noch eine Woche, um deinen Plan zu ändern. Ich möchte, dass du alles detailliert auflistest: Welche Geräte du brauchst, um das Stromsystem zu bauen; wo du diese Dinge herbekommen könntest; die Anzahl der Arbeitskräfte, die dir bei der Konstruktion helfen müssen, sowie eine zeitliche Einschätzung.« Diana formulierte ihre Gedanken in kurzen, prägnanten Sätzen, als sie das Problem umriss. »Ich möchte außerdem, dass du drei Eisenkugeln und Ketten auftreibst.«

»Wo soll ich die herbekommen?«

»Nutz deinen Verstand!«, erwiderte Diana scharf.

»Versuch es mal im Museum«, schlug Susan sanft vor.

Paul hatte sie nun genügend Anleitungen gegeben, und so wandte Diana sich Duncan zu. »Da Paul mehr Zeit braucht, um seinen Plan zu ändern, beschäftigen wir uns heute mit deinem Bericht.«

»Ich habe keinen geschrieben«, erwiderte Duncan.

»Wie soll ich das verstehen?«

»Ich hatte keine Zeit.«

»Natürlich hattest du Zeit.« Diana stand auf, stützte die Hände auf den Tisch und beugte sich zu Duncan vor. »Deine Unfähigkeit gefährdet diese Gemeinschaft. Das gefällt mir nicht. Wenn du nicht tust, was ich sage, löse ich das Kabinett auf und mache alles allein. Unsere Sitzung wird verschoben. Wir treffen uns morgen früh um zehn Uhr wieder. Bis dahin hast du den Plan fertig.«

»Das ist zu wenig Zeit!«, protestierte Duncan.

»Du hast die ganze Nacht Zeit. Dir hat es doch gefallen, dass die Chatfield-Brüder sechzehn Stunden am Tag arbeiten. Das kannst du auch.«

Gefolgt von Susan und Theresa stürmte Diana hinaus. Paul und Duncan saßen am Tisch und starrten sich an.

»Was glaubt sie, wer sie ist?«, sagte Duncan wütend.

»Sie glaubt, sie ist die Anführerin.«

»Sie ist genauso schlimm wie Nigel.«

»Vielleicht benimmt sie sich genauso schlimm.«

»Sie *ist* genauso schlimm.«

»Sie bemüht sich wenigstens, uns das Leben angenehmer zu machen. 42-Volt-Elektrizität eröffnet uns eine ganz neue Welt. Es geht voran.«

Duncan verärgerte Pauls Begeisterung. »Könnte ich mal einen Blick auf deinen Plan werfen und mir vielleicht ein paar Ideen holen?«

»Ich habe auch noch keinen Plan gemacht«, gab Paul schüchtern zu.

»Sieht so aus, als hätten wir eine lange Nacht vor uns«, sagte Duncan, ehe er aufstand und hinausstürmte.

25

Am nächsten Tag zogen die Crew der *Archangel* und die Kinder aus Gulf Harbour in die drei benachbarten Häuser auf dem Rücken des Marina Hill. Mark und Zoë wohnten in dem großen mittleren Haus. Die Kinder wurden im Haus landeinwärts unter Quarantäne gestellt, und die restlichen Mitglieder der *Archangel*-Crew belegten das Haus zur Seeseite.

Mark hatte wahnsinnige Angst, die Kinder könnten vergessen, dass sie unter Quarantäne standen, und dadurch sein Experiment gefährden. Auf einer nahe gelegenen Baustelle fand er eine Rolle Flatterband mit der Aufschrift »GEFAHR – EINTRITT VERBOTEN«, das er am Aufgang zum Haus der Kinder um Pfähle schlang. Er befestigte es auch an dem Zaun zwischen seinem Haus und dem der Crew, um den Erwachsenen noch einmal vor Augen zu führen, dass es keinen körperlichen Kontakt zu ihm und Zoë geben durfte, bis sie in die Basisgruppe integriert wurden. Da Mark vorhatte, mit Zoë im Haus zu bleiben, bot er an, für die gesamte Gemeinschaft zu kochen und dass alle Mahlzeiten am Rande jedes Grundstücks abgeholt werden konnten.

Ungefähr eine Woche später lichteten Steven, Penny und Lee den Anker der *Archangel* und segelten in den Hauraki Gulf, um die *Raconteur* zu suchen. Im Gegensatz zu seinem Vater hatte Steven wenig Hoffnung, Jane oder seine Cousinen Sarah und Katie zu finden. Die Reise in den Golf bot ihm aber Gelegenheit, mit Penny und Lee allein zu sein, und dafür war er dankbar. Zum ersten Mal konnten sie wie eine richtige Familie zusammenleben.

In Haver hatten Steven und Penny ihre Beziehung geheim gehalten. Sie hätten Nigel um Erlaubnis bitten können zusammenzuleben, doch Nigel hasste Steven und hätte die Beziehung sicherlich verboten. Und selbst mit seiner Erlaubnis hätte Nigel sich das Recht vorbehalten, Penny zu »entjungfern« – eines seiner Privilegien als »Lordschaft des Anwesens.« Dieser Erlass war so inakzeptabel wie unsinnig. Es konnte keine Entjungferung mehr geben, da Penny vor der Pandemie verheiratet gewesen war und Lee zur Welt gebracht hatte. Für Nigel war es nur eine weitere Möglichkeit, seine Untergebenen zu schikanieren.

Ihr gemeinsames Leben seit der Flucht aus Haver hatten sie in den beengten Quartieren der *Archangel* verbracht, wo sie auf engstem Raum mit ihren Verwandten hausten. Jetzt waren sie endlich allein.

Steven machte das Vorsegel los und nahm mit der *Archangel* Kurs auf Rakino Island. Die Tatsache, dass Christophers Leichnam nicht begraben worden war, war für Steven ein klarer Hinweis darauf, dass Sarah und Katie nach dem Tsunami nicht nach Gulf Harbour zurückgekehrt waren. Er hoffte, dass die *Raconteur* an das Ufer einer Insel in dem Golf geschwemmt worden war und dass Sarah und Katie sich in der Nähe aufhielten.

Als das Schiff gute Fahrt machte, übergab Steven das Ruder an Penny und betrachtete durch das Fernglas die Südstrände der Whangaparaoa Peninsula. Als er und sein Vater vor zwei Jahren nach England aufgebrochen waren, hatten sie viele Schiffe gesehen, die an die Küste geschwemmt worden waren. Auf diesen Schiffen waren die Bewohner von Auckland vor dem Chaos geflohen, das die Super-SARS-Pandemie ausgelöst hatte. Doch die Flucht in den Golf bescherte ihnen nur eine kurze Galgenfrist. Die Menschen, die noch nicht krank waren, zeigten schon bald Symptome der Krankheit. Zuerst wurden die Leichen beschwert und über Bord geworfen. Später wurden sie nur noch ins Wasser geworfen, sodass sie an den Strand geschwemmt und dort von Möwen, Ratten und streunenden Hunden bis auf die Knochen abgenagt wurden. Die letzten Leichen verwesten in ihren Kojen, bis das Schiff im Sturm zerschellte oder unterging.

Steven hatte große Hoffnung, die *Raconteur* zu finden, falls sie den Tsunami überlebt hatte. Er würde die Jacht sofort erkennen, wenn er sie sah. Es war ein Motorsegler, den John Lidgard – ein bekannter Bootsbauer und Konstrukteur aus Auckland – konstruiert und gebaut hatte.

Zuerst segelten sie nach Tiritiri Matangi, die felsige Insel am Ende der Whangaparaoa Peninsula. Sie hatte nur zwei kleine Strände und war keine beliebte Anlegestelle. Steven verschaffte sich einen schnellen Überblick und stellte fest, dass dort keine Wracks lagen. Also segelte er weiter in Richtung Rakino Island.

»Es ist wunderschön hier«, sagte Penny. Sie stand am Ruder des Schiffes und steuerte das Schiff in die Woody Bay auf der Westseite der Insel. Steven legte seinen Arm um ihre Schultern.

»Ist es«, pflichtete er ihr bei. »Als ich das letzte Mal in dieser Bucht war, lagen hier viele Jachten vor Anker.« Die Erinnerung jagte ihm einen kalten Schauer über den Rücken. Die Schiffe waren voller Leichen gewesen, alles Opfer der Pandemie.

Jetzt ankerte in der Bucht kein einziges Schiff, und oben am Strand lagen nur wenige Wracks. Drei Schiffe waren auf die niedrigen Felskuppen am Ostende der Bucht gehoben worden. Ihre Lage zeigte, bis wohin die Flutwelle gestiegen war.

»Wir segeln um die Insel herum und fahren dann weiter nach Waiheke Island«, sagte Steven, der das Vorsegel ausrichtete und die *Archangel* auf den richtigen Kurs brachte.

Bei ihrer Umrundung von Rakino Island entdeckten sie ein paar Schiffe am Strand der Maori Bay, aber es waren größtenteils kleine Schiffe, und keines ähnelte der *Raconteur.*

Als sie zwischen den Inseln Rakino und Motutapu hindurchsegelten, streckte Steven den Arm aus. »Diesen Vögeln sind Katie und Sarah gefolgt«, erklärte er Penny und Lee. Hunderte von Tölpeln flogen wie ein Geschwader von Kampfflugzeugen durch die Luft. Dieser Eindruck wurde noch verstärkt, als sie ihre Flügel anlegten und im Sturzflug ins Meer unter ihnen eintauchten. Im Wasser tummelten sich australische Lachse, die Sprotten jagten. Die Wasseroberfläche schien förmlich zu brodeln, als die wilde Jagd auf den Fischschwarm begann. Auch die Seeschwalben ließen sich das Festmahl nicht entgehen. Sie schwebten anmutig über den Wellen, ehe sie abtauchten, um sich ihren Anteil zu sichern.

»Es ist wirklich erstaunlich«, sagte Steven, der das Schauspiel beobachtete. »Ich habe noch nie so große Fischschwärme hier gesehen. Und ich habe auch nie zuvor so viele Vögel gesehen. Das zeigt nur, wie sehr die Natur vor der Pandemie unter der Überfischung gelitten hat.«

»Delfine!«, schrie Lee, der am Bugkorb stand.

»Ich übernehme das Ruder«, bot Steven an. »Geh zu ihm.« Penny gesellte sich zu ihrem Sohn. Gemeinsam beobachteten sie fasziniert eine Schule von Delfinen, die sich in der Bugwelle der *Archangel* tummelten. Sie schwammen unter dem Rumpf hin und her, bliesen Gischtfontänen in die Luft und sprangen ab und zu aus dem Wasser.

Trotz der neuerlichen Verluste und Rückschläge hatte Steven das Gefühl, nicht glücklicher sein zu können. Fröhliche Schreie vom Bugkorb hallten durch die Luft; die Brise zerzauste sein Haar, und das Meer glitzerte. Der Maori-Name für diesen Hafen – Waitemata – bedeutete Glitzerndes Wasser, und heute war genau zu sehen, warum. Nach allem, was sie durchgemacht hatten, war es großartig, wieder zu Hause zu sein.

Als sie sich Waiheke Island näherten, schwammen die Delfine auf der Suche nach neuen Abenteuern davon, und Penny und Lee kehrten ins Cockpit zurück.

»Und wie gefällt dir der Hauraki-Golf?«, fragte Steven Penny.

»Er ist herrlich, aber ...«

»Was aber?« Ihre Stimme alarmierte ihn. Penny seufzte. »Ich wünschte, meine Mutter und meine Schwester und alle anderen aus Haver wären hier, um es mit uns zu genießen. Ach, könnte ich doch wenigstens mit ihnen telefonieren, ihnen alles erzählen oder ihnen schreiben.«

»Du hast doch nicht etwa Heimweh?«, fragte Steven, als sie den Hakaimango Point erreichten und Kurs auf den Strand von Oneroa nahmen.

Penny begann zu weinen.

»Komm her«, sagte Steven zärtlich. Er drückte sie an sich, doch sein Blick war auf den langen, goldenen Strand am Ende der Bucht gerichtet. Plötzlich begann sein Herz laut zu klopfen. »Da ist sie! Ich sehe die *Raconteur!*«

26

Darüber gerieten alle Gedanken an England in Vergessenheit. Steven sah, dass die *Raconteur* oberhalb des Strandes neben ein Ferienhaus auf einen Hügel geschleudert worden war. Die auffällig geschwungene Überdachung des Cockpits, an der sich das Licht brach, machte die Jacht unverwechselbar. Am Strand lagen nur wenige andere Wracks.

Nahe beim Strand ging Steven vor Anker und Penny und Lee halfen ihm, das Dingi ins Wasser zu lassen. Gemeinsam ruderten sie ans Ufer und liefen zur *Raconteur.*

Es war ein trauriger Anblick. Die Jacht, die eingeklemmt zwischen den Stützpfeilern der Veranda des alten Ferienhauses lag, hatte den Mast verloren. Der Kiel war gebrochen, die geschwungene Überdachung des Cockpits stark beschädigt, und die Spanten verbogen. Dem Zustand des Schiffes nach zu urteilen, konnte an Bord niemand mehr leben, doch über der Flutmarke waren Fußabdrücke im trockenen Sand. Als Steven sie genauer untersuchte, sah er, dass der Abdruck eines Fußes deutliche Umrisse aufwies, der andere hingegen verwischt war, als hätte die Person ein Bein nachgezogen.

»Sieh mal!«, rief Penny und zeigte auf einen Erdhügel ein paar Meter vom Heck der Jacht entfernt. Es war nicht ungewöhnlich, dass hier ein Grab war. Nach der Pandemie wurden überall Gräber geschaufelt. Aber dieses Grab sah frisch aus, und der Spaten, mit dem es gegraben worden war, lag noch daneben.

»Es muss in den letzten zwei oder drei Wochen gegraben worden sein. Jemand hat überlebt«, meinte Steven, als er das Grab untersuchte und versuchte gleichzeitig, seine Trauer nicht die Oberhand gewinnen zu lassen, denn nun wusste er, dass eine seiner Cousinen tot war. Er hob den Blick zu den Häusern auf dem Gipfel des Hügels, hielt die Hände wie einen Trichter vor den Mund und schrie aus vollem Hals »Hallo«. Lee und Penny schrien ebenfalls. Nachdem sie dreißig Sekunden geschrien hatten, verstummten sie und lauschten, doch nur das Kreischen der Möwen war zu hören.

»Soll ich zur *Archangel* rudern und einen Schuss abfeuern?«, schlug Penny vor.

Steven nickte. »Ja, aber nur einen. Wir haben kaum noch Munition.« Er fragte sich, ob die Überlebende noch Munition hatte, um auf den Schuss zu reagieren. Oder hatte sie sie verbraucht, um streunende Hunde abzuwehren oder zu jagen? Das Vieh war während der Pandemie vermutlich verzehrt worden, und auf einer Insel waren Vorräte sicher schnell aufgebraucht. Aber mit Patronen konnte man Seevögel schießen. Auch von Fischen und Pflanzen konnte man sich ernähren. Vielleicht suchte die Überlebende gerade jetzt auf der Insel nach Gemüse und Früchten. Der Tsunami hatte jeden Garten im Katastrophengebiet ruiniert, und alles, was nicht herausgerissen worden war, war von Salzwasser überschwemmt worden. Sie mussten die Hänge hinaufsteigen, um vielleicht dort noch frisches Gemüse oder Obst zu finden.

Penny lief zum Strand hinunter und stieß das Dingi ins Wasser, während Steven und Lee aufs Wrack kletterten, um nach Hinweisen zu suchen, wohin Sarah oder Katie gegangen sein könnten. Steven erschütterte zutiefst, was der Tsunami aus diesem wunderschönen Schiff gemacht hatte. Er hatte die Jacht seines Vaters geliebt. Jetzt war sie Schrott. Die Bilge war mit Sand, Wasser und faulenden Fischen gefüllt. Die Schotten waren zertrümmert, und der größte Teil der Ausrüstung und Einrichtung war weggeschwemmt worden. Das Ausmaß der Zerstörung ließ vermuten, dass sich das Schiff überschlagen hatte. Seine Cousinen müssten großes Glück gehabt haben, wenn sie das überlebt hatten. Doch eine hatte es offenbar nicht überlebt, wie das frische Grab auf dem Rasen bewies. Lee erforschte den Rumpf wie eine geheimnisvolle Höhle. Für Steven war es ein furchtbarer Anblick. Im Inneren fand er eine Spur von verschmiertem, getrocknetem Blut, das hinter dem Tischträger nach unten gelaufen war. Dort, so vermutete er, war eine der Frauen gestorben.

Ein Gewehrschuss von der *Archangel* vertrieb Stevens düstere Gedanken. Er verließ mit Lee das Wrack, stellte sich mit ihm auf den Rasen und lauschte auf eine Reaktion. Wenn jemand den Gewehrschuss gehört hätte, hätte derjenige sicherlich laut geschrien oder andere Geräusche gemacht, um auf sich aufmerksam zu machen. Oder vielleicht sah derjenige die *Archangel* in der Bucht ankern und lief zum Strand?

Lee und Steven stiegen die Böschung hinunter, um Penny zu helfen, das Dingi an den Strand zu ziehen. Sie lauschten noch immer, warfen Blicke über die Schultern und hofften, jemanden zu entdecken. Hatten Katie oder Sarah über das Wasser nach Gulf Harbour geblickt und sich mit der Frage gequält, ob ihre Kinder überlebt hatten? Er konnte sich ihre Hilflosigkeit und Verzweiflung, weil sie ihre Kinder nicht vor der Flutwelle retten konnten, kaum vorstellen. Sie wussten nicht, dass die Kinder in Sicherheit waren. Es musste unerträglich für sie gewesen sein, nicht zu wissen, was mit ihnen geschehen war.

»Hast du etwas gehört?«, fragte Penny.

Steven schüttelte den Kopf.

»Ehe ich zurückgerudert bin, habe ich mir alles durch das Fernglas angesehen«, fuhr Penny fort. »Ich habe nirgendwo Rauch gesehen und sonst auch nichts.«

»Wir durchsuchen die Häuser in der Nähe des Wracks«, schlug Steven vor. »Diejenige, die überlebt hat, ist vermutlich mindestens ein paar Tage hiergeblieben. Wir könnten Hinweise finden, was passiert ist und wohin sie gegangen ist.«

Die drei stiegen auf den Hügel hin. In den ersten beiden Häusern stank es nach verfaulten Algen und feuchten Teppichen. Sie waren leer, doch die offenen Schranktüren und Küchenschubladen ließen vermuten, dass hier jemand nach Essbarem gesucht hatte. Wann das gewesen war, konnten sie aber schlecht sagen. Als Nächstes betraten sie das Haus, neben dem die *Raconteur* gestrandet war. Es war eines dieser typischen Ferienhäuser, das aus einer sonderbaren Mischung geborgener Materialen gebaut worden war. Der Tsunami hatte das aus Beton bestehende Erdgeschoss überflutet, die Verandatüren des Schlafzimmers herausgerissen und fast alle Möbel weggeschwemmt. Steven stieg den anderen voran die Treppe ins Wohnzimmer hinauf. Von Minute zu Minute wuchs seine Überzeugung, dass die Überlebende landeinwärts geflüchtet sein musste, weg von den Zerstörungen, die das Meer angerichtet hatte.

Auf den Fotos an den Wänden war die Familie abgebildet, die einst hier Urlaub gemacht hatte: Großeltern, Eltern, Kinder, Enkelkinder und Urenkel, die die einfachen Freuden eines Ferienhauses genossen: Schwimmen und Angeln, Grillen und Spiele im Garten. Ältere, vergilbte Fotos zeigten, wie abgelegen und unberührt der Urlaubsort Oneroa einst gewesen war, ehe sich Bauunternehmer und Immobilienspekulanten auf Waiheke stürzten.

Während Steven die Fotos betrachtete, erkundeten Penny und Lee das Haus.

»Hier war kürzlich jemand«, rief Penny aufgeregt aus der Küche. »Auf der Bank liegen Knochen von einem Vogel, den jemand vor nicht allzu langer Zeit gegessen hat.« Steven eilte zu ihr, doch ehe er Penny erreichte, hörten sie Lee aus einem der hinteren Schlafzimmer nach seiner Mutter rufen.

Penny und Steven liefen zu dem verstörten Kind, das auf eine Gestalt auf dem Bett starrte. Penny ergriff Lees Arm und zog ihn schnell weg.

Steven schaute ungläubig auf den Leichnam seiner Cousine Katie. Sie hielt eine Pistole in der Hand, und das Kissen unter ihrem Kopf war blutgetränkt. Sie war tot. Da bemerkte Steven, dass das Blut im Sonnenlicht glänzte. Es war noch feucht. Behutsam berührte er Katies Arm. Er war noch ein wenig warm. Sie waren ein paar Stunden zu spät gekommen. Warum hatte sie nicht durchgehalten?

Der Gedanke an die Katastrophe, die sich hier abgespielt hatte, zerriss Steven das Herz. Die arme Katie. Sarah musste beim Tsunami ums Leben gekommen oder kurz danach gestorben sein. Katie war wohl allein zurückgeblieben und hatte die Hoffnung aufgegeben, jemals gerettet zu werden. Sie war die am wenigsten praktisch veranlagte von allen gewesen und kaum in der Lage, für sich selbst zu sorgen. Das war einer der Gründe, warum Steven sich damals zu ihr hingezogen fühlte. Er wollte sie beschützen.

Ein Bein war verletzt, vielleicht gebrochen. Vermutlich konnte sie kaum laufen, um sich etwas zu essen zu suchen. Sie musste furchtbare Schmerzen gehabt haben, ganz zu schweigen von Hunger und Schwäche ohne Nahrung. Es sah so aus, als hätte sie mit einer ihrer letzten Patronen diesen Vogel erlegt, ehe sie sich eine Kugel in den Kopf geschossen hatte. In die Trauer um ihre Schwester mischte sich die Gewissheit, dass ihre Kinder, ihr Vater und alle anderen in Gulf Harbour beim Tsunami umgekommen waren. Katie konnte nicht ahnen, dass die *Archangel* zurückgekehrt war. Vielleicht glaubte sie auch, das würde niemals geschehen, denn es war über eineinhalb Jahre her, seit sie aufgebrochen waren. Kein Wunder, dass sie verzweifelt war.

»Wären wir nur einen Tag früher hier angekommen«, murmelte Steven. Tränen traten ihm in die Augen. Er hätte besser auf seinen Vater gehört und eher mit der Suche begonnen. Wenn sie sofort von der Woody Bay nach Waiheke gefahren und nicht noch um Rakino Island herumgesegelt wären, hätten sie rechtzeitig in Oneroa ankommen können, um Katies Tod zu verhindern.

Penny und Lee warteten in dem Ferienhaus, während Steven zur *Raconteur* lief und den Spaten holte neben dem Grab, in dem vermutlich Sarah lag. Nachdem er daneben ein zweites Grab geschaufelt hatte, bat er Penny, mit Lee am Strand spazieren zu gehen. Steven wickelte Katies Leichnam in ein Betttuch und trug sie den Hügel hinunter zum Grab. Er weinte hemmungslos, als er sich an die gemeinsame Zeit mit Katie erinnerte, ehe er und sein Vater nach England gesegelt waren.

Als Penny und Lee zurückkehrten, stand Steven noch immer auf den Spaten gelehnt und starrte auf den Erdhügel. Penny bemerkte seine geröteten Augen.

»Hast du sie sehr gern gehabt?«, fragte sie und drückte seine Hand.

»Ja, einst ...«, doch seine Stimme versagte ihm.

»Ich weiß. Du hast sie nicht nur gern gehabt, nicht wahr?«

Steven starrte noch immer auf das Grab. »Woher weißt du das?«

»Ich habe dein Gesicht gesehen, als du ihren Leichnam entdeckt hast.«

»Es war vorbei, lange bevor mein Vater und ich nach England gesegelt sind.«

»Hast du sie geliebt?«

»Ja, es gab eine Zeit, da habe ich sie geliebt. Wir ... wir hatten ein Baby zusammen. Es war stark behindert und starb kurz nach der Geburt.« Steven begann wieder zu weinen. Lee schaute ihn verwundert an. Er hatte den Mann, den er jetzt »Dad« nannte, noch nie weinen sehen.

Penny nahm Steven in die Arme und wartete, bis sein Schluchzen verstummte. »Ich weiß, dass es sehr schwer für dich sein muss, aber du wirst wieder Vater werden«, sagte sie leise. Steven umklammerte ihre Schultern, rückte sie ein Stück von sich ab und schaute ihr fragend in die Augen. »Ja, ich bin schwanger.«

»Wie? Seit wann? Ich ...« Penny lächelte. Sie spürte, wie aufgeregt Steven war. Doch dann spiegelte sich Sorge auf seinem Gesicht. »Geht es dir gut?«, fragte er.

»Natürlich. Mach dir keine Sorgen. Es ist nicht mein erstes Kind.«

Doch Steven machte sich nicht nur Sorgen um ihre Gesundheit. Was, wenn dieses Baby möglicherweise auch missgebildet zur Welt kommen würde?

»Ich bin nicht die einzige«, fuhr Penny fort. »Jessica ist auch schwanger. Wir sind beide im dritten Monat. Ich glaube, du und Fergus, ihr habt beide in einer der ersten Nächte auf der *Archangel* ins Schwarze getroffen.«

Steven lächelte, und glückliche Gedanken verscheuchten seine Ängste. »Ja, Fergus hatte mit Sicherheit Übung genug.«

»Du doch auch«, erwiderte Penny lächelnd.

»Es wird Zeit, dass wir eine richtige Hochzeitsreise machen«, sagte Steven plötzlich. »Wir müssen uns nicht beeilen, nach Gulf Harbour zurückzukehren. Was mit Sarah und Katie geschehen ist, erfahren sie noch früh genug. Und außerdem wird es ein paar Wochen dauern, bevor mein Vater die anderen Erwachsenen und Tommy in die Basisgruppe integriert hat.«

»Falls Zoë nicht krank geworden ist.«

Steven seufzte. »Wir können nur hoffen. Ich weiß nicht, was

mein Vater tun wird, wenn wir nicht die ganze Familie in die Gruppe integrieren können.«

»Wenn er die Gruppen nicht zusammenlegen kann, wollen vielleicht einige von uns wieder zurück nach England«, sagte Penny leise.

»Du willst doch nicht wirklich zurück nach England, oder?«, fragte Steven. Jetzt erinnerte er sich wieder an ihr Gespräch, ehe er das Wrack der *Raconteur* entdeckt hatte.

»Steven, meine Mutter und meine Schwester sind dort. Abgesehen davon, bekomme ich ein Kind von dir. Glaubst du denn, ich hätte nicht den Wunsch, meiner Mutter unser Kind zu zeigen?«

Steven erwiderte nichts. Er konnte nicht verstehen, warum irgendjemand den Wunsch haben konnte, Neuseeland zu verlassen. Eine Rückkehr nach Haver bedeutete obendrein noch das Risiko, wieder von Nigel und seinen Söhnen versklavt zu werden.

»Eine Hochzeitsreise ist eine wunderbare Idee«, sagte Penny, die spürte, dass es besser war, das Thema zu wechseln. »Aber was ist mit deiner Suche nach Jane?«

»Ich bin sicher, sie ist tot«, erwiderte Steven betrübt, doch er machte sich Vorwürfe. »Ich hätte darauf bestehen müssen, dass wir durch den Suezkanal fahren und nicht in Brisbane anlegen. Hätte ich nicht nachgegeben, wären wir vielleicht nach Hause gekommen, ehe der Tsunami Gulf Harbour verwüstet hat.«

»Dann wären wir jetzt vielleicht auch tot.«

Steven warf Lee einen Blick zu, der das Gespräch verfolgte, ohne es recht zu verstehen. Er strich dem kleinen Jungen durchs Haar. »Du hast recht«, gab er zu. »Lass uns diese Hochzeitsreise machen, okay? Ich möchte dir den Hauraki-Golf zeigen, ehe du zu dick und rund bist, um die Reise zu genießen.«

27

Drei Wochen lang erkundeten Steven, Penny und Lee die Umgebung. Sie segelten nach Te Kouma auf der Coromandel-Halbinsel und weiter nach Great Barrier Island. In Fitzroy Harbour ankerten sie in der Nähe der Smokehouse Bay und sahen, dass die Räucherkammer, die Waschzuber, die Wäscheleinen und die Badeanstalt, die Aucklands Campingurlauber so geliebt hatten, weggeschwemmt worden waren. Trotz der schönen Landschaft beschloss Steven, nur eine Nacht dort zu verbringen. In dieser Nacht kehrten seine Albträume zurück. Er hörte wieder das Knistern der Flammen, die die *White Witch* verschlangen, und die schrecklichen Schreie des Mannes, der seine Schwester Jane vergewaltigt hatte, die um Hilfe schrie und seinen Namen rief.

Sie segelten weiter und ankerten in der Nähe der Nordküste von Waiheke. Dann ruderten sie in die winzige, fast ganz von Land umschlossene und von Pohutukawabäumen gesäumte Bucht Garden Cove – ein zauberhafter, friedlicher Ort mit einem einzigen Felsen, der an dem schmalen Zugang zur Bucht Wache stand. Sie angelten in der Nähe des Gannet Rock und liefen durch die schaurig verlassene Ortschaft Onetangi. Der Tsunami hatte die Häuser zerstört, die hier einst am langen Sandstrand standen. Sie durchsuchten ein paar Häuser auf den Hängen, doch da es nichts zu essen gab, dafür aber viele Leichen, verließen sie den Ort schnell wieder. Anschließend segelten sie in die Chamberlains Bay an der Nordspitze von Ponui Island. Die Bauernhöfe und Ställe, die hier früher in der Nähe des Strandes standen, waren weggeschwemmt und der Natur zurückgegeben worden.

Obwohl sie ihre Reise genossen hatten, freuten Steven und Penny sich, nach Gulf Harbour zurückzukehren. Nachdem sie in der Hobbs Bay den Anker geworfen hatten, ruderte Steven mit Penny und Lee ans Ufer. Sie gingen sofort zu den drei Häusern auf dem Marina Hill. Als sie sich näherten, begrüßten die Kinder im Quarantänehaus über das Flatterband hinweg aufgeregt Lee, der gleich mit seinen Abenteuern prahlte.

»Hast du meine Mama gefunden?«, fragte Holly.

Lee blickte zu seiner Mutter, denn er wusste nicht, wie er antworten sollte.

»Und was ist mit meiner Mama?«, rief Gina.

»Eure Mütter sind jetzt im Himmel«, sagte Penny behutsam.

Gefolgt von Zach, Audrey und Nicole liefen Holly und Gina weinend ins Haus. Penny hob das Flatterband hoch und lief hinter ihnen her.

»Bleib hier!«, schrie Mark. Er stand vor der Tür seines Hauses und hielt Zoë auf dem Arm. Das kleine Mädchen hatte die Neuigkeiten auch gehört und begann zu weinen. Steven lief zu Penny und zog sie unter dem Flatterband hindurch auf die andere Seite.

»Ich habe den armen Kindern gerade gesagt, dass sie ihre Mütter verloren haben«, verteidigte Penny sich schluchzend. »Jemand muss sie doch trösten.«

»Wir müssen den Quarantäneplan einhalten. Es geht um die Kinder«, erinnerte Mark Penny, dem ihr vorwurfsvoller Ton nicht entgangen war.

»Geht es Zoë gut?«, fragte Steven.

»Ja ... glücklicherweise. Ihr habt die *Raconteur* also gefunden?«

Steven nickte. »Die Jacht wurde an den Strand von Oneroa geschwemmt und ist komplett zerstört.«

»Und Sarah und Katie habt ihr auch gefunden?«

Steven nickte wieder. Mark, der Zoë an sich drückte, wusste, dass jetzt nicht der Zeitpunkt war, um ins Detail zu gehen.

»Und wie läuft es hier?«, fragte Steven.

»Mit Ausnahme von euch dreien haben wir jetzt alle durch die erste Phase der Quarantäne geschleust. Fergus ist vor vier Tagen als Letzter zu uns gestoßen. Jetzt könnte einer von euch zu uns kommen. Wer kommt zuerst?«

Steven schaute Penny an.

»Lee«, sagte sie. »Und dann ich.«

Steven und Penny umarmten den kleinen Jungen und schauten ihm nach, als er sich unter dem Flatterband bückte und zu Mark und Zoë hinüberlief.

»Wo sind die anderen?«, fragte Steven.

»Sie sind auf der Farm und treiben das Vieh zusammen.«

»Hattet ihr wieder Ärger mit den Hunden?«

»Das kann man wohl sagen. Letzte Nacht haben wir ein paar erschossen, aber es ist ein großes Rudel. Wir haben kaum noch Munition.«

»Penny und ich müssen vorerst ohnehin dem Rest der Gemeinschaft fernbleiben; wir könnten ja versuchen, welche zu finden.«

»Einen Versuch ist es wert, aber ich glaube, das wird schwierig. Vergiss nicht, dass wir die Halbinsel schon abgesucht haben. Aber vielleicht könnt ihr irgendwo Gift auftreiben. Ich glaube, das ist die einfachste Lösung.«

»Wach auf, wach auf«, rief Penny und rüttelte Steven. »Ich höre deinen Vater rufen.«

Sie hatten verschlafen. Nachdem sie drei Tage lang angestrengt nach Giftkanistern gesucht und sie zum Marina Hill geschleppt hatten, waren beide erschöpft gewesen.

Steven blinzelte. Er hörte die aufgeregten Schreie ebenfalls. Beide zogen sich hastig an und liefen hinaus. Mark, Allison, Fergus, Jessica, Tommy und Lee standen hinter dem Absperrband des Quarantänehauses und starrten sie an. Zach und die anderen Kinder versammelten sich im Garten ihres Hauses.

»Was ist los?«, fragte Steven seinen Vater.

»Zoë ist krank. Gestern ging es ihr noch gut. Lee muss der Träger sein.«

Penny begann zu weinen.

»Wie schlimm steht es um Zoë?«, fragte Steven.

»Ihr Zustand ist noch nicht so schlimm wie der von Sophia und Lily, aber sie zeigt dieselben Symptome. Ich möchte, dass ihr Allison zur Praxis von Dr. Whittaker in Manly bringt. Zeigt ihr nur den Weg und haltet euch von ihr fern.«

»In der Arztpraxis gibt es keine Medikamente mehr. Das wissen wir doch, weil wir dort nach den Thyroxin-Tabletten für Christopher gesucht haben, bevor wir nach England gesegelt sind. Alle Arztpraxen wurden geplündert.«

»Aber wir könnten medizinische Fachbücher finden mit wichtigen Informationen«, erklärte Allison ihnen.

»Was ist mit Lee?«, fragte Penny Mark.

Mark zuckte mit den Schultern. »Er kann auch wieder zu euch zurückkommen, schließlich hattet ihr die Krankheit bereits, und es scheint sich niemand ein zweites Mal anzustecken. Aber er muss sich von den anderen Kindern fernhalten, und das gilt für dich und Steven ebenfalls.«

»Was bringt es, mich und Penny zu isolieren?«, fragte Steven herausfordernd. »Wir wissen doch jetzt, wer der Träger ist.«

»Wir wissen, dass Lee ein Träger ist, aber es ist möglich, dass du und Penny ebenfalls Träger seid. Bei dir halte ich es für unwahrscheinlich, aber Penny könnte eine Trägerin sein, sie ist immerhin Lees Mutter.«

»Lasst uns zur Arztpraxis gehen«, drängte Allison, als Lee unter dem Flatterband hindurchhuschte und zu seiner Mutter lief.

Angespornt von Allisons dringlichem Ton führte Steven sie die Hobbs Road hinunter nach Manly.

»Was passiert, wenn Zoë stirbt?«, flüsterte Penny, während sie, Steven und Lee ein paar Schritte vor Allison gingen.

»Ich weiß es nicht«, erwiderte Steven. Er machte sich große Sorgen. Die Situation war kritisch. Sein Vater würde kaum das Leben eines zweiten Kindes gefährden.

In der nächsten Woche trat Mark mehrmals am Tag vor das Haus und sprach über die Absperrung hinweg mit Penny und Steven. Er hatte keine guten Nachrichten. Am Ende der zweiten Woche verkündete Allison, dass Zoë ebenso wie Lily und Sophia an einer Bauchfellentzündung und einer Sepsis litt.

Und dann eines Morgens drang aus allen drei Häusern lautes Schluchzen. Die untröstliche Holly wurde von Zach und Nicole daran gehindert, zu ihrer toten Schwester zu laufen.

Eine Stunde später grub Mark ein winziges Grab auf dem Rasen vor dem mittleren Haus. Allison hielt eine kurze Trauerandacht, und während die beiden anderen Gruppen aus sicherer Entfernung zusahen, wurde Zoë zur letzten Ruhe gebettet.

»Und jetzt?«, rief Penny Mark zu, als er das Grab mit Erde gefüllt hatte. Mark schaute sie erschöpft an.

Steven mischte sich ein. Er begriff, dass sein Vater viel zu verzweifelt war, um sich nun mit dem Thema auseinanderzusetzen. »Wir sollten morgen nach dem Frühstück darüber sprechen.«

Mark nickte, drehte sich um und ging niedergeschlagen auf das mittlere Haus zu. Sein Rücken war gebeugt, als trüge er die Last der ganzen Welt auf seinen Schultern.

Wie alle anderen auch in Gulf Harbour kam Mark in dieser Nacht nicht zur Ruhe. Trotz des Schlafmangels und der Rückschläge des vergangenen Tages war er bei Tagesanbruch bereit, sich den Herausforderungen zu stellen, denen die Gemeinschaft wieder einmal gegenüberstand.

Gartentische wurden über den Rasen von Marks und Stevens Häusern gezogen und ein paar Meter vor dem Absperrband aufgestellt. Zach legte auf seiner Seite der Absperrung eine Decke aufs Gras und setzte sich mit Nicole, Audrey, Holly und Gina darauf. Jessica und Fergus verteilten Essen an alle und setzten sich dann mit Mark, Allison und Tommy an den Gartentisch. Sie aßen schweigend. Niemand wollte das Thema anschneiden, das alle beschäftigte.

»War es Typhus?«, fragte Steven Allison schließlich.

»Nach dem, was ich in den medizinischen Büchern gelesen habe, bin ich ganz sicher. Sophias, Lilys und Zoës Symptome waren viel schlimmer, aber im Grunde hatten sie dieselbe Krankheit wie wir auch. Wir hatten keine Medikamente, um sie zu bekämpfen, und doch haben wir sie irgendwie besiegt. Sophia, Lily und Zoë haben es aus irgendeinem Grunde nicht geschafft.«

»Was ist mit den anderen Kindern? Glaubst du, sie würden es auch schaffen?«

Allison zuckte mit den Schultern. »Wer weiß? Lee und Tommy haben überlebt.«

»Und was passiert jetzt?« Penny stellte noch einmal dieselbe Frage, auf die sie gestern keine Antwort bekommen hatte.

»Zumindest Lee muss sich von den anderen Kindern fernhalten.«

»Für wie lange?«, fragte Penny und sah Mark in die Augen.

Mark schwieg, und Allison beantwortete die Frage mit zitternder Stimme. Es machte ihr furchtbar zu schaffen, dass sie Zoë nicht hatte retten können. »Um die menschliche Rasse ist es heute schlechter bestellt als noch vor Jahrhunderten. Wir haben uns so abhängig von Antibiotika gemacht, dass wir unsere natürlichen Abwehrkräfte größtenteils verloren haben. Ich glaube, es besteht die Möglichkeit, dass einige Menschen wie zum Beispiel Sophia, Lily und Zoë keine Abwehrkräfte gegen die Krankheit haben, die Lee in sich trägt. Wenn wir Antibiotika hätten, wäre es kein Problem. Aber ohne ist es eins.«

»Das heißt, dass Lee immer ein Risiko für die anderen Kinder darstellen wird«, fügte Mark hinzu.

»Und was sollen wir jetzt tun?«, fragte Steven.

»Ich möchte, dass wir ein paar Wochen warten und dann ein anderes Kind in die Basisgruppe integrieren. Sollte das gelingen, möchte ich, dass du in die Basisgruppe kommst.«

»Und wenn ich ein Träger bin?«

»Ich glaube nicht, dass du ein Träger bist.«

Steven wiederholte seine Frage. »Und wenn doch?«

Da sein Vater die Frage nicht beantwortete, stellte Steven die nächste Frage. »Und wenn ich kein Träger bin, könnte Penny eine Trägerin sein. Hast du vor, sie in die Basisgruppe zu integrieren?«

Mark antwortete nicht.

»Ich glaube nicht. Dann sag ich dir jetzt mal was. Ich komme nicht ohne Penny und Lee in die Basisgruppe.«

»Du musst in Ruhe über die Folgen nachdenken.«

»Darüber brauche ich nicht nachzudenken. Lee und Penny sind jetzt meine Zukunft.«

»Wir müssen alle in Ruhe nachdenken«, schlug Allison vor und wandte sich an Mark. »Ich habe den Eindruck, dass es um unseren Genpool nun noch schlechter steht als je zuvor. Als wir nach Neuseeland gesegelt sind, glaubten wir, hier eine zukunftsfähige Gemeinschaft aufbauen zu können. Seitdem haben wir Adam, Robert, Luke, Christopher, Sarah, Katie, Zoë und Jane verloren.«

»Jane ist vielleicht noch am Leben«, warf Mark schnell ein, doch er wusste, dass er sich an einen Strohhalm klammerte.

Allison ging nicht darauf ein. »Und indem du Steven, Penny und Lee möglicherweise ausschließt, verschlimmert sich das Problem noch. Für den Rest wäre es besser, wieder nach England zu fahren.«

»Ich meine, wir sollten zuerst einmal versuchen, die Dalton-Jungen zurückzuholen«, meinte Fergus.

»Wir hätten sie nie ziehen lassen dürfen«, sagte Allison mit vorwurfsvollem Blick zu Mark.

»Wir hatten keine andere Wahl«, entgegnete Mark verärgert.

Steven ging dazwischen. »Es war zu dem Zeitpunkt die richtige Entscheidung. Mittlerweile müsste es sicher sein, Kurs auf Brisbane zu nehmen, vorausgesetzt, wir legen irgendwo außer Sichtweite von Corkys Siedlung an. Wenn Penny, Lee und ich isoliert bleiben müssen, können wir genauso gut mit der Jacht nach Brisbane segeln und die Dalton-Jungen zurückholen.«

»Ich komme mit«, bot Fergus an.

»Ich brauche dich hier«, widersprach Mark heftig. »Wir müssen hier alles aufbauen.«

»Penny und ich kommen schon klar«, sagte Steven. »Das haben wir bewiesen, als wir unsere Reise auf der *Archangel* gemacht haben.«

Mark war nicht glücklich mit dieser Lösung. »Es ist ein großer Unterschied, um Waiheke herumzuschippern oder bis Brisbane und wieder zurück zu segeln.«

Steven stand auf, worauf Penny und Lee sofort seinem Beispiel folgten. »Wir schaffen das schon. Wenn wir unterwegs sind, kannst du an der zweiten Phase deines Quarantäneplans arbeiten und die Kinder aus Gulf Harbour nacheinander in die Basisgruppe integrieren. Während der Reise treffe ich mit Penny eine Entscheidung über unsere Zukunft.«

Mit diesen Worten nahm er Penny und Lee an die Hand und ging mit ihnen ins Haus.

28

Diana hatte die Frauen der Gemeinschaft um vier Uhr zu einer Besprechung in den Großen Saal gerufen. Paul und Duncan hatte sie angewiesen, ihre Arbeit fortzusetzen, und die Jugendlichen, sich um die Kinder zu kümmern. Jennifer, Virginia, Kimberley und Rebecca Steed setzten sich mit Cheryl und Bridget Grey um den großen Esstisch unten im Saal und warteten auf die Anführerin.

Die Tatsache, dass die Besprechung während der regulären »Arbeitsstunden« stattfand, bewies, welche Fortschritte sie in den drei Monaten gemacht hatten, seit Diana die Macht ergriffen hatte.

Pauls Kraftwerk, das von neuen, ungeheuer effizienten Tretmühlen angetrieben und zusätzlich von Solar- und Windenergie gespeist wurde, hatte das Leben der Gemeinschaft geradezu revolutioniert. Das Kraftwerk lieferte genügend Strom, um die Batterien eines kleinen Elektrolasters aufzuladen. Das wiederum versetzte Paul in die Lage, weitere Beutezüge zu unternehmen und zusätzliche Solarpaneele, Windturbinen, Batterien und Stromwandler aufzutreiben, um sein System zu erweitern.

Unter anderem hatte er auch Tiefkühltruhen nach Haver gebracht. Die Zeit, die sie früher damit verbringen mussten, Lebensmittel einzukochen und zu konservieren, konnten sie nun für andere Aufgaben verwenden. Die entsetzliche Plackerei, die Wäsche von Hand zu waschen, gehörte ebenfalls der

Vergangenheit an. Jetzt erleichterten ihnen Waschmaschinen das Leben. Computer waren vernetzt worden, auf denen Diana ihre Arbeitspläne anfertigte und die Unterrichtsstunden der Kinder vorbereitet wurden. Unterstützt von den DVDs, die sie in einer medizinischen Fakultät gefunden hatten, gingen Dianas und Theresas Medizinstudien gut voran.

All diese Fortschritte hatten sie den Beinen der Chatfield-Brüder zu verdanken, die jeweils sechzehn Stunden am Tag auf den Tretmühlen verbrachten, die Paul im Strafzimmer eingebaut hatte. Nigels alte Holztretmühle war abgebaut worden. Das System mit den Lederbändern und Eimern, mit dem früher Wasser zu den Tanks auf dem Dach transportiert wurde, war nicht mehr erforderlich. Elektrizität trieb eine Pumpe an, die das Wasser automatisch zu den Wassertanks pumpte.

»Warum nehmen Duncan und Paul nicht an der Besprechung teil?«, fragte Cheryl. Jennifer zuckte mit den Schultern. Ehe sie sich Spekulationen hingeben konnten, trat Diana mit Susan und Theresa ein. Diana setzte sich auf ihren üblichen Platz am Kopfende des Tisches. Susan und Theresa setzten sich an ihre linke und rechte Seite. Diana hatte den Stuhl, den sie sich ursprünglich ausgesucht hatte, durch einen anderen, noch größeren ersetzt.

»Die Zukunft dieser Gemeinschaft«, begann sie, »sogar die Zukunft der menschlichen Rasse hängt von uns Frauen ab. Als die Pandemie vor vier Jahren ausbrach, gab es vierundvierzig Überlebende in England und elf in Neuseeland. Das war – unseres Wissens nach – eine Weltbevölkerung von insgesamt nur fünfundfünfzig Menschen. Dank der Dummheit der Männer ...«, fuhr sie wütend fort, »ist die Bevölkerungszahl gesunken anstatt zu steigen.«

Theresa nickte zustimmend.

»Wegen Nigels und Marks Taten«, setzte Diana ihre Ausführungen fort, »leben jetzt nur noch sechsundzwanzig Menschen in England. Falls es Mark gelungen ist, alle, die er aus Haver mitgenommen hat, nach Neuseeland zu bringen, und falls alle Menschen in Neuseeland überlebt haben – und hinter beidem steht ein großes Fragezeichen –, könnten dort weitere einundzwanzig Menschen leben. Innerhalb von vier Jahren ist unsere Gesamtbevölkerung von fünfundfünfzig auf siebenundvierzig gesunken. Marks Aufbau einer Gemeinschaft auf der anderen Seite der Welt bringt uns hier in Haver gar nichts.«

»Eines Tages wird Mark wieder nach England kommen«, sagte Cheryl, um ihren Onkel zu verteidigen.

Diana funkelte sie böse an. »Das bezweifle ich.«

»Cheryl hat recht«, pflichtete Bridget ihr bei. »Darum hat mein Dad den Union Jack und das Georgskreuz über dem Westturm gehisst. Bevor Onkel Mark geflohen ist, bat er Dad, beide Flaggen zu hissen, wenn es sicher für ihn ist, Haver zu betreten. Warum sollte er das gesagt haben, wenn er nie die Absicht hatte, eines Tages zurückzukehren?«

»Das mag Marks Absicht gewesen sein, aber dazu muss es ihm zuerst einmal gelingen, Neuseeland zu erreichen. Und dann muss er die lange Fahrt bis hierher auch wieder hinter sich bringen.«

Theresa spähte zu ihrer Mutter. »Hoffen wir, sie kommen zurück, schon allein wegen Penny.«

Die Erinnerung, dass Mark und Steven ihre Tochter Penny und ihren Enkel Lee dazu überredet hatten, Haver zu verlassen, machte Diana noch wütender. »Wir dürfen die Dummheit der Männer nicht länger hinnehmen. Mit sofortiger Wirkung ernenne ich Virginia zur Leiterin der Landwirtschaft und der Gärten.«

»Was ist mit meinem Bruder?«, fragte Jennifer verärgert.

»Ich habe Duncan heute Morgen rausgeschmissen.«

»Warum?«

»Er hat seinen Bericht nicht pünktlich abgeliefert.«

»Es war seine eigene Schuld«, fügte Theresa hinzu. »Diana hat ihn bei der letzten Sitzung ein letztes Mal gewarnt.«

»Wenn du meinen Vater rausgeschmissen hast, sollte doch sicher Jennifer den Posten bekommen, oder?«, fragte Virginia. »Sie ist immerhin die Älteste in unserer Familie.«

»Wir brauchen junges Blut im Kabinett. Wir müssen an die Zukunft denken«, sagte Diana entschlossen.

Auf Jennifers Gesicht spiegelte sich Wut, doch Diana beachtete sie nicht und wandte sich an Cheryl. »Ich möchte, dass du die Leitung der Gebäudewartung und -instandsetzung und der Strom- und Wasserversorgung übernimmst.«

Cheryl war wütend. »Mein Vater hat seinen Bericht pünktlich vorgelegt!«

»Meinst du, ich weiß nicht, dass du die Berichte für ihn geschrieben hast?«, erwiderte Diana verächtlich. »Er braucht eine Ewigkeit, um seinen Namen zu buchstabieren. Die Wörter, die er in seinem Bericht benutzt hat, kann er mit Sicherheit nicht richtig schreiben. Es ist auch belanglos. Er ist ohnehin von seinem Posten zurückgetreten.«

»Warum?«

»Er hat sein Amt aus Protest gegen Duncans Rausschmiss niedergelegt. Ich habe es akzeptiert.«

Cheryl schüttelte den Kopf. »Okay, ich habe ihm bei dem Bericht geholfen, aber ich habe nicht sein Wissen und seine handwerklichen Fähigkeiten. Wo wäre die Gemeinschaft jetzt, wenn mein Vater nicht das Kraftwerk gebaut hätte?«

»Ich brauche Leute, die Managementfähigkeiten haben, und kein handwerkliches Geschick. Ab jetzt arbeitet dein Vater für dich. Und als Leiterin des Bereichs gehört es zu deinem Job, dafür zu sorgen, dass seine Kenntnisse dokumentiert und an die anderen weitergegeben werden. Mein Entschluss steht fest, dass wir uns hier in Haver nicht länger von Männern abhängig machen.«

»Aber in einer Sache werden wir immer von ihnen abhängig sein«, warf Bridget trocken ein.

»Und das ist der Grund«, griff Diana das Stichwort auf, »warum ich heute diese Sitzung einberufen habe.«

Plötzlich hörten alle gebannt zu.

»Die jüngeren Frauen«, begann sie und ließ ihren Blick über Virginia, Kimberley, Rebecca, Cheryl, Bridget und Theresa gleiten, »sind unsere Zukunft. Ihr müsst Babys bekommen. Wenn jede von euch in den nächsten fünf Jahren pro Jahr ein Kind bekommt, können wir unsere Bevölkerung mehr als verdoppeln. Und im nächsten Jahr, wenn Amy und Beatrice vierzehn werden, machen sie bei dem Programm ebenfalls mit.«

»Vierzehn! Was ist denn aus der Ehemündigkeit geworden?«, warf Cheryl ein. »Du bist doch hier die oberste Richterin.«

»Wir müssen unsere Bevölkerung aufbauen. Es geht hier nicht länger um ein willkürlich festgelegtes Alter, sondern um die Fähigkeit, Kinder zu bekommen.«

Eine Welle des Protests ging durch die Runde. Ausdrücke wie »Baby-Fabrik« und »Zuchtfarm« waren zu hören.

»Und wer soll diese ganzen Kinder zeugen?«, fragte Jennifer.

»Wir haben vier zeugungsfähige Männer: Duncan und die drei Chatfields.«

Susan schüttelte den Kopf. »Du kannst doch unsere Frauen nicht der Gefahr aussetzen, mit den Chatfield-Brüdern zu schlafen. Wenn diese Scheißkerle die geringste Chance haben, nehmen sie eine Geisel, oder es passiert noch Schlimmeres. Wer will denn mit denen schlafen?«

»Ich habe nicht gesagt, dass jemand mit ihnen schlafen soll. Wir werden sie melken.«

»Was?«

»Wir melken ihr Sperma.«

»Du willst unsere Gemeinschaft nicht nur in eine Baby-Fabrik verwandeln«, klagte Bridget sie an, »sondern jetzt willst du uns auch noch künstlich befruchten?«

Diana nickte. »Wir haben keine andere Wahl.« Sie wandte sich an die jüngeren Frauen. »Eure Generation wird die Männer nur noch als Sperma-Lieferanten betrachten. Wenn die nächste Generation genug Verstand hat, wird sie es ebenfalls tun.«

»Und wer nimmt die künstliche Befruchtung vor?«, fragte Bridget.

»Das mache ich«, erklärte Theresa. »Ich bin Ärztin.«

»Du bist erst seit knapp drei Monaten Ärztin!«

»Es ist eine einfache Prozedur«, erklärte Diana. »Wir haben intensiv recherchiert und uns alle notwendigen Instrumente besorgt.«

Bridget blieb skeptisch. »Aus einer Klinik für künstliche Befruchtungen oder von einer Zuchtfarm?«

Darauf bekam sie keine Antwort.

»Wie willst du ihr Sperma sammeln?«, fragte Virginia.

Diana nickte Theresa zu, die aufstand und zu einer Kommode an der Seite des Raumes ging. Sie kehrte mit einem Tablett zurück, auf dem vier kleine Gläser mit Deckel standen, die alle beschriftet waren.

»Jede Familie ist dafür verantwortlich, das Sperma von einem Gefangenen zu sammeln«, sagte Diana.

Theresa schob das Tablett in Cheryls Richtung, die mit einem schmalen Lächeln das Glas mit Damians Namen nahm. Dann gab Theresa Susan das Glas mit der Aufschrift »Greg«, die es kopfschüttelnd entgegennahm. Jennifer hatte das Glas mit der Aufschrift »Jasper« schon an sich genommen, ehe es einem anderen Mitglied der Steed-Familie angeboten werden konnte.

»Bist du sicher, dass Duncan kooperiert?«, fragte Bridget mit Blick auf das letzte Glas.

»Das sollte er besser.« Diana stand auf und nahm das Glas vom Tablett. »Theresa kontrolliert das Befruchtungsprogramm. Ich möchte, dass sie die Gläser morgen zurückbekommt. Weitere Lieferungen werden angefordert, wenn sie benötigt werden.«

Nachdem Diana alle Anweisungen erteilt hatte, drehte sie sich um und verließ den Raum. Die Frauen an dem Tisch sahen sich ungläubig an.

»Ich hoffe, du passt gut auf diese Gläser auf«, sagte Virginia schließlich zu Theresa. »Ich möchte nicht meinen eigenen Bruder zur Welt bringen.«

»Ekelhaft«, sagte Rebecca und schüttelte sich.

Trotz ihrer bizarren Situation brachen die Frauen in schrilles Lachen aus.

Cheryl und Bridget folgten Damian in die Brandruine der ehemaligen Werkstatt auf dem Stable Court, die Damian nun als Zelle diente. Er war aus dem Strafzimmer in die Werkstatt verlegt worden, weil Diana entschieden hatte, dass sich niemals alle drei Brüder in einem Raum aufhalten durften. Ein Bruder war immer in seiner Zelle eingeschlossen, während die beiden anderen die Tretmühlen im Strafzimmer bedienten. Dieses wurde immer von außen verriegelt. Als zusätzliche Vorsichtsmaßnahme waren an den Füßen der Brüder permanent schwere Eisenkugeln und Ketten befestigt, die sie aus dem Gefängnismuseum in der Nähe von Maidstone besorgt hatten.

Zwar war die gesamte Grey-Familie für Damians Gefangenschaft verantwortlich, aber die Schwestern Bridget und Cheryl hatten sich angeboten, die Aufgaben der Kerkermeister zu übernehmen. Sie wollten ihrem Vater jeden Kontakt zu dem Scheißkerl ersparen, der seinen Sohn missbraucht und dann hingerichtet hatte. Die beiden Frauen entwickelten eine perverse Freude daran, ihren unglücklichen Schützling mit seiner schweren Kugel und Kette jeden Morgen um sechs Uhr aus seiner Gefängniszelle zur Tretmühle zu eskortieren und ihn sechzehn Stunden später um zehn Uhr abends wieder zurückzubringen. Stets hatten sie spitze Stöcke bei sich, die sie gerne benutzten, um ihm »den Weg zu weisen«, wenn er unter dem Gewicht der schweren Eisenkugel ins Taumeln geriet.

Anfangs bestand Diana darauf, dass die drei Brüder nur Unterwäsche trugen, doch als der Winter hereinbrach, ließ sie sich erweichen. Jetzt trugen sie weite Hosen und einfache Hemden. Die Hosen mussten sehr weit sein, damit Kugel und Kette durch das Hosenbein gezogen werden und sie sich ausziehen konnten, wenn sie einmal in der Woche duschen durften.

Die Steeds trugen die Verantwortung für Jasper, dessen Schicht von zehn Uhr abends bis zwei Uhr nachmittags ging. Jasper schien sich mit seinem Schicksal abgefunden zu haben. Mit der Eisenkugel und der Kette in der Hand schlurfte er mit ungerührter Miene von seiner Zelle zum Strafzimmer. Er beklagte sich selten, doch wenn er in seiner Zelle im dritten Stock des Cromwell Tower ankam, war er immer außer Atem. Oft wurde er nur von einer Person begleitet, die einen sicheren Abstand wahrte.

Die Morgan-Familie war für Greg verantwortlich, dessen Sechzehn-Stunden-Schicht von zwei Uhr nachmittags bis sechs Uhr morgens ging. Er musste die meisten Stufen von allen hochsteigen und die Eisenkugel mit der Kette bis in den Uhrenraum oben im Turm schleppen. Sobald er dort ankam, sank er erschöpft auf sein winziges Bett. Meistens war es Susan und nicht Theresa, an der es hängen blieb, ihn zu begleiten.

Diana hatte die drei Brüder zu harter Arbeit verurteilt, und die bekamen sie auch. Ihre Sechzehn-Stunden-Schichten waren sogar länger und härter als die Strafen, zu denen Diana und ihre Verwandten von den Chatfields verdonnert worden waren, ehe sie Nigel und seine Söhne überwältigt hatten.

Erschöpft von der harten Arbeit ließ Damian die Eisenkugel und die Kette auf den Steinboden fallen und sank auf den Stuhl in der Ecke seiner Zelle. Die Kugel rollte weg und blieb liegen, als die Kette spannte.

»Wir brauchen eine Probe von dir«, sagte Cheryl und reichte Damian das Glas.

»Eine Probe von was?«

»Von deinem Sperma«, erwiderte Bridget lachend. Sie stand neben ihrer Schwester, die die Schüssel mit Eintopf und den Krug Wasser trug, die Damian zum Abendessen bekam.

»Haut ab.«

»Möchtest du gar kein Abendessen?«, drohte Bridget ihm.

»Lass das Glas hier«, knurrte Damian. »Du kannst es morgen früh mitnehmen.«

Cheryl schüttelte den Kopf. »Wir brauchen es heute Nacht.«

»Du willst doch nicht da stehen bleiben und mir zusehen, oder?«

»Doch«, sagte Bridget. »Wenn du jetzt nicht in die Gänge kommst, gehen wir und nehmen dein Essen mit.«

Angespornt durch ihre Drohung, drehte Damian sich auf dem Stuhl um und begann mit dem Rücken zu ihnen zu masturbieren.

Sie warteten und warteten. Bridget hatte keine Lust mehr, das Essen zu halten, und stellte es auf den kleinen Tisch neben dem Bett. »Verdammt!«, schimpfte sie. »Was ist los mit dir?«

»Ich kann es nicht, wenn ihr mir zuseht«, jammerte Damian.

»Leg dich aufs Bett«, sagte Bridget. »Ich feuere dich ein bisschen an.«

»Das wäre reine Zeitverschwendung«, erklärte Cheryl ihr.

»Gib mir zuerst was zu essen«, bat Damian. »Ich habe einen Mordshunger.«

»Kein Sperma, kein Essen«, entgegnete Cheryl mürrisch. »Jetzt beeil dich. Wir wollen auch ins Bett.«

Damians Versagen war nicht lustig. Diana hatte sein Sperma verlangt, und jetzt mussten Bridget und Cheryl es irgendwie beschaffen. Sie wussten beide, dass sie selbst bestraft wurden, wenn sie den Befehl nicht ausführten. Diana kontrollierte als Anführerin den Einsatz der Arbeitskräfte. Wenn eine Aufgabe nicht vernünftig ausgeführt wurde oder man Diana verärgerte, bekam man die schlimmsten Jobs.

»Nun mach schon und weck den kleinen Burschen auf«, zischte Bridget. »Was ist los mit dir?«

»Mir gefällt es nicht, wenn ihr mir zuseht.«

»Ich weiß, was wir machen«, sagte Cheryl und verließ hastig den Raum.

Ein paar Minuten später kehrte sie zurück. Sie war in Damians Geheimzimmer gewesen und hatte eines seiner Magazine mitgebracht. Dreißig Sekunden später freute sich der Gefangene über seinen Eintopf.

Nachdem Susan mit Cheryl und Bridget gesprochen hatte, war sie gut auf ihre Aufgabe vorbereitet, als sie Greg um sechs Uhr am nächsten Morgen in seine Zelle brachte. Sie hatte es eilig, das Frühstück zuzubereiten, und wollte keine Zeit verschwenden. Nachdem sie ihm das Glas und einen glänzenden »Kunstband« aus Dianas Bibliothek gegeben hatte, ging sie hinaus und wartete vor der Zellentür. Das Frühstück war rechtzeitig fertig.

»Heute habe ich eine Überraschung für dich«, sagte Jennifer um zwei Uhr, als Jaspers Sechzehn-Stunden-Schicht beendet war und sie hinter ihm die Stufen des Cromwell Tower hinaufstieg.

»Mehr Hammeleintopf?«, fragte Jasper keuchend, der unter der schweren Last der Eisenkugel und der Kette ins Taumeln geriet.

»Etwas viel Besseres«, erwiderte sie lachend.

Es lief immer nach demselben Schema ab. Sobald sie den dritten Stock erreicht hatten, ging Jasper an der Zellentür vorbei und legte die Eisenkugel auf die Erde. Jennifer, die sich vor einem Angriff ihres Gefangenen sicher fühlte, schloss die Tür auf und stellte sich auf die oberste Stufe. Dort wartete sie, bis er mit Kugel und Kette in der Hand die Zelle betrat. Dann durchquerte er den Raum, legte die Kugel auf den Boden und setzte sich auf den Bettrand. Erst wenn er dort in sicherer Entfernung saß, betrat Jennifer die Zelle und stellte sein Essen auf den kleinen Tisch auf der anderen Seite des Raumes. Normalerweise ging sie dann wieder, schloss die Zellentür hinter sich ab und ließ ihn allein. Heute schloss sie die Tür und blieb.

»Und was ist das für eine tolle Überraschung?«, fragte er und musterte sie vom Bett aus.

»Leg dich hin und steck deine Hände hinten durch das Bettgestell.«

»Du machst Scherze!«

»Erinnerst du dich an die schönen Zeiten, die wir miteinander hatten?« Er musterte sie misstrauisch. »Mach schon. Leg dich hin und steck die Hände durch das Bettgestell. Schließ die Augen und öffne sie erst wieder, wenn ich es dir sage.«

Gehorsam folgte Jasper der Aufforderung. Als Jennifer sich ihm näherte, atmete er ihren Duft ein. Plötzlich spürte er, dass sie ein Seil um seine Handgelenke band, und öffnete erschrocken die Augen.

»Schließ die Augen«, sagte sie. Ihre Stimme war sanft und verführerisch. »Ich tu dir nicht weh.« Jasper schloss wieder die Augen. Die Erinnerung an den großartigen Sex, den sie früher miteinander gehabt hatten, erregte ihn. Er hörte Kleidung rascheln, als Jennifer sich auszog, und spürte dann, dass sie sein Hemd aufknöpfte. Als sie an seiner Hose zog, hob er die Hüften.

Das Bett bewegte sich ein wenig, als sie sich mit gespreizten Beinen auf ihn setzte. »Du kannst die Augen jetzt öffnen«, sagte sie leise. Er blinzelte sie an. Ihre üppigen Brüste hingen ein paar Zentimeter über seinem Gesicht. Instinktiv versuchte er, die Arme vorzustrecken, um sie zu streicheln, doch seine Hände waren am Kopfteil des Bettes festgebunden. »Du kannst schauen, aber nicht berühren«, sagte sie. »Das mache ich.« Sie zog die Brustwarzen über seine Haut, küsste Jaspers Brust und strich mit der Zunge über seinen Oberkörper bis hinunter zur Leiste.

Eine Stunde später verließ Jennifer die Zelle mit einem Glas voller Sperma. Jasper saß am Tisch und aß lächelnd den kalten Hammeleintopf. Er hatte einen Plan, der allmählich Gestalt annahm.

29

»Warum machst du so ein finsteres Gesicht?«, fragte Jasper, der auf dem Bettrand saß und darauf wartete, dass Jennifer das Tablett mit dem Essen auf den Tisch stellte. Es war das erste Mal, dass er mit ihr allein war, seit sie sein Sperma mitgenommen hatte. In den beiden folgenden Wochen hatten ihn andere Mitglieder der Steed-Familie eskortiert, oder Jennifer wurde von einem weiteren Familienmitglied begleitet.

Diana war geradezu besessen davon, dass die Chatfield-Brüder permanent überwacht wurden. Sie hatte die Eisenkugeln und die Ketten an ihren Füßen persönlich kontrolliert, die Schlüssel eingesammelt und in die Schublade ihres Schreibtisches gelegt. Außerdem hatte sie alle daran erinnert, dass wenigstens einer der Brüder immer in seiner Zelle eingeschlossen sein musste, und darauf bestanden, dass ausnahmslos zwei Begleiter jeden Gefangenen zu und von den Zellen eskortierten. Als zusätzliche Vorsichtsmaßnahme durfte der Gefangene, dessen Schicht begann, erst aus seiner Zelle geholt werden, nachdem der Gefangene, dessen Schicht endete, sicher eingeschlossen war.

Deshalb konnte bei jedem Schichtwechsel ein paar Minuten lang nur eine Tretmühle bedient werden. Große Ziffern vor jeder Tretmühle informierten die Gefangenen über die verbrauchte sowie die erzeugte Strommenge und die verbliebene Ladung der Batterien. Da ihre Essensrationen gekürzt wurden, wenn das Niveau unter eine bestimmte Marke fiel, war der Gefangene, der allein auf der Tretmühle zurückblieb, gezwungen, wie ein Verrückter zu treten, bis sein Bruder eintraf.

Jennifer verstieß heute gegen die Anordnungen, weil sie Jasper alleine begleitete. Doch trotz Dianas Anweisungen sah keiner der Steed-Familie Jasper als eine Gefahr an. Im Gegensatz zu seinen beiden Brüdern, die gelegentlich wütend wurden und ihre Eskorte bedrohten, war Jasper ein vorbildlicher Gefangener. Die anderen Familienmitglieder waren beschäftigt, und Jennifer beschloss, Dianas Erlass zu ignorieren und Jasper alleine in seine Zelle zu bringen.

»Das geht dich nichts an«, erwiderte sie auf Jaspers Frage.

»Es hat mit eurer Anführerin zu tun, nicht wahr?«

»Wie kommst du darauf?«

»Soweit ich es beurteilen kann, ist sie genauso ein Tyrann, wie mein Vater es war.«

»So schlimm wie dein Vater kann niemand sein.«

»Ich finde, wir könnten beide ein bisschen Aufmunterung vertragen. Warum bleibst du nicht hier und plauderst ein bisschen mit mir, während ich esse?«

»Warum sollte ich mit dir plaudern?«

»Nun, sonst kannst du ja niemandem erzählen, was du von diesem Miststück Diana hältst, oder?«

»Sprich nicht so über unsere Anführerin.«

»Ich weiß, wie sie ist. Ich habe auch andere über sie klagen hören, als sie am Strafzimmer vorbeigekommen sind. Ich verstehe nicht, warum du nicht Leiterin der Landwirtschaft und Gärten geworden bist, sondern Virginia. Kommt mir so vor, als würdest du immer den Kürzeren ziehen.«

»Das geht dich nichts an.«

Jasper zuckte mit den Schultern. »Es wäre einfach nur schön, ein wenig Gesellschaft zu haben. Tag und Nacht bekomme ich nichts anderes zu hören als die Klagen von diesem wahnsinnigen Damian oder Gregs stinklangweiliges Geschwätz.« Jennifer zögerte. »Warum sollte ich irgendwas Dummes tun?«, fuhr Jasper fort. »Ich werde mich benehmen. Versprochen.« Er nahm die Eisenkugel und die Kette in die Hände und stand langsam auf. »Ich stell mich da hinten in die Ecke. Du kannst die Tür abschließen und gehen, oder du setzt dich aufs Bett und plauderst ein bisschen mit mir, während ich esse.« Mit der Eisenkugel in der Hand wartete er, bis sie vom Tisch wegging, und stellte sich dann in die Ecke des Raumes.

»Okay«, lenkte Jennifer ein. Sie ging zum Bett und setzte sich hin. »Besser als zu arbeiten. Das Miststück hat mich heute schon wieder für den Toilettendienst eingeteilt.«

Jasper ging zu dem Tisch, legte die Eisenkugel auf den Boden und setzte sich auf den Stuhl. »Es ist genau wie früher«, sagte er lachend, als er zu essen begann. »Erinnerst du dich, was wir hinter dem Rücken meines Vaters getrieben haben, als er angeordnet hat, dass wir nur mit den jüngeren Frauen schlafen dürfen?«

»Glaub ja nicht, dass du mit mir hinter Dianas Rücken irgendwas treiben kannst.«

»Ich wollte nur ein wenig mit dir plaudern«, stieß Jasper hastig hervor. »Ich mag dich. Ich plaudere gerne mit dir. Der Sex mit dir war großartig – der beste, den ich je hatte –, aber was mich betrifft, ging es mir nie nur um Sex.«

Jennifer beobachtete ihn beim Essen. Durch die Arbeit auf der Tretmühle hatte er einen muskulösen Körper bekommen. Er sah jetzt noch besser aus als zuvor. Trotz seiner Verfehlungen war er zweifellos der bestaussehende Mann in der Gemeinschaft. Und auch der potenteste. Jennifer hatte Paul mehrmals Avancen gemacht, doch er schien nicht interessiert zu sein. Sie bezweifelte sogar, dass er Interesse an den jüngeren Frauen hatte. Er sah krank aus und war immer furchtbar müde. Jasper hingegen sagte ihr nicht nur, der Sex mit ihr sei der beste gewesen, den er jemals hatte, sondern auch, der Sex sei nicht das Wichtigste zwischen ihnen. Obwohl ihr Herz laut klopfte, beschloss sie, cool zu bleiben. »Und wie ist das Leben auf der Tretmühle?«

»Hart.«

»Jetzt weißt du, wie wir uns gefühlt haben.«

»Wohl wahr«, gab er zu. »Ihr scheint verdammt viel Strom zu brauchen. Wozu braucht ihr den denn?«

Jennifer erzählte ihm von den elektrischen Geräten, wo sie standen und wie sie funktionierten. Sie erwähnte die Waschmaschinen, die Tiefkühltruhen, die Maschinen in der Werkstatt und das Alarmsystem. Jasper hörte aufmerksam zu und versuchte, sich alles einzuprägen.

»Und die Anführerin hat sogar einen automatischen Teezubereiter neben ihrem Himmelbett stehen!«, sagte sie schließlich.

»Den solltest du nicht kaputt machen«, erwiderte Jasper lachend. »Wenn der nicht mehr funktioniert, musst du ihr vermutlich morgens den Tee ans Bett bringen.«

»Wohl kaum.« Jennifer blickte nervös auf die Uhr. »Ich muss gehen.«

Jasper nickte. »Zurück zu deinem Toilettendienst? Es kommt mir so vor, als wärest du nicht viel besser dran als ich. Wir könnten beide ein bisschen Aufmunterung vertragen.« Er verstummte kurz. »Wenn du eine Stunde vor Beginn meiner Schicht zu mir kommen würdest, könnte ich dich aufmuntern.«

»Keine Chance.« Jennifer stand auf. Sie sah ihn an und strich sich unwillkürlich das Haar aus dem Gesicht.

»Schade. Wir haben gut zusammengepasst.«

Als Jennifer den Raum verließ, klopfte ihr Herz wieder laut. Sie wollte ihn, und sie wusste, dass er sie auch wollte. Konnte sie ihm vertrauen? Oder war das alles nur eine Masche? Würde er es auch bei Virginia, Kimberley oder Rebecca probieren, wenn sie ihn allein zu seiner Zelle eskortierten?

Bei diesem Gedanken verzog Jennifer das Gesicht. Von jetzt an würde sich ihnen keine Gelegenheit mehr bieten. Wenn ihn jemand bekam, dann sie. Sie würde sich immer freiwillig melden, Jasper zu eskortieren. Sie musste es nur noch irgendwie einrichten, dass sie niemand begleitete.

In den nächsten zwei Wochen wurde Jennifer jedes Mal von anderen Familienmitgliedern begleitet, wenn sie Jasper im Strafzimmer abholte und ihn in seine Zelle brachte. Ab und zu bot sie an, die Aufgabe alleine zu übernehmen, doch der Rest der Familie hatte Angst vor den scharfen Worten der Anführerin und den unangenehmen Aufgaben, die sie ihnen zur Strafe aufhalsen könnte. Duncan war besonders vorsichtig.

»Wir brauchen heute Nachmittag wieder Sperma von Jasper«, erklärte Jennifer ihrem Bruder, als er anbot, Jasper mit ihr zu begleiten.

»Großartig! Dann soll ich ihm beim Masturbieren zusehen?«

»Für ihn wird es noch unangenehmer, wenn du zusiehst. Wenn du willst, mache ich es alleine.«

»Und das ist nicht unangenehm?«

»Männern macht es nichts aus, es vor Frauen zu tun. Sie tun es nur nicht gern vor anderen Männern.«

»Woher weißt du das?«

»Schon viele Männer haben es in meiner Gegenwart gemacht. Du hast es doch bestimmt auch schon mal vor einer Frau gemacht, oder?«

»Nein, hab ich nicht!«, erwiderte Duncan entrüstet.

»Hast du es schon mal in Gegenwart eines Mannes gemacht?«, fragte Jennifer hinterhältig.

»Ganz sicher nicht!« Duncan klang noch schockierter. »Das würde ich niemals tun.«

»Wie du meinst. Aber darum geht es auch gar nicht. Das Problem ist, dass Jasper es nicht schaffen wird, wenn du zusiehst. Wir müssten nicht nur stundenlang da herumhängen, während er es versucht, obendrein kriegen wir noch von Diana eins aufs Dach, wenn der Nachschub nicht kommt. Rebecca hat ihren Eisprung, und darum braucht Theresa Jaspers Sperma heute Nacht.«

»Er ist zu gefährlich, um nur von einer Person begleitet zu werden«, murmelte Duncan.

»Unsinn. Wie du weißt, ist er ein gebrochener Mann. Er ist sanft wie ein Lamm. Aber du musst es wissen. Wenn du zusehen willst, wie er masturbiert, verstehe ich das. Ihr beide könntet es doch auch gleich gemeinsam machen. Was meinst du? Ich habe dein Glas in Theresas Praxis gesehen, als ich Jaspers Glas geholt habe. Ich könnte euch beiden zuschauen.«

Um kurz vor zwei an diesem Nachmittag forderte Jennifer Duncan auf, Jasper mit ihr gemeinsam in seine Zelle zu bringen.

»Ich muss mich um die Pferde kümmern«, sagte er hastig. »Du musst dir jemand anderen suchen.«

Jennifer lächelte insgeheim. Sie hatte gesehen, dass Diana mit Paul den Park verlassen hatte, um mit ihm auf Beutezug zu gehen. Sie hatten den Elektro-Laster genommen, was bedeutete, dass sie eine Weile fort sein würden. Alle konnten sich entspannen. Jennifer bat keinen anderen um Hilfe, sondern ging geradewegs zum Strafzimmer.

Damian und Jasper rannten beide wie wild auf ihren Tretmühlen, von ihren Körpern tropfte der Schweiß. Sie hatten heute sehr viel Strom generieren müssen, da den ganzen Morgen die Waschmaschinen gelaufen waren. Die beiden Brüder konnten die Nadeln nur mit Mühe über der Marke halten.

Als Jennifer den Raum betrat, stieg Jasper aus seiner Tretmühle, reckte sich und rieb sich die Schienbeine.

»Sag den Morgans, sie sollen Greg sofort herbringen«, bettelte Damian. »Ich kann die Nadeln allein nicht lange über der Marke halten.«

»Dann sollten wir uns beeilen«, sagte Jennifer zu Jasper.

Jasper beendete die Massage seiner Glieder und nahm die Eisenkugel in die Hand. Als sie den Eingang gegenüber erreichten, standen Susan und Theresa bereits unten am Turm, um Greg abzuholen.

»Warum bist du allein?«, fragte Theresa.

»Die anderen haben alle zu tun. Ich wusste ja, dass ihr hier seid, um Greg zu holen. Keine Sorge, ich habe ihn im Griff.« Jasper stand mit gesenktem Kopf ein paar Meter von der Tür entfernt, als Jennifer aufschloss. »Ihr müsst Greg übrigens sofort in das Strafzimmer bringen. Damian hat große Probleme, die Nadeln oben zu halten.«

»Pech für ihn«, erwiderte Susan lachend.

»Aber das muss er nicht allein ausbaden, nicht wahr?«, schimpfte Jennifer. »Wenn die Batterien zu stark entladen sind, streicht die Anführerin die Filmvorführung heute Abend.«

Susan und Theresa liefen schnell zu Gregs Zelle, und auf dem Rückweg nach unten blieben sie vor der geöffneten Tür zu Jaspers Zelle stehen.

»Warum hast du ihn noch nicht eingeschlossen?«, fragte Theresa.

»Die Probe. Dein Befehl, vergessen?«

»Halt dich aber nicht so lange damit auf«, fuhr Theresa sie an, und gleich darauf halten die Schritte von drei Personen auf der steinernen Wendeltreppe durch den Turm.

»Sieht für mich ganz so aus, als hätte eure Anführerin bereits ihre Nachfolgerin benannt«, sagte Jasper leise. »Wieso lässt du zu, dass dieses Miststück Theresa so mit dir spricht?«

Jennifer hielt es für besser, nicht auf die Frage einzugehen, und stellte Jasper stattdessen selbst eine. »Willst du vor dem Essen duschen? Es gibt nur kaltes Fleisch und Salat.«

»Das wäre toll.« In seiner Stimme schwang ehrliche Dankbarkeit mit. Seine wöchentliche Dusche war normalerweise erst wieder in vier Tagen fällig.

»Dann komm.«

Jennifer trat zur Seite und folgte ihm zu der kleinen Duschkabine, die für die Gefangenen im zweiten Stock eingebaut worden war. Sie stand in der Tür und beobachtete Jasper, als er sich auszog und Mühe hatte, die Kette und die schwere Eisenkugel durch das Hosenbein zu ziehen. Anschließend drehte er die Wasserhähne auf und ließ sich vom prasselnden Wasser streicheln, ehe er sich einseifte.

Er sah, dass Jennifer ihn beobachtete. »Du kannst doch mit mir duschen, wenn du magst.«

»Beeil dich.«

Jasper spülte das Seifenwasser ab und stellte sich beim Abtrocknen so hin, dass er ihr zugewandt war. Dann mühte er sich wieder ab, die schwere Eisenkugel und die Kette durch das Hosenbein zu ziehen, bevor er das Hemd anzog, die Eisenkugel in die Hand nahm und die Treppe zu seiner Zelle hinaufstieg.

»Warum durfte ich heute duschen?«, fragte er während des Essens.

Jennifer saß auf dem Bett und beobachtete ihn. »Ich brauche eine Spende.«

»Eine Spende?«

Sie nahm das Glas aus ihrer Tasche und hielt es hoch.

Jasper lächelte. »Das wird mir meinen Tag versüßen.« Er aß schnell auf. »Machen wir es wie immer?«, fragte er und legte den Löffel aus der Hand.

Jennifer nickte. Jasper wartete, bis Jennifer sich in die Ecke des Raumes gestellt hatte, ehe er die Eisenkugel zum Bett trug und sie auf den Boden legte. Er zog sich aus und legte sich nackt aufs Bett. Hastig schob er die Arme durch das Kopfteil des Bettes und schloss die Augen, während Jennifer ihm die Hände fesselte. Als sie fertig war, kniete sie sich neben das Bett. Jasper war bereit, er hatte schon eine Erektion.

»Das könnte für dich viel schöner sein.« Er öffnete die Augen und lächelte sie an. »Komm, wir schlafen zuerst miteinander.«

»Keine Chance.«

»Bitte, lass mich dich glücklich machen.«

Jennifer stand auf, zog sich aus und ließ ihre Kleidung auf den Boden gleiten. Dann setzte sie sich mit gespreizten Beinen auf seinen Unterkörper und führte seinen Penis in sich ein. Jasper konnte sie nicht mit den Händen berühren, und er küsste ihre Brustwarzen und strich mit der Zunge über ihre Brüste. Er stieß den Penis tief in sie hinein, während Jennifer sich mit ihrem Becken auf ihn presste. Sie erreichten gemeinsam den Höhepunkt, und als sie keuchend aufeinanderlagen, berührten sich ihre Köpfe. »Warte nicht wieder so lange«, flüsterte er ihr zärtlich ins Ohr. »Wir brauchen das beide.«

Jennifer hob abrupt den Kopf, als ihr ihr Auftrag wieder einfiel. »Ich brauche deine Spende. Unsere geliebte Anführerin ist bestimmt bald zurück.«

Jasper lächelte. »Bedien dich.«

Jasper war nach wie vor ein vorbildlicher Gefangener, immer höflich, ruhig und sanft. Die Steed-Familie entspannte sich zusehends. Während ihn um zwei Uhr nachmittags immer zwei Familienmitglieder in seine Zelle brachten, wenn die Gefahr bestand, dass Diana durch die Gegend streifte, blieb es immer häufiger Jennifer allein überlassen, ihn um zehn Uhr abends abzuholen. Da Jasper Damian ablöste, dessen Zelle im Stable Court lag, hatte niemand einen Grund, um diese Zeit im

Cromwell Tower zu sein. Duncan lag normalerweise erschöpft im Bett und ging davon aus, dass Jennifer eine der Frauen bat, sie zu begleiten. Um kein Misstrauen zu wecken, fragte sie meistens jemanden, der gerade schwer beschäftigt war. Wenn sie sich beklagte, bot Jennifer an, die Eskorte alleine zu übernehmen. Daher ging sie mehrere Abende pro Woche alleine etwas früher zum Cromwell Tower und verbrachte dort wertvolle Zeit mit ihrem Liebhaber.

»Ich könnte dich viel glücklicher machen, wenn du meine Hände nicht ans Bett fesseln würdest«, sagte Jasper eines Nachts.

Jennifer saß auf ihm und fuhr mit den Fingern durch sein Brusthaar. »Keine Chance.«

»Ich wünschte, ich könnte deine Brüste streicheln und deinen Hintern berühren«, sagte er seufzend, als sie zum Höhepunkt kam. »Komm, binde meine Hände los.«

»Keine Chance«, sagte Jennifer erneut.

»Ich werde ja wohl kaum etwas Dummes tun, oder?«, protestierte er. »Das hier ist das einzige Highlight in meinem Leben. Ich werde nicht so dumm sein, es zu gefährden. Wir haben doch beide sonst nichts, worauf wir uns freuen können.«

Jennifer erwiderte nichts. Es hätte ihr gut gefallen, wenn er sie hätte berühren können.

Wenn sie sich nicht liebten, lagen sie nebeneinander und redeten. Sie beklagte sich über andere Mitglieder der Gemeinschaft, besonders über Diana, und er hörte ihr zu und bemitleidete sie. Er klagte über seine Brüder, vor allem über Damian, den er für alles verantwortlich machte. Niemals erwähnte er die Tatsache, dass er selbst Warren Dalton kaltblütig erschossen hatte, und Jennifer erwähnte es ebenfalls nicht.

»Weißt du, was unfair ist?«, sagte Jasper eines Tages. »Damian hat die beste Schicht. Er arbeitet den ganzen Tag und schläft in der Nacht. Wenn ich diese Schicht hätte, könntest du mich um zehn Uhr in meine Zelle bringen, und wir könnten die ganze Nacht miteinander verbringen.«

»Auf keinen Fall«, erwiderte sie.

»Warum nicht? Es wäre gar kein Risiko, nachts ist doch niemand hier. Du könntest die Nacht mit mir verbringen und jeden Morgen wieder in deinem Bett liegen, ehe die anderen aufwachen.«

»Ich würde kein Auge zumachen.«

»Natürlich würdest du das. Wir würden uns lieben und dann Arm in Arm einschlafen. Du müsstest nicht mal in dein Quartier zurückkehren. Du könntest mich um zehn Uhr in meine Zelle bringen, die ganze Nacht bei mir bleiben und mich dann direkt um sechs zur Tretmühle eskortieren.«

Jennifer schüttelte den Kopf.

»Denk wenigstens mal darüber nach.«

»Das hast du dir alles schön zurechtgelegt, was?«

Er lächelte, doch Jennifer blieb ernst.

»Vergiss es. Das wird nicht passieren.«

»Damian ist krank«, sagte Susan eines Abends, als die Gemeinschaft sich zum Abendessen am Esstisch versammelt hatte.

»Bist du sicher, dass er nicht simuliert?«, fragte Diana.

»Das tut er bestimmt nicht. Er hat seit eineinhalb Tagen Durchfall und kotzt wie ein Reiher.«

»Bitte! Ich esse gerade!«, beklagte Duncan sich.

»Die Kapazität der Batterien darf auf keinen Fall sinken«, sagte Diana entschlossen. »Ich will das Risiko nicht eingehen, dass die Tiefkühltruhen ausfallen.«

»Jasper könnte doch die Schicht von sechs Uhr morgens bis zehn Uhr abends übernehmen«, schlug Jennifer vor. »Er arbeitet härter als Damian, und er würde dann in der wichtigsten Zeit auf der Tretmühle stehen, wenn wir am meisten Strom brauchen.«

»Hat Sinn«, stimmte Paul ihr zu.

»Mir ist es egal, wie krank Damian ist. Ich will nicht, dass er für längere Zeit ausfällt«, beharrte Diana.

»Wir könnten ihn heute Nacht ein Drittel der Schicht von zehn Uhr abends bis zwei Uhr nachmittags arbeiten lassen. Und in den nächsten beiden Tagen bauen wir ihn wieder auf, bis er eine volle Schicht übernehmen kann«, schlug Jennifer vor. »Wenn Jasper und Greg jeweils vier Stunden zusätzlich arbeiten, verlieren wir keine Energie, und am Ende dieser Übergangszeit übernimmt unser stärkster Arbeiter die wichtigste Tagesschicht.«

»Jennifer hat recht«, sagte Paul. »Tagsüber haben sie Probleme, die nötige Energie zu erzeugen.«

»Okay«, gab Diana schließlich nach und wandte sich dann an Cheryl. »Ich möchte, dass du die Pläne für eine zweite Windmühle vorantreibst. Wir brauchen eine zusätzliche Energiequelle, falls einer unserer Gefangenen so rücksichtslos sein sollte zu sterben.«

»Oder nicht mehr in der Lage ist, die Arbeit auszuführen«, fügte Susan hinzu.

»Dann müsstest du wenigstens nicht mehr für ihn kochen.«

Susan sah ihre Schwester an.

»Wenn einer nicht mehr arbeiten könnte, gäbe es keinen Grund, ihn am Leben zu lassen«, erklärte Diana in eiskaltem Ton.

»Vergiss ihr Sperma nicht«, warf Duncan spöttisch ein.

Diana wandte sich Theresa zu. Sie schien Duncans Einwand ernst zu nehmen. »Finde heraus, wie man Sperma langfristig lagert.«

»Möchtest du zuerst die gute oder die schlechte Nachricht hören?«, fragte Jennifer Jasper, als sie ihn an diesem Abend um zehn Uhr abholte.

»Zuerst die schlechte Nachricht.«

»Vor dir liegt eine Zwanzig-Stunden-Schicht. Du musst bis sechs Uhr morgen Abend auf der Tretmühle stehen.«

»Was? Warum?«

»Weil Damian krank ist.«

»Und was ist die gute Nachricht?«

»Ich habe arrangiert, dass du in Zukunft die Schicht von sechs Uhr früh bis zehn Uhr abends übernimmst.«

»Komm her«, sagte er. Ohne nachzudenken, ging Jennifer auf ihn zu. Er nahm sie in die Arme und küsste sie. »Danke.«

Plötzlich begriff Jennifer, in was für eine Gefahr sie sich begab, indem sie Jasper erlaubte, sie in die Arme zu nehmen. Außerdem übertrat sie sowieso schon die Vorschriften, weil sie ihn alleine eskortierte. Sie löste sich abrupt aus der Umarmung und trat ein paar Schritte zurück. Er sah sie verletzt an. Hin- und hergerissen zwischen Begierde und Pflicht, ging Jennifer wieder zu ihm und küsste ihn noch einmal.

»Komm, Sklave«, sagte sie lachend. »Nimm deine Kugel und Kette in die Hand.«

»Du könntest wenigstens die Kugel für mich tragen. Besser noch, du würdest sie abmachen.«

»Keine Chance«, entgegnete Jennifer.

Lächelnd verließ Jasper hinter ihr die Zelle.

30

Es dauerte eine Woche, bis Damian sich so weit erholt hatte, dass er wieder eine ganze Schicht arbeiten konnte. Er beklagte sich bitter, dass er jetzt die Schicht von zehn bis zwei Uhr übernehmen musste, die er als die schlimmste empfand. Doch da er der verhassteste der drei Brüder war, hatte niemand Mitleid mit ihm.

Jennifer musste feststellen, dass sich ihre Situation keineswegs verbessert hatte, sondern dass die Zeit trauter Zweisamkeit mit Jasper kürzer war als zuvor. Duncan, den jede Veränderung beunruhigte, bestand nun darauf, dass Jasper um zehn Uhr abends immer von zwei Personen zu seiner Zelle begleitet wurde. Er erstellte einen Plan und legte fest, dass entweder Kimberley und Rebecca oder Jennifer und Virginia die Eskorte durchführten.

»Mir macht es nichts aus, ihn heute Abend allein einzuschließen«, sagte Jennifer eines Abends zu Virginia. Sie hatte ihr dieses Angebot schon mehrfach gemacht. Mittlerweile war es einen Monat her, seit sie mit Jasper allein gewesen war, und sie verzweifelte langsam.

Virginia schaute sie verwirrt an. »Du bist doch nicht etwa verliebt in ihn, oder?« Diese Frage versetzte Jennifer einen mächtigen Schreck. Wenn Virginia ihren Verdacht Duncan oder noch schlimmer Diana gegenüber wiederholte, würde man ihr verbieten, Jasper zu eskortieren.

»Natürlich nicht! Ich verstehe nur nicht, warum wir beide bis zehn Uhr warten sollen, um ihn einzuschließen. Wenn wir uns abwechseln, könnte wenigstens eine von uns früh ins Bett.«

»Ich weiß, dass du ihn schon häufiger alleine begleitet hast, aber ich habe keine Lust dazu. Ich traue den Chatfield-Brüdern nicht.«

»Bei Damian und Greg sehe ich das genauso, doch Jasper ist harmlos. Hattest du jemals Probleme mit ihm?«

»Nein, aber ...«

»Er ist ein gebrochener Mann.«

»Nun ... ich muss zugeben, dass er immer sehr unterwürfig erscheint.«

»Das ist er auch. Du musst nur vorsichtig sein und gewisse Vorsichtsmaßnahmen ergreifen.«

»Zum Beispiel?«

»Du darfst nicht vertraulich mit ihm werden. Halte immer einen sicheren Abstand zu ihm. Wenn du die Tür aufschließt, muss er auf dem Gang stehen bleiben, und wenn du ihm das Essen hinstellst, muss er auf dem Bett sitzen. Und so weiter.«

»Du meinst, das reicht aus, um nicht in Gefahr zu geraten?«

»Mit einer Eisenkugel und einer Kette kann man sich wohl kaum schnell bewegen, oder?«

»Ich weiß nicht ...«

Jennifer hielt es für besser, die Sache nicht zu forcieren. »Vergiss es. War nur so eine Idee. Wir machen so weiter wie bisher. Wenn du aber mal einen Abend frei haben möchtest, sag mir Bescheid.«

Es war Virginia, die das Thema ein paar Tage später wieder anschnitt. »Vielleicht hast du recht«, sagte sie zu Jennifer, als sie in ihr Quartier zurückkehrten, nachdem sie Jasper in seine Zelle gebracht hatten. »Es scheint tatsächlich übertrieben, dass wir ihn beide eskortieren. Ich habe beobachtet, wie du mit ihm umgehst. Er macht tatsächlich alles automatisch. Man muss ihm ja nicht einmal sagen, was er zu tun hat. Er folgt einfach jeden Abend derselben Routine. Ab morgen wechseln wir uns ab.«

»Okay, aber nur, wenn du dir wirklich sicher bist«, erwiderte Jennifer, um Gleichgültigkeit bemüht, obwohl ihr Herz raste. »Möchtest du die erste Eskorte übernehmen, oder soll ich?«

»Ich würde es vorziehen, wenn du ihn morgen Abend begleitest, wenn es dir nichts ausmacht. Übermorgen haben die Zwillinge Geburtstag. Ich möchte ihnen neue Kleider nähen, wenn sie im Bett liegen. Wenn du Jasper alleine begleiten würdest, wäre das eine große Hilfe.«

»Wenn ich dir damit helfen kann – gerne. Aber eine Sache muss ich noch loswerden. Du weißt, dass dein Vater furchtbar pedantisch ist und Dianas Vorschriften genau befolgt. Wenn wir uns in Zukunft abwechseln, behalten wir es am besten für uns.«

Virginia nickte. »Einverstanden.«

»Warum schlagen wir Kimberley und Rebecca nicht vor, sich mit uns abzuwechseln? Wir begleiten ihn einen Tag und sie den nächsten. Jede Partei, die ihn um zehn Uhr abends einschließt, holt ihn auch um sechs Uhr wieder ab.«

»Gute Idee«, stimmte Virginia begeistert zu. »Der Plan gefällt mir. An den freien Abenden können wir früh ins Bett gehen und länger schlafen.«

»Das bedeutet, dass wir beide, wenn wir uns abwechseln, drei von vier Nächten durchschlafen können«, sagte Jennifer schnell.

Am nächsten Abend um kurz vor zehn betrat Jennifer das Strafzimmer. »Es ist Zeit, Jasper«, sagte sie scharf. Ihr harscher Ton war nur für Gregs Ohren bestimmt.

Jasper trat von der Tretmühle, nahm die Eisenkugel in die Hand und schlurfte zur Tür. »Bist du morgen auch da?«, fragte er Greg, als er zur Tür ging.

»Wahrscheinlich«, erwiderte Greg. Diesen dummen Scherz machten sie jeden Abend. Die Brüder wussten, dass sie bis an ihr Lebensende sieben Tage die Woche diese Sklavenarbeit verrichten mussten.

»Ich habe dich vermisst«, flüsterte Jasper Jennifer zu, als sie den Torbogen unter dem Cromwell Tower durchquerten.

»Ich dich auch.«

Jennifer schloss die Tür am anderen Ende des Torbogens auf und trat zur Seite, damit er vor ihr eintreten konnte. Im Mondlicht sah sie Cheryl und Bridget hinter Damian, der auf seinem Weg zum Strafzimmer unter dem Gewicht der Eisenkugel taumelte. Wie immer piesackten sie ihn mit Stöcken. Jennifer wusste, dass die Schwestern ebenso wie sie die Vorschriften übertraten. Sie waren fünf Minuten zu früh. Jasper war noch nicht sicher in seiner Zelle eingesperrt, wie es Dianas Vorschrift verlangte. Doch ebenso wie Jennifer wussten sie, dass Diana jetzt im Bett lag. Sie hatten es eilig, sich ebenfalls schlafen zu legen.

Jennifer schloss die Tür zum Turm hinter sich zu und stellte das Essen ab, ehe sie die Wendeltreppe hinaufeilte. Jasper war erst sechs Stufen hinaufgestiegen, als er spürte, dass Jennifers Hand an seinem Hosenbein nach oben glitt. Er legte die Eisenkugel auf die Treppe und drehte sich zu ihr um. Jennifer stürzte sich wie ein wildes Tier auf ihn, riss ihm die Hose herunter und zog hastig ihren Slip aus. Die kalten Steinstufen drückten gegen seinen Rücken, doch er war ebenso unempfindlich gegen den Schmerz wie Jennifer, die auf den rauen Steinstufen kniete. Als sie spürte, dass sein Körper im Rausch der Erregung erstarrte, rollte die Eisenkugel die Treppe hinunter und riss die Kette mit. Das Entsetzen, das Jennifer verspürte, steigerte noch die Intensität ihres Höhepunktes.

Sie lagen auf den Stufen, unterdrückten ihr Lachen und streichelten einander. Dann liebten sie sich noch einmal, ehe sie die Treppe hinaufstiegen.

»Wie hast du das denn hinbekommen?«, fragte Jasper. Es war fast Mitternacht. Sie hatten gemeinsam geduscht und einander eingeseift. Sein Essen hatten sie sich geteilt und sich anschließend noch einmal geliebt. Jetzt lagen sie miteinander im Bett.

Er hörte ihr zu, als sie ihm das System erklärte, das sie sich ausgedacht hatten.

»Dann bringst du mich morgen früh auch ins Strafzimmer?«

»Ja.«

»Wir können also den Rest der Nacht miteinander verbringen?«

»Ja, können wir.«

»Und wir haben jetzt jede vierte Nacht gemeinsam?«

»Wenn wir Glück haben.«

»Du bist ein cleveres Mädchen«, sagte er.

»Vermassel uns bloß nicht die Tour«, warnte sie ihn. »Mach alles, was Virginia sagt. Wenn du mit ihr sprichst, wird sie auf einer doppelten Eskorte bestehen, und das war's dann.«

»Keine Sorge«, erwiderte Jasper zärtlich und streichelte ihren Bauch. »Ich werde nichts tun, was die Zeit, die wir miteinander verbringen können, gefährdet.« Er wollte sich über sie beugen, doch die Kette an seinem Fußgelenk rasselte und blieb am Metallgestell des Bettes hängen. »Diese verdammte Kugel«, schimpfte er und fügte dann sanfter hinzu: »Stell dir mal die Stellungen vor, die wir ausprobieren könnten, wenn dieses Ding nicht an meinem Fuß hängen würde. Du solltest mal den Schlüssel mitbringen.«

»Keine Chance«, sagte Jennifer und setzte sich mit gespreizten Beinen auf ihn. »Ich habe dich genau da, wo ich dich haben will.«

Jennifers Leben ging in eine angenehme Routine über. Sie hätte gerne mehr Zeit mit ihrem Liebhaber verbracht, aber jede vierte Nacht war ein guter Kompromiss. Ungeduldig wartete sie darauf, ihn zu sehen und endlich wieder mit ihm zu schlafen. Wenn er nach seiner sechzehnstündigen Schicht auf der Tretmühle erschöpft einschlief, war sie jedes Mal enttäuscht.

Die Zeit, die sie mit Jasper verbrachte, war das einzig Gute in ihrem Leben. Jennifer ärgerte sich, dass sie nicht zur Leiterin der Landwirtschaft und der Gärten ernannt worden war. Sie stimmte Diana zu, dass Duncan zu schlecht organisiert war, um den Job vernünftig zu machen. Allerdings war sie der Meinung, dass sie den Job mindestens ebenso gut wie Virginia hätte machen können.

Statt Verantwortung zu tragen, hatte Jennifer das Gefühl, nur als »Ersatzkraft«, behandelt zu werden, um die Arbeiten zu übernehmen, die die Anführerin als angemessen empfand. Und oft waren es niedrige, geisttötende Arbeiten, die sie zugeteilt bekam, wie zum Beispiel Wäsche falten, Teller spülen, Kartoffeln schälen oder Küche und Toiletten reinigen. Besonders ärgerte Jennifer sich darüber, wenn sie Dianas Quartier putzen musste. Das erinnerte sie nicht nur daran, wie bescheiden ihr eigenes Quartier und ihr Status waren, sondern auch, wie großspurig Diana lebte.

Während Jennifer sich abplagte, tröstete sie sich mit dem Gedanken, dass sie zumindest einen Liebhaber hatte und Diana, diese alte vertrocknete Schachtel, nicht. Eigentlich fühlte sie sich wie die glücklichste Frau in der Gemeinschaft. Jennifer war tatsächlich die Einzige, die Sex hatte. Susan, Diana, Paul und Duncan schienen diese Phase überwunden zu haben, und die jüngeren Frauen wurden künstlich befruchtet.

Jennifer glaubte, dass Jasper sie liebte, sie verstand und sich um sie sorgte. Er fragte sie immer, wie die Anführerin sie behandelte, und er tröstete und bemitleidete sie. Oft sagte er Dinge wie »sie schätzt dich nicht«, »du bist ihr nichts schuldig« oder »wenigstens haben wir einander«.

In den meisten ihrer gemeinsamen Nächte sprach Jasper von der Eisenkugel und der Kette. »Wenn dieses verdammte Ding mich nur nicht so einschränken würde«, beklagte er sich immer.

»Es ist gut, dass es dich ein bisschen zügelt«, scherzte sie.

Doch allmählich nutzte sich der Scherz ab, und bald wünschte auch Jennifer, Jasper könnte sich freier bewegen.

»Ich könnte dir die Kugel und die Kette nicht abnehmen, selbst wenn ich es wollte«, sagte sie eines Nachts. »Es gibt nur einen Schlüssel, und der liegt bei Diana im Schreibtisch.«

»Könntest du ihn nicht nachts ›ausleihen‹ und morgens zurückbringen?«

»Auf gar keinen Fall. Ich weiß am Tag zuvor nie, welche Arbeiten ich übernehmen muss. Ich weiß also nicht genau, ob ich den Schlüssel am nächsten Tag auch zurücklegen kann, und Diana würde ihn auf jeden Fall vermissen. Alle wichtigen Schlüssel liegen sorgfältig geordnet in ihrem Schreibtisch, und sie würde die Lücke sofort bemerken. Warum erzähle ich dir das überhaupt? Es wird ohnehin nicht passieren.«

»Wenn du den Schlüssel besorgen könntest, würde ich dich in den siebten Himmel entführen.«

»Du entführst mich schon in den siebten Himmel. Ich habe dir gesagt, dass ich den Schlüssel nicht besorgen kann, ohne dass Diana es bemerkt.«

Jasper dachte nach. »Du könntest in einem Seifenstück einen Abdruck des Schlüssels machen und mir eine Feile und zwei Metallstücke bringen. Dann könntest du alles bekommen, wovon du jemals geträumt hast.«

»Keine Chance. Ich habe alles, was ich will«, sagte sie und fuhr mit der Zunge über seinen Bauch bis hinunter zur Leiste. »Ich habe dich ganz für mich allein.«

Trotz eines trockenen Sommers war die Ernte gut, und die Gemeinschaft fuhr üppige Vorräte an Nahrungsmitteln ein, die für den ganzen Winter reichten. Der Rotwildbestand im Park hatte sich ebenso vergrößert wie die Viehherde der Familie auf der Farm.

Der Elektro-Laster entpuppte sich als wahrer Segen. Mit einer Reichweite von zweihundert Meilen hatte sich das Gebiet beträchtlich vergrößert, in dem sie auf Beutezüge gehen konnten. Nach und nach räumten sie die Barrikaden aus dem Weg, die auf allen Hauptstraßen aus Sevenoaks heraus während der Pandemie errichtet worden waren. Allerdings kam es immer wieder vor, dass umgestürzte Bäume und abgebrochene Äste die Straßen blockierten, die dann wieder beseitigt werden mussten. Ein Anhänger wurde an den Laster gehängt, und sie konnten viel mehr transportieren. Da sie durch das Gewicht aber mehr Energie verbrauchten, verkleinerte sich ihr Radius. Ab und zu fanden sie während ihrer Beutezüge ein Huhn oder ein anderes Nutztier, das überlebt hatte. Dank der Zuchterfolge in Haver und der Tiere, die sie gelegentlich mitbrachten, war es um den Viehbestand auf ihrer Farm sehr gut bestellt.

Als der Frühling nahte, waren dank Theresas künstlicher Befruchtung alle jüngeren Frauen mit Ausnahme von Virginia schwanger. Diana beschloss, keiner der Frauen zu sagen, wer der Vater ihres Kindes war – Väter waren irrelevant. Soweit es sie betraf, waren Männer im Grunde nur Spermalieferanten. Theresa, die sich über die Auswirkungen der Inzucht im Klaren war, führte ihre eigenen Statistiken.

Diana kontrollierte die Gemeinschaft viel subtiler, als Nigel es getan hatte. Sofort nach der Überwältigung von Nigel und seinen Söhnen hatte sie alle Waffen eingesammelt. Diese bewahrte sie nun in dem Raum auf, der früher das Geheimzimmer des Königs gewesen war. Die Schlüssel zur Waffenkammer lagen ebenso wie die Schlüssel der Kugeln und Ketten der Gefangenen in Dianas Schreibtisch.

Sie brauchte keine Waffen. Dank des Erfolgs des Kraftwerks konnte sie die wöchentlichen Arbeitsstunden nach und nach auf fünfzig reduzieren. Es war keine große Erleichterung, aber Diana erhielt von der Gemeinschaft viel Applaus dafür. Sie feierten größere religiöse Feiertage, und zwei neue Feiertage wurden eingeführt. Zum einen der »Freiheitstag«, der Tag, an dem Nigel und seine Familie überwältigt worden waren, und zum anderen Dianas Geburtstag, der sogenannte »Tag der Anführerin«.

Obwohl ab und zu jemand schimpfte, vor allem Jennifer, waren die meisten in der Gemeinschaft zufrieden mit ihrem Los. Diana kümmerte sich um sie. Die Kinder wurden unterrichtet; zwei Mal pro Woche gab es eine Filmvorführung, und sie hatten Zugang zu einer gut sortierten Bibliothek. Theresa erweiterte ihre medizinischen Kenntnisse und wurde auch zu einer tüchtigen Zahnärztin. Nach und nach behob sie die Schäden an den Zähnen, die während der schwarzen Tage unter Nigels Herrschaft entstanden waren. Die größte Angst der Gemeinschaft waren Krankheiten. Die Medikamente waren in den Wochen nach dem Ausbruch der Pandemie größtenteils verbraucht worden. Daher musste Theresa auf Kräuterheilmittel zurückgreifen.

Die Arbeitszeiten von Montag bis Freitag betrugen noch immer zehn Stunden, und die Arbeit war körperlich oft anstrengend. Doch sie hatten genug zu essen und ein Dach über dem Kopf, und allmählich genossen sie ein paar einfache Lebensfreuden.

Der Sonnabend wurde dem Sport gewidmet. Dann spielten sie Cricket, Schlagball, Krocket und Bowling. Wenn es regnete, gingen sie in den Großen Saal und spielten Tischtennis, Darts, Badminton, Indoor-Bowling und Brettspiele. Jeden Sonntag fand ein Gottesdienst statt. Sie dankten Gott für ihre Befreiung und die Weisheit, die er ihrer Anführerin verliehen hatte.

Die Chatfields stellten keine Gefahr mehr dar. Das Leben war so gut, wie es unter den gegebenen Umständen sein konnte.

31

Steven begann sofort mit den Vorbereitungen für seine Reise nach Brisbane. Da die Gärten am Kanal vom Tsunami weggeschwemmt und die Schaf- und Viehherden den Hunden zum Opfer gefallen waren, mussten sie sehr sparsam mit den Vorräten umgehen. Es wurden Gruppen gebildet, die in den nahe gelegenen Vororten nach Obst und wild gewachsenem Gemüse suchten. Alle mussten sich daran beteiligen, doch der Kontakt zwischen den drei Gruppen wurde weiterhin vermieden.

Mark bestand darauf, bei der Nahrungssuche zweigleisig zu fahren. Zum einen sammelten sie Nahrungsmittel für den sofortigen Bedarf der Gemeinschaft und die bevorstehende Reise nach Brisbane. Zum anderen wurden bestimmte Pflanzen und Bäume ausgegraben und zum Marina Hill transportiert, um die neuen Gärten auf den Hängen aufzustocken. In Garagen und Einfahrten fanden sie Dingis, die sie zum Strand schleppten. Sobald sie einen Fischschwarm in der Bucht entdeckten, gerieten alle in helle Aufregung, und eine kleine Flotte machte sich an die Verfolgung. Sie richteten eine Räucherkammer ein, die manchmal tagelang in Betrieb war, um so viele Fische wie möglich zu konservieren.

Bei Tagesanbruch machte Mark jeden Morgen einen Lauf kreuz und quer über die Halbinsel. Immer war er dabei bewaffnet. Er suchte nach Hinweisen, ob Jane diesen Weg vor nicht allzu langer Zeit gegangen sein könnte. Insgeheim ahnte Mark jedoch, dass sie vom Tsunami mitgerissen und getötet worden war.

Ihr Verlust schmerzte ihn sehr. Seine Frau Helen war die Erste in Neuseeland gewesen, die durch die Pandemie starb. Sie war kurz nach der Landung des Flugs von Singapur in Auckland im Flugzeug gestorben. Jane hatte er durch den Tsunami verloren. Und jetzt bestand die Gefahr, dass er seinen Sohn auch noch verlieren würde. Wenn Steven Penny und Lee nicht verließ, würde künftig seine Beziehung zu seinem Sohn aus Gesprächen über eine Absperrung hinweg bestehen. Oder Steven segelte ans andere Ende der Welt.

An dem Tag, als Steven aufbrach, standen sich Vater und Sohn an der Absperrung gegenüber. Es war das erste Mal, dass sie allein waren, seit sie über Lees Isolation von der Gemeinschaft gesprochen hatten. Beide spürten die Spannung, die in der Luft lag.

»Wann reist ihr ab?«, fragte Mark.

»Gleich geht's los. Penny und Lee sind schon an Bord der *Archangel*. Ich bringe nur noch eine Ladung Nahrungsmittel mit dem Dingi zur Jacht, und dann legen wir ab.«

»Habt ihr auch genug Vorräte?«

»Ganz bestimmt. Ich hoffe, dass ich in Brisbane weitere Vorräte an Bord nehmen kann, aber selbst wenn nicht, müssten wir klarkommen.«

»Wenn du unterwegs bist, denk noch mal über Penny, Lee und deine Zukunft nach«, bat Mark und versuchte, seine Verzweiflung zu verbergen.

»Ich habe genug darüber nachgedacht«, erwiderte Steven. Dann drehte er sich um und ging davon.

»Geh kein Risiko mit Corky ein«, rief Mark ihm hinterher. »Das ist ein ganz mieser Typ.«

Steven drehte sich nicht mehr um, sondern winkte nur noch einmal zum Abschied.

Die Fahrt an der Nordostküste von Neuseeland entlang hätte kaum besser beginnen können. Bei einem Südwestwind von mehr als vierzig Kilometern pro Stunde segelte die Jacht mit einer Geschwindigkeit von acht Knoten. Ohne GPS und Leuchtfeuer hielt Steven es für sicherer, einem Kurs auf offener See zu folgen. Er war froh über die Entscheidung, als der Wind kurz nach Einbruch der Dunkelheit abflaute. Die *Archangel* hatte nur Diesel für zwölf Stunden Fahrt an Bord, und den mussten sie für Notsituationen sparen. Es war eine mondlose Nacht, und das Schiff schaukelte auf den Wellen, die sich am Tag gebildet hatten. Das Groß- und das Besansegel flatterten in der lauen Brise, als die Jacht durch die Dünung glitt. Es blieb ihnen nichts anderes übrig, als zu warten, bis wieder Wind aufkam.

»Leg dich doch schlafen«, schlug Steven Penny vor.

Sie schmiegte sich eng an ihn und schaute zu den Sternen empor, die in dieser mondlosen Nacht noch heller als sonst zu leuchten schienen. »Gleich.« Steven spürte, dass sie ebenso wie er die Zweisamkeit genoss. »Was wirst du tun, wenn Robert und Luke Brisbane nicht verlassen wollen oder wenn sie woandershin gegangen sind und wir sie nicht finden?«, fragte sie.

»Dann müssen wir wohl unverrichteter Dinge nach Gulf Harbour zurückkehren.«

»Wir könnten gleich weiterfahren. Wenn dein Vater darauf besteht, dass wir auf unbestimmte Zeit in Isolation leben, gibt es für uns keine Zukunft in Gulf Harbour. Wir werden wie Ausgestoßene am Rande der Gemeinschaft leben.«

»Vielleicht, aber wir könnten dennoch unseren Beitrag leisten. Wir hätten Gesellschaft, wenn auch nur über einen Zaun hinweg.«

»Ich kann mir nichts Schlimmeres vorstellen.«

»Ich glaube, wir haben keine andere Wahl.«

»Wir haben eine andere Wahl. Wenn wir Robert und Luke

nicht finden oder sie nicht überreden können, Brisbane zu verlassen, könnten wir einfach weitersegeln und nach England zurückkehren.«

»Das ist wohl ein Scherz? Was ist denn mit …«

»Sieh mal!«, unterbrach Penny ihn. Steven hob den Blick und sah, dass am Himmel überall Lichter leuchteten, die sich der Erde näherten. »Sind das Sternschnuppen?«

»Nein, dafür sind sie zu hell. Das muss etwas sehr Großes sein. Ich schätze, die Internationale Raumstation ist explodiert. Du erinnerst dich bestimmt noch, dass wir darüber gesprochen haben, als wir hierher gesegelt sind.«

Sie beobachteten das flammende Spektakel. Es sah aus, als wäre die Raumstation beim Wiedereintritt in die Atmosphäre in mehrere große Stücke zerbrochen, die jetzt in unterschiedlicher Höhe über dem Horizont verteilt waren und auf die Erde zurasten.

»Mama, ich kann nicht schlafen.«

Lee stand auf der obersten Stufe der Kajütenleiter.

»Geh nur und kümmere dich um ihn«, sagte Steven. »Ich komme später nach.«

Penny drückte Steven an sich, küsste ihn und stieg die Kajütenleiter hinunter, um nach ihrem Sohn zu sehen. Steven blieb allein zurück und dachte über ihr Gespräch nach.

Durch den Tsunami standen sie vor einer vollkommen neuen Situation. Der Komplex von Gulf Harbour, den er mit aufgebaut hatte, war durch die Flutwelle zerstört worden. Drei, vermutlich sogar vier Erwachsene waren ums Leben gekommen. Diese Todesfälle und der Verlust von Zoë hatten ihn ebenso wie alle anderen erschüttert. Steven wusste nicht mehr, was er tun sollte.

Die Reise nach Brisbane war sehr anstrengend. Angst vor einer Kollision mit fahrenden Schiffen brauchte Steven nicht zu haben. Im Wasser treibende Wracks wie zum Beispiel die *Northern Princess*, der er und sein Vater auf ihrer Reise nach England begegnet waren, stellten dagegen eine große Gefahr dar. Er musste sich auch vor halb versunkenen Containern in Acht nehmen.

In mondlosen Nächten hatten sie keine andere Wahl, als den Autopiloten einzuschalten und zu hoffen, dass alles gut ging. Doch am Tag oder wenn der Mond schien, fühlten sie sich gezwungen, Wache zu halten. Der kleine Lee musste oft tagsüber Wache stehen, während seine Mutter und Steven sich ausruhten.

Es brachte nichts, dass sie in die »falsche Richtung« segelten – von Ost nach West. Der direkte Weg von Neuseelands Nordkap nach Brisbane lag bei zweihundertfünfundachtzig Grad. Steven wählte jedoch einen steileren Kurs und steuerte den Süden von Norfolk Island an. Berichte im Logbuch der *Archangel* über frühere Fahrten durch dic Tasmansee ließen darauf schließen, dass man in den niedrigeren Breiten mit Ostwinden rechnen konnte, wenn sich zwischen Australien und Neuseeland Hochdruckgebiete bildeten. Vor der Pandemie hätte man sich im Internet einfach eine Wettervorhersage für die nächsten sieben Tage gesucht und die Route dementsprechend geplant. Jetzt blieb ihnen nichts anderes übrig, als den Himmel zu betrachten und zu versuchen, das Wetter für die nächsten Stunden einzuschätzen. Aber Gewissheit gab es keine.

Sie waren begeistert, als der erhoffte Ostwind einsetzte. Als er aber nach und nach eine Geschwindigkeit von mehr als fünfundfünfzig Kilometer pro Stunde annahm, war von Freude nichts mehr zu spüren. Die *Archangel* schlingerte und schwankte in den über fünf Meter hohen Wellen, die gegen ihr Heck schlugen. Der normalerweise zuverlässige Autopilot war der

Lage nicht mehr gewachsen und sie waren gezwungen, die Jacht selbst zu steuern. Lee wurde mit dem Bettzeug in die Koje auf der Steuerbordseite verfrachtet, während Steven und Penny im Cockpit blieben und Sicherheitswesten anlegten. Sie wechselten sich jede halbe Stunde ab und ruhten sich während ihrer Pausen aus. Die Kajütenleiter stiegen sie nur in Notfällen hinunter, um nach Lee zu sehen, auf die Toilette zu gehen oder Essen und Wasser zu holen. Das Schiff schlingerte so gewaltig, dass sie weder kochen noch heiße Getränke zubereiten konnten. Eine gefühlte Ewigkeit wehte der starke Wind, und die *Archangel* wälzte sich in der aufgewühlten See. Die Reise verwandelte sich in einen Überlebenskampf. Es war eine elende Zeit, in der sie ständig unter Schlafmangel litten und permanent erschöpft waren.

Endlich flaute der Wind ab und auch die See beruhigte sich. Es begann zu regnen, und sie konnten den Autopiloten wieder einschalten. Steven und Penny stiegen erschöpft die Kajütenleiter hinunter, brachen angezogen auf dem Boden des Salons zusammen und schliefen sofort ein. Erst als Lee sie schließlich weckte und sie den Chronometer des Schiffes überprüften, stellten sie fest, dass der Sturm nur vier Tage gedauert hatte. Sie hätten schwören können, dem Unwetter eine Woche lang ausgesetzt gewesen zu sein.

Seit dem großen Sturm am Kap Hoorn auf ihrer Reise von Neuseeland nach England vor achtzehn Monaten hatte Steven nichts so Schlimmes erlebt. Auch Penny musste trotz der langen Reise von England nach Neuseeland niemals zuvor eine so entsetzliche Zeit durchstehen wie diese. Das verfestigte ihren Entschluss, sofort nach England zurückzukehren, wenn sich die Gelegenheit bot.

Doch ebenso wie die Erinnerung an die Geburt ihres Sohnes verblasste die Erinnerung an das schlechte Wetter schnell. Die Sonne schien, und sie sahen eine Walschule, die ein paar Hundert Meter von dem Schiff entfernt auftauchte und Gischtfontänen in die Luft blies. Drei Albatrosse folgten ihnen mehrere Tage und glitten stundenlang schwerelos über die Wellenkämme hinweg.

Irgendwann am Spätnachmittag sichteten sie Land in der Nähe von Moreton Island, östlich von Brisbane Harbour. Die Dämmerung nahte bereits, aber Steven hatte immer noch nicht die Markierung der Kanaleinfahrt erblickt, die sie in den North East Channel führen würde. In der Dunkelheit tauchten keine Leuchtfeuer auf. Trotz der Hoffnung, dass einige der solarbetriebenen Leuchtfeuer etwas weiter den Kanal hinunter noch funktionierten, wollte er das Risiko nicht eingehen, in der Dunkelheit zu navigieren. Sie holten die Segel ein und verbrachten eine ungemütliche Nacht in dem Außenkanal.

Am nächsten Morgen fuhren sie durch den North East und East Channel, ehe sie Kurs auf St. Helena Island nahmen, damit sie von Corkys Siedlung aus nicht entdeckt wurden. Am Nachmittag warfen sie den Anker im Osten der Insel und nutzten die Gelegenheit, eine Nacht lang gut zu schlafen. »Ich glaube, es ist sicherer, wenn wir bis zum Einbruch der Dunkelheit warten, ehe wir ans Ufer fahren. Dann rudere ich alleine zum Wynnum Creek und kundschafte Corkys Siedlung aus«, sagte Steven zu Penny, als sie am nächsten Tag erwachten.

»Auf gar keinen Fall. Wir kommen mit.«

»Ich glaube, es ist sicherer, wenn ich zuerst alleine die Lage peile.«

»Nein, wir kommen mit.«

»Wenigstens Lee sollte auf dem Schiff bleiben.«

Penny schüttelte den Kopf. »Wir müssen zusammenhalten.«

Als die Abenddämmerung einsetzte, nahm Steven das Gewehr und half Penny, einen kleinen Rucksack mit genügend Verpflegung für vierundzwanzig Stunden zu packen. Sie waren sich einig, die *Archangel* versteckt hinter St. Helena Island zurückzulassen, wo Corky sie nicht sehen konnte. Das bedeutete aber, dass sie drei Meilen bis zum Wynnum Creek rudern mussten. Als es dunkel wurde, ließen sie das Dingi ins Wasser und kletterten hinein.

Sie ließen St. Helena Island hinter sich und nahmen Kurs aufs Festland. Während Steven ruderte, suchte Penny das Ufer nach Lebenszeichen wie den Lichtschein eines Feuers oder den einer Kerze ab, doch sie konnte nichts entdecken. Sie ruderten durch den Wynnum Creek und versteckten das Dingi zwischen den Mangroven, ehe sie über einen verrotteten Schiffsrumpf ans Ufer kletterten.

Mit dem Gewehr in der Hand gingen Steven, Penny und Lee vorsichtig die Straße hinunter, die am Ufer entlang führte, durch die Badeorte Wynnum und Manly in Richtung von Corkys Siedlung. Sie erreichten Darling Point am nördlichen Ende der Rose Bay und starrten auf die undeutlichen Umrisse der Häuser, in denen die Gemeinschaft wohnte. Es war immer noch niemand zu sehen. Sie versteckten sich zwischen den Mangroven am Rande des Strandes, lauschten den Fischen, die in den Untiefen aus dem Wasser sprangen, und warteten auf die Morgendämmerung.

Als es allmählich hell wurde, konnten sie die Bungalows besser erkennen. Ein Stück weiter den Strand hinunter sahen sie die Silhouetten der Boote, mit denen sie die Vorräte zur *Archangel* transportiert hatten.

»Sieht alles verlassen aus«, flüsterte Penny Steven zu.

»Stimmt. Eigentlich müssten wir jetzt langsam mal jemanden sehen.«

Steven war nervös. Nichts bewegte sich und es gab keine verräterischen Rauchfahnen. Er beobachtete das Gebiet weiter durch das Fernglas. »Das gefällt mir nicht«, sagte er schließlich. »Ich sehe eine Reihe frischer Gräber auf dem Hügel oberhalb des Strandes. Ich bin sicher, dass sie beim letzten Mal noch nicht da waren.«

Als sie eine Stunde später immer noch niemanden gesehen hatten, führte Steven Penny und Lee durch einen Park und die Straße hinunter, um sich den Häusern am Strand von hinten zu nähern. Sie erreichten das Haus, in dem Robert mit dem Aborigine-Mädchen verschwunden war. Als Steven durch das Fenster spähte, sah er keine Hinweise darauf, dass sie noch dort wohnten. Er gab Penny und Lee ein Zeichen, draußen zu warten, und betrat mit dem Gewehr im Anschlag vorsichtig das Haus. Steven durchsuchte einen Raum nach dem anderen, doch nichts deutete darauf hin, dass hier in letzter Zeit jemand gelebt hatte.

»Leer«, sagte er, als er das Haus durch die Hintertür verließ. Penny und Lee standen ein paar Meter entfernt, und mit einem Schlag wirkten sie seltsam angespannt. Steven erkannte das Entsetzen auf ihren Gesichtern erst, als er einen Stoß in den Rücken spürte.

»Lass das Gewehr fallen, Scheiß-Kiwi.« Der nächste Stoß in den Rücken überzeugte ihn davon, dass Corky eine Waffe in der Hand hielt. Steven warf sein Gewehr vor sich ins Gras und drehte sich um. »Wir wollen dir nichts tun.«

»Schön. Das hast du letztes Mal auch gesagt, als du hier warst, und schau dir an, was jetzt passiert ist.«

»Was denn?«

»Geh ans Ende des Strandes, dann zeig ich es dir.«

Corky bedeutete Steven, Penny und Lee, ihm vorauszugehen. Steven warf schnell einen Blick auf sein Gewehr, das nun im Gras lag. »Denk gar nicht erst dran«, warnte Corky ihn. »Da drüben«, sagte er kurz darauf und zeigte auf die Reihe frischer Gräber.

Sie starrten auf die Erdhügel. Alle waren mit einem einfachen Holzkreuz mit eingebranntem Namen versehen. Sechs der Gräber waren kleiner als die anderen.

»Das ist passiert«, sagte Corky. »Diese kleinen Scheißkerle, die ihr hier zurückgelassen habt, haben irgendeine Seuche bei uns eingeschleppt und uns alle angesteckt. Die Krankheit hat meine Frauen und die Kinder getötet, und beinahe wäre ich auch draufgegangen.«

Lee zeigte auf ein kleines Grab mit dem Namen Harriet. »Das war das Mädchen mit dem kleinen Koalabären, mit dem Tommy und ich im Boot gespielt haben«, flüsterte er seiner Mutter zu.

Steven ging auf das Grab zu, das ein wenig abseits lag, und strich das Gras darauf zur Seite. Als er auf dem kleinen Brett auf dem Grab den Namen »Robert Dalton« entzifferte, stieg Trauer in ihm auf.

»Es ist schlimmer, wenn es einer der eigenen Leute ist, nicht wahr?« Corky zeigte mit dem Gewehr auf die Gräber. »Das war meine Familie. Ich habe es euch zu verdanken, dass sie jetzt alle tot sind.«

»Was ist mit Roberts Bruder Luke geschehen?«, fragte Penny. »Wo ist er?«

»Das geht euch nichts an.«

Steven starrte noch immer auf Roberts Grab und hätte von Corky gerne mehr über das Schicksal der Brüder erfahren, doch nicht, solange Penny und Lee die Antwort hören konnten. Als er sich schließlich umdrehte, sah er, dass Corky jetzt neben Penny stand. Er hatte ihr einen Arm auf den Rücken gerissen und drückte ihr den Lauf des Gewehrs auf den Hals. Lee klammerte sich an das Bein seiner Mutter.

»Fang an zu graben«, befahl Corky Steven und wies mit dem Kopf auf den Spaten, der neben Roberts Grab lag. »Du kannst dich gleich zu ihm gesellen.«

»Nein!«, schrie Penny.

»Halt's Maul, Miststück. Oder soll er für dein Kind auch gleich ein Grab schaufeln?«

Steven beugte sich hinunter und hob den Spaten auf. »Was hast du davon, wenn du mich tötest?«

»Deine Frau«, erwiderte Corky lachend.

Steven begann mit dem ersten Spatenstich. »Es ist sinnlos, mich zu töten.«

»Ja, ja, ich weiß, es ist alles eine Frage der Gene. Das hast du mir schon bei unserer ersten Begegnung gesagt. Grab weiter.«

Penny begann zu weinen, und als Lee sah, wie verzweifelt seine Mutter war, rollten auch ihm Tränen über die Wangen.

»Könnten wir nicht einen Deal machen?«

»Was, ich nehme sie montags, mittwochs und freitags und du dienstags, donnerstags und samstags? Nein danke, ich bin kein Scheiß-Kiwi. Das ist mir viel zu kompliziert.«

»Es gibt doch sicher etwas, das du haben möchtest.«

»Es gibt nur zwei Dinge, die ich will. Ich will sie in meinem Bett, und ich will, dass du tot bist.«

»Du bist nicht zu einem Kompromiss bereit?«

»Doch. Ich sag dir was. Du hast die Wahl. Entweder du stirbst oder der Junge.«

»Wir könnten dich mit nach Neuseeland nehmen und sogar mit nach England.«

»Warum sollte ich das wollen? Jetzt sag nicht, es ist alles eine Frage der Gene. Alles, was ich brauche, ist eine hübsche Frau, mit der ich den Rest meiner Tage verbringen kann, und einen kleinen Laufburschen als Zugabe.«

Während Steven das Grab schaufelte und um sein Leben bettelte, versuchte er die Situation abzuschätzen. Es gab kaum Hoffnung auf ein Entkommen. Corky hielt Abstand zu ihm und drückte den Lauf des Gewehrs noch immer auf Pennys Hals.

»Das ist tief genug«, sagte Corky. Penny und Lee weinten sich die Augen aus. »Okay, Kiwi, leg den Spaten aus der Hand und stell dich ans Ende des Grabes.«

Corky stieß Penny und Lee auf den Boden und legte das Gewehr an. Ein lauter Gewehrschuss hallte durch die Bucht und schreckte die Möwen auf, die kreischend aufflogen und in die Luft stiegen.

32

Durch den Tränenschleier starrte Penny auf Steven und wartete darauf, dass er in das offene Grab fiel. Doch er fiel nicht. Stattdessen rannte er auf Corky zu, der auf den Gräbern seines Harems zusammengebrochen war. Aus seiner Schläfe floss Blut. Steven riss Corky das Gewehr aus der Hand und beugte sich dann zu Penny und Lee hinunter.

»Steven!«, rief eine Stimme. Alle hoben den Blick. Mit einem Gewehr in der Hand rannte Luke Dalton vom Strand auf sie zu. Er war noch dünner geworden und hatte seine kindlichen Züge verloren.

»Holt mich hier raus!«, rief er.

»Beruhigt euch alle«, sagte Steven, der versuchte, Penny, Lee und Luke zu trösten. »Corky ist tot. Jetzt sind wir alle in Sicherheit.«

»Was ist passiert?«, fragte Steven Luke, als Lee aufgehört hatte zu weinen und Penny nicht mehr zitterte.

Luke wusste nicht, ob es die Flucht seines Bruders oder die nackten Frauen in dem Boot waren, die ihn dazu verleitet hatten, über den Bugkorb der *Archangel* zu klettern und sich an der Ankerkette hinunter ins Wasser zu hangeln.

Versteckt vor den Blicken der *Archangel*-Crew hörte er, dass die beiden Aborigine-Frauen baten, mit nach Neuseeland fahren zu dürfen. Kurz darauf kletterten sie an Bord. Als sie aus seinem Blickfeld verschwanden, schaute eine der anderen Frauen im Boot in seine Richtung. Er legte einen Finger an die Lippen, schüttelte den Kopf und zeigte aufs Ufer.

Das Gesicht der Frau hellte sich auf. Sie hatte nicht vor, ihn zu verraten. Heimlich bedeutete sie ihm, zur Leeseite des Bootes zu schwimmen. Luke ließ die Ankerkette los, tauchte unter, schwamm unter dem Boot hindurch zur anderen Seite und tauchte wieder auf. Dann klammerte er sich ans Dollbord, sodass die Crew der *Archangel* ihn nicht sehen konnte. Als sie das Ruderboot abstießen und die beiden Frauen mit dem leeren Boot, das sie hinter sich herzogen, ans Ufer ruderten, krallte Luke sich noch immer am Dollbord fest.

»Ruby, warum rudern wir in diese Richtung?«, fragte die Frau am Ruder auf der Steuerbordseite.

»Wir haben einen Passagier.«

»Was redest du da?«

»An meiner Seite hängt ein Junge.«

Die andere Frau verharrte einen Augenblick reglos. »Was?«

»Ruder weiter«, bat Ruby.

Das kleine Mädchen im Boot kroch von der Vorpiek nach achtern und spähte über das Dollbord zu Luke hinunter. »Ich bin Harriet, und das ist Cocoa«, sagte sie und hielt den Koalabären hoch.

Zögernd tauchte die andere Frau ihr Ruder wieder ins Wasser und spähte an Ruby vorbei auf die weißen Finger, die sich an die Seite des Bootes klammerten.

»Du bist verrückt. Corky bringt uns um. Er wird uns beide schon verprügeln, weil wir Sophia und Lily nicht wieder mit zurückgebracht haben.«

»Emily Jackson, meinst du, ich bin verrückt? Corky erfährt natürlich nichts von dem Jungen. Wie heißt du?«, fragte sie und starrte auf ihre Trophäe.

»Luke.«

»Irgendjemand wird es Corky erzählen«, warnte Emily sie.

»Ich habe nicht vor, irgendjemandem zu sagen, dass ich ihn mitgebracht habe.«

Luke zog sich mit den Armen ein Stück hoch, um einen Blick über das Dollbord zu werfen. »Warum nicht?«

»Corky ist schon sauer, weil dein Bruder hiergeblieben ist, und wenn er dich entdeckt, wird er noch wütender. Ich würde ihm zutrauen, dass er dich erschießt.«

»Das wird er nicht tun.«

»Zuzutrauen wäre es ihm«, pflichtete Emily ihr bei. »Du wärst nicht der erste Mann, den er wegen einer Frau erschießt.« Bei ihrem ernsten Ton wünschte Luke sich, er wäre nicht von Bord gegangen.

»Keine Sorge, Junge. Ich kümmere mich um dich«, versprach Ruby ihm, als sie sein verstörtes Gesicht sah.

»Ich auch«, bot Emily an.

Ruby warf ihr einen Blick zu. »Ich kümmere mich alleine um ihn, danke.«

»Entweder du teilst ihn, oder du verlierst ihn.«

Rubys finsterer Blick verriet, dass ihr diese Erpressung nicht gefiel. »Okay«, stimmte sie widerwillig zu. »Aber wir behalten ihn für uns. Ich teile ihn nicht mit noch jemandem.«

Luke streckte seinen Kopf über das Dollbord. »Was soll das heißen, dass ihr mich für euch behaltet? Was habt ihr mit mir vor?«

»Du, mein Junge, wirst die Füllung eines Brisbane-Sandwichs sein.«

Emily und Ruby sahen den entsetzten Blick auf dem Gesicht des Jungen und brachen in Lachen aus.

»Du brauchst keine Angst zu haben, Junge«, versicherte Emily ihm. »Wir essen dich nicht auf.«

»Könnte aber sein, dass wir dich ein bisschen anknabbern«,

fügte Ruby hinzu. Die beiden Frauen lachten wieder. Auch Luke verstand, dass sie einen Scherz auf seine Kosten machten.

»Hast du schon mal etwas von einem Brisbane-Sandwich gehört?«, fragte Emily.

»Nein. Ich mag keine Sandwichs.«

Die Frauen lachten wieder. »Dieses Sandwich wirst du mögen.«

»Pass auf, Luke. Wenn wir an der Landzunge dort drüben vorbeirudern, springst du ins Wasser, schwimmst an Land und versteckst dich bei den Mangroven. Wenn die Luft rein ist, überquerst du die Straße zum Park und versteckst dich in dem Pavillon.«

»Verstecken?«

»Das mit Corky war kein Scherz, hörst du. Wenn er dich findet, kriegst du richtig Ärger«, warnte Emily ihn. »Und wenn eine der anderen Frauen herausfindet, dass wir dich mitgebracht haben, stecken wir alle in Schwierigkeiten. Versteck dich einfach in dem Pavillon und verhalte dich ruhig. Wir kommen nach Einbruch der Dunkelheit zu dir.«

Lukes Kopf verschwand hinter dem Dollbord. »Wenn es dunkel ist! Bis dahin bin ich verhungert. Dann esse ich alles, sogar ein Brisbane-Sandwich.«

Die beiden Frauen begannen wieder zu kichern.

Es war stockdunkel, als Luke, der auf dem Boden des Pavillons lag, es in den Büschen rascheln hörte. Kurz darauf betraten Ruby und Emily den Pavillon. Wenigstens war seine Kleidung getrocknet. Wie Luke vorhergesagt hatte, starb er vor Hunger. »Habt ihr mir mein Sandwich mitgebracht?«, fragte er.

»Es dauert nicht mehr lange. Folge uns und sei still.«

»Kann ich meinen Bruder sehen?«

»Dein Bruder ist schwer beschäftigt. Er wird dich in den nächsten ein oder zwei Tagen kaum sehen wollen.«

»Beschäftigt? Was macht er denn?«

»Das wirst du bald erfahren.«

Emily und Ruby führten Luke aus dem Park heraus zu einem verlassenen Haus in der Nähe des Strandes, etwa einhundertyfünfzig Meter von den Häusern entfernt, in denen die Gemeinschaft wohnte. Sie stiegen schnell mit ihm die Treppe zum Schlafzimmer hinauf, zogen die Vorhänge zu und zündeten eine Kerze an. In dem flackernden Licht sah Luke, dass die beiden Frauen Wunden im Gesicht hatten. Emilys Lippe war geschwollen und aufgerissen.

Luke bekam einen mächtigen Schreck. »Hat Corky das getan?«

»Ja«, sagte Ruby. »Und so wie er gerade drauf ist, wird er dir noch viel Schlimmeres antun, wenn er dich findet. Du musst dich hier verstecken, damit er dich nicht sieht, bis wir glauben, dass es sicher genug ist, ihm von dir zu erzählen.«

»Das wird aber eine Weile dauern«, fügte Emily hinzu und strich über ihre geschwollene Lippe.

Luke wünschte sich nicht zum ersten Mal, dass er an Bord der *Archangel* geblieben wäre.

»Hier ist dein Essen.« Emily reichte ihm einen Teller.

Luke starb vor Hunger. »Das ist großartig. Ich dachte schon, ich bekomme nur ein Sandwich«, sagte er, als er das Fleisch und das Gemüse verschlang.

Ruby lachte. »Das bekommst du auch noch.«

Luke bemühte sich, die nackten Frauen zu betrachten, ohne dass sie es bemerkten. Sie hingegen verbargen nicht, dass sie ihn von oben bis unten musterten. Emily, die in Lukes Augen die hübschere Figur hatte, stellte sich dicht neben ihn.

»Wie alt bist du, Luke?«

»Fünfzehn«, log er.

»Hast du schon mal mit einem Mädchen geschlafen?«

»Ja, mit vielen Mädchen.«

»Das ist gut. Jetzt bekommst du dein Brisbane-Sandwich.« Sie nahm seine Hand, führte ihn zum Bett und legte sich neben ihn.

Ruby stieg auf der anderen Seite ins Bett und flüsterte ihm ins Ohr: »Das ist dein Brisbane-Sandwich, Luke. Emily und ich mit dir in der Mitte.«

Ruby öffnete den Gürtel von Lukes Shorts. »Ich habe gelogen«, sagte er plötzlich. »Ich habe noch nie mit einer Frau geschlafen.«

»Meinst du, das hätten wir nicht geahnt? Ich wette, du bist auch noch keine fünfzehn, oder?«

»Nein«, gab er zu, als ihm seine Shorts ausgezogen wurden.

»Vielleicht sollten wir mit ihm den Dunwich-Fass-Test machen?«, schlug Emily vor.

»Was ist der Dunwich-Fass-Test?«, fragte Luke, der genauso große Angst hatte, den Test zu bestehen wie ihn nicht zu bestehen.

»Nun, wenn wir nicht sicher sind, ob ein Junge groß genug ist, stellen wir ihn in ein Dunwich-Fass«, erklärte Emily ihm, während sie sein Hemd aufknöpfte. Luke spürte ihre heißen Brustwarzen auf seiner Brust. »Wenn er über den Rand des Fasses schauen kann, ist er groß genug.«

»Und was passiert, wenn er nicht über den Rand schauen kann?«

»Dann nehmen wir ein kleineres Fass.« Die beiden Frauen brachen in wildes Gelächter aus.

Als Emily und Ruby schließlich gingen, lag Luke erschöpft und wund auf dem Bett, doch mit dem Gefühl, im Paradies zu sein.

Der paradiesische Zustand dauerte gerade mal eine Woche.

»Wo ist Ruby?«, fragte Luke eines Nachts, als Emily alleine kam.

Sie stellte das Essen auf den Tisch und beobachtete Luke, der es sich schmecken ließ. »Sie ist nicht auf dem Damm. Ein paar der anderen Mädchen sind auch nicht auf dem Damm. Corky gibt deinem Bruder die Schuld.«

»Was soll das heißen, sie sind nicht auf dem Damm?«

»Sie sind krank. Also gibt es heute kein Brisbane-Sandwich.«

Luke war fast ein bisschen erleichtert. Die Füllung des Sandwiches zu sein, erwies sich als harte Arbeit, auch wenn es ausgesprochen angenehm war.

Auch Emily fühlte sich nicht gut und verabschiedete sich daher kurz nach Mitternacht. Als sie in der nächsten Nacht in das Haus stolperte und eine Tasche voller haltbarer Lebensmittel mitbrachte, sah sie fürchterlich aus. Es wurde immer schlimmer. Alle außer Robert waren krank. Corky drehte durch und drohte, alle zu erschießen. Emily warnte Luke, dass er sich unbedingt verstecken musste, was auch immer geschah. Sie war so krank, dass sie nicht mal mehr mit ihm schlafen wollte, aber sie versprach, in der nächsten Nacht wiederzukommen.

Sie kam aber nicht wieder, weder am nächsten Tag noch am Tag darauf. Das Essen, das sie ihm mitgebracht hatte, reichte für fünf Tage. Und eines Morgens schließlich stahl Luke sich hungrig und ängstlich aus dem Haus. Er schlich durch die Gärten zu den Häusern oben am Strand.

Bevor Luke Corky sah, hörte er seine Stimme. »Grab weiter, du fauler, kleiner Scheißkerl!«

»Ich habe gestern drei gegraben und heute schon zwei.« Luke war erleichtert, als er Roberts Stimme hörte.

Keine hundert Meter von den beiden entfernt kroch Luke an einem Zaun entlang und spähte durch eine Lücke in den

Büschen. Auf dem Rasenstreifen oben am Strand auf der anderen Straßenseite sah er mehrere Erdhügel, in denen Kreuze steckten. Sein Bruder stand in einem Loch und grub, während Corky mit dem Gewehr im Arm auf einem umgedrehten Dingi hinter ihm saß.

»Was beklagst du dich? Es ist deine Schuld, dass sie tot sind, du verseuchter kleiner Scheißkerl«, fluchte Corky.

»Mit mir ist alles in Ordnung.«

»Und warum haben meine Frauen dann alle den Löffel abgegeben?«

Robert sah noch gereizter aus als sonst. »Wenn dir die Frauen so viel bedeuten, warum hilfst du mir dann nicht, ihre Gräber zu schaufeln?«

»Du hast sie getötet. Du schaufelst die Gräber.«

Robert war den Tränen nahe. »Ich habe sie nicht getötet.«

Corky erwiderte nichts, und Robert grub weiter. Er war sichtlich erschöpft. »Und für wen ist dieses Grab?«, fragte er nach einer Weile.

»Stell keine Fragen. Grab einfach weiter.«

Robert warf noch zwei Schaufeln Erde heraus, kletterte dann aus dem Loch und stützte sich mit dem Rücken zu seinem Peiniger auf die Schaufel. »Es ist tief genug«, sagte er trotzig.

»Bist du sicher?«

»Klar. Hab ich doch gesagt«, schrie Robert. »Wenn du es noch tiefer haben willst, grab selbst.«

Corky hob das Gewehr und schoss Robert eine Kugel in den Rücken.

»Nein!«, brüllte Luke, als sein Bruder in das Grab stürzte. Er schickte sich an, über den Zaun zu klettern, doch Corky richtete das Gewehr auf ihn. Luke sprang schnell wieder auf die andere Seite, als mehrere Kugeln das Holz rechts von ihm zerschmetterten. Er lief durch die Gärten, sprang über Zäune und kroch durch Hecken. Der Anblick von Corky, der das Gewehr nachlud und seine Verfolgung aufnahm, spornte ihn zu Höchstleistungen an. Zum Glück war er der schnellere Läufer und war nach wenigen Minuten aus Corkys Blickfeld verschwunden.

Luke hatte wahnsinnige Angst, doch er erinnerte sich an das Versprechen seines Onkels Mark zurückzukehren, um Robert hier abzuholen. Mark war bestimmt furchtbar wütend, weil er heimlich von Bord gegangen war, aber Luke war sicher, er würde eines Tages kommen. Hoffentlich bald.

Allein aus diesem Grunde musste er trotz der Gefahr in der Nähe von Corkys Ansiedlung bleiben. Luke schätzte, dass Mark einen Überraschungsbesuch machen und nicht das Risiko eingehen würde, in die Rose Bay zu segeln, wo Corky die *Archangel* sofort entdecken würde. Wenn die Rettungsmannschaft Corky tötete und die Gräber fand, während er sich woanders aufhielt, würden sie vermuten, dass er ebenfalls tot war, und ohne ihn wieder abreisen. Luke überlegte, ob er Nachrichten an den Zufahrtsstraßen zu der Siedlung hinterlassen sollte, doch er verwarf den Gedanken wieder. Wenn Corky die Nachrichten fand, würde er erfahren, dass Mark die Absicht hatte zurückzukehren.

Luke hatte nur eine Chance. Er musste Corky erschießen, ehe er selbst erschossen wurde. Das Problem war nicht, eine Waffe zu finden, sondern Munition aufzutreiben. In der Zeit nach dem Ausbruch der Pandemie waren alle Munitionsdepots geplündert worden. Die schrumpfende Bevölkerung in diesem Gebiet hatte Wild und Vögel gejagt, um nicht zu verhungern, oder die Menschen kämpften gegeneinander um Vorräte.

Lukes größtes Problem war die Nahrungssuche. Ohne geladene Waffe war selbst das schwierig, vor allem, da er Corky ständig im Auge behalten musste. In der zweiten Nacht nach der Ermordung seines Bruders schlich Luke am Ufer entlang und stahl Fische, die an den Gestellen oben am Strand trockneten. Er legte auch ein einfaches kleines Holzbrett auf das Grab seines Bruders. Lieber hätte Luke ein Kreuz aufgestellt, aber ein Kreuz hätte Corky sofort gesehen, und er wollte nicht, dass er es herausriss und verbrannte.

Am nächsten Morgen beobachtete er Corky, wie er misstrauisch auf die Lücke im Gestell spähte. Später an diesem Tag sammelte Corky die restlichen Fische ein und brachte sie in das Haus, in dem er vermutlich wohnte. Glücklicherweise entdeckte er das Holzbrett nicht.

Zwei Tage später erschoss Corky ein Känguru, das am Strand herumlief. Er hängte es an einen Ast, zog die Haut ab und schnitt ein Bein ab. Den Rest des Fleisches ließ er dort hängen.

Luke starb vor Hunger. Als der Mond am nächsten Morgen von Wolken verdeckt wurde, schlich Luke durch die Gärten auf den Kadaver zu. Er war schon über den Zaun geklettert, als der Himmel kurz aufriss und den Bruchteil einer Sekunde das Mondlicht auf ihn fiel. Ein Gewehrschuss hallte durch die Stille, und Luke spürte den Luftzug, als die Kugel an ihm vorbeizischte. Wenn er ein paar Meter näher am Kadaver gestanden hätte oder die Lücke in den Wolken ein wenig größer gewesen wäre, hätte Corkys Kugel ihn zweifellos getötet.

Von diesem Augenblick an war Luke hauptsächlich damit beschäftigt, Corky zu beobachten, um jederzeit zu wissen, was er tat. Corky trug das Gewehr immer bei sich, und sein Blick schweifte stets auf der Suche nach seinem Opfer umher.

Mark war immer noch nicht gekommen, und Luke war gezwungen, kurzfristig sein Versteck zu verlassen, um Nahrung zu suchen. Gleichzeitig suchte er verzweifelt nach Munition, doch immer ohne Erfolg.

Luke führte das Leben eines Guerillakämpfers und schlief keine zwei Nächte hintereinander am selben Ort. Er hatte Geschichten über australische Giftspinnen und -schlangen gehört, und die wahnsinnige Angst, gebissen zu werden, trug noch zu seiner misslichen Lage bei. In der Regel hielt er sich in dem Gebiet auf, das im Norden vom Wynnum Creek, im Westen von dem Gebirgskamm oberhalb von Manly, im Süden vom Lota Creek und im Osten vom Meer begrenzt wurde. Bald kannte er diese Gegend wie seine Westentasche.

33

Das Katz- und Mausspiel zog sich erst tage- und dann wochenlang hin. Der ständige Hunger, die Nervosität, die Erschöpfung und der Stress, Corky ständig aus dem Weg zu gehen und nach der *Archangel* Ausschau zu halten, forderten ihren Preis. Luke beschloss, etwas zu unternehmen.

Eines Morgens entzündete er ungefähr eine Stunde vor Tagesanbruch am Strand ein paar Kilometer von Corkys Siedlung entfernt ein Feuer. Er warf Laub und Gras in die Flammen, bevor er sich in der Nähe versteckte. Sein Feind war Frühaufsteher und Gewohnheitsmensch. Jeden Morgen ging er mit dem Gewehr und einem Eimer in der Hand am Strand entlang zu der Landzunge und kontrollierte das Netz, das er am Abend zuvor ausgeworfen hatte. Als Erstes warf er die Fische in den Eimer, worauf er durch das Fernglas aufmerksam den Horizont, die Inseln vor der Küste und die Strände auf dem Festland betrachtete. Seine sorgfältige Suche bewies Luke, dass Corky ebenfalls mit der Rückkehr der *Archangel* rechnete.

Dieser Morgen bildete keine Ausnahme. Nachdem Corky wieder die ganze Umgebung intensiv durch das Fernglas abgesucht hatte, entdeckte er den Rauch. Mit der Waffe im Anschlag schlug Corky sofort die Richtung des Feuers ein. Luke folgte ihm in sicherem Abstand.

Am südlichen Ende des Strandes blieb Luke stehen und beobachtete Corky, der am Strand entlang auf den aufsteigenden

Rauch zulief. Als er sich dem Feuer näherte, verlangsamte er die Schritte und schlich vorsichtig weiter. Luke drehte sich um und rannte, so schnell er konnte, die Straße hinunter zu Corkys Haus. Sobald Corky begriff, dass er hereingelegt worden war, würde er ebenfalls sofort umkehren. Luke schätzte, dass ihm ungefähr zwanzig Minuten blieben.

Er stürmte in Corkys Haus, riss einen Rucksack vom Haken und warf alle Nahrungsmittel hinein, die er in der Küche fand. Während er nervös auf die Uhr schaute, begann er mit dem wichtigsten Teil der Operation – der Suche nach Corkys Munition.

Als er einen Schrank in der Diele durchwühlte, fand er eine Bibel. Luke hatte zwar früher im Kirchenchor gesungen, aber er war nicht besonders gläubig. Er war wohl eher wegen seines engelhaften Gesichts als seiner guten Stimme ausgewählt worden. Dennoch fiel ihm die Bibel mit dem markanten Ledereinband ins Auge, der mit zwei großen, von Eichenzweigen umrankten Cs verziert war. Sie sah genauso aus wie die Bibel seiner Großmutter in Haver. Einem Impuls folgend steckte er sie in den Rucksack zu den Lebensmitteln.

Die Zeit war fast um, als Luke endlich fand, was er suchte: Corkys Pistolen, Gewehre und Munition, die hinter Kleidung im Kleiderschrank versteckt waren. Luke nahm eines der Gewehre in die Hand und erinnerte sich dann, dass er vor allem Munition brauchte.

Er legte das Gewehr zurück und streckte die Hand nach dem großen Stapel Schachteln mit Munition aus. Die größte Spinne, die er jemals gesehen hatte – sie war einschließlich der Beine fast zwei Hand breit –, hielt auf den Schachteln Wache. Luke fuhr der Schreck in die Glieder, denn er wusste nicht, dass es eine harmlose Riesenkrabbenspinne war. Er umklammerte das Gewehr, stieß die Spinne von den Schachteln herunter und erschlug sie mit dem Gewehrkolben. Als er eine Schachtel

Munition vom Stapel nahm und den Inhalt in den Rucksack schüttete, zitterte er noch immer. Die leere Schachtel machte er wieder zu und versteckte sie mitten im Stapel. Das Gewehr legte er ebenfalls zurück in den Schrank und schloss die Tür. Luke hoffte, Corky würde nicht bemerken, dass er das Versteck gefunden hatte, wenn er Waffen und Munition offenbar unberührt vorfand.

Die Suche hatte länger gedauert als erwartet. Als Luke die Eingangstür erreichte, sah er, dass Corky schnaufend und keuchend über die Promenade auf sein Haus zulief.

»Du kleiner Scheißkerl!«, brüllte Corky atemlos und legte sein Gewehr an.

Eine Kugel drang in die Wand des Hauses ein. Luke lief zurück in die Küche. Da die Hintertür verschlossen war, kletterte er durch das Küchenfenster. Als er über das Gartentor sprang, stürmte Corky durch die Hintertür.

Luke rannte die Straße hinunter. Der Rucksack schlug gegen seinen Rücken, und er wünschte, er hätte die schwere Bibel nicht mitgenommen. Kaum hatte er die Kreuzung am Ende der Straße erreicht, traf eine Kugel den Rucksack mit solcher Wucht, dass Luke das Gleichgewicht verlor und zu Boden stürzte. Erstaunt, dass er noch lebte, stand er mühsam wieder auf. Die nächste Kugel zischte über seinen Kopf hinweg, als er um die Ecke bog.

Normalerweise wäre er schneller gewesen als Corky, aber nicht mit dem Rucksack auf dem Rücken. Da Luke sich auf gar keinen Fall von der wertvollen Nahrung und der Munition trennen wollte, bog er in eine Einfahrt ein und versteckte sich hinter einer Hecke, wo er vor Corkys Blicken sicher war. Corky bog um die Ecke und lief unter wüsten Beschimpfungen die Straße weiter hinunter. Plötzlich wünschte Luke, er hätte ein Gewehr statt der Bibel gestohlen.

Den Rest des Tages versteckte er sich und beobachtete

Corky, der ihn suchte. Erst als sein Verfolger ins Haus zurückkehrte, während er noch einmal böse Drohungen ausstieß, schlich Luke vorsichtig zu seinem bevorzugten Versteck in der Nähe der Landzunge.

Mittlerweile starb er vor Hunger. Luke nahm Essen aus dem Rucksack, schlang es hinunter und sortierte dann systematisch die Beute. Er hatte schon beschlossen, alles einschließlich der Munition in drei Teile zu teilen und es sicherheitshalber an verschiedenen Orten zu verstecken, falls Corky eines der Versteck entdeckte.

Schließlich nahm Luke die Bibel in die Hand und starrte ungläubig auf das Loch. Sie war an der Stelle noch warm, wo die Kugel in die Seiten eingedrungen war und ihre Energie verloren hatte. Luke konnte sein Glück kaum fassen. Die Bibel hatte ihm das Leben gerettet.

Als er das Deckblatt aufschlug, begann sein Herz zu rasen. Oben auf der Seite standen die Namen seiner Urgroßeltern, Claude und Cora Chatfield. Unter ihren Namen waren fünfzehn Kinder aufgelistet, einschließlich seiner eigenen Großmutter Margaret und des mysteriösen »geheimen« Großonkels William. Nur Williams Nachkommen waren aufgeführt, und der letzte Eintrag der Liste war geändert worden. Jemand hatte »Clive Cedric Cecil Cork« durchgestrichen und »Corky« hineingeschrieben.

Luke hob den Blick zum Himmel. Gab es doch einen Gott? Was hatte ihn veranlasst, die Bibel mitzunehmen, als er nach Munition gesucht hatte? Passte seine Großmutter da oben auf ihn auf? Nein, das konnte nicht sein. Sie war noch in Haver.

Plötzlich vermisste er sie. Seine Mutter war während der Pandemie gestorben; sein Vater war in Kapstadt von einem Löwen gefressen worden, und jetzt hatte Corky seinen Bruder erschossen. Luke hatte nur noch seine Großmutter. Ob sie noch lebte? Wenn er doch nur nach Haver zurückkehren könnte.

Er steckte die Beute wieder in den Rucksack und machte sich auf den Weg zu den Häusern am Rand von Manly, wo er glaubte, Gewehre gesehen zu haben. Unterwegs versteckte er einen Teil der Nahrungsmittel und der Munition an zwei verschiedenen Orten.

In einem großen Haus fand er geeignete Gewehre und lud sofort zwei durch. Die Angst, von Corky erschossen zu werden, die ihn seit dem Tod seines Bruders quälte, wurde von ungeheuerer Wut und Hass verdrängt.

Nach einer schlaflosen Nacht verließ er vor der Morgendämmerung sein Versteck und lief am Strand entlang zur Landzunge, wo er sich hinter Büschen versteckte. Die Stelle war ein paar Meter von der Straße entfernt, die Corky immer entlangging, um das Netz zu kontrollieren. Als der Mörder seines Bruders zum Netz ging, hob Luke das Gewehr und nahm einen Punkt zwischen Corkys Schulterblättern ins Visier. Doch trotz seiner Wut und obwohl die Gelegenheit günstig war und er den Finger schon am Abzug hatte, schaffte er es nicht abzudrücken.

»Das war gestern«, erklärte Luke ihnen. »Als ich heute Morgen aufgewacht bin, war mir klar, dass ich ihn unbedingt töten musste. Das Risiko, dass er mich findet, war einfach zu groß. Ich kam hierher, um ihn zu erschießen, und dann habe ich euch alle oben am Strand gesehen. Als ich dich graben sah, wusste ich, dass er mit dir dasselbe vorhatte wie mit Robert. Es war verdammt schwierig, ihn zu erschießen, ohne Penny und Lee zu gefährden.«

»Das hast du sehr gut gemacht«, sagte Steven und starrte auf den Leichnam.

Penny schlang einen Arm um Lukes Schultern. »Das mit deinem Bruder tut uns schrecklich leid.«

Zum ersten Mal seit Roberts Tod begann Luke zu weinen. Jetzt konnte er endlich in Sicherheit um seinen Bruder trauern.

Steven schleifte Corkys Leichnam über das Gras und warf ihn in das Grab, das für ihn selbst bestimmt gewesen war. Als er Erde auf den Leichnam schaufelte, fasste Luke sich allmählich wieder.

»Glaubt ihr wirklich, dass mein Bruder für den Tod all dieser Menschen verantwortlich war?«, fragte er und schaute hilflos auf die Reihe der Gräber.

Steven stützte sich auf die Schaufel. »Nein, es war Lee.«

»Lee?«

»Er trägt den Typhus-Erreger in sich. Er ist ein sogenannter asymptomatischer Träger.«

»Aber wie kann er die Menschen hier angesteckt haben?«

»Als Lee in dem Ruderboot mit ans Ufer gefahren ist, hat er die Latrine oben am Strand benutzt«, erklärte Steven ihm. »Dadurch wurden vermutlich die Wasservorräte infiziert. Diese Frauen hatten keine Abwehrkräfte gegen die Krankheit und daher keine Chance.«

»Müssen wir wirklich zurück nach Neuseeland fahren?«, fragte Penny Steven. Sie hatten die *Archangel* in den Kanal in der Nähe des Hafens gesteuert. Nun saßen sie auf der Mauer an der Promenade und sahen zu, wie Luke mit Lees Hilfe Corkys Netz in der kleinen Bucht auswarf.

Steven schaute sie an. »Wir müssen zurückkehren«, erwiderte er sanft. »Ich kann nicht einfach nach England segeln, ohne mich von meinem Vater zu verabschieden. Ich möchte ihm auch Corkys Bibel geben. Sie beweist, dass noch woanders Chatfields leben könnten. Und wir müssen Luke nach Neuseeland bringen.«

»Bist du sicher, dass er nicht lieber in Haver leben würde?«

»Natürlich.«

»Ich wäre da nicht so sicher. Hast du ihn gefragt? Es könnte sein, dass er genauso wie ich empfindet.«

»Ich weiß, dass es für uns beide schwierig wäre, mit Lee in Neuseeland ein isoliertes Leben zu führen, aber wir hätten einander. Und vielleicht entscheidet Luke sich, lieber mit uns zu leben als bei meinem Vater.«

Penny schüttelte den Kopf. »Das wird er nicht. In unserer Gruppe hat er keine Zukunft, denn ich bin die einzige Frau. Ich verstehe, dass du deinen Vater noch einmal sehen musst, aber anschließend möchte ich, dass du uns zurück nach Haver bringst«, sagte sie entschlossen.

Steven gefiel das nicht, doch er konnte sie verstehen. »Ich liebe dich«, sagte er schließlich. »Mehr als ich jemals jemanden geliebt habe. Ich würde mir wünschen, dass du dem Leben in Neuseeland eine faire Chance gibst.« Penny öffnete den Mund, um zu widersprechen, doch Steven fuhr schnell fort. »Wenn du noch genauso fühlst, nachdem du es versucht hast, verspreche ich dir, dass ich mit dir nach England fahre. Ich möchte einfach meinen Vater nicht im Stich lassen. Ich möchte ihm helfen, die Gemeinschaft wieder aufzubauen. Das bin ich ihm und den anderen schuldig.«

Penny schmiegte sich an ihn und schlang die Arme um seinen Körper. »Danke«, sagte sie. »Ich liebe dich so sehr.«

Fast einen Monat verbrachten sie in Manly. Während sie angelten und jagten, versuchten sie, die schrecklichen Erlebnisse zu verarbeiten. Sie liefen bis Brisbane und erkundeten die Innenstadt, die durch Brände fast vollständig zerstört worden war. Menschen fanden sie keine, aber damit hatten sie auch nicht gerechnet.

Ihre Anstrengungen konzentrierten sich größtenteils auf den

Hafenkomplex. Sie fanden viele Skelette, sowohl innerhalb als auch außerhalb der Absperrung. Als sie immer mehr bewaffnete Schiffe und Skelette an strategischen Punkten entlang der Pontons entdeckten, begriffen sie, dass der Hafen ein begehrter Standort gewesen war, um den beide Seiten erbittert gekämpft hatten. Eine genaue Inspektion ergab, dass das in der Hafeneinfahrt gesunkene Wrack schwer bewaffnet gewesen und eingesetzt worden war, um den Hafen von Seeseite anzugreifen. Diejenigen, die im Hafen eingeschlossen gewesen waren, hatten offenbar eine beträchtliche Zeit durchgehalten. Trotz intensiver Suche auf allen Schiffen fand Steven weder eingemachte Lebensmittel noch eine einzige Konserve.

Schließlich konzentrierten sie sich darauf, die *Archangel* instand zu setzen. Sie waren über dreißigtausend Meilen gesegelt, und das Schiff musste unbedingt überholt werden. Der Hafen in Gulf Harbour war zerstört, und so war Manly der ideale Ort, um hier nach Material zu suchen und die Jacht seeklar zu machen. Langsam akzeptierte Steven, dass die Reise nach England nun immer wahrscheinlicher wurde. Nachdem Luke über die Situation in Gulf Harbour im Bilde war und Pennys sehnlichen Wunsch, nach Haver zu segeln, vernommen hatte, sprach auch er sich dafür aus, »nach Hause« zurückzukehren.

An einem ruhigen Tag fuhren sie die *Archangel* bei Flut nahe an den Strand heran und erzeugten Schlagseite nach Steuerbord, sodass die Jacht auf die Seite kippte, als Ebbe einsetzte. Sofort begannen alle eifrig, den Muschelbewuchs von der Backbordseite des Rumpfes abzukratzen. Ehe die Flut wieder einsetzte, trugen sie noch eine dicke Schicht Antifoulingfarbe auf, die den erneuten Bewuchs verhindern sollte. Anschließend wiederholten sie dieselbe Prozedur auf der anderen Seite des Schiffes. Wanten, Leinen, Taue und Segel wurden ersetzt.

Ihre letzte Handlung bestand darin, auf die Gräber von Robert, Emily, Ruby und Harriet Holzkreuze zu stellen und die Kreuze der anderen Gräber neu zu streichen. Auf Corkys Grab legten sie ein einfaches Holzbrett. Ein Kreuz erschien ihnen nicht angebracht. Auf das Brett schrieben sie mit Farbe: Clive Cedric Cecil Cork.

34

»Sie sind weg!«

Plötzlich war Diana hellwach. Susan stand am Fußende des Bettes und rang nach Atem. Die Uhr oben auf dem Cromwell Tower schlug sechs. »Sie sind weg«, sagte Susan noch einmal.

»Wer ist weg?«

»Damian und Greg.«

»Was?«

»Ich wollte Greg am Ende seiner Schicht im Strafzimmer abholen und habe gesehen, dass die Tür nicht verriegelt war. Weder Greg noch Damian waren im Raum.«

Diana war bereits aus dem Bett und zog sich das Kleid über den Kopf. Ihre Gedanken überschlugen sich. »Was ist mit Jasper?«

»Das habe ich nicht überprüft. Ich bin sofort zu dir gekommen.«

»Alle sollen sich im Großen Saal versammeln. Sag Duncan und Paul, sie sollen zum Cromwell Tower gehen und nachsehen, ob Jasper noch in seiner Zelle ist.«

Diana und Susan rannten durch die Galerie. Diana bog in ihr Arbeitszimmer ab. Susan stieg im Eilschritt die Treppe hinunter und lief, so schnell es ihre arthritischen Glieder erlaubten, durch den Großen Saal zu den Quartieren rund um den Lawn Court.

Zu ihrer großen Erleichterung fand Diana alle Schlüssel einschließlich den zu Jaspers Zelle in ihrem Schreibtisch. Sie nahm die Schlüssel zur Waffenkammer heraus und rannte los, um Gewehre und Munition zu holen. Die Mitglieder der Gemeinschaft strömten in den Großen Saal, als sie gerade dort ankam. Alle stellten gleichzeitig Fragen, die sie alle nicht beantworten konnte.

Paul und Duncan rannten hintereinander in den Saal.

»Jasper ist auch weg«, rief Duncan atemlos.

Auf allen Gesichtern spiegelte sich Angst, nur Jennifer sah vollkommen fassungslos aus.

»Wie um Gottes Willen sind sie entkommen?«, fragte Diana und warf Duncan ein geladenes Gewehr zu.

Paul streckte die Hand aus, in der zwei grob geschliffene Schlüssel lagen. »Einen Schlüssel haben wir in der Zellentür gefunden und den anderen in dem Schloss an seiner Eisenkugel und der Kette.«

Diana nahm die Schlüssel an sich und betrachtete sie eingehend. Jennifer starrte ungläubig auf die Schlüssel. Sie kannte sie. Den kleineren hatten sie benutzt, um in den vergangenen Wochen das Schloss an Jaspers Eisenkugel und der Kette aufzuschließen. Erst letzte Woche hatte sie ihm geholfen, den größeren Schlüssel für seine Zellentür nachzumachen. Jasper hatte ihr versprochen, diesen Schlüssel zu benutzen, um sie von Haver wegzubringen, wenn der Zeitpunkt günstig war. Warum hatte er ihr nicht gesagt, dass er vorhatte auszubrechen? Warum war er stattdessen mit seinen Brüdern geflohen?

»Es kommt noch schlimmer«, sagte Kimberley, als sie in den Großen Saal trat. »Virginia ist auch weg.«

»Was?«, kreischte Jennifer so laut, dass es trotz des Tumults im Großen Saal alle hörten. »Wurde sie entführt?«

Kimberley schüttelte den Kopf. »Sie hat die kleine Hazel mitgenommen. Man sieht in ihren Räumen und an dem, was sie eingepackt haben, dass alles sorgfältig geplant war.«

Amy und Beatrice begannen zu weinen. Die vierzehnjährigen Zwillinge waren dank Dianas und Theresas künstlicher Befruchtung schwanger. Sie konnten nicht glauben, dass ihre Mutter ohne sie weggegangen war.

»Dieses Miststück!«, rief Jennifer. Ihre Stimme war so hasserfüllt, dass sich alle zu ihr umdrehten. »Das ist doch unglaublich, oder?«, zischte sie. »Begreift ihr denn nicht? Diese kleine Nutte hat die Beine für ihn breit gemacht, und er hat sie betört, damit sie ihm hilft, die Schlüssel nachzumachen.«

»Wie soll er sie denn verführt haben?«, rief Duncan, um seine Tochter zu verteidigen. »Habt ihr nicht immer gemeinsam Jasper eingeschlossen und abgeholt?«

»Natürlich.«

»Es reicht«, rief Diana. »Jetzt ist es wichtig, dass wir für unsere Sicherheit sorgen. Die Chatfield-Brüder haben offenbar keine Waffen, sonst würden wir jetzt alle an der Wand stehen.«

»Wir würden wohl eher tot vor der Wand liegen«, entgegnete Paul düster.

Diana gab ihm ein Gewehr. »Wir müssen Wachen auf dem Cromwell Tower und dem West Gate postieren. Du übernimmst den Cromwell Tower. Duncan, du das West Gate. Verschließt die Türen unten an den Türmen, sobald ihr drin seid. Los jetzt.«

Als Duncan und Paul davoneilten, drehte Diana sich zu Cheryl um. »Verriegel das Westtor und alle anderen Tore. Susan, du machst das Frühstück. Die anderen bleiben alle innerhalb der Mauern. Sofort nach dem Frühstück beginnen wir mit dem Schießtraining.«

»Was ist mit den Tieren auf der Farm?«, fragte Bridget.

»Niemand geht in den Park, wenn ich es nicht ausdrücklich erlaube.«

In den nächsten Tagen blieb die Gemeinschaft in Haver in höchster Alarmbereitschaft, während Diana in ihrer Rolle als Oberkommandeurin ihre Truppe drillte und ausbildete. Jasper war der gefährlichste ihrer Feinde. Davon war Diana überzeugt. Damian – ein extrem launischer Kerl – hatte nicht die Fähigkeit, seine Brüder anzuführen, geschweige denn, gemeinsam mit ihnen Haver anzugreifen. Und Greg tat das, was ihm gesagt wurde.

Allmählich dämmerte Diana, wie clever Jasper war. Indem er vorgetäuscht hatte, ein bezwungener, gebrochener Mann zu sein, hatte er sie alle in Sicherheit gewiegt. Doch was sie wirklich quälte, war die Frage, wie er Virginia verführt hatte.

Er war zweifellos ein Mann, der bei Frauen gut ankam, und in der Gemeinschaft mangelte es jämmerlich an geeigneten Männern. Diesen Umstand hatte Diana immer als Schwachpunkt ihrer Herrschaft betrachtet. Die Angst, dass sich zwischen den Frauen und den Chatfield-Brüdern sexuelle Beziehungen entwickeln könnten, war der Hauptgrund gewesen, warum sie sich für künstliche Befruchtungen entschieden hatte.

Wie hatte Jasper es geschafft, Virginia so zu verführen, dass sie freiwillig mit ihm geschlafen hatte? Hatte allein das Versprechen eines Lebens mit ihm außerhalb von Haver zu ihrem Verrat geführt? Selbst Versprechen mussten ausgesprochen und diskutiert werden. Diana spielte immer wieder alles im Kopf durch und befragte mehrmals Duncan, Jennifer, Kimberley und Rebecca. Trotz ihrer bohrenden Fragen und Anschuldigungen bestätigten sie jeweils die Aussagen der anderen. Wenn sie den Worten der Steeds glauben konnte, hatte Virginia niemals Zeit allein mit Jasper verbracht. Aber er musste Gelegenheit gehabt haben, mit ihr zu sprechen.

Diana wusste, dass ihre Zukunft als Herrscherin von Haver nur gesichert war, wenn es ihr gelang, cleverer als Jasper zu sein und ihn auszutricksen. Besonders fürchtete sie sich vor einem nächtlichen Angriff der Chatfield-Brüder. Zum Glück war es Juni, und die Nächte waren kurz. Die Bestände der Waffenkammer wurden auf drei abgeschlossene Räume an strategisch wichtigen Punkten innerhalb des Haus-Komplexes verteilt. Die Herausgabe und Rückgabe der Waffen wurde peinlich genau protokolliert. Zusätzlich zu den Maschinengewehren, die auf den Brustwehren des West Gate und des Cromwell Tower installiert wurden, verfügte Diana über genügend Waffen und Munition, um jedem Erwachsenen eine Waffe auszuhändigen.

Da von den Chatfield-Brüdern nichts zu sehen war, entspannte sich die Gemeinschaft allmählich, obwohl Diana sie dazu drängte, wachsam zu bleiben. Während die Leute arbeiteten, mussten sie die Waffen zur Seite legen. Diana sah, dass Waffen an Mauern abgestellt wurden, wo sie niemand mehr beaufsichtigte. Eine Katastrophe schien unvermeidbar.

Aus diesem Grunde sammelte Diana die meisten Waffen wieder ein und bewaffnete nur ausgewählte Wachen, deren einzige Aufgabe es war, Wache zu halten, während die anderen arbeiteten. Mehrmals pro Woche fand unangekündigtes Waffentraining statt, und es wurde gestoppt, wie lange die Verteilung der Waffen dauerte. Diana gab neue Zeiten vor, die sie schaffen mussten. Innerhalb der Mauern von Haver oder unmittelbar vor den Toren des West Gate mussten fünfzig Prozent bewaffnet sein und innerhalb von fünfundvierzig Sekunden die vorgeschriebenen Verteidigungspositionen einnehmen. Die anderen mussten innerhalb von neunzig Sekunden bewaffnet und in Position sein.

Den Schießübungen wurde im Wochenplan besondere Priorität eingeräumt. Zwischen den besten Schützen entstand ein eifriger Konkurrenzkampf. Niemand übte jedoch verbissener als Jennifer, und niemand hatte eine höhere Trefferquote.

Sie errichteten eine dicke Holzplatte mit Schießscharten auf dem Karren, den Nigel früher für Hinrichtungen verwendete, sodass eine Art mobile Festung entstand. Wenn die Tiere auf der Farm versorgt werden mussten, wurde der Anhänger mit Pferden zum entsprechenden Bereich gezogen. Während die anderen der Gruppe die erforderlichen Arbeiten ausführten, blieb eine Wache hinter der dicken Holzplatte zurück. Wieder wurden spontan Übungen durchgeführt. Diejenigen, die in der Nähe des Wagens arbeiteten, mussten sich innerhalb von fünfundvierzig Sekunden hinter dem Wagen in Sicherheit bringen.

Ein Viertel der Arbeitskraft der Gemeinschaft war Tag und Nacht damit beschäftigt, Wache zu halten. Da die Chatfield-Brüder die Tretmühlen nicht mehr bedienten, verlor die Gemeinschaft die so wichtige Elektrizität. Das wiederum führte dazu, dass erheblich mehr Arbeit anfiel. Zusätzliche Solarpaneele und Windgeneratoren wurden in aller Eile in Betrieb genommen, doch der Energieverlust konnte dadurch nicht aufgefangen werden. Da sie sich nicht mehr auf die störungsfreie Funktion der Tiefkühltruhen verlassen konnten, ordnete Diana an, den größten Teil der zuvor eingefrorenen Lebensmittel zu konservieren. Auch hierzu wurde zusätzlich viel Arbeitskraft benötigt. Diana war gezwungen, ständig mit den Arbeitern zu jonglieren. Hätte sie nicht so ein ausgezeichnetes organisatorisches Talent gehabt und die Arbeitsstunden der Gemeinschaft nicht sofort drastisch erhöht, wäre Haver zusammengebrochen.

»Vielleicht kommen die Chatfield-Brüder niemals zurück«, meinte der erschöpfte Duncan im zweiten Monat nach ihrer Flucht. Die Gemeinschaft hatte das Gefühl, in einem Zustand ständiger Belagerung zu leben. Diejenigen, die keinen Wachdienst hatten, saßen im Großen Saal beim Abendessen.

»Warum sollten sie zurückkehren«, zischte Jennifer erbost. »Greg und Damian werden tun, was Jasper sagt. Und er hat das, was er wollte, mitgenommen.«

Paul sah sie verwirrt an, denn er verstand nicht, was sie meinte.

»Die Hure natürlich!«, schrie sie.

»Sprich nicht so über meine Tochter«, warnte Duncan sie.

»Es reicht«, mischte Diana sich ein.

Die Gemeinschaft lebte im Ausnahmezustand. Sie konnten weiterhin Cricket oder Fußball spielen, aber nicht mehr auf den Spielfeldern vor den Mauern von Haver. Jetzt spielten sie auf dem Lawn Court unter den wachsamen Augen der Wachposten, die auf den Brustwehren standen. Sie wagten sich nicht in den Park oder auf die verlassenen Straßen von Sevenoaks. Alle blickten ständig nervös über die Schultern. Immer wieder mussten die Mitglieder der Gemeinschaft zu Übungen antreten. Haver war wieder ein Gefängnis geworden.

Im September und Oktober fielen weitere Arbeitskräfte aus, da die jüngeren Frauen Babys zur Welt brachten. Von den sieben geborenen Babys war nur eines ein Junge. Das einzige Sperma, das Diana nun noch zur Verfügung stand, war das von Duncan. Sie fragte sich nicht nur besorgt, wie fruchtbar sein Sperma war, sondern auch, wie lange er noch leben würde. Wenn Diana mit Theresa allein war, schimpfte sie immer wieder wütend, wie egoistisch es von Mark gewesen sei, Haver so vieler männlicher Gene zu berauben.

Fünf Monate waren seit der Flucht der Chatfield-Brüder vergangen, als Paul Anfang November bemerkte, dass etwas nicht stimmte. Er hielt oben auf dem West Tower Wache, und es sah so aus, als fehlten mehrere Kühe der Herde im Tal. Diana befahl, im Schutz des Karrens die Weiden zu überprüfen. Die

Patrouille kehrte zurück, als im Großen Saal das Mittagessen serviert wurde.

»Es fehlt eindeutig ein halbes Dutzend unserer besten Rinder«, bestätigte Duncan.

Alle am Tisch gerieten in Aufregung. Die meisten hatten angenommen, dass die Chatfield-Brüder weit weggezogen oder gestorben waren. Jetzt wussten sie, dass das nicht der Fall war.

»Das ist ein gutes Zeichen. Versteht ihr das nicht?«, sagte Theresa, die versuchte, die trübe Stimmung zu vertreiben.

»Was ist gut daran, wenn wir die Hälfte unserer Herde verlieren?«, fragte Paul. Er übertrieb zwar, hatte aber nicht ganz unrecht.

»Es bedeutet, dass sie nicht versuchen, Haver zurückzuerobern. Offenbar geben sie sich damit zufrieden, woanders ihre eigene Gemeinschaft aufzubauen.«

»Als würden die sich mit irgendetwas zufriedengeben! Das werden sie niemals tun, bis wir wieder für sie schuften. Denk an meine Worte.«

»Ich mag mir gar nicht vorstellen, wie es wäre, wenn sie die Herrschaft über Haver zurückerobern würden«, sagte Bridget seufzend. »Sie werden sich an uns allen rächen, weil Diana ihren Vater umgebracht hat.«

»Sie werden die Kontrolle nicht übernehmen!«, fuhr Diana sie an. Passte sie jetzt nicht auf, wurde sie ganz schnell von der Heldin zum Sündenbock. »Wir sind in der Überzahl, und wir sind bewaffnet, organisiert und diszipliniert. Ihr müsst nur das tun, was ich euch sage.« Wie Nigel früher sprach auch sie mit ihnen, als wären sie ungezogene Kinder. »Ich möchte, dass die Herde auf Wiesen in der Nähe des Hauses weidet. Die Tiere müssen jeden Abend auf den Stable Court getrieben werden.«

»Die Anführerin hat recht«, sagte Theresa, um die Autorität

ihrer Mutter zu stärken. »Solange wir ihren Befehlen Folge leisten, wird uns nichts zustoßen.«

In der ersten Dezemberwoche bemerkte Cheryl, dass ein großer Teil des wertvollen Wintergemüses – Lauch, Rüben und Wirsing – einging.

»Ich kann mir das nicht erklären«, sagte sie zu ihrem Vater, als sie mit ihm durch die Gärten schritt und den Schaden begutachtete. »Meinst du, die Pflanzen könnten von einem Pilz befallen sein?«

Paul hatte schon eine Vorstellung, was passiert sein könnte. Sein Verdacht bestätigte sich, als er ein paar Plastikkanister fand, die neben den Stangenbohnen lagen. »Das Gemüse ist mit Insektiziden besprüht worden«, sagte er grimmig. »Das müssen die Chatfields gewesen sein. Sie haben das Beweismittel hier zurückgelassen, um uns daran zu erinnern, dass sie jederzeit zuschlagen können.«

Den Rest der Woche arbeitete die Gemeinschaft Tag und Nacht, um die ehemaligen Wiesen und Blumengärten innerhalb der Mauern von Haver in Gemüsegärten zu verwandeln und so viele Pflanzen umzusetzen, wie sie aus den Gärten draußen retten konnten.

Ein paar Tage später kam es zu einem noch viel schlimmeren Vorfall: Mitten in der Nacht hallten Schüsse durch den Park. Offenbar waren die Chatfield-Brüder nun bewaffnet. Auch diesmal machten sie keinen Hehl daraus, dass sie im Park waren, um zu unterstreichen, dass sie kommen und gehen konnten, wie es ihnen beliebte. Sie hatten mehrere Rehe geschossen, und die Innereien und das Fell liegen lassen.

»Was soll's?«, sagte Duncan nervös. »Sie haben nur ein paar Rehe geschossen. Wir haben mehr als genug.«

»Das sind meine Rehe!«, schrie Diana wütend.

Eine Woche später hörten sie am helllichten Tag Schüsse, als sie auf der Farm arbeiteten. Die Angst ging um in der Gemeinschaft. Noch am selben Tag prallte eine Kugel vom Mauerwerk des West Gate ab, wo Bridget mit dem Maschinengewehr Wache hielt.

Alle hatten Angst, erschossen zu werden. Diana beunruhigte die Tatsache mehr, dass noch niemand tatsächlich erschossen worden war. Jasper war ein exzellenter Schütze. Sie zweifelte keine Sekunde daran, dass er jemanden hätte töten können, wenn er gewollt hätte. Aber er hatte es nicht getan. Das konnte nur bedeuten, dass er vorhatte, wieder die Kontrolle in Haver zu übernehmen, und dass er keinen seiner zukünftigen Sklaven töten wollte.

Darüber sprach sie mit niemandem, nicht einmal mit ihrer eigenen Tochter. Diana war wild entschlossen, an ihrer Macht festzuhalten. Niemandem würde es gelingen, sie zu stürzen. Sie hielt sich für cleverer als die Chatfield-Brüder und gewiss für cleverer als die dummen Verwandten, über die sie in Haver herrschte.

So plötzlich, wie die Vorfälle begonnen hatten, hörten sie auf. Keine Schüsse waren mehr zu hören. Mit der Zeit entspannten sich alle; nur Diana blieb wachsam und sorgte sich umso mehr. Griff Jasper wieder auf seine alte Taktik zurück und wiegte alle in Sicherheit, um dann plötzlich zuzuschlagen?

35

Entgegen Pennys Erwartungen war die Reise von Brisbane nach Gulf Harbour recht angenehm, wenn auch sehr lang. Es wehte nur leichter Wind, und die *Archangel* segelte viele Stunden durch eine spiegelglatte See, sodass die Jacht kaum schwankte. Wenn Steven und Penny nachts alleine an Deck waren, sprachen sie über ihre Zukunft. Steven überlegte, was für ein Leben sie führen würden, wenn sie in Neuseeland blieben, und welche Probleme auf sie zukommen würden, wenn sie nach Haver zurückkehrten. Trotz seiner Argumente sah es nicht so aus, als würde Penny ihre Meinung ändern. Sie wollte zurück nach England.

Mark war erleichtert, als er die *Archangel* an der Südküste der Whangaparaoa Peninsula erblickte. Er hatte seinen Sohn schon vor drei Wochen zurückerwartet und war von Tag zu Tag unruhiger geworden. Jetzt schaute er ängstlich durch das Fernglas aufs Deck. Er zählte drei Erwachsene und ein Kind.

»Ich glaube, einer der Dalton-Jungen fehlt«, sagte er schließlich zu Fergus.

»Welcher?«

»Das kann ich von hier aus nicht erkennen.«

»Er schläft bestimmt.«

»Würdest du schlafen, wenn du in einem Land ankommst, in dem du nie zuvor gewesen bist?«, fragte Mark zynisch.

Als Steven mit Penny, Luke und Lee durch den Hafen und den Kanal ruderte, versammelten sich alle Mitglieder der Gemeinschaft, um sie zu begrüßen. Mark stand bei seinen Enkelkindern Zach, Nicole und Audrey. Allison hielt Gina und Holly, Christophers überlebende Enkel, an den Händen. Jessica hatte einen Arm um Fergus geschlungen. Dieser umklammerte Tommys Arm, um zu verhindern, dass der aufgeregte kleine Junge zu seinem Freund Lee rannte.

Nur Jane fehlte. Während seiner kilometerlangen morgendlichen Dauerläufe hatte Mark in jedem Winkel der Halbinsel wiederholt nach Spuren seiner Tochter gesucht. Er gestand es niemandem ein, doch jetzt war auch er davon überzeugt, dass Jane im Tsunami ums Leben gekommen war.

Als sich das Dingi näherte und die beiden Gruppen sich mit großem Hallo begrüßten, begann Mark, sich ernsthaft Sorgen zu machen. Robert fehlte.

»Wo ist Robert?«, fragte Mark ängstlich, als Lee, Luke, Penny und Steven ans Ufer traten, aber Abstand hielten.

Steven warf Luke einen Blick zu. Die Frage trieb ihm die Tränen in die Augen. »Wir sprechen später darüber.«

»Hast du den Koala gesehen?«, rief Tommy Lee zu.

»Habt ihr was zu essen?«, fragte Steven, ehe Lee antworten konnte.

»Keine Sorge. Das Essen ist fertig und wartet auf euch«, erwiderte Mark. »Beim Essen könnt ihr uns alles erzählen.« Mark fiel es schwer zu warten, denn er wollte unbedingt wissen, was mit Robert geschehen war. War der Reiz der Aborigine-Frauen zu groß gewesen? Hatte er sich geweigert, Brisbane zu verlassen? Mark spürte Wut in sich aufsteigen. Wenn es sein musste, würde er selbst nach Australien segeln und den Jungen persönlich da rausholen!

Die beiden Gruppen hielten Abstand, als sie den Hügel hinaufeilten. Das Essen wurde in den Gärten der beiden angrenzenden Grundstücke an zwei Gartentischen serviert. Um das Haus, in dem Steven, Penny und Lee wohnten, war noch immer Absperrband gespannt, was die Tatsache unterstrich, dass sie weiterhin in Isolation leben mussten. Sie aßen getrennt von den anderen auf der anderen Seite des Flatterbandes.

»Jetzt erzählt mal, was passiert ist«, forderte Mark sie auf, als alle mit dem Essen begonnen hatten.

Die Gemeinschaft von Gulf Harbour lauschte aufmerksam. Luke berichtete zuerst von seinen Erlebnissen und beschloss das Brisbane-Sandwich nicht zu erwähnen. Da er aber über einige Begebenheiten schnell hinwegging, vermuteten alle Erwachsenen, dass er seine Jungfräulichkeit verloren hatte. Als Luke über die Ermordung seines Bruders sprach und Mühe hatte, die Tränen zurückzuhalten, übernahm Steven.

»Warum habt ihr so viel Zeit damit verbracht, die *Archangel* zu überholen?«, fragte Mark, als Steven mit der Geschichte fertig war.

»Die Gelegenheit war zu günstig, um sie uns entgehen zu lassen. So, jetzt haben wir genug erzählt. Jetzt sag du uns mal, wie es hier so läuft.«

Penny warf Steven einen Blick zu. Ihr Gesichtsausdruck spiegelte, wie wütend sie war, weil er seinem Vater den wahren Grund für die Instandsetzung der Jacht verschwieg.

»Zuerst möchte ich einen Toast ausbringen«, sagte Mark. Er stand auf, goss den Erwachsenen an seinem Tisch Wein ein und bedeutete Steven, es an seinem Tisch ebenfalls zu tun.

Steven, der ein schlechtes Gewissen hatte, weil er seinem Vater etwas verheimlichte, fühlte sich noch schlechter, als Mark sein Glas hob und sagte: »Auf Steven, Penny, Luke und Lee. Willkommen zu Hause.«

Alle hoben ihre Gläser. »Auf Steven, Penny, Luke und Lee.«

Als Steven von seinem Wein nippte, sah er, dass Luke den Tränen nahe war. »Würdet ihr bitte aufstehen?«, bat Steven die anderen. »Ich finde, wir sollten in Gedenken an Robert eine Minute schweigen.«

Alle erhoben sich. Luke war nicht der Einzige, der heulte. Diejenigen, die nicht weinten, waren den Tränen nahe. Erst als Luke sich fünf Minuten später wieder gefasst hatte und sich hinsetzte, beendete die Gemeinschaft das Schweigen in Gedenken an Robert.

Steven goss Wein nach und wiederholte seine Frage. »Und wie ist es hier in Gulf Harbour gelaufen?«

Mark berichtete ausführlich über die Fortschritte, die sie in den vergangenen beiden Monaten gemacht hatten. Sein Enthusiasmus steckte die anderen an und vertrieb langsam die gedrückte Stimmung.

Sie hatten viel erreicht. Ihr erster Erfolg war der Kampf gegen die Hunde. Die meisten waren vergiftet worden. Die Gemeinschaft musste noch immer vor vereinzelten Streunern auf der Hut sein, aber da der größte Teil der Meute tot war, konnten sie den Aufbau ihrer Basis vorantreiben. Sie hatten eine Expedition ans Ende der Halbinsel unternommen und Rinder und Schafe gefunden, sodass sie ihren Viehbestand vergrößern konnten. Die Pflanzen in den neu angelegten Gärten auf den Hängen des Marina Hill trugen schon Früchte. Jeden Tag kehrte ein Trupp mit weiteren Setzlingen, Obstbäumen und Weinstöcken von Beutezügen zurück. An den meisten Tagen angelten sie, und die Räucherkammer war fast ständig in Betrieb. Die Muschelbänke in der Okoromai Bay, die der Tsunami weggerissen hatte, erholten sich allmählich.

Kaum hatte Mark den Bericht über das bereits Erreichte beendet, begann er mit seinen Zukunftsplänen. Steven fühlte sich bei den Worten seines Vaters überhaupt nicht wohl in seiner Haut. Bei vielen dieser Projekte war die Gemeinschaft auf seine Kenntnisse und sein handwerkliches Geschick angewiesen. Es ging um Pläne für ein Kraftwerk, den Bau einer Windmühle, den Ausbau des Wasser- und Abwassersystems, die Errichtung von Werkstätten und das Aufstellen von Anlagen zur Verarbeitung und zum Einkochen von Lebensmitteln. Die Arbeiten würden Monate dauern. Er war erleichtert, als sein Vater schließlich sagte: »Da wir gerade über die anstehenden Arbeiten sprechen – wir sollten uns sputen. Heute liegen noch drei Stunden Arbeit vor uns.«

Die an den Tischen versammelten Familienmitglieder murrten wohlwollend, ehe die Gruppe einschließlich der Kinder aufstand und sich in Bewegung setzte.

Als Mark und Allison aufstanden, um ihnen zu folgen, stieß Penny Steven in die Rippen. »Sag es ihm jetzt«, flüsterte sie.

»Dad, bevor du gehst, muss ich noch mit dir sprechen.«

Mark blieb abrupt stehen. Stevens Ton verhieß, dass es um eine ernste Sache ging.

Steven legte einen Arm um Penny, die Lee an der Hand hielt. Luke rückte näher an sie heran, als wünschte er sich insgeheim, zu ihrer Familie zu gehören.

Es war nicht möglich, seinem Vater die Nachricht schonend beizubringen. »Penny und ich haben beschlossen, mit Lee nach England zurückzukehren.«

Mark konnte seine Wut nicht verbergen. »Warum um Himmels willen?«

»Hier gibt es für uns keine Zukunft.«

»In Haver gibt es für euch auch keine Zukunft. Sie werden Lee dort nicht haben wollen, wenn sie erfahren, dass er den Typhus-Erreger trägt.«

»Wenn wir in Isolation leben müssen, möchten wir in England leben. Penny möchte sich davon überzeugen, dass es ihrer Mutter gut geht. Und ich möchte bei Penny sein. Das bedeutet, dass ich sie begleiten muss.«

»Was willst du da? Ein Leben in Sklaverei führen? Das ist das Beste, worauf du hoffen kannst, wenn Nigel dich zu fassen kriegt. Er hat dich zum Tode verurteilt, oder hast du das schon vergessen?«

»Ich bin nicht blöd!«, schrie Steven seinen Vater an. »Die Situation in Haver ist mittlerweile vielleicht eine andere. Vielleicht flattern der Union Jack und das Georgskreuz über dem West Gate.«

»Vielleicht fliegen auch Schweine über den Lawn Court«, entgegnete Mark aufgebracht. »Und was willst du tun, wenn du dort ankommst und Paul die Flaggen nicht gehisst hat?«

»Wir platzen da nicht einfach hinein, sondern benutzen unseren gesunden Menschenverstand. Zuerst errichten wir ein paar Meilen entfernt ein Lager, schleichen uns in den Park und reden mit den Arbeitern auf der Farm und in den Gärten.«

»Ich sehe keinen Sinn darin, dass ihr nach England gehen wollt. Du wirst nichts erreichen. Lee ist ein Träger.«

»Ich will meine Mutter wiedersehen«, schrie Penny. »Ich möchte, dass sie Lee wiedersieht, wenn auch nur aus der Entfernung. Und ich möchte ihr mein Baby zeigen.«

Mark sah sie an. Na klar: Sie war schwanger. Warum war ihm das nicht aufgefallen? »Herzlichen Glückwunsch ... euch beiden«, knurrte er. Er hätte Luftsprünge machen müssen. Noch ein Enkelkind – ein Zuwachs für die Gemeinschaft. Doch er fühlte sich betrogen. Penny wollte ihm nicht nur Steven wegnehmen, sondern sie hatte auch vor, der Gemeinschaft die Gene zu stehlen, die sie so dringend brauchte.

Und als Mark schon glaubte, es könnte nicht schlimmer kommen, meldete Luke sich zu Wort.

»Ich möchte auch zurück.«

»Das geht nicht.«

»Das ist Lukes Entscheidung«, sagte Allison leise.

»Ist es nicht. Er wird hier gebraucht.«

Allison wurde wütend. »Was ist aus der Demokratie geworden? Du bist ein schlimmerer Diktator als Nigel!«, schrie sie Mark im Weggehen an.

Mark fühlte sich genötigt, Allisons rhetorische Frage zu beantworten. »Manchmal ist Demokratie ein Luxus, den wir uns nicht leisten können.«

»Ich will zurück. Demokratie hin oder her«, sagte Luke trotzig.

»Das geht nicht.«

»Du kannst mich hier nicht festhalten. Wenn es sein muss, suche ich mir ein Schiff und segle allein nach England.«

Mark war zu wütend, um darauf zu antworten. Steven wollte seinem Vater ein Friedensangebot machen. »Dad, ich lasse dich und die anderen nicht im Stich. Ich helfe euch, alle wichtigen Bauprojekte zu realisieren, ehe ich aufbreche.« Mark sagte noch immer nichts. Steven, der über den Verlauf des Gesprächs furchtbar unglücklich war, fuhr fort. »Morgen ziehen wir nach Fisherman's Cove in der Army Bay und richten uns dort ein.«

»Warum?«

Penny mischte sich ein. »Sieh das ganze doch mal aus Lees Perspektive. Er weiß, dass er für den Tod all der Menschen in Australien und für den der kleinen Zoë verantwortlich ist. Was glaubst du wohl, wie er sich fühlt? Du behandelst ihn mit deinem Absperrband wie einen Aussätzigen.«

»Das ist für alle sicherer.«

Steven griff das Argument seines Vaters auf. »Genau. Und darum ist es für die anderen viel sicherer, wenn wir nach Fisherman's Cove ziehen. Penny kann sich um Lee kümmern, und ich und Luke beginnen mit den Bauprojekten. Wir halten uns von den anderen fern.«

»Ich möchte, dass Luke in unsere Gruppe kommt.«

Luke öffnete den Mund, um zu widersprechen, doch Steven war schneller. »Du weißt nicht genau, ob Luke nicht auch die

Krankheit in sich trägt. Sicher, es ist unwahrscheinlich, aber nicht ausgeschlossen. Wenn du ihn in deine Gruppe integrieren willst, musst du die ganze Prozedur mit den Kindern noch einmal durchziehen.«

»Ich will nicht in die andere Gruppe integriert werden«, sagte Luke trotzig. »Ich will zurück nach England.«

»Das geht auf gar keinen Fall.«

»Ich brauche Hilfe bei den Bauprojekten«, unterbrach Steven seinen Vater. »Luke wird mein Lehrjunge sein. Er kann vorerst mit uns in Fisherman's Cove wohnen.«

»Ich denke darüber nach«, sagte Mark, ehe er sich umdrehte und ging.

Als er zur Farm stürmte, beruhigte er sich allmählich wieder. Im Augenblick war jede weitere Diskussion zwecklos. Er redete sich ein, dass Steven seine Meinung ändern würde, sobald er mit den Bauprojekten begann. Vielleicht war es gar keine so schlechte Idee, wenn sie sich in Fisherman's Cove niederließen. Es war ein wunderschöner Ort. Sie konnten sich ein Haus am sonnigen Strand aussuchen, wo sie nur das Plätschern der Wellen hörten. Mark war sicher, dass es schöner war als alles, was Penny von England kannte. Sie würde ihre Meinung bald ändern. Was auch immer geschah, er würde Luke auf keinen Fall erlauben, nach England zurückzukehren.

Die Gemeinschaft stürzte sich in Arbeit. Fergus trug die Verantwortung für die Lebensmittelproduktion. In den Gärten wurde so viel wie möglich angepflanzt, auf den Feldern Getreide gesät und Korn wurde gemahlen. Nutzvieh, das sie woanders fanden, brachten sie mit zur Farm. Fische wurden geräuchert, getrocknet und gesalzen.

Steven und Luke konzentrierten sich auf die Bauprojekte. Es gab viel zu tun. Sie arbeiteten zehn Stunden am Tag, sechs Tage die Woche. Offenbar wurde sofort ein neues »wichtiges« Projekt auf die Liste gesetzt, sobald eins fertiggestellt war.

Mark unternahm weiterhin seine Beutezüge. Er war sich bewusst, dass künftige Generationen wegen der wenigen Arbeitskräfte nur in sehr begrenztem Umfang Neues erschaffen konnten. Gebäude waren zum Teil schon jetzt vollkommen von Pflanzen überwuchert, die das Mauerwerk beschädigten. Innerhalb weniger Jahre würden Häuser einstürzen und wichtige Dinge unter ihren Trümmern begraben. In wenigen Jahrzehnten würde die Natur es bereits schwierig machen, selbst große Städte zu verorten.

Mark suchte Material, Geräte und Werkzeuge, die Steven und Luke für ihre Bauprojekte brauchten. Zudem war er entschlossen, so viele nützliche Dinge zu sammeln, zu reparieren und zu katalogisieren wie möglich. Als seine Sammlung immer größer wurde, baute er weitere Häuser auf dem Rücken des Marina Hill zu Lagerhäusern um. Marks Ehrgeiz grenzte an Besessenheit.

Obwohl Penny ihr Leben mit Lee in der idyllischen Landschaft von Fisherman's Cove genoss, quälte sie das Heimweh.

»Wann fahren wir nach England?«, fragte sie Steven am ersten Weihnachtstag.

Seit ihrer Rückkehr nach Gulf Harbour waren drei Monate verstrichen. Weihnachten mit Steven, Luke und Lee am Strand in der Sonne zu sitzen und zu grillen, war für Penny befremdlich. Sie vermisste den Tannenbaum, den Schnee und das Feuer, an dem sie sich wärmen konnte. Sie vermisste ihre Familie.

»Jetzt können wir wohl kaum aufbrechen, nicht wahr?«, scherzte Steven. Er zwinkerte Luke zu und tat so, als würde er ihre Frage auf die leichte Schulter nehmen. »Schau mal, wie dick du geworden bist!«

Penny war mittlerweile im sechsten Monat.

»Du bist genauso schlimm wie dein Vater. Du weichst meiner Frage aus.«

Natürlich hatte sie recht. »Ich habe meinem Vater versprochen, dass ich ihn und den Rest der Gemeinschaft nicht im Stich lasse.«

»Und du hast Lee, Luke und mir versprochen, mit uns nach England zurückzukehren.«

»Das werde ich auch tun. Das steht außer Frage. Die Frage ist nur, wann.«

»Genau. Wir müssen uns auf einen Zeitpunkt einigen. Kapierst du nicht, was für ein Spiel dein Vater mit dir treibt?«

»Was für ein Spiel?«

»Er schreibt ständig neue Projekte auf seine Liste! Er hofft, dass ich meine Meinung ändere. Das werde ich nicht tun. Ich will wissen, wann wir fahren«, sagte Penny mit Nachdruck.

»Ich auch«, schloss Luke sich an.

»Ich lege einen Termin für unsere Abreise fest. Versprochen.«

»Ich will diesen Termin jetzt wissen«, beharrte Penny.

Steven hob den Blick zum Himmel. Sie hatte ihn in die Enge getrieben. »Nächstes Jahr im Mai.«

»Was?«, riefen Penny und Luke im Chor.

»Früher können wir auf keinen Fall hier weg.«

»Und wie kommst du genau auf diesen Zeitpunkt?«, fragte Penny.

»Wir müssen im Sommer in England ankommen, falls wir nicht nach Haver zurückkehren können. Dann haben wir Zeit, uns irgendwo einzurichten, ehe der Winter beginnt. Und vor Mai können wir auf gar keinen Fall aufbrechen. Erst dann ist die Zeit der Wirbelstürme im Südpazifik vorbei. Und dieses Jahr im Mai können wir ganz bestimmt nicht fahren.«

»Warum nicht?«

»Weil wir im März unser Baby erwarten und du anschließend Zeit brauchst, um dich von der Geburt zu erholen. Außerdem müssen wir das Schiff für die Reise seeklar machen.«

»Es ist seeklar.«

»Nein, wir müssen Vorräte an Bord bringen. Das ist eine Menge Arbeit.«

»Das mache ich schon«, sagte Penny.

»Und hinzu kommen die Bauprojekte. Wir können sie frühestens nächstes Jahr im Mai fertigstellen.«

»In dem Tempo, in dem dein Vater neue Projekte auf die Liste setzt, werden wir niemals fertig«, warf Luke ein.

Penny nickte. »Genau. Er treibt ein Spiel mit euch.«

»Morgen sage ich es ihm.«

»Was sagst du ihm?«

»Ich sage ihm, dass wir in achtzehn Monaten aufbrechen. Ich sage ihm auch, dass er bei den Bauprojekten Prioritäten setzen muss und der Termin mein letztes Wort ist. Okay?«

Penny dachte kurz nach. »Okay, bis auf eine Sache.«

»Und die wäre?«

Penny stand auf und nahm Lees Hand. »Du wirst es ihm heute sagen, und zwar jetzt sofort.«

»Heute ist Weihnachten!«

»Richtig. Das ist dein Weihnachtsgeschenk. Du sagst ihm, dass du noch ganze achtzehn Monate bleiben wirst.«

Luke stand ebenfalls auf. Steven hatte keine andere Wahl, als ihnen zum Marina Hill zu folgen.

Mindestens einmal pro Woche begleiteten Penny und Lee Steven und Luke zum Marina Hill, wo beide Gruppen, durch das Flatterband getrennt, gemeinsam aßen. Als Jessicas und Pennys Bauch dicker wurden, zogen Fergus und Steven sich immer häufiger gegenseitig auf. Sie brüsteten sich mit ihrer Potenz und der großen Beweglichkeit und Schnelligkeit ihrer jeweiligen Spermien. Beide wetteten, dass ihre Frau zuerst ihr Baby zur Welt bringen würde.

Allison bestand darauf, dass die Gruppe aus Fisherman's Cove in ihr altes Haus auf dem Marina Hill zog, sobald bei Penny die Wehen einsetzten. Als sie ankamen, schrie Steven die Nachricht über das Flatterband und erinnerte Fergus an ihre Wette. Kaum hatte er Penny geholfen, sich einzurichten, begannen auch bei Jessica die Wehen.

Allison lief zwischen Jessicas Bett und dem Flatterband hin und her, wo sie von Steven oder Luke, der ihn ab und zu ablöste, auf dem Laufenden gehalten wurde. Ungeachtet Marks Anweisungen hatte Allison bereits beschlossen, die Grenze zu überschreiten, falls es bei Penny Komplikationen geben sollte, mit denen Steven nicht alleine fertig wurde. Sie akzeptierte zwar zähneknirschend, dass Lee von der Gemeinschaft in Gulf Harbour isoliert wurde, aber dass Mark darauf bestand, Steven, Penny und Luke ebenfalls zu isolieren, empfand sie als paranoid.

Während die aufregenden Ereignisse ihren Lauf nahmen, saßen Lee und Tommy jeweils auf einer Seite des Flatterbandes und sprachen über Kaninchen. Sie verstanden beide nicht, was das ganze Theater sollte.

Fergus' Spermien waren zweifellos schneller, oder vielleicht hatten sie auch einen Vorsprung gehabt. Steven musste schließlich in den ersten Tagen der Fahrt von England nach Neuseeland am Ruder der *Archangel* stehen. Jedenfalls erklangen Fergus' Freudenschreie zuerst, und Steven jubelte achtundvierzig Minuten später. Beide Väter schwebten im siebten Himmel. Fergus freute sich über die Geburt seiner hübschen Zwillingstöchter Marion und Chelsea und Steven über die seines Sohnes David.

Mark war weniger erfreut. Fergus hatte noch mehr Mädchen gezeugt. Penny hatte wenigstens einen Sohn geboren. Jetzt bestand die Gefahr, dass er Steven, Luke, Lee und die Gene des Neugeborenen verlor. Vielleicht würde Penny nach dem Familienzuwachs doch ihre Meinung ändern und in Neuseeland bleiben.

»Ich frage mich, ob Babys einfach immun gegen Krankheiten sind«, sagte Mark am Nachmittag zu Allison.

»Warum?«

»Vielleicht kann ich Steven überreden, sein Baby gegen eines von Fergus' Zwillingen zu tauschen.«

Allison schaute ihn ungläubig an. »Ich hoffe, das ist ein Scherz.«

»Nein, das ist kein Scherz. Denk doch mal nach. Eine von Fergus' Zwillingstöchtern würde Lees Problem lösen. Wenn Lee eine Freundin hätte, hätte Penny keine Entschuldigung mehr, Steven zur Rückkehr nach England zu überreden. Und wir hätten die Gene von Stevens Baby.«

»Du bist verrückt. Jessica und Fergus würden ebenso wenig wie Steven und Penny auch nur über deine verrückte Idee nachdenken.«

»Das ist nicht verrückt. Es ist alles eine Frage der Gene, verstehst du das nicht?«

Allison war außer sich. »Ich sehe nur, dass die Chatfield-Männer unserer Generation ein defektes Gen haben. Nigel, Corky und jetzt du! Keiner von euch ist besser als der andere!« Mit diesen Worten rannte sie davon und schlug die Tür hinter sich zu. Sie sprach eine Woche lang kein Wort mit Mark.

Penny änderte ihre Meinung nicht. Obwohl die Abreise noch ein Jahr entfernt war, begann sie mit der Planung ihrer Reise nach England, sobald sie sich von Davids Geburt erholt hatte.

Nicht nur die *Archangel* musste seeklar gemacht werden, sondern auch Luke und Penny mussten sich auf die Reise vorbereiten. Ihre Erfahrungen während der Fahrt durch die Tasmansee hatten gezeigt, dass sie sich nicht gut durchschlagen konnten, falls Steven verletzt wäre oder aus einem anderen Grund ausfiel. Neben vielen anderen Dingen mussten sie auch lernen, Peilungen vorzunehmen, um richtige Seefahrer zu werden. Die Abende verbrachten sie damit, ihre Navigationskenntnisse zu erweitern und sich möglichst umfangreiches Wissen über das Segeln auf hoher See anzueignen.

Am Sonntag, dem offiziellen Ruhetag der Gemeinschaft, gingen Steven, Penny, Luke und Lee immer mit dem kleinen David zur *Archangel.* Sie überprüften Seekarten, den Navigationstisch, Sextanten, Chronometer, Werkzeug, Schrauben und Bolzen.

Das Jahr verging wie im Flug. Im April begannen sie schließlich damit, Verpflegung für die Reise an Bord zu bringen, die Penny seit Monaten vorbereitet und gelagert hatte. Die Vorräte bestanden hauptsächlich aus geräucherten Fischen, getrocknetem Fleisch, Zwieback und einer großen Menge an eingemachten Lebensmitteln. Alles wurde sorgfältig in mit Stroh ausgelegten Holzkisten verpackt.

Trotz des vereinbarten Termins setzte Mark neue Projekte auf die Liste. Er schlug vor, die Reise um einen weiteren Monat zu verschieben. Steven hatte keine andere Wahl, als einen konkreten Tag im Mai zu benennen. Sie würden am 24. Mai aufbrechen, genau an dem Tag, als sie drei Jahre zuvor nach England abgereist waren.

Alle spürten die Anspannung, als sich dieser Tag näherte. Fergus machte ständig Scherze, um die Stimmung aufzulockern. Jessica schaute mit sehnsüchtigen Blicken auf die Jacht. Penny war furchtbar aufgeregt. Steven und Mark waren ungewöhnlich still und in sich gekehrt. Allison schien die Sache am meisten mitzunehmen. Sie war nervös, gereizt und brach grundlos in Tränen aus. Mark bemühte sich, sie zu trösten, doch auch er war schrecklich aufgewühlt und es gelang ihm nicht.

Am Abend des 23. Mai trafen sich alle auf dem Marina Hill zu einem Abschiedsessen. Wieder einmal saßen die beiden Gruppen jeweils auf ihrer Seite des Absperrbandes. Sie unterhielten sich und versuchten, die Anspannung zu überspielen.

Ein Stapel Briefe für die Verwandten in England wurde auf einen der Pfähle gelegt, um die das Flatterband gespannt war.

»Ich hoffe, die Briefe sind frankiert«, scherzte Steven.

Mark fragte Steven nach seiner geplanten Route und bot Ratschläge an. Fergus gab Tipps, wie man Damian am besten kastrieren konnte. Zwei große Pflastersteine waren seine bevorzugte Methode. Als schließlich kaum noch jemand über dumme Witze lachen konnte, der Wein geleert und das Essen verspeist waren, verkündete Steven, dass seine Gruppe nach Fisherman's Cove zurückkehren würde, um früh schlafen zu gehen.

»Ich verabschiede mich jetzt von euch«, sagte Allison.

Steven sah sie fragend an.

»Ich glaube, ich schaffe es nicht, morgen am Strand zu stehen und zu winken«, erklärte sie matt. »Ich stehe morgen früh auf und gehe zum Shakespear Park. Ich winke euch von den Klippen aus zu. Gebt meiner Mutter bitte diese Briefe und sagt ihr, dass ich sie liebe.« Steven und Penny mochten Allison beide sehr. Sie hätten sie gerne umarmt und ihr zum Abschied einen Kuss gegeben. Mit Tränen in den Augen drehten sie sich um und kehrten nach Fisherman's Cove zurück. Aber sie legten sich nicht früh schlafen. Stattdessen standen Steven und Penny auf der Veranda, schauten aufs Wasser und genossen die letzte Nacht in Neuseeland.

Steven wollte weder seinen Vater noch Zach und Nicole verlassen. Er wollte weder die Gemeinschaft, für die er so hart gearbeitet hatte, noch das Land verlassen, das seine Heimat war. Doch er wollte Penny nicht verlieren, und er wollte für Lee und den kleinen David da sein. Es war eine schwere Entscheidung gewesen, aber als Penny sich eng an ihn schmiegte, wusste er, dass sie richtig war.

36

Als Mark am Kai wartete, um sich von Steven zu verabschieden, überwog seine Wut die Trauer. Er wünschte sich Allison an seine Seite. Als sie vor der Morgendämmerung aus ihrem gemeinsamen Bett aufgestanden war, war Mark aufgewacht und hatte gespürt, dass sie eine Weile neben dem Bett stehen blieb und ihn betrachtete. Dann spürte er ihren Kuss auf der Stirn, als wollte sie sich entschuldigen, dass sie ihn nicht unterstützte, wenn er sich von Steven verabschiedete. Für diesen Kuss liebte er sie umso mehr.

Sie hatten beide die Spannung gespürt, die vor der Abreise der *Archangel* in der Luft lag. Es gab Streitereien, und beide waren kühl und distanziert. Vielleicht würde sich nach der Abreise der *Archangel* alles wieder zum Guten wenden. Nein, sicher würde es das. Mark nahm sich fest vor, mehr Zeit mit Allison zu verbringen. Er war entschlossen, ihre Liebe neu aufleben zu lassen.

Ihm fiel auf, dass ein Kind aus der Gruppe fehlte. »Wo ist Holly?«, fragte er Zach.

»Sie ist krank. Sie hat zu viel Kuchen gegessen, als wir uns nachts den Bauch vollgeschlagen haben«, erklärte Nicole, ehe ihr Bruder antworten konnte.

»Warum habt ihr euch denn nachts den Bauch vollgeschlagen?«

»Das machen alle Kinder ab und zu«, sagte Jessica schnell.

Sie wollte nicht, dass es vor der Abfahrt der *Archangel* noch Streit gab. Es war auch so schon schwer genug.

Fergus stand mit gestrafften Schultern am Kai. Er hielt seine Tochter Chelsea auf dem einen Arm und hatte den anderen um Jessicas Schultern geschlungen, als wollte er sie instinktiv zurückhalten, damit sie nicht zu ihrer Cousine Penny lief. Marion, das andere Zwillingsmädchen, schlief tief und fest in Jessicas Armen. Tommy hüpfte wie immer vergnügt umher. Er konnte sich nicht erklären, warum so eine Aufregung herrschte. Misty lag in der Nähe im Gras und beobachtete alles durch ein halb geöffnetes Auge.

Sowohl die Gruppe, die in Neuseeland blieb, als auch die, die zur Reise nach England aufbrach, schien plötzlich furchtbar klein und verwundbar zu sein. »Du kannst deine Meinung immer noch ändern«, sagte Mark zu Steven. »Es ist nicht zu spät.«

Doch es war zu spät. Das wussten alle. Noch schlimmer war, dass sie nicht in der Lage waren, sich zu umarmen und sich vernünftig zu verabschieden.

»Wenn du unbedingt fahren musst«, fuhr Mark fort, mit Wut und Enttäuschung ringend, »solltest du wenigstens zur Westküste Amerikas segeln und nach weiteren Mitgliedern der Chatfield-Familie suchen.«

»Dad, das haben wir nicht vor. Tante Margaret hat vor unserer Abreise aus England nur gesagt, dass dein Onkel in einer Stadt in Amerika, die mit »San« beginnt, ein Kind gezeugt hat! Weißt du, wie viele Städte an der Westküste mit San beginnen? Wir können genauso gut eine Nadel im Heuhaufen suchen.«

»Sie meinte, es wäre San Francisco oder San Diego gewesen«, entgegnete Mark stur.

»Ja, aber sicher war sie sich nicht. Jedenfalls habe ich Penny versprochen, dass wir vor Beginn des Winters in England ankommen. Wir haben also gar nicht die Zeit dazu.«

Plötzlich verspürte Steven nur noch den Wunsch, schnell aufzubrechen. »Pass auf dich auf«, sagte er zu seinem Vater. »Und ihr auch.«

»Du auch«, brummte Mark.

»Tschüss, Onkel Steven«, rief Nicole, worauf die anderen Kinder sich ebenfalls von ihm verabschiedeten.

Misty, der zu spüren schien, dass etwas Besonderes in der Luft lag, stand auf und krümmte den Rücken. Dann ging die Katze langsam auf Steven zu und rieb sich an seinem Bein.

Als die Stimmen verstummten, begann Jessica zu weinen, und kurz darauf brachen alle in Tränen aus – auch Mark und Steven. Die Reisenden stiegen ins Dingi. Sie hatten es eilig, die Abschiedszeremonie zu beenden. Steven stieß das Dingi ab, und Sekunden später steckten die Ruder schon in den Dollen. Als er sich von den winkenden Gestalten entfernte, stiegen Schuld, Trauer und Angst vor der Zukunft in ihm auf.

Als sie die *Archangel* erreichten, entspannte Steven sich ein wenig. Doch das Bedürfnis schnell abzulegen war noch nicht abgeklungen. Er stieg an Bord und ging sofort zu der Ankerwinde. Penny und Luke zogen das Dingi hoch, während Lee auf das Baby aufpasste.

Sobald sie den Anker gelichtet hatten, rollte Steven das Vorsegel aus. Penny und Lee waren noch damit beschäftigt, das Dingi zu sichern, als Steven sich ans Ruder stellte und den Bug der Jacht in Richtung Hauraki Gulf ausrichtete. Er wusste, dass unter Deck noch Arbeit auf ihn wartete. Vorräte, die sie in letzter Minute an Bord gebracht hatten, mussten verstaut werden, doch er wollte jetzt so schnell wie möglich weg. Alles andere konnte warten.

Vom Cockpit aus sahen sie die Gestalten am Ufer, die eifrig winkten und immer kleiner wurden. Als die *Archangel* den Rakauananga Point passierte und Steven die Gruppe am Ufer nicht mehr sehen konnte, nahm er Kurs auf Rakino Island.

»Das war schrecklich«, sagte Steven zu Penny, als sie sich neben ihn ans Ruder stellte.

»Ich weiß«, erwiderte sie. »Ich weiß, dass es schwierig für dich war. Danke. Ich liebe dich.«

»Ich liebe dich nicht so wie sie«, scherzte Luke. »Aber ich danke dir auch.«

Lee wollte nicht zurückstehen. Er schlang die Arme um die Taille seines Adoptivvaters. »Ich liebe dich auch, Dad«, sagte er.

Steven stiegen wieder Tränen in die Augen. Er hatte vergessen, seinem Vater diese Worte zu sagen.

Eine Brise kam auf, und Luke half Steven, das Großsegel zu setzen. Kurz darauf glitten sie durch die flachen Buchten an der Südküste der Halbinsel. Sobald die Segel richtig gesetzt waren, nahm Steven das Fernglas und suchte die Klippen ab. Die Gestalten tauchten auf dem alten Golfplatz auf, und wieder winkten sich die beiden Gruppen wild zu.

Steven schaute auf die Anhöhe am Ende der Halbinsel, wo er Allison vermutete, doch von ihr war nichts zu sehen. Er reichte Penny das Fernglas und half Luke, das Besansegel zu setzen. Die *Archangel* machte gute Fahrt, und das Kielwasser schäumte, als hätte die Jacht es ebenfalls eilig, das Land zu verlassen.

»Wie geht es Holly?«, fragte Mark Zach, als sie zum Marina Hill zurückkehrten.

»Sie hat Durchfall«, sagte Nicole.

»Warum habt ihr euch denn nachts den Bauch vollgeschlagen?«, fragte Mark noch einmal.

Zach schaute auf den Boden.

»Was ist los?«, fragte Mark in so strengem Ton, dass alle wie angewurzelt stehen blieben.

»Es war Lees Schuld«, sagte Gina plötzlich schluchzend. »Er

hat einen Kuchen aus der Speisekammer seiner Mutter geklaut und ist damit um Mitternacht zu uns gekommen. Er wollte sich richtig von Tommy verabschieden.«

»Ich habe es erst erfahren, als es zu spät war«, verteidigte Zach sich. »Und dann hatte ich Angst, es dir zu sagen.«

»Vielleicht war es gar nicht der Kuchen«, mischte Nicole sich ein. »Sie wurde sofort krank, nachdem sie den Kuchen gegessen hat. Allerdings war sie gestern und vorgestern nicht krank.«

In Marks Wut mischte sich Schrecken.

»Wann habt ihr den Kuchen gegessen?«

»Vor drei Tagen«, sagte Zach leise.

Mark und Fergus rannten zurück zum Haus. Holly lag in ihren Exkrementen.

Die Kleine schwitzte stark. Sie lag auf dem Rücken und hatte sich das Nachthemd vom Leib gerissen. Mit der rechten Hand umklammerte sie den Jadeanhänger ihres Vaters, den sie immer um den Hals trug.

»Das ist der Grund!«, schrie Mark nach ein paar Sekunden.

Er lief hinaus und rannte Fergus beinahe um.

»Welcher Grund?«, fragte Fergus.

»Der Grund, warum sie gestorben sind.«

Fergus sprang die Treppe hinter seinem Onkel hinauf.

»Was meinst du?«, fragte er noch einmal. Ohne zu antworten, lief Mark zum Kleiderschrank, riss das Gewehr heraus und lief zum Fenster. Er feuerte vier Schüsse ab.

»Was ist los?«, fragte Fergus.

Als Mark sich umdrehte, um ihm zu antworten, sah er den Briefumschlag mit seinem Namen neben den Schachteln mit der Munition im Kleiderschrank liegen. Auf dem Umschlag war Allisons Handschrift. Er riss ihn auf und las den Brief.

»Allison ist weg«, sagte Mark. Er sank aufs Bett und begann bitterlich zu weinen. »Sie ist an Bord der *Archangel.*« Sekundenlang saß er wie erstarrt da, doch dann überschlugen sich seine Gedanken. »Lauf hoch zu den Klippen und mach ein Feuer.«

»Aber warum? Was ist passiert?«

»Mach es einfach«, fuhr Mark ihn an. Sein trauriger Ton veranlasste Fergus, sofort loszulaufen, ohne weitere Fragen zu stellen.

Steven hatte gerade das Besansegel gesetzt, als er das schwache Echo von Gewehrschüssen hörte. »Hast du das gehört?«, fragte er Penny.

»Ja.«

»Wie viele Schüsse waren es?«

»Ich weiß nicht genau.«

»Ich glaube, es waren vier«, sagte Luke.

Steven bekam Panik. Sie hatten vereinbart, vier Schüsse abzufeuern, sobald es ernsthafte Schwierigkeiten gab. »Ich frage mich, was passiert ist.«

»Vielleicht hat jemand vergessen, uns einen Brief mitzugeben«, scherzte Luke. »Ich bin mir nicht sicher, ob ich wirklich vier Schüsse gehört habe. Vielleicht waren es auch nur drei.«

»Vielleicht hat Fergus auf diesen streunenden Hund geschossen, der sich gestern in der Nähe der Häuser herumgetrieben hat«, meinte Penny.

Steven war angespannt und zutiefst beunruhigt. Wenn es Probleme an Land gab, würden sie das Signal bestimmt noch einmal hören. Vielleicht wollte sein Vater ihnen mitteilen, dass sie etwas vergessen hatten. Steven zermarterte sich den Kopf, doch ihm fiel nichts ein. Es spielte auch keine Rolle. Falls sie tatsächlich etwas vergessen hatten, mussten sie eben improvisieren. Er konnte jetzt auf keinen Fall umkehren. Noch einen tränenreichen Abschied ertrug er nicht.

»Wo wollte Allison stehen?«, fragte Luke und riss Steven aus seinen Gedanken.

Steven zeigte auf die Anhöhe am Ostende der Te Haruhi Bay. »Auf dem Hügel ist gleich neben dem Weg ein guter Aussichtspunkt.«

Luke suchte die Klippen ab, als die *Archangel* Kurs auf das Ende der Halbinsel nahm. Viel zu schnell verloren sie den Aussichtspunkt aus dem Blick.

»Wir segeln viel schneller, als ich erwartet hatte«, erklärte Steven ihm. »Vermutlich hat sie es nicht rechtzeitig geschafft.« Sie waren alle enttäuscht, und als die Whangaparaoa Peninsula hinter ihnen lag, fühlten sich plötzlich alle schrecklich einsam.

Den ganzen Vormittag saßen sie im Cockpit und schauten immer wieder in die Richtung, wo sie insgeheim hofften, Allison zu erblicken. Dabei wussten alle, dass sie sich schon viel zu weit entfernt hatten. Am späten Vormittag entdeckten sie eine Rauchfahne über der Halbinsel.

Steven geriet wieder in Sorge. »Ich frage mich, ob das ein Signal meines Vaters ist.«

»Und wenn es so wäre, ist es bestimmt nur wieder ein Trick, um unsere Abreise zu verzögern«, sagte Penny mit Nachdruck.

»Sie verbrennen wahrscheinlich nur Sträucher«, sagte Luke. »Sie haben seit Tagen darüber gesprochen.«

Schließlich warf Steven keinen Blick mehr zurück. Penny und Lee stiegen die Kajütenleiter hinunter, um Essen zu machen, während Steven und Luke die Segel überprüften und den Autopiloten einschalteten. Als sie die Whangaparaoa Peninsula nicht mehr sehen konnten, entspannten sich alle.

Mark und Jessica saßen an Hollys Bett, nachdem sie das kranke Kind gebadet hatten. Holly war nicht ansprechbar und presste eine Hand auf ihren Bauch.

»Nehmen sie Kurs auf Gulf Harbour?«, fragte Mark Fergus, der von den Klippen zurückgekehrt war.

Fergus schüttelte den Kopf.

»Wenn Steven das gewusst hätte, wäre er geblieben«, sagte Mark traurig. »Und Allison auch.«

»Wenn sie was gewusst hätten?«

»Wenn sie gewusst hätten, dass alle Kinder außer Zoë und Holly nicht in Gefahr waren.«

»Das verstehe ich nicht.«

»Ihre Hautfarbe.« Fergus verstand noch immer nicht. Mark erklärte es ihm. »Wir haben alle an dieser Krankheit gelitten, aber nur diejenigen mit Maori- oder Aborigine-Blut sind gestorben.«

»Das ergibt doch keinen Sinn«, mischte Jessica sich ein. »Einer Krankheit ist doch die Hautfarbe eines Menschen egal.«

»Bei natürlichen Krankheiten wird das wohl so sein, aber was ist mit biologischen Waffen?«

Fergus schüttelte verwirrt den Kopf. »Worauf willst du hinaus?«

»Was ist das Problem bei biologischen Waffen?«, fragte Mark die beiden. Ihre verwirrten Mienen bewiesen, dass sie ihm nicht folgen konnten. Mark beantwortete die Frage selbst. »Wenn man eine Krankheit als biologische Waffe einsetzt, läuft man Gefahr, die eigenen Leute anzustecken.«

»Und?«

»Man müsste also eine perfekte biologische Waffe entwickeln, die nur eine bestimmte Rasse angreift.«

»Das ist nicht möglich.«

»Ihr würdet euch wundern, was alles möglich ist. Woher wollen wir wissen, was in der Forschung für biologische Kriegsführung im Laufe der Jahre alles gelaufen ist? Selbst das, was über wissenschaftliche Entdeckungen veröffentlicht wurde, ist beängstigend genug – Hühner ohne Federn und Kaninchen, die im Dunkeln leuchten.«

Jessica sah Mark an, als wäre er verrückt geworden. »Kaninchen, die im Dunkeln leuchten?«

»Ja«, beharrte Mark. »Sie haben Gene von Quallen in das Erbgut von Kaninchen eingeschleust, damit sie leuchten.«

»Warum sollten sie so etwas tun?«, fragte Fergus. Sein Ton verriet, dass er genau wie Jessica am Verstand seines Onkels zweifelte.

Mark war frustriert. »Es spielt keine Rolle. Jedenfalls hat das Humangenomprojekt zahllose neue Möglichkeiten eröffnet.«

»Was willst du genau damit sagen?«

»Ich will sagen, dass möglicherweise ein bestimmtes Gen für die Hautfarbe verantwortlich ist. Vielleicht haben Wissenschaftler das Typhus-Bakterium so verändert, dass ein neuer Stamm entstanden ist, der nur für diejenigen mit diesem bestimmten Gen tödlich ist.«

»Wer sollte so etwas tun?«

»Die Weißen in Südafrika?«

Jessica schüttelte den Kopf. »Niemals.«

»Erinnerst du dich an die Zeitung in Kapstadt mit dieser Schlagzeile, die behauptete, südafrikanische Piloten hätten Kapstadt bombardiert?« Jessica nickte. »In dem Artikel stand, dass die schwarzen Südafrikaner an anderen Symptomen des Super-SARS-Virus litten als die weißen.« Mark warf die Hände in die Luft. »Genau das meinte ich. Sie litten nicht an anderen Symptomen, sondern an einer anderen Krankheit.«

»Willst du damit andeuten, dass die weißen Südafrikaner die schwarze Bevölkerung absichtlich mit einer veränderten Form des Typhus-Erregers angesteckt haben?«, fragte Fergus ungläubig.

»Ich will nicht behaupten, dass sie diesen Erreger absichtlich verbreitet haben. Möglicherweise ist das Bakterium aus einem Labor für biologische Waffen entwichen, als die Infrastruktur zusammenbrach. Es könnte sogar vor dem Ende der Apartheid entwickelt worden sein – ein Bakterium, das irgendwo versteckt war und in Vergessenheit geriet.«

»Du meinst, es wurden Experimente durchgeführt, um die schwarze Bevölkerung auszurotten? Das ist krank. Die menschliche Rasse verdient es, ausgelöscht zu werden.«

»Möglicherweise waren es nur ein paar Fanatiker. Wir können nicht allen die Schuld geben.«

»Und du glaubst, wir haben die Krankheit zuerst in Australien und dann in Neuseeland eingeschleppt?«

»Genau. Wir und alle, mit denen wir in Kontakt kamen, wurden krank. Alle außer Corky, der Einzige mit weißer Haut, starben. Nur Sophia, Lily und Zoë in unserer Gruppe entwickelten die kritischen Symptome – Bauchfellentzündung und Sepsis. Und sie waren die Einzigen in unserer Gruppe mit dunklerer Haut.«

»Du meinst also, Lee stellte zwar eine Gefahr für die anderen Kinder in Gulf Harbour dar, aber eine, die nur für Zoë und jetzt Holly, die beiden Kinder mit Maori-Genen, tödlich war.«

»Genau«, stimmte Mark ihm zu und strich Holly durchs Haar. Das kleine Mädchen stöhnte und bewegte sich leicht. »Wenn Steven, Penny und Allison das gewusst hätten, würden sie jetzt nicht zurück nach England segeln.«

»Darauf würde ich nicht wetten«, meinte Fergus. »In Pennys Augen wäre das nur eine Bestätigung gewesen, dass Lee für die Familien in Haver keine Gefahr darstellt, denn niemand dort hat dunkelhäutige Vorfahren.«

Steven, Luke und Penny führten ein Wachsystem ein. Eine Wache dauerte jeweils zwei Stunden, worauf vier Stunden Pause folgten. Bei schlechtem Wetter wurden die Zeiten verdoppelt. Der Autopilot sollte vierundzwanzig Stunden am Tag laufen. Zehn Kojen für nur fünf Crewmitglieder einschließlich der beiden Kinder waren ein echter Luxus nach den beengten Verhältnissen auf der Reise nach Neuseeland. Luke und Lee hatten beide eine eigene Kabine.

Die erste Woche verging ohne besondere Vorkommnisse. Sie machten gute Fahrt und legten Strecken von über hundertfünfzig Seemeilen pro Tag zurück. In dieser Zeit konnten sich ihre Beine wieder an das Schaukeln des Schiffes und ihre Körper an das Leben auf See gewöhnen. Es war anstrengend, niemals mehr als vier Stunden an einem Stück zu schlafen. Auch mussten sie wieder lernen, das Knarren und Ächzen des Schiffes zu ignorieren. Je nach Windrichtung und Wellengang entstand ständig eine neue Geräuschkulisse, die einem gehörig auf die Nerven gehen konnte.

Sie freuten sich über den beständigen Wind von fünfundfünfzig Kilometern pro Stunde und fluchten, als er so lange anhielt, dass sich hohe Wellen bildeten und der Autopilot das Schiff nicht mehr auf Kurs halten konnte. Unter diesen Bedingungen konnten sie das Wachsystem nicht beibehalten. Sie wechselten sich jede halbe Stunde am Ruder ab und hatten große Mühe damit. Je müder sie wurden, desto gereizter waren sie. Steven beschuldigte Luke, seine Sandwiches und seinen Kuchen gegessen zu haben, die er für sich in die Kombüse gelegt hatte. Luke behauptete, er habe Stevens Imbiss nicht angerührt, doch Steven schnauzte ihn an. Dann sah er ein, dass der Junge vermutlich so müde war, dass er sich nicht mehr erinnern konnte, was er gegessen hatte, und lenkte ein.

Als die ganze Crew total erschöpft war, holte Steven einige Segel ein. Es wehte noch immer ein kräftiger Wind, und die

Jacht machte gute Fahrt. Am zehnten Tag schafften sie fast zweihundert Meilen.

Um das beste Vorsegel zu schonen, beschloss Steven, es durch eines der strapazierfähigen Segel zu ersetzen, die er im Hafen von Manly gefunden hatte. »Könntest du mir die dunkelblaue Tasche mit dem Vorsegel aus der Backskiste holen?«, fragte er Luke, der den Kopf durch die Luke der Kajütenleiter streckte, um seine Wache zu beginnen. Luke verschwand und tauchte eine Minute später wieder auf.

»Hast du sie nicht gefunden?«, fragte Steven.

»Doch, und ich habe da unten noch was anderes gefunden.« Hinter ihm auf der Kajütenleiter tauchten die dunklen Umrisse einer Person auf.

»Allison!«, schrie Steven, als sie an Deck trat.

Steven war rasend vor Wut. Weil Allison sich heimlich auf dem Schiff versteckt hatte, musste er jetzt die ganze Strecke nach Neuseeland zurücksegeln und dann noch einmal einen tränenreichen Abschied ertragen. Außerdem war er wütend auf sich selbst, weil er die Bedeutung der Schüsse und des Rauches nicht erkannt hatte. Er konnte seine Wut nicht verbergen.

»Wir müssen umkehren und dich zurückbringen. Dadurch verlieren wir drei Wochen«, brüllte er durch den pfeifenden Wind. »Und die Vorräte für drei Wochen ebenfalls.«

»Ich gehe nicht zurück«, schrie sie ihn an.

»Doch, das tust du. Mein Vater wird sich wahnsinnige Sorgen machen. Er wird glauben, dass du von den Klippen gestürzt bist.«

»Das wird er nicht. Ich habe ihm einen Brief geschrieben.«

»Du hast was?«

»Ich habe ihm einen Brief geschrieben.«

»Und du meinst, damit ist alles in Ordnung? Er liebt dich über alles. Wie konntest du ihm das antun?«

Allison starrte auf den Boden des Cockpits. »Ich liebe ihn

auch, aber ich muss nach Haver zurückkehren. Ich will meine Mutter wiedersehen. Ich will wissen, dass es ihr gut geht.«

»Und was ist mit meinem Vater?«

Allison antwortete ihm nicht.

Steven wandte sich an Luke. »Okay, wir wechseln das Vorsegel. Sobald wir das erledigt haben, kehren wir um.«

Er übergab das Ruder an Penny, stapfte die Kajütenleiter hinunter und schleppte das strapazierfähige Vorsegel ins Cockpit. Da das Schiff stark schlingerte, dauerte es über eine halbe Stunde, bis sie das Segel gewechselt hatten. Inzwischen saßen Penny und Allison im Cockpit und sprachen aufgeregt miteinander. »Allison möchte nicht nach Neuseeland zurück«, erklärte Penny Steven, als er wieder ins Cockpit kam. Er kochte noch immer vor Wut. »Und ich kann sie verstehen. Ich helfe euch nicht, das Schiff zu steuern, wenn du umkehrst.«

»Was?«

»Du hast ganz richtig verstanden. Ich verstehe Allison. Es ist nicht gut, wenn du sie zwingst zurückzukehren. Es gibt für sie und deinen Vater keine Zukunft. Und da ist noch etwas, das du wissen musst.« Sie warf Allison einen Blick zu. »Sagst du es ihm, oder soll ich es ihm sagen?«

»Ich bin schwanger«, platzte es aus Allison heraus.

»Was?«

»Ich bin schwanger.«

»Weiß mein Vater es?«

»Inzwischen schon.«

»Du hast es ihm geschrieben?« Allisons Schweigen sprach Bände. »Dann müssen wir auf jeden Fall umkehren.«

»Das ist genau der Grund, warum wir *nicht* umkehren sollten«, mischte Penny sich ein.

Steven musterte die beiden Frauen fassungslos. »Warum?«

»Was ist in den Augen deines Vaters das Wichtigste auf diesem Planeten?« Jetzt schwieg Steven. »Gene! Gene! Er sagt ständig, es sei alles eine Frage der Gene! Zach und Nicole sind in Gulf Harbour, und mit den beiden gibt es dort genügend Gene deines Vaters. Allison bringt die wertvollen Gene deines Vaters nach England, sodass sie der englischen Gemeinschaft nützen können.« Steven riss den Mund auf und sah sie verwundert an. Es machte ihn sprachlos, zu welchen geistigen Verrenkungen das weibliche Geschlecht fähig war.

»Ich bin erschöpft, und Allison auch«, fuhr Penny fort. »Sie war zehn Tage lang in dieser schmuddeligen, kleinen Backskiste eingesperrt.«

»Wessen Schuld ist das wohl?«, fragte Steven in barschem Ton.

»Wir gehen hinunter, trinken eine Tasse Tee und ruhen uns aus. Und wage ja nicht umzukehren. Ich kenne mich gut genug aus, um zu wissen, wann ein Schiff hart am Wind segelt.« Mit diesen Worten stiegen die beiden Frauen die Kajütenleiter hinunter.

»Jetzt wissen wir wenigstens, wer deine Sandwiches und deinen Kuchen gegessen hat«, sagte Luke.

Als Luke die Wache übernahm, hatte Steven sich ein wenig beruhigt. Er war noch immer wütend auf Allison, aber Penny konnte er nicht böse sein. Sein Vater tat ihm schrecklich leid, und er verstand Allisons Wunsch nicht, nach England zurückzukehren. Es brachte aber nichts, sich gegenseitig anzuschreien. Er musste vernünftig sein. Steven bat Luke, ihn zu rufen, falls es Probleme gab, und eilte die Kajütenleiter hinunter.

Die beiden Frauen saßen am Tisch und tranken Tee. Steven goss sich auch eine Tasse ein und nahm ihnen gegenüber Platz. Am liebsten wäre er sofort umgekehrt. »Weißt du eigentlich, wie gefährlich es für dich ist, Nigel und seinen Söhnen wieder unter die Augen zu treten? Nigel wird dir niemals verzeihen«, sagte Steven und sah Allison in die Augen.

»Wenn wir Glück haben, hat er nicht mehr die Macht in Haver.«

»Und wenn doch?«

»Dann sitze ich im selben Boot wie ihr. Ich nehme Kontakt zu den Arbeitern in den Gärten und auf der Farm auf. Ich wäre schon froh, wenn ich wüsste, dass es meiner Mutter gut geht. Wenn ich vorsichtig bin, kann ich sie bestimmt treffen. Ein paar Minuten alle paar Wochen würden mir reichen.«

Ähnliche Argumente hatte Steven selbst vorgebracht, und darum konnte er jetzt kaum etwas dagegen sagen.

»Sie wird nicht nach Gulf Harbour zurückkehren«, erklärte Penny ihm mit Nachdruck. »Und ich auch nicht.«

37

Die Reise nach England dauerte fast viereinhalb Monate. Weil sie so schlecht besetzt waren, segelte Steven die Jacht sehr vorsichtig und reduzierte die Segel, sobald Wind aufkam. Allisons Schwangerschaft erwies sich als schwierig, weil auch sie dadurch immer öfter ausfiel. Sie vertraute Penny an, dass sie zu Beginn der Reise schon in der siebzehnten Woche schwanger war. Hätte es vor der Abreise der *Archangel* zwischen ihr und Mark nicht so große Spannungen, sondern ab und zu intime Momente gegeben, hätte er es sicherlich bemerkt. Allison litt an morgendlicher Übelkeit und nahm schnell zu, sodass es ihr bald schwer fiel, sich an Bord zu bewegen.

Da sie sich bemühten, das Schaukeln der Jacht ihr zuliebe möglichst gering zu halten, und sie keinen Treibstoff hatten, um die Flauten schnell zu passieren, verlangsamte sich die Reise zusätzlich. Abgesehen von den unvermeidbaren Wetterfronten in der Nähe von Kap Hoorn wehten in der Regel nur leichte Winde. Als die Wochen vergingen, wurde Steven immer unruhiger. Wenn sie Haver nicht betreten konnten, musste er hart arbeiten, um vor dem Wintereinbruch ein Lager einzurichten.

Große Aufregung setzte ein, als sich die *Archangel* Anfang Oktober der englischen Küste näherte. Steven hatte entschieden, nicht nach Gillingham am Fluss Medway zu segeln – dem Ankerplatz der *Archangel* auf der letzten Reise nach England.

Er nahm zwar nicht an, dass er noch einmal aus England fliehen musste, wollte aber trotzdem auf Nummer sicher gehen. Nigel und seine Söhne wussten, wo die *Archangel* beim letzten Mal geankert hatte. Daher beschloss Steven, stattdessen die Themse hinaufzusegeln und in der Nähe von Greenwich unterhalb der Ruinen des Themse-Sperrwerks zu ankern.

Alle konnten es kaum erwarten, Sevenoaks zu erreichen. Nachdem sie an Bord des Schiffes alles klargemacht hatten, ruderten sie an Land und begannen nach einem letzten Blick auf die *Archangel* die fünfundzwanzig Meilen lange Wanderung nach Sevenoaks. Da Allison schlecht zu Fuß war, suchte Steven einen Rollstuhl für sie. Die Räder waren kaputt, und sie verzog ständig das Gesicht, wenn sie in dem verrosteten Rollstuhl über die holprigen Wege ratterte. Zum Glück fanden sie auch einen Kinderwagen für den kleinen David. Die Straßen waren von Unkraut überwuchert, zum Teil aufgerissen und an vielen Stellen uneben, und so war diese letzte Etappe ihrer Reise für alle ausgesprochen beschwerlich. Da Luke Steven am Rollstuhl und Penny am Kinderwagen ab und zu ablöste, kamen sie dennoch recht gut voran, auch wenn sie aussahen wie Flüchtlinge aus dem Zweiten Weltkrieg.

Zwei Tage, nachdem sie Greenwich verlassen hatten, erreichten sie Sevenoaks. Es war spät am Abend und wurde bereits dunkel. Alle waren erschöpft. Obwohl sie es kaum erwarten konnten, mussten sie sich bis zum nächsten Tag gedulden, ehe sie sich Haver nähern konnten. Sie wussten nicht, was sie dort erwartete. Schließlich betraten sie erschöpft das Red House am Ende der Sevenoaks High Street, fielen angezogen auf die muffig riechenden Betten und schliefen auf der Stelle ein.

Penny, Allison und die Kinder schliefen noch, als Steven und Luke sich am nächsten Morgen um sechs Uhr aus dem Haus schlichen und zum Haver Park liefen. Sie joggten durch die schmale Straße am Rand der Stadt und den Hügel gegenüber der St. Nicholas Church hinunter. Nachdem sie im Schutz der Dämmerung über das Gatter gestiegen waren, das die offenen Tore des Haver Parks schützte, rannten sie aufgeregt durch das Tal und den bewaldeten Hügel auf der anderen Seite hinauf. Als sie den Gipfel erreichten, traten die beeindruckenden Umrisse von Haver House aus dem Morgennebel hervor.

Allison, Penny und Lee hörten Schritte auf der Treppe.

»Der Union Jack und das Georgskreuz flattern über dem West Tower!«, rief Steven aufgeregt.

»Wie geht es meiner Mutter?«, fragte Allison.

»Wir sind nicht hineingegangen. Als wir die Fahnen gesehen haben, sind wir sofort zurückgelaufen.«

»Deine Mutter ist bestimmt noch nicht aufgestanden«, sagte Luke. »Im Haus brannten keine Lichter.«

»Ich wünschte, ich könnte Lee mit reinnehmen«, sagte Penny.

»Das kannst du«, erwiderte Allison leise.

Steven sah sie verwirrt an. »Er trägt doch den Typhus-Erreger in sich, oder nicht?«

»Ja, er ist ein Träger. Einige oder alle könnten krank werden, wenn wir nicht aufpassen, aber sie werden nicht sterben.«

Penny war ebenfalls verwirrt. »Woher weißt du das?«

»Ich glaube, er trägt nicht den normalen Typhus-Erreger in sich. Ich glaube, es ist eine neue Krankheit, die nur für Menschen mit dunklerer Haut wie die Aborigine-Frauen und Menschen mit Maori-Vorfahren wie Zoë tödlich ist. Fragt mich nicht, wie es so eine Krankheit geben kann. Ich weiß es nicht.«

»Seit wann vermutest du das schon?«, fragte Steven.

Allison antwortete ihm nicht.

»Hast du es gewusst, bevor wir Neuseeland verlassen haben?«

Allison antwortete immer noch nicht.

»Du hättest es meinem Vater sagen müssen!«, schrie Steven in ungezügelter Wut.

»Und weißt du, was er getan hätte? Er hätte Holly für Lee geopfert, nur damit ihr bleibt.«

»Du meinst, er hätte sie dem Virus ausgesetzt und sie sterben lassen?«, fragte Steven außer sich vor Wut. »Das hätte er niemals getan!«

»Bist du dir da so sicher? Es war jedenfalls vernünftig, es ihm nicht zu sagen. Solange Lee keinen Kontakt zu Holly hatte, war sie vor einer Ansteckung sicher, und jetzt kann die Gemeinschaft in Neuseeland den Vorteil ihrer Maori-Gene nutzen.«

Lee öffnete den Mund, um etwas zu sagen, doch Luke kam ihm zuvor.

»Kommt, lasst uns gehen. Was spielt es jetzt noch für eine Rolle? Die Fahnen sind gehisst. Wir sind hier, und wir können Haver betreten. Das ist alles, was zählt.«

Sie halfen Allison die Treppe hinunter, setzten sie in den Rollstuhl und legten den kleinen David in den Kinderwagen. Dann liefen sie die High Street entlang und folgten demselben Weg, den Steven und Luke in aller Frühe gegangen waren. Der Nebel löste sich allmählich auf. Als sie das Fußgängertor neben dem Gatter passierten, sahen sie die Umrisse des Rotwilds und des Viehs unten im Tal. Sie schoben den Rollstuhl und den Kinderwagen über den von Unkraut überwucherten schmalen Asphaltweg, der sich durch den Wald oben auf den Hügel schlängelte.

»Seht mal«, rief Luke und zeigte auf die Fahnen, die über dem West Tower in der Brise wehten. Er strahlte.

Stevens Freude war gedämpft. Er musste das, was er gerade von Allison erfahren hatte, noch verdauen und war enttäuscht, dass sie ihnen nicht sofort die Wahrheit gesagt hatte.

»Oben auf dem Turm steht ein Mann«, rief Lee aufgeregt. Als sie alle auf die Brustwehr starrten, sahen sie eine große Krähe, die in den Garten flog.

»Der Mann sieht aber ulkig aus«, sagte Luke lachend.

»Ich habe einen Mann gesehen«, beharrte Lee.

»Es ist doch bestimmt noch niemand auf. Du kannst mir helfen, meiner Großmutter eine Tasse Tee ans Bett zu bringen. Erinnerst du dich an deine Urgroßtante Margaret?«, fragte Luke.

»Das ist meine Aufgabe«, mischte Allison sich in glücklichem Ton ein.

»Er kann seiner eigenen Großmutter eine Tasse Tee bringen«, schlug Penny vor. Steven entspannte sich ein wenig. Er erinnerte sich an Dianas Miene, als Penny verkündet hatte, dass sie mit Lee nach Neuseeland aufbrechen würde. Er hoffte, dass seine Tante ihm verzeihen würde, wenn er sie beide unversehrt wieder nach Hause brachte.

Sie liefen durch den Park auf die Gebäude von Haver House zu und stellten erleichtert fest, dass die Gärten vor dem West Gate gepflegt waren. Die Tore unter dem West Tower waren geöffnet, und der Lawn Court lag verlassen da. Hinter den Fenstern der Gebäude rund um den Hof brannten keine Lichter. Sie sahen jedoch Lichter am Torbogen des Cromwell Tower.

Als sie den Lawn Court überquerten, begann Penny zu singen. »*There'll always be an England* ...«

Ihre Stimme hallte von den Mauern der Häuser rund um den Hof wider. Luke, Allison und Steven stimmten in den Gesang ein und sangen aus voller Kehle. Lee, der den Text nicht kannte, bemühte sich, die anderen, so gut es ging, zu begleiten.

Als sie unter dem Torbogen standen, trat die Brüstung über dem Großen Saal auf der anderen Seite des Flag Court in ihr Blickfeld.

»Warum steckt da oben auf dem Pfahl ein verrotteter Kürbis?«, fragte Luke Steven.

Steven hob den Blick. Als sie ihren Weg unter dem Torbogen fortsetzten, konnte man das sonderbare Objekt auf dem Pfahl allmählicher deutlicher erkennen.

»Halt!«, schrie Steven plötzlich. »Nichts wie weg hier!« Hektisch drehte er Allisons Rollstuhl um.

Penny und Luke hörten ein eigenartiges knirschendes Geräusch hinter sich und zuckten zusammen. Begleitet vom lauten Rasseln der Eisenketten raste das Fallgatter inmitten einer Rostwolke herunter und schnitt ihnen den Rückweg ab. Dann fiel vor ihnen ein zweites Fallgatter herunter. Sie waren unter dem Torbogen gefangen.

Steven hob den Blick zu dem verrotteten Kürbis und sein Herz sank. Trotz des fortgeschrittenen Verwesungszustandes erkannte er nun deutlich die spitzen Gesichtszüge. Es war Dianas Kopf.

»Willkommen zu Hause«, sagte eine Stimme hinter ihnen.

Sie wirbelten herum. Damian, Jasper und Greg standen auf der anderen Seite des Fallgatters und lächelten.

»Ein Supervirus löscht die gesamte Menschheit aus. Spannend und beängstigend aktuell«

TV MOVIE

Michael Green
STUNDE NULL
Thriller
Aus dem australischen Englisch von Axel Merz
448 Seiten
ISBN 978-3-404-16065-5

Für Mark Chatfield und seine Frau sollte es ein gewöhnlicher Heimflug nach Neuseeland sein. Doch an Bord geschehen seltsame Dinge: Einige Mitglieder der Crew scheinen krank zu sein. Sie zeigen alle die gleichen Sympthome, auch Marks Frau leidet daran. Die Krankheit verbreitet sich rasend schnell. Als das Flugzeug landet, sind die meisten Passagiere tot. Mark hält seine sterbende Frau in den Armen.

Ein Super-SARS-Virus verbreitet sich rund um dem Globus und löscht die gesamte Menschheit aus. Nur Mark scheint immun zu sein. Ist er der letzte Mensch auf der Erde? Auf der Suche nach Überlebenden stößt er auf etwas, das noch viel grausamer ist als die tödliche Krankheit ...

Bastei Lübbe Taschenbuch

Selbst mit dem letzten Tropfen Benzin kann man noch beschleunigen – doch wie lange noch?

Andreas Eschbach
AUSGEBRANNT
Thriller
752 Seiten
ISBN 978-3-404-15923-9

Die Menschheit vor ihrer größten Herausforderung: Das Ende des Erdölzeitalters steht bevor! Als in Saudi-Arabien das größte Ölfeld der Welt versiegt, kommt es weltweit zu Unruhen. Bahnt sich tatsächlich das Ende unserer Zivilisation an? Nur Markus Westermann glaubt an ein Wunder. Er glaubt eine Methode zu kennen, wie man noch Öl finden kann. Viel Öl. Doch der Schein trügt.

»Eschbach denkt konsequent weiter, was schon längst Gegenwart ist und kaum jemand wahrhaben will.« *Deutsche Welle*

Bastei Lübbe Taschenbuch

Werde Teil der Bastei Lübbe Welt
You Tube
www.luebbe.de
Lesen, rezensieren, Bücher gewinnen
Lerne Autoren, Verlagsmitarbeiter und andere Leser kennen